携程 致敬文化和旅行

恒温166

中外作家同题
互译作品集
2

ЖИЗНЬ
ПОСЛЕ
СМЕРТИ

中国
+
俄罗斯

梁鸿 等著
萧栋 等译

人民文学出版社

图书在版编目（CIP）数据

潮166.复活/梁鸿等著；萧楸等译．—北京：人民文学出版社，2022
（中外作家同题互译作品集）
ISBN 978-7-02-013054-2

Ⅰ．①潮⋯　Ⅱ．①梁⋯②萧⋯　Ⅲ．①短篇小说—小说集—中国—当代②短篇小说—小说集—俄罗斯—现代　Ⅳ．①I247.7②I512.45

中国版本图书馆CIP数据核字（2021）第170357号

责任编辑	曾少美
装帧设计	陶　雷
责任印制	任　祎

出版发行　人民文学出版社
社　　址　北京市朝内大街166号
邮政编码　100705

印　　刷　三河市鑫金马印装有限公司
经　　销　全国新华书店等

字　　数　249千字
开　　本　880毫米×1230毫米　1/32
印　　张　11.625　插页1
版　　次　2022年1月北京第1版
印　　次　2022年1月第1次印刷

书　　号　978-7-02-013054-2
定　　价　49.00元

如有印装质量问题，请与本社图书销售中心调换。电话：010-65233595

目　录

乘坐西瓜船（代序）................伊琳娜·巴尔梅朵娃　王晓宇 译 001

到第二条河去游泳..梁　鸿 001
一头奶牛................玛丽娜·阿赫梅朵娃　萧　栊 译 018
西瓜船..苏　童 043
生死轮回................丹尼斯·德拉贡斯基　李新梅 译 074
朋霍费尔从五楼纵身一跃....................................蔡　东 097
爱情无果................亚历山大·布什科夫斯基　柏　英 译 118
女儿..双雪涛 130
空虚可耐................阿琳娜·奥布赫　柏　英 译 147
西天寺..鲁　敏 160
你记得我吗？........罗曼·先琴　柏　英 译 180
两位富阳姑娘..麦　家 207
凶手....................列昂尼德·尤泽福维奇　萧　栊 译 228
问米..葛　亮 246
硫黄....................德米特里·格鲁霍夫斯基　李新梅 译 278
刹那公子..江　南 292
夜巡....................丹尼斯·奥索金　萧　栊 译 340

作家、译者介绍..349

乘坐西瓜船（代序）

《潮166·复活》首先不是作为进入另一个世界的中转站，也不是作为对不朽的反思，或对彼岸世界力量的描述，抑或是当作作家的幻想来阅读。死亡被看作是对日常生活和生活方式的隐喻，指的是寿终正寝之时，这样那样的致命行为或不作为，导致精神或心理上的"部分死亡"。然后，门开了，通向另一个不同的，但属于自己的世俗生活。变容、重生或许可以带来良性的更新，但大多数情况下需要付出灵魂消亡的代价。这种经历塑造了一个人对待个人损失、行动和蜕变的态度，而这一切恰恰构成了生命的本质。

死亡的范畴并不局限于哲学问题。死亡学探讨的是个人、家庭、社区和文化等对待死亡问题的心理学。它诞生于二十世纪初。最早考虑对死亡进行科学推理的是俄罗斯科学家伊利亚·梅契尼科夫。他深信，如果不对这一问题加以研究，"生命科学"就谈不上全面。

在文学研究中，最早致力于研究死亡形象的著作出现在德国和英国，同样是在二十世纪初。列夫·托尔斯泰特有的哲学体系是其研究的基础，死亡问题又是他研究的重中之重："面对死亡，我们不仅要看到其完全不同于生命的特殊之处，而且还应看到其终结生命之处。死亡的降临或许就在明年，所以我们必须学会审视它。"

列夫·托尔斯泰的观点与另一句话相呼应："生命不过是顺流直下；死亡不过是沿途的休息。"这句话取自中国古代诗人和思想家贾谊的著名颂歌《死亡之鸟》[①]。它很可能在我们踏上认识生死的短暂之旅中派上用场。

我们所呈现的中国和俄罗斯作家的作品是对垂死的灵魂真相的一种艺术探索。

中俄两国读者，都将在自己所在社会、人民、宗教和东西方哲学思想的传统背景下，阅读两国作者的故事。

但是，人们越是接近一个由不同愿景、风格和审美偏好所开启的世界，就越能发现如此迥异的两种文化的重叠和并置。

八个俄罗斯人加上八个中国人——如此之多的故事汇聚在同一个封面之下。对中国人来说，"8"这个数字是最吉祥的数字，寓意与绝对吉利有关。而对欧洲人来说，这个数字则发生了水平方向的倒置，象征着无穷大。无穷大不仅用于数学，而且还适用于巫术和神秘主义。它是无限重生和精神完善的象征，这与我们的思想观念有关。

在阅读这些文本时，我有一种奇怪的感觉，即中俄两国的文学作品在某种程度上交织在一起。它们进入某种对话，就相同的主题展开争论并相互补充。我决定以这样一种方式，即按

---

① 这里指《鵩鸟赋》。

照一个可以看到意义和思想相互关联的顺序，来谈论这些作品。

读者也许会接受这个提示，抑或进入他们自己的游戏，组成一个与此不同的序列。

东方谜盒，只有在一些完全不起眼的动作之后才能打开。兼作家、历史学家、研究员、小说和纪实小说大师等诸身份于一体的列昂尼德·尤泽福维奇创作了一个名叫《凶手》的神秘故事。一百年前，来自温琴男爵所率领的亚洲骑兵师的一名潇洒军官，反对消灭从布尔什维克逃往蒙古的犹太人的命令，拯救了一个女孩，使其免遭报复。这一事件的悲剧性在于，救人者——一名官员反而成为杀害她整个家庭的凶手。作者将剧情与一份历史文件——1922年发表在哈尔滨报纸《曙光报》上的关于这名军官被谋杀的匿名简讯交织在一起。作者创造了关于其死亡的一连串版本。

这不是一个侦探故事，而是对精神和伦理行为及其内心冲动所展开的艺术研究。事件的多变性如同生活的多变性和行为的选择——也许是关键行为——一个官员和他的爱人——受害者或谋杀者。作家带领读者一同穿越猜测、思考和人性的错综复杂的迷宫。文本巧妙地导航，坚定地沿着逻辑的两岸行走，但神秘和谜团始终伴随着叙述。也许慈悲女神，拯救我们脱离一切灾难的观世音菩萨的女性身份，观音菩萨的铁像已经帮助我们实现了这一点。她站在作家位于圣彼得堡的公寓窗台上："……我的观音双眼几乎紧闭，以示专注和对世俗的疏离。从她莲花般弯曲的沉重眼皮下，只能看到被小块锈斑触动的狭长眼白。"

003

和平、秩序、和谐、完美、等级制度、知识、家庭、社会正义，这些都是传统中国社会的主要价值观。

《西瓜船》中的主人公坚持哪些人生价值观呢？中国文学经典作家苏童，仿佛用他的笔墨描绘出了**松坑**之船抵达的画面。这些船帮助村民们把丰收的西瓜运到城里："河边住惯的人都认得出松坑的船，它们比绍兴人的乌篷船来得大，也要修长一些，木头的船体，下面临近水线的船板上包着白铁皮……顶着那么个麦秆席子，船头上垒了简易的行灶，晨昏时分炊烟照样升起，看上去不像船队，倒像一组违章建筑的棚屋，盖到水上去了……乡下的男人谁不勤快呢，可是到了铁心桥下他们就显出一种令人疑惑的懒散来，没客人的时候他们不是聚在一起打扑克，就是窝在西瓜堆里打瞌睡，有人跳到船上来，马上就醒了，从船篷里慢慢地钻出来。"对日常生活的素描令人好奇且富有吸引力。日常生活变幻万千，当西瓜刀出现时，它不仅可以打开西瓜的红肚皮，还可以用作杀人武器。叙述的节奏急剧变化，等同于一个为农民的谋杀而复仇的人群的混乱行为。这种行为残酷且毫无意义，皆因西瓜那白白的、未成熟的果肉。但作家不会单纯为表现村民和镇民之间的冲突而着墨。底部沾满像牛的轮廓一般的血迹的西瓜船，消失得无影无踪……一个半盲的老女人——被谋杀者的母亲——悲惨地寻找着西瓜船。正是在这一点上，文本的心理图景得以呈现：通过人的残暴和仇恨，凸显了生命的基本品质之一——非暴力和同情心。俄罗斯人的性格也富有这样的同情心。"福三的母亲把船摇出了运黄酒的船群……她摇摆着的身体突然停了下来，慢慢转过来，抬起臂肘擦眼睛，努力地眺望着码头上的李金枝他们这群人……可是离得远了她什么也看不清,看不清楚码头上站立的哪些是香椿树街的好心人,哪些是酒厂堆积如山的黄酒坛子,她就突然跪下去,向着酒厂码头磕了个头。"

"她怎么向黄酒坛子磕头?"光春笑了。但其他人并没有笑……

苏童让我们自己来回答:载着老妇人的西瓜船是否驶入了村庄,还是被河水带向了另一种生活,带到了被谋杀的儿子身边?

关于土地之死或另一种生命,在水库封闭的水面下,"有几个村庄,有房屋、墓地、牧场和雪松",玛丽娜·阿赫梅朵娃写道。短篇小说《一头奶牛》——讲述的是乡村生活。这种生活被"堵塞的恐怖"冷落在血管里。还有关于一头奶牛的……自杀问题。它淹死了。不,这不是意外溺水,是动物自杀。这是作者通过整个文本坚持强调的地方。梅特林克提出一个问题,那就是动物是否有来世? 假如时间和空间可以在星星之间和在以太的无边宫殿的永恒性中,保留一个动物的可怜灵魂,这种观点似乎很有趣。这个灵魂由五六个感人但幼稚的习惯组成——喝水、吃饭、在温暖中睡觉和问候同类的欲望。阿赫梅朵娃的女主人公看着水面,开始相信"现在水面之下就是最善良的土地",并且那里"仍然过着清白的生活"。

相比之下,在梁鸿创作的寓言故事《到第二条河去游泳》中,这条大河"不会有任何生长性,不会长出荒草、芦苇、鱼虾,不会随季节的变化而涨潮落潮,不会随时间流逝和泥土、天空、气候融为一体"。大河依托南水北调总体工程而兴建。这一真实事件促使梁鸿创作了一则寓言,其中安排了对国家生活的叙述，并由此引发了女主人公不情愿同变化妥协。该寓言中的大河类似于神话中的冥河。

丹尼斯·奥索金同意"摘下日常生活的障眼法"，并跟随他诗化故事的主人公，进入黑暗的、被遗弃的村子马斯卡罗多，然后到一个叫科洛库多的村庄，并留在那里一直守夜。站在窗下的神秘的当地人向他保证，他们也在守卫着村庄，防止火灾发生。主人公们远离了恐惧。因为现在，巡夜的守卫，不是与别的，而是与命运，纯粹与命运一起巡夜，……我是否应该利用这一时刻询问或者请求点什么？或者抓紧时间，准备好什么？……我的想法显露无遗——立即得到了回答，我回答道：

"不，不需要。"

"那好，那就不要。"

"只是一次会面？"

"是的。只是一次会面。"

"什么都没有吗？"

"奥廖什，什么都没有。"

主人公漫不经心地、幼稚地折起了飞机，"自我保护意识在我的血液中悄悄萌生"。作者催眠般的声音贯穿着整个故事，充满了夜的寒意、命运的声音和村庄生活的流逝："……除此之外，我什么都不想再做。我也不需要任何人。在你沿途遇不到任何人的月份和钟点，在马斯卡罗多村和科洛库多村之间的路上，除了我们——壁纸做的飞机和我，再不会遇到任何人。"

在罗曼·先琴的故事《你记得我吗？》中，奥索卡英雄对命运的盲目信任成为一种宿命。一种定义生活的事件和行动的宿命论。小女孩的爱，孩子的爱，在这背后隐藏着一个清晰而强大的女性特质,"她那大人一般的奇怪的、深邃的眼神",主人公没有注意到。然后他被这个荒谬的猜想吓坏了。但十年后,与这个已经十几岁的女孩的相遇,使得他内心一阵剧痛:生活充满毫无意味的事件和没有承诺的关系,混乱不堪而缺少联系,简直无趣之至。这不是他想要的生活。他面对的不是一个冷漠的少女,而是一个未完成的人生。在那个构成他真实生活意义的生活到来之前,他就过早地降临这个世界。这意味着,在他出生之前,灵魂就已经死去。那种生活将永远不会到来。这种呢?责任,惩罚……如果是惩罚,是谁的惩罚?疲惫、孤独,仿佛被掏空的他,时而转向少年,时而转向命运:"你记得我吗?"于是听到,"他的声音里有一种含泪的哀求,'你还记得我吗?啊?'"

当叙述主人公拍摄当代巫师和灵媒的纪录片的冒险经历时,作家葛亮在《问米》中所使用的这一神秘题材,夹杂着轻松的幽默和讽刺。与神灵的交流,在中国有几千年的传统,并且曾经在国家的宗教、行政和政治生活中发挥过重要作用。

关于在死人和活人之间进行交流的所谓科学推理,混杂着一种对体验本身的狡猾描述。那是悲痛欲绝的父母和自杀的儿子之间,幼稚而感人的体验。即便是在阴间,儿子仍然想和小意姑娘在一起。她虽然轻佻,却是自己心爱之人:"可是,小意是生者。阴阳两隔,你总不能等她一辈子。爸妈是怕你在地下没人照应。你成了家,我们也就放心了,好不好?"

在越南,一位旅行者遇到了一位灵媒,他成功地集引导亡灵的能力与特殊的声乐天赋于一身。他是一个为仪式服务机构工作的通灵师,同时还是一位越剧演员。这两个身份,哪一个占上风？这一点连主人公本人都不清楚。但是，当彩色玻璃片的排列完全改变了画面，作家创作的"万花筒"便发生了转折；讽刺性的叙事，神灵退居次要位置……通灵师爱上了一个比自己大得多的越剧女演员，故事上演了一个无法解决的心理碰撞。在故事中，真理变成谎言，谎言变成真理。一个才华横溢的艺术家的生活是否成真？或者，也许不是一个艺术家的生活，而是一个能够审视时空的人的生活？"'生生生，虽生何所用？'戏文里说得清楚。唱了这么多年，如今才看透。"

亚历山大·布什科夫斯基的故事中，年轻作家的"爱情无果……"。这位年轻作家周围的世界似乎"全是愚蠢的问题"，而人们，除了少数例外，都是敌人或叛徒。有一天，他想描写一个感人的故事。故事中的男主人公是他所熟知的坐轮椅的残疾人，女主人公则是一个姑娘。两人之间保持着纯洁关系。这个故事并不成功，这个世界照旧是一个尴尬的笑话……布什科夫斯基给他的叙述留下了一个开放式的结局：悲惨的环境、背叛或出卖是否干扰了这些主人公？

即使是在创作新作品时，谍战小说大师麦家亦离不开悬疑的情节。本案发生的背景是二十世纪六十年代末，"文化大革命"刚刚结束。"两个富阳姑娘"，其中之一是小美，另一个的名字未可知。小美非常渴望在军队中服役，但她填写的档案与部队要求进行强制性体检的结果不一致。填表时，她声称自己未婚，而医生却说她"处女膜部分受损"。"这个问题比作风问题更大，是欺骗组织的问题。欺骗组织，就是对党和人民不忠诚。"在这个看似明显的故事中，并非一切都很简单。于是，作者就此展开了真正的调查，但是……小美去世了。按照儒家的说法，"死于饥饿是小事,丧失道德却是大事"。

　　按照佛教的说法,所有人的生命都指向死亡。在死亡形象背后,必须看到"真实的现实"。1945年惨死在德国的朋霍费尔,不仅是一位成就斐然且受人尊敬的神学家。在作家兼文学评论家蔡东的故事《朋霍费尔从五楼纵身一跃》中,朋霍费尔还是这对精英夫妇为他们心爱的白色安哥拉猫取的名字。这个故事看似简单,实则令人感到恐惧。这只猫和阿赫梅朵娃故事中的牛一样,亦死于自杀。这加重了她那患有失忆症的丈夫的病情。他失去了记忆,对生活片段的点滴记忆。"经历过的往事也逐片剥离,弃他而去。"过去,当丈夫身体健康,猫还在世的时候,这对夫妇和他们的高朋只讨论高级话题——"恩柏多克利、休谟、老子、陆象山、维特根斯坦、人、独立、道德、自由、辩证法、绝对精神"。如今妻子的期望只剩一点——哪怕能够独处片刻。但她生病的丈夫一直紧紧抓住她的手臂,甚至在梦中也未曾放开。她下定决心,要打破这种单调的世俗生活,并"遐想着自己的结局:骑一头披毛犀,无声无息地,从五楼阳台走上天空,消失在淡金色的天边"。作家激化了自由、爱、同情心和责任之间的互动关系。如果借助于道德的定义,瑞士人的定义最适合这个故事:"敬畏生命的伦理学集中探讨的不是'怎么办'的问题,而是注重'我该如何做'的问题。"

　　一个自传式的故事,讲述了两位作家——父亲和儿子的非凡命运。父亲写了一本书,在书中收集了关于这个男孩的故事——可笑、非常可笑而悲伤,但绝非无聊的告诫。如今儿子开始讲述父亲的故事了……现在我们讲的是维克多·德拉贡斯基和他的《丹尼斯的故事》一书。这本书不是一般地流行,而是在每个家庭——无论是有孩子,还是没有孩子的家庭,都备受追捧。还有,他的儿子,如今也是一名作家,名叫丹尼斯·德拉贡斯基。他以《生死轮回》(直译为《死去。杀害。复活》)为题讲述父亲的生活。

"每个人都对某个人的死亡负有一定的罪……起初,我觉得自己死了——在我父亲的故事里不朽了。在我看来,我的父亲——用他的爱和才华,创造了一个书中的英雄,男孩丹尼斯——杀死了我。

"但与此同时,我觉得我也杀害了他——不仅是用那次可怕的、不可原谅的、致命的争吵,噢,不是的!是我杀了他。

"我因自己成长的事实杀死了他。

"我的父亲非常爱我,他想让时间停止:当我还是一个小男孩时,就对我进行防腐处理。"

在中国的传统中,子女的所有善行都归功于父亲,以此光宗耀祖。我们(俄罗斯)和欧洲其他国家的情况则不然。很多时候,孩子们为了自己的利益而利用父亲的荣耀、成就和头衔。这个故事的主人公却不属于这样的孩子。他从父亲的阴影中退出——这不是对父爱的掌控,也不是来自儿子之爱的消亡,而是创造属于自己的世界。德拉贡斯基以最大的诚意讲述忏悔的故事。作者对自己做出了最严格的判断。这一判断与对父亲那廉价的黄铜戒指的记忆碎片,与父亲的大胆行为,与莫斯科过去那迷人和怀旧的生活有关。总而言之,这些故事带有对生活的无拘无束的体验色彩。

家庭就是一个小国。在中国,几个世纪以来一直都这样认为。这个小国通常包括父系的几个家庭,范围很广。有这样一个传统，那就是几代人住在同一个屋檐下。父亲在家庭中代表的就是皇帝！婚姻的主要目的是延续家族血统，照顾已故的祖先。这有点让人联想到俄罗斯农村的宗法制秩序。但现在，"皇帝"出现了问题，对"已故祖先"的照顾并不像想象中那么简单。现代社会根本就拒绝发现死亡这一范畴，或者人们倾向于如此看待死亡："它可能发生在任何人身上，但不是我。"类似一种自我的、个别的和独特的命运。人们不自主地就会同意这种自相矛盾的哲学观点："我们活着，是因为我们想逃避死亡。"

鲁敏在其短篇小说《西天寺》中对清明节和清明节的仪式习俗进行了非常精确的民族学描述。我们与主人公符马一起度过逝去亲人的纪念日。跟他的整个大家庭一样，他也陷入了日常生活的忧虑和负担之中。但他的特别之处在于他的孤独。这就意味着他是个失败者。何其不幸！符马掉队了，脱离了家庭幸福的连贯理念。在这个世界上，只有手机是他唯一熟悉的，葆有他体温和气味的物件，"它像万能的楔子一样扎进他生活里每一个松垮的难挨的缝隙"。

参观墓地，烧祭祀用的纸钱（仿制的真钱，现在类似于美钞），这样祖先在阴间才会心安。在餐馆里举行无聊的追悼会，必须点已故祖父最喜欢吃的菜肴——这些仪式熟悉而体面，但并不能引起人的感动抑或不安。也许，唯一让我困扰的是，他的手机突然亮起了数字：21∶37.95……显示的是他们一家在餐厅花费的时间。这象征着仪式性的家族传统的确切价值。

符马即使在约会时也会按下他手机上的秒表按键，以了解"看看一个回合时间会有多久……计时器的数字键应声开始滚动，胶滞住的时间就这样被抽打着活转过来，在符马与她的身体里滚动,泥浆飞溅,流星追月"。符马透过鼻孔,闻到了一股刺鼻的腐臭味,一个影子似乎紧贴在他的背上。这个影子隐约让人联想到:"那人半遮着脸,黑色的长袍飘动,拖曳着死神的修长阴影……"

恶魔是什么气味的? 一股硫黄味儿。德米特里·格鲁霍夫斯基短篇小说的题目是《硫黄》。住在一个空气中弥漫着令人窒息的硫黄味的城市里,简直就是日常生活的梦魇。硫黄是邪恶的气味。如果给这位严肃作家的表达贴上生态学的单一标签,那就太过天真了。尽管生态学长期以来一直是社会政治层面辩论的焦点之一。谋杀丈夫的嫌疑人与调查员之间的对话毫无想象力,枯燥乏味。这让人想起中世纪寓言的情节——可怕的死亡之舞——关于人类存在的死亡率。这样的对话荒谬而现实。它是生命的两个方面——存在和不存在的结合。

"您是一个人,还是在他人协助下对受害者进行分尸的?"

"体力上的?"

"什么?"

"您说的协助,指体力上的还是精神上的?"

"体力上的。"

"我一个人。"

"哦……那要是精神上的呢?"

"有人知道。"

"谁?"

"亡灵知道。"

"哪些亡灵?"

"那些曾活在我们中间的亡灵。我并不知道他们的名字。"

乘坐西瓜船（代序）

"当我们都在彼岸会合时，一切都将清晰可见。"阿琳娜·奥布赫对此深信不疑。我们的作者们的故事描述了大大小小的水体，有湖泊，有海洋，还有河流。现在有一条涅瓦河，岸上是孔夫子。

他靠在房子的墙上，眯着眼睛怯生生地看着太阳。太阳光非常明亮，一点都不温暖。所以他在撒谎。他等待着，敌人的尸体沿河漂流。但涅瓦河的航线稍稍偏左一点。短篇小说《空虚可耐》不仅结合了标题和随性的诗意虚构，而且融合了生命的确切意义。一位不知名的艺术家在一面墙上画了孔子。"透过窗子，人们总能看到有人在墙边站定，开启一场无言的对话：你是谁？你打算一辈子这样下去吗？停一停吧。清楚地回答自己，说，这就是我。明天……明天我将有所改变。虽然其实我昨天就可以完成这一改变。"有一天，墙上的人消失了，给人类留下一则消息："不早不晚——一切刚刚好。吻你，你的朋友，孔夫子。"

如果说丹尼斯·德拉贡斯基还记得，他父亲的黄铜戒指是用黑色塑料代替宝石，那么，江南则拥有一枚用龙血翡翠制成的戒指。在所有翡翠中，龙血翡翠最为昂贵，也最为罕见。差异不仅仅是成本。这是作家江南从中国幻想小说虚构出来的故事：《刹那公子》。中国的幻想小说，是当代文学中一个充满活力的现象。它由民间传说和神话编织而成，英雄们在实现不朽的过程中逐渐完善。这个故事是由著名小说家江南以冒险体裁武侠的形式写成。"武侠"这一术语由武术——格斗艺术和侠——勇士两词组成。"悄无声息地，夸父们将大辇停在老人的面前，帘子一掀，有从人早已撒上了花瓣，一只纤纤的细足踏在碎花上。"清洁双脚是长途旅行前的一种仪式。江南邀请你进入人兽共处的世界。在这个旅程中，读者可以了解到龙鳎、大风和寒兽是谁，以及挂在灰绿色丝质鸟羽细发上的东西是什么。

在双雪涛的故事《女儿》中，等待读者的是一场别样的旅程。这场通往作家灵魂世界的旅程，同样令人着迷。双雪涛揭示了杰作创作的奥秘。艺术家技艺精湛地穿越充满创作恐惧、疑虑和偏见的狭窄走廊，克服这一切障碍，最终促成作品问世。主人公梦想着放下他个人世界中的"微小颗粒"。但在高潮部分，他的另一个"自我"神秘地抛弃了他，融入了一个想象的世界，却没来得及完成故事中扣人心弦的情节——眼看就要发生的谋杀。简直就是一场彻底的灾难——文本未完成。这就意味着作品无终而亡。作者转向自己的双重人："我想念你，我的朋友，就像想念一个已经早已把我忘记的人。你还活着吗？还像一个正常人一样，怀着无数无法满足的欲望活着吗？那样最好，不要太认真。如果有人来杀你，请你告诉我，我一匹马存在保险柜，我可以现在骑着它去救你。"

我们有多少未实现的东西？放在保险柜里那匹将来拯救我们的马，何处可寻踪影？

伊琳娜 · 巴尔梅朵娃

（王晓宇　译）

到第二条河去游泳

梁 鸿

正是中午时分,天热得厉害。

上午她从吴镇回到娘家路村,和弟弟一起,到妈的坟前,给她烧"二七"的纸。

路村刚好被规划到那条大河的位置。她眼看着庄稼被铲平,房屋被拆除,一台台压路机、铲土机、拉沙石的大货车、装各种机器的装载车轰隆隆开来开去,空地一点点变成大路、水泥地、河道、护河堤。戴橘色头盔的人、开车的人、施工的人,春夏秋冬,都像蚂蚁一样在那里忙。

两年过去,一条高高的大河起来了。两旁的护河堤有八九米高,从南向北,蜿蜒而去。地平线被改变了。路村、王营、李家和紧邻的村庄,像一个个小矮人样,可怜巴巴的,萎缩在大河两旁高高的河堤旁了。树低了,房屋小了,人站在村口、走在路上,像被抛到很远的地方了。那轰隆隆的大货车开过去,像一只小玩具车一样了。从公路上看,它们就像一头巨蟒边的小蚂蚁,小到可以忽略不计了。

跪在妈的坟前,她把纸钱一张张揭开,折叠,摞起来。火碰到蓬松易燃的纸钱,立刻就蔓延开去。她看着火起来,火苗舔着坟前插着的柳枝往上爬。纸灰被风和火扬起，在空中化为碎片，上下盘旋，向远处飘散。她趴在地上，磕了九个头，自己、丈夫和儿子，各三个。

没等人散，她就骑上电动车走了。弟弟和弟媳已经买好车票，下午去吴镇坐小巴到穰县，晚上就要坐火车，回广州中山市的一个什么镇，他们在那边的服装加工厂上班。她不想看几个侄子哭爹喊妈的场景，她很讨厌，她也不想看见她爹，一个胡子拉碴的酒鬼，她也很厌恶。

她往村子后面老寨墙那边去。老寨墙的外面，就是湍水了。老寨墙年久失修，墙上的砖、木头不知多少年前就开始被人撬走，但高度和墙体还在，半个村庄还在它的合围之内。路村人从坍塌的寨墙中间踩出一条路，直通往湍水的一座小桥边。

过了寨墙，视线豁然开朗。地势慢慢变低，河坡往下延伸，先是野生的灌木、合欢树，接着是一片整齐的细白杨树林，整片整片的沙土地，上面种着花生、西瓜和其他经济作物。白色的沙土路交叉纵横，再往下低一些就是很宽的河道。

桥断了。中间坍陷，水泥面板的两头高高翘起来，像一只折断翅膀的、一头扎进河里的大鸟。

她并不很吃惊。从小到大，在同一位置，她见过很多次桥断的情形。小时候，这个地方只是一座窄窄的木板桥。下面几十根木头插入河中，两边用绳索牵着，中间铺上一层稀疏的木板，桥就成了。河北边的人们来河南边的吴镇赶集，河南边的人们去河北边走亲戚，都要过这座桥。桥是私人修的。一到春节，来往赶集和走亲戚的人最多，就有人在桥两头收钱，一毛、两毛、五分，都可以。夏天，往往第一场暴雨就把木桥卷走了。

她看见过木板和绳索在大浪里翻滚的情形,看见过那家人沿岸跑着拿长竹竿捞水中的木头和其他一些杂物的情形。暴雨过后,那家人就把一只小小的渡船从河不远处一个小屋里推出来,来往接人。并不要钱。只是在秋收的时候,到各家各户要一瓢玉米,半袋红薯,或一把黄豆、绿豆、辣椒,任何秋收作物都行。

后来政府修桥了,也是几年一坏,修修补补。这座桥是她从重庆回来那年修好的,从桥墩到桥面,一水儿水泥浇铸,宽大结实。桥修好的时候,乡里还来人剪彩发言,把村里人叫来听了好久。

断桥下黑色的水翻着浪朝下游奔去,好像还有点气势,但这气势并没有维持多久,水量实在太小了。河对岸,悬崖一样的沙堆矗立在水边,旁边是一个挖沙机,机器轰隆隆地响,还在不停地从河底往上抽沙。水到那里,像一下子被吸进地洞里,平静异常。再往下,水开始在错乱分叉的河道里错乱地流动,越来越不成流,也越来越浅。虽然是夏天,湍水却很难发大水,芦苇也不再紧挨水边,而是东一窝西一簇,凌乱地分布在新踩出的路两旁。河道里面露着大大小小的鹅卵石,中间是一道弯弯的细流。

湍水退得很远很远。

爹说,三十年河东,三十年河西。

连河都能变,凭空远了,凭空少了,凭空又多了一条。

稍远处是悬于湍水之上的渡槽。湍水上竖满巨型的水泥柱子,那巨大的水槽就横架在这水泥柱上。据吴镇人传言,只这一个渡槽,就花了六七亿人民币。

她朝渡槽那边看着。高悬的大河和下面的湍水形成十字架状,一个南北向,一个东西向。在灰色的天空下,大河严整高傲,威严孤绝,像一个被万千宠爱的阔家少爷,湍水则软弱卑微,破败不堪,如年老色衰被人遗弃的良家妇女。

像是突然明白了什么,她发动电动车,快速朝着大河那边骑过去。护河堤并不能轻易接近,离它有十米远的样子,一道长长的铁丝网拦护着。网内有新栽的树、新种的花,还有各种她叫不上来名字的植物。电动车开近的时候,停在铁丝网上的麻雀呼啦一下飞出来,黑压压的,漫天遮了过去。

她沿着铁丝网外的那条路走。她知道,沿路的铁丝网或涵洞旁有一些绿铁皮小房子,里面有看门人。房子旁边一般都有一个给养护工人进出的小门。

几百米外就有这样一座小房子。一个老头儿,坐在小房子内的椅子上,头歪垂着,正打着鼾。旁边的小门开着。她推着电动车悄悄走进去,沿着紧靠护河堤的小路继续往前骑。野草攀爬到路的中央,有的已经把路面完全覆盖了。

村庄已经很远。这一处冠形的景观小树非常繁盛,满眼都是清的绿色,花也开得艳。那黑压压的麻雀们像没有看见她一样,发呆的继续发呆,啄食的啄食,散步的继续散步。有小风吹过来,层层叠叠的树叶轻轻摇动,没发出一点声音。安静极了。

她停下来,把车锁好,取下一直斜挎在身上的包,把钥匙放进去,把包放到前面的篮子里,又脱下被汗浸湿的黑丝外套,叠好,放在车座上。然后,她开始朝着高高的护河堤攀爬,借助水泥方格的突起,她左右挪动着,灵活地爬上那八九米高的护河堤。

河堤上面是宽阔的平台。她站在那里，向后看路村，一个遥远的几乎低到地下的村庄，她踮起脚尖，使劲向后看，想看到妈的坟，却被村庄里高高低低的树挡住了。往左面看，是吴镇，那座红色的二十层高的地标建筑变成了非常普通的楼房，她家的文具店就在这楼房前的街面上。她的丈夫肯定又坐在店里的电脑前，在电脑里和人"斗地主"。往前看，是弯曲向前的河道，右边高高悬着开始偏西的太阳，灰红色，阳光似乎并不强，却没来由地很热。

她脱下那双白色的平底软革凉鞋。鞋底很软，质量也不错，一个夏天快过去了，鞋绊和鞋底都没怎么磨损。夏天刚来的时候，她在她家旁边的服装店里看到了，她就买了两双，一双她穿，一双拿去给了妈。妈死的那天穿的也是这双鞋。

她把鞋放好，两个并排，左右对齐一下。她喜欢整齐。然后她坐在高高的河堤上，朝河下面看看，又抬头看前方。

过了一会儿，她起身，半弯着腰，用手按着河堤内部的水泥斜面，慢慢往下溜。她用脚使劲抠着水泥面，一点一点往下滑，两只手使劲撑着地面，保证不突然翻滚下去。

她的脚碰到水面。那么凉。她吃了一惊。冰凉冰凉，直通通的，没有一丝柔软和阻隔。她停顿了片刻，可是手撑不住了，身体直往下落，一下子沉到了水里。水呛了她几下，她有点惊慌，手本能地在水里乱划着，很快，头又浮了出来。她并没有死。她调整了一下自己的身体，把手紧贴在腿两旁，屏住呼吸，闭着眼睛，使劲往下潜。过了一会儿，身体又慢慢浮了上来。

水流动得非常慢，平缓均匀，浮力也很大。她又一点点被托了上来。

她还活着。身体平躺着，沿着水流往下漂移。她睁开眼睛，看到天。一朵灰蓝色的云，跟着她。一切都太安静了。她想，就这样漂下去，也挺好。

一个人漂了过来，和她一样，直直地躺在水里。她吓了一跳。是一个穿黑衫的男人，衣服被鼓了起来，遮住了他脸的大部分，只露出眼睛。那人望了她一眼，毫无表情地漂过去了。

过了一会儿，又一个人漂过来。是个胖胖的老太太，看到她，那老太太蹬了几下水，慢了下来，跟在她后面。

又一个女人过来了，穿着艳丽的裙子，裙子被水漾着，像一面被风鼓着的小旗子，张力十足。那女人漂过老太太，到和她并排的地方，侧过脸，笑眯眯地看着她，好像认识她很久一样。

你咋到这儿了？

那女人开口问她，语气很惊喜。就好像她们才刚分手，就又在街头见面，一种夸张的高兴和热情。

她不认识这女人，但却不好意思违拂她的热情。

我妈死了。喝药，麦毒灵。今儿是她"二七"。我去给她烧完纸，就来这儿了。

哎呀，真可惜，她为啥死啊？

为啥死？她看着天，上方还是那长长的云彩，略灰带蓝，既没有远，也没有近。

她太狠了，把一整包麦毒灵碾得碎碎哩，和在水里，一点儿不剩，全喝了。一点儿都不剩，只想着自己赶紧死了，解脱了，根本不管我。

她好像在回答那个女人，又似乎在自言自语。

要不是她，我回来干啥？我有儿子有老公，为了她，我才回来，才又结婚，我儿子都不要了，想着只要有我妈。可她先死了。

她接着给那女人讲。

我妈经常把死挂在嘴上，说日他妈，我不想活了，喝药死了算了。她像唱戏一样，唱十几年了，都当成笑话听，没人当回事。她心直口快，风风火火的，天大的事儿，一会儿就好了。她走的那天上午，先去银行，把我弟弟让她存的一万块钱取出来，给我爹，我爹是个酒迷瞪，她怕他忘了，又给我爹交代谁家还欠一些钱，谁家的红白事记得送礼。到中午，她蒸一大锅馍，分给我几个侄女侄娃儿吃。她自己拿个馍，走着吃着，往村里的老屋去。

路上碰到我花奶奶，我花奶奶还问她，秀兰你干啥去啊？

我妈吃着馍，笑着说，日他妈，我不想活了，我想喝药死。她说话的腔调高高兴兴的，谁能听出来是想死的人说的话？

我花奶奶就说，说啥憨话哩。

我妈说，活够了，不想活了。

她边说边走。到老屋里，找出麦毒灵，用擀面杖擀成碎末，和上水喝了。喝得干干净净，一滴都没留。

我侄女去找奶奶，才发现她倒在地上。没死起，乱动，还能说话。她跟人们说，我喝药了，我不想拖累娃儿们。我爹使劲抠她的嘴，又扇她的脸，说你中啥邪了，活哩好好哩你要死。

喝药死的人一般都眼睛鼓着，瞪着。她走的时候眼睛闭得可好，很安生。她是一心想死。得愿了。

河水托着她,她在水面上平稳地漂流。灰蓝色的云倒进她心里。她慢慢讲着,感觉眼泪流了出来。她好久没哭了,妈的葬礼上,她都没哭出来。她怨她,你太狠了,你高高兴兴去死了,不管我了。

　　和她聊天的那女人流着眼泪,大声地叹息,死了好,死了啥都好了。一直跟在后面的老太太不停地"唉"着,抽抽搭搭地哭着。

　　我妈为啥死,要说啥也不为。她年轻时受过苦,为养活我和俩弟,她和我爹一天到晚在地里干活,也去卖过血。不过,那时候村里人都去卖过,没有人觉得有啥。就是这些年得个胃溃疡,啥都不敢吃,不敢凉不敢热。一疼起来,就说日他妈不如死了算了,也不拖累娃们。不过都只是说说,她没有恁娇气。

　　我俩弟长大了,房子盖了,媳妇娶了,对她也不错,家里她还能做主。弟弟们两口子都出去打工,她和我爹在家种几亩地,看几个孙娃孙女。想吃啥,都能买。

　　有时候,几个孙女孙娃儿折腾得受不了,她胃又疼,就嚷嚷着,日他妈,早晚一天我喝药死了。

　　我从重庆回来,我妈高兴得呀,哭哭笑笑,像捡个闺女一样。她想着我肯定是死在外面了。我听她的话,又结婚了。这都怪好。谁想到她恁狠心。

　　俺们邻居那家男的前两年喝药死的,也五十多岁。要给他洗胃,他不让洗,说你让我赶紧死。估计我妈那时候就真转这个心思了。

　　她只管自己,不管我了。我想死也不是一天两天了,可我不敢说。我怕她伤心。她倒好,不管不顾,只管自己先解脱。

慢慢地,其他漂在河里的人也聚过来,听她们聊天,和她们一起往前漂。她穿着黑色的碎花短衫和七分黑裤,那个女人穿着艳丽的连衣裙,其他有男人有女人,有老人,也有小孩。大家的衣服一团团鼓荡着,往前漂着,像一群快乐的、与世隔绝的漂流者。

她忽然特别想说,想把一切没有讲过的话都讲出来。

我早就不想活了。我妈死了,我就来死了。

我从山里回来时,我那个老公还给我买了金项链金戒指,带着儿子,把我送到县里的火车站。他为啥不说让儿子跟着我,他是想着让儿子做个牵挂,这样我就肯定会回去。他也傻,不知道自己跟着我回来。我想起那天,我就想哭。我儿子白白胖胖,眼珠子黑黑的,挥着手,说妈妈再见,妈妈快点回来。

我现在的老公也挺疼我,他原来那个老婆生了个闺女,他让自己爹娘养。他在吴镇开店,也不让我帮忙。我成天坐在电脑前,上网,看QQ空间里我儿子的照片。你不知道,我儿子可好看,结实得像石头一样,没事儿就"妈——妈——"地喊我。我四年没见他了,他该十岁了。

你这个女子咋恁傻哟,你为啥要跟这个人结婚?你不会回重庆,把你儿子,他爹一块儿接到咱这儿。你又不是没出去过,到哪儿没个活路啊?

她没有回答那女人急切的插话,她一直盯着天上那片灰蓝的云。

火车开始走,我就知道,我不会回去了。那里山太大了,咋走也走不出来。我不想再回到山里。我不知道自己咋想的，我心也狠。这中间七八年我都没跟家里联系过，我妈都以为我死在外面了。我也想着，我这辈子就这样了。可一坐上火车，我就知道，我不会回山里了。

她看着云彩，她突然意识到，她不是为妈才回来，她是为她自己啊。是她自己就先抛弃了儿子，她把错都怪到妈身上了，好自己原谅自己。这些年，她见妈从来没有好脸色，好让妈知道都是她让她抛弃儿子。

妈啊妈啊，我错了。她想多叫几声妈，想再回到妈坟上给她磕几个头。

那你儿子的爹没有来找过你？

不知道他找没找过。好像我也没给他留过家里的地址，他只知道我是河南的，河南哪儿的，他肯定不清楚。原先我也不知道他家是哪儿的，在广州打工认识的，他手指头被机器轧了，干不了活了，我就跟他回他家了。坐完火车坐汽车，坐完汽车坐三轮，坐完三轮又走路，我才知道，他家是大山里的。我也恨他，他当时非不让我走。等怀孕了走不了了。

回来后，我妈让我相亲，我就相了。让我结婚，我就结了。我和现在这个丈夫不吵架，也没话说。

她第一次和别人讲自己的事，第一次说这么长的话。从前，她谁都不讲。不和妈讲，不和朋友讲，更不和她现在的丈夫讲。她把它们藏起来，藏得很深。她以为自己也忘记了。可是，它们像谷种一样，一直种在她心里。她一直在怨别人，怨妈，怨爹，后来结婚了，又怨老公。她觉得都是他们，让自己没了儿子。

我错了。是我把妈害死了。可是也不重要了。妈死了，再没有可牵挂的了，死了也挺好。

她对大家说，有一点我和我妈不一样，我不想让人折腾。我要死得远远哩，不让人找到。

就有人笑了起来，说，我也是，打这条水泥河开始在俺们村铲庄稼、碾路、打水泥地基，我就天天看，等着它通水。

又有人说，你看，这么高的水泥堤，一死一个准儿，谁想捞都捞不上来。现在四周的铁丝网又加高了，王庄那个涵洞处，铁丝网倒了，我就是从那儿爬上来的。我不想让儿子们找到。

那个一直哭着的老太太也不哭了，说，咱吴镇人都说笑，说通水了，这条河就开始死人了，一路漂着死人上北京了。老太太声音很洪亮，语气里是斩钉截铁的笑意，生怕别人抢了她这句俏皮话。

人们七嘴八舌地议论着，对自己能侥幸跨过铁丝网，站到高堤上，投到这条河里，很是得意。

她也不自觉咧开了嘴。

那穿裙子的女人离她越来越近，热烈、悲伤又期待地看着她，她觉得似曾相识，又觉得很陌生。

她只好问她，你为啥也走这条路？看你怪开朗的。

我啊，我和你不一样，我死得痛快，我把人骂够了，我就来死了。

这个女人说话像蹦豆子一样，极快，没有任何停顿。

今儿我给老李打了俩小时电话，直骂了他俩小时。俺们已经俩月没联系了。我前面那个，就是我娃儿他爹，上吊死了。

死之前，让儿媳妇给我捎信，想见我最后一面。他一直想见我。儿媳妇不捎。她不想让我回去，她怕我一回去黏住她，她还得养活我。老东西死的时候眼睛一直睁着，咋也合不上，死不瞑目。儿媳妇怕了，怕老东西做鬼缠住他。一七、二七、三七都喊着叫我回去给他烧纸。我不回去。我和他离婚都十来年了，现在回去算咋说哩。

跟我离罢婚，老东西也没有过头了，天天喝酒。酒精中毒了，不上吊也没几天活了。

她看了一眼这个说话极快的女人。这个女人没有一点儿伤心，像说别人的事情。

我出去打工，和老李就好上了。他是大厨，我是服务员。其实在家也认识，就是前后村的。我没立马和老东西离婚，我一直在外面挣钱，给家里盖了十来间房，把儿子养到十八岁，净身出户。老东西也没啥说的。

老李，俺俩也搁不到一块儿。他好来赌。上年，俺们在吴镇开个胡辣汤店，生意还行。他天天晌午去来赌。你想，这店是小本生意，咋经得起你输。我俩天天吵架，后来，我把东西摔摔，起来走了，店也关门了。他又回俺们村口一家店里当大厨，他打电话叫我回去。回去住哪儿？俺们连个房子都没有。我张口就骂他，发短信也骂他。他叫我回去住他儿子家，我能去住吗？我也回不去原来的家了。我儿子也不稀罕我。

她很不解地看着这女人，说，你为啥要骂他？你不会在那个店边租个房子，住下来，像个家一样。

女人扑哧哧地笑。我就是要骂他，我想骂他就骂他。

骂骂心里美。我租个房子算啥说法，就在村旁边，村里人知道了，不笑话死我了。我也不会去住他儿子家。那算咋说哩。我自己儿子我都不管，我去管他孙子。我自己儿媳妇的气都不愿意受，去受他儿媳妇的气。

我骂完了，痛快了，也没啥留恋了。我就跳河了。

她看着前前后后的这些伙伴，他们以自己的姿态躺在水中，往前漂着，好像约好了去某个地方看风景。

世界上所有的溺水者，都是自己选择的游泳。

世界上所有的死亡，都是结伴旅行。

她突然发现，和她说话的好像是她的小姨。小姨名声不好，妈死后，都没有人想起来通知她来参加葬礼。她没想到小姨也漂到这河里头。

小姨很好看。小时候，她经常住在外婆家，和小姨睡一张床。小姨辫子长长的，脸蛋红润润的，和谁说话都能咯咯笑个不停，好像到处都有让人发笑的东西。她就嫁在离吴镇不远的赵村。她在吴镇上初中的时候，小姨在和小姨夫闹离婚。村里人都议论小姨，说她出去打工，找野男人了。这不算，找的还是自己村边的。后来，她也出去打工，远走山里。她和小姨就越来越远了。

小姨。她叫了一声。

小姨咯咯笑了出来，傻姑娘，你才认出我来啊。

你咋也在这儿？她四下里张望，有些疑惑，咱们这到底是在哪儿啊？

小姨又笑起来，到阴间了，小喜。

她不相信，她知道自己还活着，她能看见小姨，能看到河，看到天，还有那片总跟着她的灰蓝色云彩。

仍然活泼的小姨看前后左右围着听她们讲话的人，扭过头，开始和别人聊天。

哎，你是咋回事？这年纪轻轻的，咋也想不开？

她听到那人低哑着嗓子，愤愤地说，我是想开了。是个年轻男人的声音。旁边一个年轻女人愤怒地插话，到现在还在怨我，到哪儿都是小肚鸡肠。她扭过头去看，一个年轻女孩正努力挣着手，想挣脱那个男孩，可是他们的手绑在一起，被水浸湿的绳子越发紧地把他们捆在一起。那个女孩高声说，现在后悔还来得及。男孩说，狗才后悔，猪才后悔。

她听到周围一阵哄笑声。她忽然有点烦躁，她想找个安生地方，安静地去死。可这里也不安生。她想漂快点，离开这群人。

她想着，这会儿该到哪儿了？

已经漂一阵子了，该出吴镇了吧。路村前面是赵村，她记得大河在这里往南拐弯，过王村，王村有她的好朋友红彩，她们一块儿上学，十六岁一起出门到广州打工，到广州转了几家厂后她们就失去联系了。从重庆回来后，她曾经到王村找过红彩，红彩妈说她嫁到湖北了，几年也不回来一次。然后是李村，李村村头有一条小河，弯曲环绕，人们都说是龙脉，她很小就去过那里，看着河边的大树倒在拐弯处，腐烂着，阴森恐怖，很有气势的样子。再往前是周村，周村是个大村，村头有一个古庙，古庙里有黑压压的松树，周村的族谱就放在庙里。再往前是夏村，她初中一个女同学就是夏村的，有一年为救被淹的小孩，自己淹死了。她爹想为她申请一个英雄称号，却一直没弄成。她忘了那个女同学的名字，可每次路过夏村，她都想起她。

再往前是吴楼村、西河村、郭李村，每个村她都很熟，她跟着妈去走过亲戚，跟着爹去卖过炒花生，跟着女同学到过家里去玩，然后，然后就出吴镇，到文镇了。

出了吴镇，她就应该沉下去，就能死成了。

她扭头看左边，左边是灰色的水泥斜坡，她扭头看右边，右边也是灰色的水泥斜坡。她忽然有些惊慌，她不知道自己在哪儿了。她找不到位置了。她感到她像又到重庆的大山里了，前后左右都是山，没有任何坐标。她想逃出那座山，她连儿子都不要了。现在，她又处于这样的境地了。

要是在湍水漂着，就肯定不会是这样。

她熟悉湍水，每一道拐弯，每一丛芦苇荡，每一个旋涡。芦苇倒在水中，长长的草在水中摇摆，岸边的泥土沙石被河水冲刷着，一点点失去和流动。她知道哪个地方水深，哪个地方水浅，哪个地方有大鱼，哪个地方有老鳖。有一年，她在河里洗衣服，看见一只老鳖在浅水里慢慢游。她拿衣服把它搂了上来，它也不动。她把它放到篮子里，它也不动。她要回家的时候，就把老鳖给放了。

在盛夏的中午，她知道哪个地方可以洗澡，哪个地方不会有人经过。即使万一有人过来，一上来就是合欢树林，她躲进去，不会有任何一个人发现。她知道每一个村庄后面湍水的形状，河坡上有什么树，河里有多少瓜地、花生地，有多少新栽的树。

要是在湍水里漂着，她就可以清清楚楚、踏踏实实。她知道自己在哪儿，湍水在哪儿。她知道她会在哪儿被水草缠住，被哪一丛芦苇拦住，会停留在哪一个拐弯的地方。可现在，湍水的水太小了，河道太乱了，她怕还没有淹死就被冲到沙滩上，搁在那里，像一条半死不活的鱼，张着嘴，翻着白肚子。她不想那么难看。

她只想着找水大的地方，不会被别人发现的地方，却忘了这条新河的坚硬和冷淡，忘了它没有一丁点儿淤泥。这条水泥大河，是死的。它被水泥包裹起来，严密、坚固、威武，唯我独尊。它不会有任何生长性，不会长出荒草、芦苇、鱼虾，不会随季节的变化而涨潮落潮，不会随时间流逝和泥土、天空、气候融为一体，最终就好像从来都有这条河，好像从来如此，起源于宇宙洪荒，和人一起经历沉浮、盛衰和死亡。

它不会和所有河一样，三十年河东，三十年河西。它不会这样。

死寂的水。死尸一样的大蛇。庞大、笨拙，蜿蜒在陆地中央，没有任何活的感觉。

她想让泥沙把她耳鼻塞实，沉淀下去，被河底的蔓草挡住，被水边的芦苇丛拦住，慢慢变为腐殖，最终化为淤泥的一部分。她想这样把自己藏起来，藏在最深处的黑暗，谁也找不到她。她儿子、儿子的父亲、她现在的丈夫、妈，谁也别想把她找到。她就藏在泥里，永远、彻底地把自己藏起来。

可现在，她将永远在这条水泥大河里漂流，慢慢分解，肉一点点剥离、烂掉、发臭，一路漂过陌生的地方，直到到达北京。她将逐渐分解成恶臭的细菌，溶于水中，最后，到达某个人的口中、胃里。

这真恶心。太恶心了。她想起身,重新回到湍水旁边,去寻找能让自己死掉的地方,她愿意往湍水上游再走一些,再远一些,也许就有宽阔的水面了。

她感到头越来越重,水慢慢地涌过来,把她压倒,冲到水中,撞到坚硬的水泥地面。灌在她口里的不是湍水那样的水,混合着泥土、沙石、鱼虾、水草的味道,这水淡而无味,淡得要死。她受不了这寡淡。

连死都这样寡淡。那就死吧。

大幕合拢,天空最后一丝光被收起,大地陡然暗了下去。

黑夜来了。

一头奶牛

玛丽娜·阿赫梅朵娃　萧桐 译

"溜达一会儿就行了，溜达一会儿就行了。"嘉莉娅暗自絮絮叨叨地说。她从散发蚁酸和地蘑菇味的小树林走出，走到明媚的太阳光下，阳光使她一阵目眩。此刻，她渴望看见扎伊佳[①]在小溪里喝水。

"扎伊佳！"她厉声喊道。

三头黄牛在自行车外胎勉强能够沉没的溪流中，小心翼翼地喝水。它们惊恐地冲向岸边，摇晃着尾巴从高高的杂草中离去。

嘉莉娅绕行到桥上，抓住晒得发烫的粗糙的栏杆，眺望深绿色冷杉树梢，尖尖的树梢清晰地刻在闪闪发光的蓝天背景上。

有个东西吸引她看向森林的方向，而不看紧挨小河的村子。村子边上一栋倒霉的房子歪歪扭扭。那是戈罗霍夫家的房子，菜园里长满杂草，这时节别人家的菜园里马铃薯苗已经长高了。戈罗霍夫家的房子离小河最近。附近的人都听见了嘉莉娅的喊声，知道她在找扎伊佳。

---

① 扎伊佳是"Зайка"的音译，意思是"小兔子"。

嘉莉娅低下头来。河水变得浑浊，河底污泥中的石头和瓶子变得模糊，因为嘉莉娅是透过眼泪形成的浑浊透镜看的。眼泪终于脱离眼眶，落入平静的水面，一点也没有打扰小河。

嘉莉娅用弯曲的手指触摸睫毛，感到这两滴泪耗尽了她所有的力气。以前她不是这么哭的。她最后一次哭是在三年前，因为丈夫离开她去了穆押村。她哭了整整一年，整整三百六十五天，然后就不哭了。那一年她动不动就流泪，泪流得越厉害，越有力气哭。

"扎伊佳！"她喊着下命令，命令回答。

她大声地喊，要让戈罗霍夫家房子里的人全听见。她选择的口气是要让戈罗霍夫家明白，她是在命令他们归还扎伊佳——那头温顺的褐红色奶牛，它那么随和那么善良，嘉莉娅起初叫它"卓伊佳"①，不知不觉就不用这第一个名字，开始温存地叫它"扎尹佳""扎伊佳"。

可能是戈罗霍夫家这些寄生虫和酒鬼牵走了她。他们没碰别人家的奶牛。他们看人下菜碟——扎伊佳老了，没多少人要，杀了也就杀了。也不用害怕嘉莉娅，谢尔盖去了穆押村以后她一直单身。

嘉莉娅的头暴晒在太阳下，她一直在看，在向森林看。高大的林木爬满山，无论太阳如何炙烤，也无法榨干它鲜艳的色彩，不能使森林褪色。从远处看，森林总是比山脚的草地颜色暗。草地上虽然全是草，但各处的绿不一样，这取决于太阳照射的角度。

---

① 卓伊佳是卓雅（Зоя）的小名，这个名字有生命、生活的含义。

大家开始不太尊重她，丈夫离去几个星期后她就注意到了这一点。嘉莉娅在村里的商店里当售货员，没有做过任何会让大家改变对待她的态度的事情——没有短斤少两，一如既往地同意打白条买东西。可村民们还是瞧不起她。她确信自己既没有对前夫也没有对他人做过坏事。她向老天抱怨他人。嘉莉娅和村里的其他人一样，并不特别相信上帝。但她觉得在高山、森林、动物和人类之上确实存在某种东西，某种至高智慧。她希望这个至高智慧了解她的不公。所以，即使为了理解周遭都不理解的人，这种至高智慧也应当存在。

在单身后的第一年，嘉莉娅夜里经常走出屋子，坐在院子的长凳上，看着天空，至高智慧在那里点亮群星，让群星低得仿佛在天文馆的圆顶下。她求问自己的事情：谢尔盖为什么离开？请求把谢尔盖还回家，她相信这都取决于至高智慧，当然，如果至高智慧理解她。她坐在黑暗中寻找星座，把散落在天空的群星区分出来，用视线勾画星座的边线，就像她上中学时在天文地图册中用铅笔勾画星座一样。嘉莉娅曾梦想成为天文学家，但却成了售货员。

过了一年谢尔盖还是没回来，嘉莉娅的眼泪不知怎么就没有了，她不再与至高智慧交谈。她现在不为扎伊佳祈求，但有时候想：处在高于一切可见之物的至高智慧，可能只是不喜欢人们明知道答案还去找他。

戈罗霍夫家的房子歪歪斜斜。搭着房子盖的黑色板棚沿斜坡向下歪着，挤得烂墙和扭扭歪歪的围栏之间几乎没有空隙。围栏下绿油油的，但都不是什么好草，是杂黍草、荨麻草、风滚草。

对于住在这种房子里的人而言，贪图别人的东西、对动物下手是无所谓的。他们从小就打亲妈，一头母牛对他们算什么？全村人都知道醉鬼丈夫伊戈尔是怎么打达丽雅·戈罗霍娃的。他清醒的时候也打她，还打得更有滋味。他打累了，就暗中教唆儿子们："揍她，别心疼。"儿子们就打，起初是因为不敢违抗父亲，后来就打得很带劲了。

达丽雅·戈罗霍娃现在还活着，她的丈夫早已经死了——喝醉了，淹死在水库里。一个儿子因为盗窃在伊尔库茨克坐牢，刚回来；另一个儿子在一个冬天喝醉了，在雪地里躺了一整夜，冻坏了四肢，现在残了，站不起来。嘉莉娅无论如何也不给当地的酒鬼们赊账了，他们都蜂拥到这里来。

嘉莉娅走下桥，向戈罗霍夫家房子走去。她已经是第四天来这里，盼望出现奇迹，看到扎伊佳混在别的牛群里。她也是第四天想顺道走进戈罗霍夫家，说："废物们，吃了就吃了。如果真是那样，只要告诉我，好让我别再找它。"

真是凑巧，戈罗霍夫家的长子就在这时候从监狱回到了家。

那天晚上，嘉莉娅没有等到扎伊佳回家，就跑去了小河边，然后一个人回的家。她安顿女儿睡觉后，跑去找邻居们。她求四十岁的筋骨健壮的沃洛佳·索莫夫和刚刚割草回来的年轻矮壮的萨沙·亚莫夫陪她一起去林子里找扎伊佳。他们穿过整个林子，从头到尾，从尾到头，从右到左，从左到右，用电筒照每一处树中间的空地。他们穿过林子走到水库，电筒的白光就像棍子戳了戳那里的杂草、灌木和旅游者留下的垃圾，当照到水的灰色边缘时，嘉莉娅的心猛然一悸，仿佛手电筒的光打扰了水和水的隐秘。她白天靠近水库时通常会有的那种感觉，在这深夜使她焦躁不安，血管发胀，弥漫的恐惧让她很快冷静下来。

她脑海中浮现出奶奶和爷爷的故事。他们出生在这里，他们以前住的地方就在这片水域，后来按照命令离开家园搬迁到一个新地方。那片水下有几个村庄，有房屋、墓地、牧场和雪松。粗壮的雪松。可尤戈洛克村周围半径一百多公里以内不长雪松。

嘉莉娅从不会在那里游泳，她的三十五岁的同龄人也都不会。年轻一些的会在那里游泳，他们的奶奶和爷爷晚上告诉他们，那里曾是草莓生长的好土地，六月份草莓的两侧已红艳艳，阳光最柔和，稠李花最洁白。

嘉莉娅那天晚上做了一个梦，似乎奶奶从水里出来，牵着扎伊佳，抓着它的左角。没有月亮，但从天上射出一道光，在奶奶和扎伊佳身上银光闪闪。

嘉莉娅醒了，起床，给她燥热的身上披了一件长袍，深夜走出屋子。她坐在长凳上，观看星座。每年这个季节，群星低垂在大地之上，甚至能看见很小的星星，现在是八月份，甚至可以看到一些星星从天穹掉落下来，飞到山后，飞到宽阔的牧场。

嘉莉娅看着天空，群星真实的而不是人造的光让她平静了。嘉莉娅告诉自己，扎伊佳还活着。

现在嘉莉娅站在戈罗霍夫家房子旁边。前边只有板棚和废弃的房屋。她看着戈罗霍夫家简陋的家，不屑地摇摇头。嘉莉娅决然转身，不走进那栋房子，走上背对森林的小路。

小路两旁的草里嗡嗡声和吱吱声不断。太阳落得越低，大地的虫鸣声越响亮，就好像高频振荡机器在地里不间断工作，机器里的每只昆虫和每根茎都忠于职守……

嘉莉娅身后的森林在变暗。当她离戈罗霍夫家房子有相当远的距离时，雪松树枝间探出一只瘦弱奶牛的褐红色头。奶牛一双温柔的深色眼睛难过地凝视着远去的女主人。

嘉莉娅向下走往村俱乐部那幢像牛棚的细长建筑。俱乐部的红色大门紧闭，仿佛要永远关闭下去。嘉莉娅从俱乐部走到列宁街。尤戈洛克村的房子是一层楼的，一模一样，由原木建造，涂上黑色，但许多房子都装饰着白、黄、蓝的雕刻贴脸板。每座房子旁边，菜园里，绿油油的土豆苗长势喜人，而堆放在围栏旁的木柴散发着树脂的气味——松树的苦味和白桦树的甜味。

传来噼噼啪啪的响声。她的邻居，退了休的阿纳托利·米丘科夫骑着一辆蚂蚁样子的红色摩托车驶近她身边。"现在他就要问扎伊佳了，"嘉莉娅想着，"然后他就会吮吸着脸颊说，我白白地把它拉扯大。"在过去的一年里，乡亲们开始一个劲地问嘉莉娅为什么不宰了扎伊佳这头很早就不产奶的老牛。

他们计算她的奶牛吃多少干草，而嘉莉娅是一个单身母亲。养一头奶牛没好处，她该是不划算的。嘉莉娅开着玩笑回避这些问题，暗自生气。似乎扎伊佳吃的干草是掏他们腰包购买的，而不是她自掏腰包。

嘉莉娅给邻居阿纳托利·米丘科夫赊账肉类产品，从不吝啬。此外，她上班的商店的店主阿莲娜鼓励食品赊账，人们签名买走的越多，从他们的薪水或退休金返还的就越多。但这位邻居前年就没有从养老金中返回一卢布，去年也没有。也许因为这个，他现在遇见嘉莉娅时眼睛里出现这种谄媚的眼神。

邻居阿纳托利·米丘科夫使一只脚蹬了一下黄土地，刹住摩托车。嘉莉娅瞟了一眼，就把他从头扫到腰部，只见他双眼干涩无神,脸颊深陷,薄嘴发紫;被炎热太阳晒黑的瘪胸上白衬衫敞开的领子,与脖子上布满的深深皱褶都是黑乎乎的,好像里面已经刻意填充了一撮从地上拾起的污垢。脖子上一根灰色的绳子,拴着的不是十字架而是小钥匙。他整个一生都用一根简单的绳子戴着这把钥匙。他已经戴了这么久,从来没有人问过这钥匙是做什么用、开什么锁或者是否存在这把锁。

"你去寻扎伊佳了? 没找着?"阿纳托利·米丘科夫问道。他干巴巴的双手扭转方向盘的手柄,脸颊抽搐。最近,这种抽搐脸颊的习惯强化了,好像他在不住地咬自己。

嘉莉娅没有回答,因为这很清楚。如果她找到了,那扎伊佳和她现在会站在一起。

"我可是提过建议啦。"他带着一种不自然的神情,遗憾地瞧一下她的眼睛,说道。

大约一周前,阿纳托利·米丘科夫到过她家。他在篱笆门口按了门铃,干涩而深深地咳嗽着走进院子。嘉莉娅走出房子,邻居阿纳托利·米丘科夫伸手递过来一个充满气泡的袋子。袋子的提手系着,透过塑料薄壁可以看到发黄的水,水里面躺着一个黑沉沉的东西。

"给你带了一条鲶鱼。"他说,"今早我去水库钓鱼啦。我跟妻子已经炒了一条,味道棒极了。把袋子拿到厨房去,我要跟你谈谈。"

嘉莉娅双臂伸直拎着袋子,走进了屋。她把袋子放进水池,然后回到院子。

"昨天我在路上走,"邻居用严肃的语气说,"牛正从草地回来,你的扎伊佳就在其中。我无意中看了它一眼,它走路时前腿瘸着。我再仔细瞧了瞧,它关节肿胀,弯曲费劲。你知道这是怎么啦? 水肿病。我想靠近些仔细查看。可以吗?"

嘉莉娅挪动身子,闪开房子墙壁和绿植围栏之间的狭窄小道,让邻居到牲口棚去。他正儿八经地扶着鸭舌帽的遮阳板,绕房子一圈。

扎伊佳抬起褐红色的头,四肢着地笨拙地站了起来,屁股后退着躲开,碰到了带刺的原木墙,紧紧靠住,摇着头,呼吸急促,惊恐地看着阿纳托利·米丘科夫。

嘉莉娅跟着他进来了。她打开牛栏的小门,急忙赶到扎伊佳身边,抓住它的左角,抚摸它的脖子,肩膀上感到了奶牛呼出的湿气。扎伊佳把带角的头向后一仰,焦急地盯着女主人的眼睛。

"安静,扎伊佳。"她说,"别动!"她命令道。

邻居阿纳托利·米丘科夫也挤进了牛栏,抓住牛的一只膝盖,挤压。手指上尼古丁染黄的指甲陷入牛肿大的肉体里。"像是在商店里捏一根粉红色的香肠。"嘉莉娅心想,"他会在乎扎伊佳吗? 他想帮我,就好像他欠我个人情。"

"是的,水肿病。"邻居直起身子,很在乎的样子说,"要宰吗? "他问道,在灰裤子上擦着手,下面缝得很短的裤子衬里在发紫的瘦骨嶙峋的脚踝上方露出来。

"如果你需要,我会帮你,"他误以为她的沉默是犹豫不决,接着说道,"你只管说一声。"

扎伊佳安静地站着。嘉莉娅抓着牛角的手变湿了。夏天晒得很热,仿佛空气把各种声响和气息纳进小水滴,形成气泡,悬浮在地面之上,青草温暖的湿气像云雾爬进敞开的门。

"我家奶牛也曾是这种情况，"邻居继续说，"因为它已经老了，十二岁了。你的扎伊佳就更大了。我当时就一个人干了。"他骄傲地挥挥手，"没有请人，只有我妻子帮忙。如果你错过时机，它自己死了，那肉只能喂狗吃了。"

嘉莉娅向他挪动，他在嘉莉娅的逼近下走出了牲口棚。但在篱笆门前，他还试图说服她马上解决问题。送走邻居后，嘉莉娅走到房子跟前，在大门旁坐了下来。夏季暑热聒噪，使人昏昏欲睡，她从小就喜欢的钟声总是给人喜悦，现在却使年仅三十五岁的她犯迷糊。这钟声对俗世而言，单调而冗长，但对于她来说是短暂的。这使她想到，一切都将很快结束，就像对扎伊佳已经终结一样，再没有什么会改变，一切都会离去，不会再有任何新的，生活中曾存在过的所有那些新的已经成为过去。嘉莉娅摇摇头，包裹她的暑热像气泡一样破裂了，关在里面的各种声响洒向她，她听见房子里的电视声、女儿的喊声、扎伊佳的轻柔叫声。

嘉莉娅打算去牲口棚，安慰扎伊佳，但想起了鲶鱼。她解开了塑料袋。泥浆的腥味直刺鼻子。鲶鱼锃亮的黑背闪了一下。嘉莉娅从底部抓起袋子，将发黄的水倒入池子。她摇了一下喘着气静躺的鲶鱼，鱼就弯曲成了水槽状的半圆形，沾满水的黑色触须蔓延在池子里，须端伸向排水口。

嘉莉娅打开水龙头，不大的水流落在鲶鱼的背上，从背部冲洗黑色的淤泥。荆棘花开时，人们就到水库打捞鲶鱼，那时候是鲶鱼的产卵期。八月是尤戈洛克村的捕鱼季，家家房子附近有股油炸鱼脂肪的咸味。

嘉莉娅拿了刀。厨房里有股沼泽和淤泥的气味。当奶奶或爷爷描述水电站淹没的家乡时,她脑子里显出的图画发出的正是这种气味。他们谈到总是比其他村子草莓早熟的溪谷、以特殊角度洒满他们村子的阳光、黑色土壤的田地。假如没有山和人把地分开,就会认为这片地和尤戈洛克村那片地是同一块地,但是那里铁锈般的红黏土在他们这片地里根本就没有。

这些童话般的图画好像立在一个装满了水库里泛黄的水的玩具玻璃球里。如果晃一晃这个球,从底部升起的不是白沫而是淤泥,从稠李树、快乐的房子、红红的草莓、墓地石板下,就会漂游起鲶鱼。鲶鱼触须又长又多,身子膘肥光滑,蜿蜒起伏。

她用刀刃划过鱼背,被鱼尾巴在脸上抽了一个响亮的湿耳光。嘉莉娅"啊呀"喊出一声,身子向后一退。鲶鱼翻滚出水池,啪嗒一声湿漉漉地落到油漆地板上,在厨房爬起来,左右摇晃着脑袋,寻找可以逃进水中的缝隙,在身后地板上拉出一条黏糊糊的痕迹。鲶鱼爬得越远,越无法找到出路,就越猛烈频繁地摇晃脑袋,腰部弯曲扭动,每扭动一下,尾巴就会用力拍打自己笨拙的头部。嘉莉娅感到惊恐和厌恶,僵住不动了。她似乎觉得一条蛇正在从她身边爬开。她想到女儿可能会进厨房来,就扑向鱼,跪下,用左手抓住鱼固定在地板上。鲶鱼扭曲身子,尾巴左右摆动从两侧抽打她的手臂。嘉莉娅鼻子发出哼哼声,仿佛她自己是鱼。嘉莉娅愤怒、厌恶得哭了,但只有哭声,并没有流泪。

她举起刀,用力攥住,转过身去,不怕切断自己手指,用刀刃猛击鱼头,可在最后一刻,她害怕了,没了力气,刀锋从光滑的黑色鱼头滑过,只割开了鱼头部的皮肤,露出充血的粉色肉。这条鱼像中了邪一样抽搐起来,尾巴啪嗒啪嗒地拍打她的手,她皮肤灼痛。鲶鱼的脊柱变成通电的铁条。这电进入她体内,震动她双手的骨骼和软骨,抽搐喉部,抖动心脏,嘉莉娅似乎是坐在电椅上等待行刑。

她克服颤抖,翻过刀柄,将刀刃压在鱼身上挨近头部的位置,用膝盖压在刀背上,重新使出力气。只听见咯吱咯吱的碎裂声穿过膝盖传来,她一屁股摔倒在地。她脚后跟蹬地板,向后爬了一点,停下来一动不动,一个姿势静静地坐了很久,直到被切下的鱼头上的眼睛凝成了肉冻,而鱼的躯干仍在弯曲,尾巴多次连续抽打空中,寻找头部,仿佛电流没有立刻短路。

第二天,扎伊佳丢了。

紫水晶商店差不多就在俱乐部正后面,在阿莲娜向政府租赁的一间低矮砖房子里。她在门廊抽烟,看见嘉莉娅,就走下来。

"哈啰,嘉莉娅。一直在找呢?"

嘉莉娅没有答话。阿莲娜哑巴哑巴巨大的粉红嘴唇,似乎在厌恶地吸一支拿在手中忘记了深深吸一口的香烟。她吞下烟雾后,用空出的手托住下巴底部,挤压嘴角,下嘴唇突出得像钓钩上的鱼一样。

不久前她才有了这个习惯,当时银行要求她和丈夫伊戈尔返还三年前去土耳其旅行花销的贷款。伊戈尔失去了锯木厂队长的工作,后来他们停止了还贷款。银行没有提欠债的事,他们以为银行把贷款给免了。但银行积累了利息,今年夏天提醒他们还款。这刺伤了阿莲娜的心,让她抱怨生活的不公,诅咒她从一开始就不喜欢的土耳其度假。

自从银行催账后，嘉莉娅就等待阿莲娜与她谈食品欠账的事。

"嘉莉娅，我们进去吧。"女老板请求道。

嘉莉娅与她一起穿过密密实实摆满了三冰柜冰激凌、火腿和快餐的商店，到了辅助用房。辅助用房的墙上挂的是发黄的前一年日历，上面有耶稣基督的画像。橱柜上一束玫瑰枯黄了，那是阿莲娜丈夫很久以前为她的生日送的。红色花蕾从未开大，萎蔫后，流出了黄色液体。桌子上放着记账本。这本厚厚的学校用的硬皮本，嘉莉娅通常放在柜台下面。

嘉莉娅坐到桌子旁，将残留茶和速溶咖啡痕迹的三只杯子向前推到挨墙的地方，将手肘放在空出的位置，用冰冷的双手搂住头，捂住双耳，好像她不想听女老板将要说的话。

自从谢尔盖去了穆押村后，嘉莉娅就没有了钱。孩子的抚养费谢尔盖只支付过一两次，就这还是从正式工资之中支付的，而他的外快更多，每个月就都拿去养那个女人和她的孩子了。

嘉莉娅去了村委会，就在俱乐部的后面。这是一幢木制小屋，屋顶上悬挂着俄罗斯国旗，小屋后有一条木制小道——在夏天高大的杂草之上、冬天厚厚的雪地之上、春天和秋天油腻的污泥之上——从小屋的后门直通一间木板搭的厕所。

村委会主任阿列克赛·加夫里洛维奇在他那寒冷的办公室里接待了嘉莉娅，里面摆着一张抛光的长桌，桌旁椅子后面的墙上悬挂着总统的肖像。

"嘉莉娅，你忘了办离婚手续。"他打断了她的抱怨。

"啊？"嘉莉娅再次问道。

"在法律上你和谢尔盖没离婚。"主任说，"按国家政策，你们还是夫妻。"

"他算我什么丈夫？"嘉莉娅大声说，"他和另一个女人住在一起！早就和她一起住了，我对此一点不知情！"

"嘉莉娅，"主任加重语气说出她的名字，"他是个混蛋和无赖，这你我都知道，可国家不了解。拿有戳儿的离婚证给国家看。没有戳儿，不会给补贴。"

"如果有戳儿，那能给多少？"嘉莉娅问。

"我们这就看一看。"主任打开书桌抽屉，在里面哗啦哗啦翻了翻一个很重的东西，拿出一沓用回形针从侧面固定在一起的文件，一页又一页地展开，食指舔上唾沫，弯下灰斑的大头，俯在文件上。他读了几行，发黄的牙齿用力咬着肌肉松弛的下嘴唇，慢慢地从一圈牙齿中放出嘴唇，再次咬上。当他的手指停在需要的位置时，嘴唇看起来已经像被蛇咬了。

阿列克赛·加夫里洛维奇多次被村民选为村委会主任。他在村委会已经工作到第十七个年头了。尤戈洛克村的男人们对他既尊重又惧怕，女人们对他又喜欢又尊重。他当了十七年主任，每周只在寒冷的没人住的办公室住一天。其余时间，包括周末，办公室都处在墙上的总统肖像的监督之下，而主任本人则跑遍牛棚，跑锯木厂，围着正在建的儿童操场跑来跑去，为儿童操场拿到了国家资助。

"147卢布。"他一只坚毅的手掌猛烈地放在纸上，仿佛嘉莉娅的意见、抱怨和哭诉就躺在桌子上，他很想立刻摁住、制止、不听。

"多少？"嘉莉娅吐出一句话。

"不多。"他答道，"嘉莉娅，找份工作吧。"

工作是在当地人贴广告的老水塔的绿色墙上找到的。紫水晶商店招售货员,当嘉莉娅来应聘时,阿莲娜最初说的就是赊账,可以赊账出售所有食品,伏特加酒和香烟除外。"你赊得越多,返回的就越多。"她说。

"嘉莉娅,该收欠款了。"在库房里,阿莲娜一边哀怨地说,一边坐到她对面。

"怎么收?"嘉莉娅惊讶地看着她。

"上门收。"血液涌到阿莲娜肥胖的颈部三个深深的褶皱里。

"可你当初没有说要自己去收款。"嘉莉娅手握住又松开,提出不同意见,"你自己说让赊账,我就赊了。"

"嘉莉娅,银行会弄死我的。"阿莲娜用一只手臂缠住脖子,"我的亲妈呀,那里已经算了利息。我上周去伊尔库茨克,到那里去了一趟。那儿有一个穿西装的男人说,我会被关进债务拘留所,讨债人会来找我。贷款就记在我名下。我告诉过伊戈尔,我们不需要这土耳其之旅。所有人都像别人一样在水库上休息。我们凭什么更好?他们赊了100000,只还回300。我把自己卖了都攒不了那么多。我以为银行忘了欠债的事。"她歉意地补充道,"可都记着,利息也累积……嘉莉娅,我不是说只让你去找所有人要账。我也去。你选,先去找谁。"阿莲娜翻开记账本,"我也选,我们明天开始。"

嘉莉娅俯身看她自己的手和换班女售货员的手写的几行字和字母。她把记账本往跟前拉了些,因视力弱而眯起眼瞅着账本翻页,此时阿莲娜期盼地、带着某种强烈希望——似乎有什么取决于嘉莉娅似的,看着嘉莉娅黝黑松弛的额头。

嘉莉娅用圆润、整洁的指甲划了两个姓氏,从其他数十个之中挑出戈罗霍夫家的达丽雅·戈罗霍娃和邻居阿纳托利·米丘科夫。

嘉莉娅与谢尔盖一起生活时，曾认为她的家庭会按惯例和人性预设的节奏发展，大多数家庭按这节奏走：相遇，彼此相爱，生养孩子。他们因繁重的工作、钱少、问题多而彼此冷漠，自我麻木，耗尽一个人心中对另一个人的所有感情。到老年时，生活该怎么样还是怎么样。所有生活并肩度过，已经无法分割，两个人——一个男人和一个女人，现在他们之间重生感情，彼此相亲，如同亲近的亲人。即使这种热情不温暖人，也不会使人心灵孤独，这就够了。

嘉莉娅的家庭生活已经达到了第二阶段，不是处在第二阶段的开端，而是已经到了中段，但离老年还远。嘉莉娅也认为在生命周期的第三阶段，她将得到的回报取决于她如何忍受。她认为也许他们的爱就这样随着丈夫的无情流逝了。当谢尔盖第一次暴打她时，她没有向任何人抱怨。她甚至埋怨自己，站在牛舍里，抱着扎伊佳单薄的背，只哭了很短的时间。扎伊佳短而粗糙的毛不吸收眼泪。眼泪在绒毛里流动，落在牛苍白的皮肤上。扎伊佳不时打个寒战。

其他方式毕竟不可能：当男人对女人没有了感情，他可能本人都感到惊讶、困惑，不知道这个空缺如何填补，就把它让位给了无情。即使缺了那种感情，甚至即使缺了怜悯，这也似乎就是个空缺。但在缺少怜悯和无情之间存在巨大的差别。差别在于，缺少怜悯就是在通常人们有怜悯的地方没有怜悯。一个人看到有人情况很糟糕，从旁走过，毫无同情，无情就占了这个空位。最可怕的就是，无情占了爱情曾经所在的位置。

如果给这些再加上男人事业上出现的麻烦和困难、领导的不尊重,那么结果就是,给他身旁提供个女人,能让他至少感觉到对她的支配权,以便在他用厉害的话语或拳头猛揍她后拾回自尊。毕竟他再无法通过其他人拾回所有这些。于是,她就扮演了这样的女性角色——每年被暴打几次。

虽然嘉莉娅如此这般看待生活,但她自己也不再爱谢尔盖。有时她会产生一种想法,虽然她立刻就赶走了这想法,但残迹仍然存在。这想法就是,如果谢尔盖死在锯木厂的古老树干下或在事故中坠亡,那她不会为他哭很久,因为不可能爱和怜悯你害怕的人、举手狠狠揍你的人。

但是,谢尔盖离开后她哭了很长时间。直到现在,当扎伊佳失踪了,她才开始明白:人们因不同的遗失有不同的哭泣。虽然她没有流着泪哭扎伊佳,但这仅仅是因为换班女售货员有一次告诉她:"丢了东西,不能哭。如果你认为已经回不来了,那你只管哭。"

那天,谢尔盖傍晚下班回到家,去了厨房,揭起锅盖,里面刚刚煮好的汤面平静下来了。他俯下身,大声地闻了闻,深吸一口气表明他知道饭做好了。他盖上锅,走到厨房后面的储藏室门口,打开。他蹲下,摆弄架子下层,起身时手里已经拿着他的运动包。

"又要去值班。"嘉莉娅这样以为,就说,"你先吃饭。"

谢尔盖默默地走到他们的房间,打开衣柜,把他的东西——运动服、毛衣,还有十年前参加一个朋友的婚礼买的西装上衣和裤子胡乱扔进袋子。"为什么他出门要带一套西装?"嘉莉娅想。他把袋子放在他们的床上,拉上拉链,走到门口。

嘉莉娅清楚地了解他的情绪，对她来说分为安全好和危险坏，就跟着他走。她觉得谢尔盖似乎是在梦中走动，仿佛在她的梦中走来走去。前一夜，他们之间没有任何不好的对话。从来没有醋劲，没有恫吓，只是缺少温存，麻木了，然而嘉莉娅预感到有不好的事情要发生。

谢尔盖穿上鞋，不看她，避开她凝视的双眼。

"你不爱我了？"当谢尔盖抓起了门把手，嘉莉娅问道。

"很早就不爱了。"谢尔盖答道。

"你爱别人？"嘉莉娅问。

"很早就爱上了另一个女人。"谢尔盖答道。

嘉莉娅听到她自己的哭声从远处传来。她犹如一条鱼，被一个没有经验的渔夫击中，打昏，但没有打死。她哭了起来。谢尔盖突然转弯，伸出双臂走向她。嘉莉娅也想伸出双手给他。

"差点忘了。"他说完，俯身从镜子下的插座拔出了手机充电器。

嘉莉娅站在门口，双手紧勾在一起，手掌放在胸前，压在身上，好像那里抱着一种没有皮肤、无法生活在空气中的生物。嘉莉娅僵住了。她在颤抖，仿佛她被放置在一把电椅上，用冰冷的电流杀死她。她穿上鞋子，走到外面。黑色的天空覆盖着棉花云，但隔着黑云深处发白的斑斑点点看得见深蓝的宇宙空间。

她走进牲口棚，叫醒扎伊佳。当它还未恢复从睡眠中站起的四肢时，她把它温暖的嘴巴抓在手中。奶牛呼出的水汽像一层温暖的薄膜一样遮住了她的脸。嘉莉娅时而看着扎伊佳一只深邃温柔的眼睛，时而看着另一只，严肃地、仿佛在对一个善解人意的亲人说：

"我以为他根本不懂温存，原来是对我没有温存。"

达丽雅·戈罗霍娃弓腿站在门口，一手扶门，不让嘉莉娅进去。她穿着即使夏天出门也常穿的暖和的毛料连袜裤，披一件穿旧了的淡粉色法兰绒长袍。达丽雅一只眼越来越不好使，骨头越来越向两边散开，接近老年的模样，似乎这骨头使人现在才想起她被人用腿脚殴打的伤痕。那逐渐长大的腿脚曾在她宽大的骨盆里柔软得如同橡皮泥，被她肚子的血肉组织保护免受外界坚硬物伤害。

达丽雅·戈罗霍娃向嘉莉娅投来充满怀疑、不信任却理解的眼神。她猜到了嘉莉娅——村里商店售货员、她长子的同学为什么来。达丽雅·戈罗霍娃叹口气，从门上拿开手，让嘉莉娅进到家里。她双脚蹭地，蹒跚地领着嘉莉娅进入房间。从走廊半道开始，嘉莉娅就被一股气味所震撼，软绵绵、甜滋滋的，就好像肉用糖煮了很长时间，并在大锅里长时间煮，直到全部熬干。

当嘉莉娅坐下时，她觉得椅子湿漉漉的，似乎已经在那个焦糖肉蒸汽上结结实实地蒸过了。

"没有。"达丽雅尖声说道。

"什么没有？"嘉莉娅问。

"钱没有。"达丽雅·戈罗霍娃回道，"恶棍们都喝酒花光了。"她在点头示意，嘉莉娅就转过身。

窗边的床上躺着戈罗霍夫家的小儿子，盖着厚厚的被子，伸出的手放在被子上面。那双手小而光滑，因为没有手指。他向嘉莉娅眨眼。嘉莉娅很快移动眼神，避开他黄色的脑袋、乐呵呵的眼神和戏谑的痴笑。

"混球。"他母亲声音刺啦地说,"另一个在浴室,我每天往那里跑几次,怕他上吊自杀。他从监狱出来回到家,骨瘦如柴,恶狠狠的。我想请个医士,反正他们整天坐在诊所,什么都不做。'到哪里去?'这个大声吼叫,'他不需要医士。'就住进浴室了。我拿走了镰刀,把那架板上摸了个遍,没有绳子。就是说,他心已经伤透了,由于不适应。没什么的,他会适应正常的生活,会活下去。我把他们生下来时是正常的,"达丽雅·戈罗霍娃强调"生"字,"我的儿子当时是最好的。医务助产士站还对我说,我生了很好、很强壮的孩子。谁知道,当他们还在襁褓中吃奶时,就说他们不会有出息。"她带着刺啦声坚定地说出这些,好像她的舌头被烙铁烫伤了,"我懊悔生下了他们,当初不应该生,不应该,可……"虽然嘉莉娅静静地坐着,没有应答(支持谈话),但是达丽雅·戈罗霍娃继续说。

"他们的父亲贼凶,却不是无可救药之人,不是。有一次,他对我挥起榔头,而我怀里抱着他,"达丽雅·戈罗霍娃朝好嘲弄人、曾喝醉酒的儿子点头,"我侧过身护住他。榔头击中了我的手臂,几乎打断了整个骨头。我现在回想起他,愿他的灵魂安息,他清醒时是个好人,好人……不是挨骂时才会被提起。"达丽雅·戈罗霍娃用脚在地板上找拖鞋,准备起身,"嘉莉娅,你,嘉莉娅,你告诉店主,我现在没有钱。只要老大一醒过神,我就会去把我的全部退休金给她。如果你来我这儿是为找你的奶牛,那么你应该感到羞愧。嘉莉娅,我家的人都没有动它。他们,我的儿子,都是十足的混蛋。但是你看看这位,"嘉莉娅决定不回头看她小儿子,他一直在偷偷地笑,眼睛瞄着她的背部扫来扫去,"这位能杀死一头牛吗?他起不了床,能去哪里?至于那个老大，他好几天不吃任何东西，就躺在浴室里的长椅上喃喃自语。我要去看看他。"达丽雅·戈罗霍娃艰难地起身，"你如果愿意，跟我来看看他是什么样子。这就是个影子，不是一个人。另一方面，我为他感到难过。但你的奶牛他没有动。"

嘉莉娅起立，感觉她的湿裙子黏在了腿上。她跟着走路沙沙作响抬不起脚的达丽雅·戈罗霍娃，摆脱掉她小儿子的嘲讽笑容和淫猥眼神编织的网罗。

"一位牧师从区里来过我们这儿，"达丽雅·戈罗霍娃转向她，"他对我说：'上帝毕竟存在，他的公义存在。您丈夫和儿子欺凌您，现在瞧瞧，您活得好好的，可瞧瞧他们，这就是报应。'他穿着一身黑长袍，就站在院子，篱笆门口那里，没有进房子。我看着他，心里想：'就你，一个牧师，不可能明白，我作为一个母亲，那个时候，当他们三个打我时，不伤心，但现在看我儿子无可救药，我整个心都疼得碎了。'这上帝的公义它究竟在哪儿呀？"

在院子里，嘉莉娅惊恐地侧眼看到长满窄叶荨麻、弯弯曲曲的发黑浴室。

"你等等，"达丽雅·戈罗霍娃粗鲁地猛然用力抓住她细细的手腕，"我想问你。我从院子里看见你的扎伊佳，就一直很奇怪。毫无前途的一头奶牛，衰老、瘦弱、空乳房晃来荡去。干草一项给它就花费不少。已经不产奶了。你之前为什么不宰了它？"达丽雅·戈罗霍娃歪着脑袋，一双敏锐的眼睛死死盯着嘉莉娅的脸。

"我的奶牛，我想怎么做就怎么做。"她有点粗鲁地回答，深深的绯红爬上她黝黑的双颊。

"你爱它,我明白了。"达丽雅·戈罗霍娃把双手放在嘉莉娅的脸上,说道。她双脚蹭地唰唰地向浴室走去。浴室门上年久失修的合页吱吱作响。虽然空气热得要融化了,嘉莉娅却感觉后背有股寒气。

嘉莉娅绕道桥上,桥下的水静悄悄地流。哗哗的水声只在那河水需要流过侧放在一截圆木上的自行车轮胎的地方,像马戏团里的动物跳过轮胎圈,向前飞奔。而小河越过障碍的声音并不大。小河两岸的青草,拔节发出清脆的振铃般声响,强烈的阳光触摸大地,释放能量,犹如正在运行的永动机。

"扎伊佳!"嘉莉娅握紧拳头,愤怒地喊,转向森林,"我叫你回来!扎伊佳!扎伊佳!"

早在上学时就已经确定无疑,达丽雅·戈罗霍娃的长子是毫无出息的。嘉莉娅使劲忍住不像达丽雅·戈罗霍娃那样说出"毫无出息"这个词时,语气生硬,发出嘶嘶声。就在山上,往村子方向斜倾下降的地方,没有宽阔的森林带,如今仍可看见他们全班在毕业那天挖出的字母。挖得最卖劲的是戈罗霍夫,他很高兴再不用上学了。先前,尤戈洛克村中学的毕业生有这个传统,在山上留下毕业那年的四位数字。现在数字被草地覆盖,但如果仔细观察——嘉莉娅眯缝眼——仍然可以看清九个数字。

"扎伊佳!"她最后一次呼喊,离开河边。

嘉莉娅刚一转弯,背对朝山、小河和森林,从雪松树枝下就钻出一头褐红色奶牛,目送瘦弱且有点驼背的女主人从它视线中消失。

如果有望远镜,那就可以更近看看星星。虽然现在——像八月中旬常见的一样——群星那么明亮,低垂在大地之上,似乎宇宙从上面用蓝色压力机把天空挤压得快要破碎了，但在早晨，天空会再次上升。就这样永不止息，好似看不见的活塞做功，把天空提上压下。

嘉莉娅坐在屋旁，起初只是漫无目的地看着天空。而后开始注意到星星如何在大熊座①的大勺中点亮，呈正方形、菱形、三角形散布在天空。嘉莉娅观看星星时间越长，群星就变得越动感，降得离她越近。

嘉莉娅想起扎伊佳的小牛犊。它生得健康强壮，像扎伊佳一样是褐红色，但肚子上有一个大白斑。稚嫩的腿脚站起来，来回走动，吃到了母亲的奶。但到第三周却变虚弱了，躺下起不来。谢尔盖就说，应该尽快宰了它。

当时是傍晚，不像现在这个时候。

那是一个秋天的傍晚。天已经开始黑得早了。嘉莉娅要去请兽医。她想，如果兽医碰巧不在，那就另外请人，从懂幼畜疾病的尤戈洛克村老人中请。

"你要去哪里？"谢尔盖问。

"去兽医那里。"嘉莉娅答道。

"什么兽医？"他凶巴巴地问，"应该马上宰了它。（要不）肉就白费了。"

"它这么小……"嘉莉娅刚开始说话，脸上就遭到一拳，"啊"了一声。

谢尔盖抓住她的头发，拖她进厨房。嘉莉娅跟着他，难看

---

① 大熊座是北天著名星座之一，其中肉眼可以看到的十几颗恒星中，最亮的七颗组成了一个大勺子，就是古今驰名的北斗七星。

地弯下腰，一只手挥舞着，另一只手握住谢尔盖抓她头发的手。她从下往上看丈夫，看见他强壮的双臂鼓起的肌肉上粗实的男性皮肤和白色的T恤。他把她扔到厨房的地板上。嘉莉娅惊讶地看着他半紧握的空手，她的头顶烧得厉害，她觉得，他把她的头皮连着长长的黑发一起撕下了。

"什么兽医？"谢尔盖给她就是一脚，踢在她颌骨下面。

嘉莉娅牙齿磕伤了舌头，后来"嘶嘶"疼了好几天。

"快去取盆子，帮忙！"他用脚敲她胸部。嘉莉娅就爬起身去了。

谢尔盖打开院子里的灯，把小牛拖到板棚前面的石头地板上。嘉莉娅跪直，把盆子接在下面，从丈夫手中端起热乎乎的牛内脏，听着扎伊佳哞哞的叫声。

夜里，当房子里散发甜蜜的乳肉香时，谢尔盖就睡在她旁边。她起床，转身走向另一个方向，去了牲口棚。扎伊佳看了她一眼，嘉莉娅顿时感到浑身发热，被一阵疼痛刺穿。生命中有的东西你无法修正，不得不与之共存，并承受到底，只能哀号。也许有时牙齿咬得咯吱响，连根磕碎。在结束时——在最后时刻——祈祷死亡。因为一旦死亡来临，就让你摆脱了这个无法修正的事情。让你死去，就可能让你重生，过上没有这一切的纯洁生活。

嘉莉娅就这样长时间站在扎伊佳面前，默默无语，往自己脸上涂抹看不见的软泥。

紫水晶商店前面一辆白色日古利[①]减速慢行。亚莫夫从车

---

① 俄罗斯伏尔加汽车厂生产的日古利牌小轿车。

中跳下，嘭的一声关上门。

"嘉莉娅！"他还在上楼梯就呼喊，"嘉莉娅，渔夫在那里发现了你的扎伊佳。"

嘉莉娅嘭的一声打开柜台小门，跑出去，两侧腰撞到摆放得很拥挤的冰箱。她在门口撞上亚莫夫。亚莫夫停了下来。他肩膀宽阔，个头低矮，手臂因割草而十分发达。

"在水库里淹死了？"嘉莉娅审视着亚莫夫的眼睛，问道。

"淹死了。"他咽了一口吐沫，说道。

嘉莉娅从头上脱下天蓝色的制服围裙，放在冰箱上。

"你不关店吗？"亚莫夫一边坐到方向盘后面，一边问。

"让他们随便拿吧。"嘉莉娅回道，然后目不转睛地看着玻璃窗外的村子，看着露出一小捆一小捆金色禾秸的板棚，看着方形菜园里苍翠欲滴的土豆苗，看着靠在又矮又黑的屋子外墙的摩托车。

嘉莉娅没有哭，也没想要哭。可她很想打开车窗吼一嗓子："大家随便拿。不是借。需要多少就拿多少。"

"它淹死了。"亚莫夫斜眼看着她，似乎害怕她的反应，"渔夫们看到它自己走进水里。"他沉默，等待嘉莉娅说些什么，但她没有说什么，"一定是觉得死亡近了，不想让你看见。"亚莫夫见她没有不同意见，继续说道，"它舍不得你……它兴许出于某种原因自己走进水中，要知道奶牛都很笨。它们没脑子，没灵魂。"他很平淡地，似乎有点不好意思地补充道。

车子驶上水库岸边。嘉莉娅看见躺在地上的扎伊佳后，碰亚莫夫的肩膀，说："停下。"

嘉莉娅沿河岸急匆匆地奔走。她看扎伊佳越清晰，脚步就越快。离扎伊佳只剩十米的时候，嘉莉娅跑了起来，跑到死去的奶牛跟前扑通一声跪下。她用嘶哑的声音粗鲁地问："这是怎么回事，啊？"她把手放到扎伊佳湿漉漉的屁股上，那里被一根鱼钩挂过，带出了肉，"难道是我什么时候扎到你了？"嘉莉娅大叫着问道。她毫不知羞，不顾颜面，前胸趴在奶牛瘦骨嶙峋的腰上，数落着，大声哭泣。嘉莉娅看着水面，突然开始相信现在水面之下就是最善良的土地。那里盛开的稠李像雪堆，两边的草莓一下全都变红。奶奶和爷爷在那儿幸福甜蜜，因为他们仍然过着清白的生活。

西 瓜 船

| 苏 童

　　西瓜船大多来自松坑一带，河边住惯的人都认得出松坑的船，它们比绍兴人的乌篷船来得大，也要修长一些，木头的船体，下面临近水线的船板上包着白铁皮，船篷尤其特别，不是用油毡篷布做的，是一种用麦秆密密实实编结的席子，随意地架在四根木棍上，看上去像闹地震时候街上的防震棚。

　　每逢七月大暑，炎热的天气做了西瓜的广告，城北一带的人们会选一个清闲的黄昏，推上自行车，带着麻袋或者尼龙网兜到铁心桥去买西瓜。松坑来的西瓜船总是停在铁心桥桥堍下。七月第一批西瓜船从酒厂码头那里密集的船只中冲出来的时候，就有眼尖嘴馋的孩子从临河的窗子里看见了，跺着脚对大人喊，西瓜船来了，快去买西瓜！更有傻子光春这样的多事者，他们在岸上领着船往铁心桥那里奔，一边奔一边喊，西瓜船来了，西瓜来了！

　　年年都有西瓜船从松坑一带过来，船多船少而已。连小孩子都能一眼认出西瓜船，顶着那么个麦秆席子，船头上垒了简易的行灶，晨昏时分炊烟照样升起，看上去不像船队，倒像一组违章建筑的棚屋，盖到水上去了。

卖瓜的是老老少少的松坑男人。乡下的男人谁不勤快呢，可是到了铁心桥下他们就显出一种令人疑惑的懒散来，没客人的时候他们不是聚在一起打扑克，就是窝在西瓜堆里打瞌睡，有人跳到船上来，马上就醒了，从船篷里慢慢地钻出来。他们穿着白色的长袖衬衫和灰色蓝色的长裤，不习惯用皮带，裤子用蓝色的布带牢牢地束住，年纪大点的不注重仪表，常常歪敞着裤门，露出里面的花裤头的颜色。他们都带了鞋子，大多是解放鞋、雨鞋、布鞋，也有小青年置了皮鞋，却一律扔在舱里，打着赤脚。总体上来说他们穿得比街上的人多，却显得衣衫不整。他们在铁心桥下卖了好多年西瓜了，有的年年出来，街上的人能热络地喊出他们的名字，上了船和松坑人拍肩膀打屁股的，多半是为省下几个钱笼络人心。有的人还从冷饮店里买了四分钱的赤豆棒冰带上船呢。对于香椿树街人有所图谋的热情，卖瓜人嘴里应着，脸上堆着笑，但眼睛里闪烁着一种精明的防患于未然的光，说，赶紧挑几只回去吧，今年雨水多，瓜地里收成不好，就这么几船瓜，过两天就空船回去啦。

　　船上没有磅秤，用的是老式的大吊秤，遇到大宗的生意，要两个人用扁担把西瓜筐抬起来过秤，人手不够，别的船上的人就跳过来帮忙了。在船体的摇晃中，讨价还价的声音有时像激烈的口角，有时则像两个国家之间的外交谈判一样各抒己见，最后你让一步，我退一步，达成统一。就这样，一只只松坑西瓜离开西瓜船各奔东西，其中一只投奔到了陈素珍的篮子里去了。

　　陈素珍买瓜是一只一只买的，差不多隔一天买一只，挑拣讲价都极其认真，松坑人拍了胸脯包熟包甜才肯掏钱。从七月买到八月，到了八月，眼看松坑来的西瓜船渐渐空了舱，陈素珍想想儿子寿来那么喜欢吃西瓜，就有点抢购的想法了，一天买一只，挑得也不仔细了。松坑西瓜外表都是浑圆硕大的，也看不出哪只西瓜隐藏了不安定因素，陈素珍万万没想到那天她歪着肩膀把一只大西瓜提回家，费了那么大的力气，提回去的是一篮子的祸害。

事情过去好多年，谁也不记得陈素珍买瓜的细节了，只记得她买到了一只很大却没有成熟的白瓤瓜。这样的瓜再常见不过，不好吃，但确实是西瓜。类似的事情也经常发生，容易解决，要不你就胸怀大一点，只当是吃萝卜把西瓜吃了，不怕麻烦的话就把西瓜带到铁心桥去，买了白瓤的，松坑来的西瓜船通常是允许换瓜的。

陈素珍选择的是换瓜。她准备去换瓜时还惦记着另外一些家务事，香椿树街有好多忙碌又能干的妇女，恨不得一只手做两件事的，陈素珍就是那样的人。她的篮子里已经装满了酱油瓶黄酒瓶，突然又去拿了一块布料，准备带到裁缝店里去做睡裤。她嫌篮子分量重，就把那半只白瓤瓜拿出来了，空口无凭是常识，陈素珍怎么会不知道？所以她小心地用勺子挖了一块瓜瓤，包在油纸里，作为换瓜的证据。

陈素珍挽着篮子来到铁心桥下，看见三条西瓜船走了两条，只剩下福三的船了。说起来也不巧，她过去都是在福三的船上买瓜的，这次看见另外一条船上人多，就凑热闹上了张老头那条船，没想到相隔一天，张老头和他的船竟然就不见了。陈素珍不相信那一堆西瓜能在一天内卖光,她猜测还是剩下的瓜不好,卖不掉了,船上的一老一少便把船摇去别的地方卖。陈素珍站在桥堍下,手里摸到油纸包里的那堆瓜瓤,忽然对松坑人产生了强烈的厌恶感,心里有恨嘴上就骂出来了,什么包熟包甜,乡下人,总是要骗人的!

她看见福三的船上只剩下福三一个人,另外一个小青年不知去哪儿了。陈素珍不知道福三的名字怎么写,叫是叫得出来的。她印象中福三是松坑人中最不爱说话的一个,不爱说话的人要么是最憨厚的人,要么就是最精明的人,陈素珍吃不准福三是哪一种人。她向福三的船走过去,准备对另外那条船上的人谴责一番,让福三听听,他转达不转达就随便了。还有松坑西瓜的品质,陈素珍觉得她也有义务代表香椿树街的人提出警告,如果明年还有那么多白瓤瓜,你们就别运到这儿来卖了,那样的西瓜,你们还不如留在松坑喂猪呢。陈素珍原来没想拿福三怎么样的,只是到了西瓜船边,看见福三那张黑瘦的脸从舱里升起来,福三的手里正抱着一只红瓤的西瓜,她脑子里忽然就闪出一个念头,并且先发制人地喊起来,福三福三,我买了你多少年西瓜了,你怎么给了我一个白瓤瓜呀?

福三当时在吃瓜,他大概是刚刚睡醒过来的,脸膛上压着清晰的草席的纹路。陈素珍跳到他面前说,你自己吃的瓜那么好,怎么给我一个白瓤的呀?

福三看看陈素珍的篮子,里面有酱油瓶黄酒瓶,一堆湿漉漉的腌菜,还有一个油纸包,他揪了一条腌菜塞在嘴里嚼着,向陈素珍笑了笑,不说话。

陈素珍说，福三你不够意思，给我一个白瓢瓜。

福三转过头，把嘴里的腌菜吐到河里去了，说，酸的，不好吃。他向陈素珍看了一眼，还是不说话。

陈素珍说，福三你是哑巴呀？好好，你不表态就不表态吧，我也不要你表态，动手就行，去舱里给我抱个好瓜来。

福三这时吃完了西瓜，他吃剩下的瓜皮一块块的呈三角形状，像是切出来的。陈素珍看着他把瓜皮一块块晾到船篷上去了。

晾干了吃吧？陈素珍问道，你们腌了吃还是炒了吃的？

福三说，腌了吃，炒它还要用油。然后他回头问，那白瓢瓜呢？你不把瓜带来，我怎么换？

陈素珍就把那个油纸包打开来，说，我拿不动瓜，好大一只瓜，八斤三两的，我把瓜瓤拿来了，反正你一看瓜瓤就知道了，让人怎么吃？

福三盯着陈素珍手里的油纸包看，看看瓜瓤又看看她的脸，突然笑了起来，说，没见过你这样精明过头的人，拿一块瓜瓤来换瓜！

陈素珍让他笑得有点慌乱，说，一样的，有个证据就行了嘛。我在你船上买了这么多年西瓜了，这点后门不能开呀？

福三还是笑着，但笑容已经没有了善意，是冷笑了。你要是买了一只鸡不好，就拔根鸡毛来换鸡？他说，你这个女人，把乡下人都当傻子了，你们街上人多，人再多也记得住，你今天在哪条船上买的瓜？以为我不记得？换就换了，你还拿个纸包来换瓜，亏你想得出来，天下的便宜都让你占了！

陈素珍尴尬极了。她万万没想到福三会来欲擒故纵的这一手，让她意外的不仅是福三的清醒，还有自己对人的错误判断，人不可貌相，她看错福三了。我看错你啦，福三！陈素珍讪讪一笑，说，好你个福三，长了一副老实人模样，没想到这么精明的。陈素珍是个自尊心很强的女人，伤了自尊就赌气，她把油纸包朝水里一扔，说，不换就不换，算我倒霉好了，你们乡下人呀，总要骗人的。

陈素珍两手空空下了西瓜船，光是讨到个嘴上的便宜，结果篮子也忘了拿，是福三在船上用撑篙把篮子挑给她的。福三一边挑着篮子，一边批评了陈素珍带有歧视的观点，大姐你不该这么说话，乡下人怎么了，没有乡下人，你们天天吃空气去。陈素珍在岸上接过篮子，说，我没骂乡下人，谁把白瓤瓜拿出来骗人我骂谁。福三在船上说，不是我们要骗人，是今年雨水多，瓜都不怎么好，我们也没办法。陈素珍在气头上，抢白道，瓜不好还把船摇到这儿来卖？留在家里喂猪去。明年再来，看谁还上你们的当。

事情到这里应该画上句号的。以香椿树街人对寿来的母亲陈素珍的了解，西瓜换到了是好事，换不到也就算了，陈素珍是个要脸面的人，体质也不是很好，才不会为了一只西瓜不依不饶地往铁心桥那里奔。但是从另外一个角度来看，陈素珍买瓜主要是为儿子寿来买的，西瓜的主体是寿来用勺子挖着吃的，边缘部分归陈素珍，所以能不能自认倒霉，陈素珍一个人说了不算，还要看陈素珍的儿子寿来的态度。

寿来那年十七岁。大家都还记得十七岁的寿来在街上走路时皱着眉头斜着眼睛的样子。那样的表情是长期受到迫害的表情，但谁敢去迫害寿来呢？是寿来在迫害其他的男孩，还有一些无辜的动物。他当时已经杀过猫杀过狗，还没有杀过人，有人说他迟早要杀一个人的，此为马后炮，暂且不谈。寿来那天回家，照例看见桌上的半只切好的西瓜，浸在水盆里，他注意到瓜瓤是白的，挖了一块塞到嘴里，就吼起来，怎么是白瓤的啊？这是西瓜还是冬瓜？

我去换过的，张老头的船走了，你将就吃吧，就当吃冬瓜！陈素珍在厨房里忙着，她说，那福三不肯换给我，别看他样子老实，人精明得像鬼似的，我就是把一只瓜都带过去，他也不一定换的，松坑的乡下人，都不肯吃亏的。陈素珍在厨房里快快地说着话，声音带着一种明显的受挫后的怨气。陈素珍从不向儿子倾诉心中的冤屈，因为儿子从来不听她的。陈素珍习惯了在厨房里自言自语，一顿饭做好，唠叨结束，心中对一切的不满便也排遣得差不多了。她万万没有料到她教儿子怎么做人，儿子不听，她唠叨勤俭节约的好处，儿子不听，她对松坑来的西瓜船的批评，事关一只西瓜，外面的寿来却都听进去了。

寿来抱着半只西瓜冲出去，陈素珍并不知道，她只听见儿子在外面骂了一句脏话。陈素珍后来告诉邻居，她在厨房里用腌菜炒毛豆，一点都不知道寿来抱着半只瓜出去了，就是这么炒一个菜的工夫，她把腌菜炒毛豆盛到碗里的时候，一颗毛豆莫名其妙蹦到地上，然后就有个邻居男孩奔进来说，不好了，寿来在西瓜船上捅了一个松坑人！

陈素珍再次去铁心桥的时候是一路奔去的，由于体质的关系，她奔跑一段要蹲下来歇口气，蹲下来浪费时间，她心有不甘，就用什么东西啪啪地敲打路面来撒气。我们好多人还记得她手里那把小小的铁器，不是什么别的稀罕东西，是一把炒菜铲子。

关于福三的死，最有发言权的是农机厂的王德基，他推着自行车从铁心桥走下来的时候，正好看见寿来像一只惊惶的兔子一样冲上桥，王德基和他的自行车无意中挡了他的道，寿来推了他一下，说，闪开！孩子们怕寿来，王德基他不怕，正要骂人，觉得肩膀那里怎么湿乎乎的，一看，是血。王德基知道不好，他大叫一声，寿来你给我站住！

寿来不理他，只顾向桥下狂奔而去，他穿着一双塑料拖鞋，倒像踩了风火轮一样，跑得飞快。

寿来你捅人啦？王德基在桥顶上喊道，捅了人才这么跑！

寿来不理王德基，一眨眼他就跑到桥下面了，站在那里向上拉了拉田径裤，对着桥顶上的王德基说，他先动手的！说完他在石阶上抹了抹手，抹完手又跑，一眨眼就在香椿树街上消失了。

王德基顺着那摊血迹往桥那面走，嘴里说道，看来是捅了人了，这么多血！他一下桥就看见那个福三手里提着一把西瓜刀，摇摇晃晃地从西瓜船那里走过来，旁边尾随着一群尖叫的妇女和骚动的小孩子。

那个西瓜船上的福三，他拖曳着一条血线走过来，走到公共厕所的墙边走不动了，弯下腰，脑袋顶在墙上，眼睛却愤怒地瞪着王德基。

是你呀？你不是卖瓜的福三吗？王德基胆子大，迎着那个血人走过去。福三浑身是血，倚在厕所的墙上，身体已经抖得很厉害了，一只手努力地举着那把西瓜刀。王德基说，你拿着刀干什么？福三说，给小良。王德基说，给小良干什么？去捅寿来呀？福三先摇头，然后又点头，他瞪大眼睛注视着王德基，手里仍然举着西瓜刀。王德基突然明白他是在向他求救，他要让他拿着那把西瓜刀。王德基就摇头，说，我不能拿刀，我怎么能帮你去捅寿来？现在顾不上那些了，我把你送到医院去。

王德基是热心人，他起初要用自行车驮着福三，但福三对着自行车后架坐上去，坐了几次都掉下来了。王德基扶着车把等了好久，看他坐不上来，干脆把自行车锁了，扔在墙边，说，你失血过多，没力气坐自行车的，不如我背你吧。

是王德基背着福三上了铁心桥。王德基力气大，背着个人，跑得还很快，跑到桥顶的时候他看见陈素珍抓了个锅铲，白着脸向桥上跑。王德基大声说，你现在跑来有什么用？你儿子闯下大祸了！

陈素珍半蹲在桥下喘气，一边努力地要看清王德基背上的人，是福三吧，他要紧不要紧？

王德基说，还要紧不要紧呢，血都流了一路了，你说要紧不要紧？王德基本来指望陈素珍帮他一把的，可是当他们下桥的时候陈素珍看清了福三身上的血，女人毕竟是见不得血的，又是肇事者的母亲，陈素珍呀地叫了一声，人就瘫在桥下了。与此同时，王德基听见后面也当地一响，福三手里的西瓜刀也掉了，刀正好落在陈素珍的脚下。王德基就站住问福三，要不要捡回来？那是物证，别让人捡去了。

福三却听不懂他的提示，他问王德基，你是不是小良？

王德基说，我不是小良，我是农机厂老王，你不认识我了？

前两天我们还在杂货店见面的，你不是打了半斤粮食白酒吗？

你不是小良？福三说，小良死哪儿去了？

王德基说，我怎么知道，他去哪儿你不记得了？你失血过多，脑子现在还清楚吗？

我脑子很清楚，就是人不能动。福三说，小良去买肥皂了。你不是小良，我以为是小良在背我。

脑子清楚就好，救命最要紧。王德基说，你就不要小良小良的了，谁背你都一样，背你上医院，救你的命！

街上有男孩子们追着王德基跑，边跑边问，谁呀谁呀？大人都惊讶地站在店铺和自己家门口，随口评价道，又是打群架的吧，打成这样！经过杂货店的时候，王德基喊了一声小良，小良来买肥皂了吗？杂货店里的女店员拥出来看王德基背上的血人，她们不认识什么小良，光是向王德基打听他背上的是谁，还给他提建议，说，王德基你怎么背着他跑，怎么不叫救命车呀？王德基说，我有三头六臂呀？他在我背上，我怎么去叫救命车？

街上那么多人，偏偏小良不在街上。桃花弄弄堂口有一堆人在下棋，王德基冷眼里看见谢胖子坐在小板凳上，谢胖子也是个热心人，可是到了棋盘前他就对什么都无动于衷了，他的脑袋从别人的身体缝里钻出来，向王德基这儿张望了一番，又缩回去了。王德基一赌气就不再去寻帮手了，好事做到底，干脆他一个人送他去医院好了。

福三像一件行李似的静下来了，安心地伏在王德基的背上。王德基说他感觉不到什么，只是觉得福三人越来越重，偶尔地像是打摆子一样颤抖几下,又不动了。背着那么大个人,开始双方都在调整姿势,渐渐地就没有什么不熨帖了,因为血的缘故,福三好像是被胶水粘在他背上了。王德基说他一路上不停地说,挺住挺住,快到了,快到了。鼓励福三,也是鼓励自己,结果王德基挺住了,福三却没挺住。王德基告诉大家,他们走过北大桥的时候看见了一辆运水泥的货厢车,货厢车的司机不肯停车救人,王德基骂他他还狡辩,说什么救人要紧抓革命促生产更要紧。

王德基不知道福三为什么没有坚持到最后,他跑得够快的了,他不敢夸口比救命车跑得快,但一定比自行车跑得还要快。他们快到第五人民医院的门口时,那个叫小良的松坑人追来了,是个没什么用的农村小伙,只会哭,对着王德基喊,谁干的谁干的?那架势倒是要让王德基交人出来,王德基一急就向他吼了一声,先救人再破案!铁打的汉子王德基,这时人也站不住了,他帮着把福三移到小良的背上,赶紧去扶墙,扶着墙呕吐,吐了几下,发现那小良背着人还在哭,他就火了,揉了他一把,哭有屁用,快进去呀!这一推揉他发现福三不好了,福三的眼睛还愤怒地瞪着天,目光却凝固了,王德基胆子大,用手指撑开他的眼眶看了看,福三的瞳孔已经放大了。而那个小良,是个没用的小伙,他背着福三撞进了医院传达室,对着一个老门卫哭喊着,医生,快救人呀!

关于福三的死,王德基怎么说这里就怎么写,当年香椿树街的青少年追着王德基,让他一遍遍地回忆送福三去医院的种种细节,坦率地说有人是对血腥感兴趣的,王德基况且能够掌握分寸，主要强调救人的艰辛和救人不得的遗憾，事情过去这么多年，我不得不考虑西瓜船故事对青少年读者可能产生的负面影响，恕我古板，福三之死，福三在第五人民医院的太平间引起的种种风波，我决定放弃更进一步的描述了。

回到西瓜船来，先说说西瓜船上的另一个人小良吧。

小良是个没用的人，而且有点笨，这一点不用王德基介绍，大家也看得出来。派出所的人在西瓜船上立了一块牌子，闲人禁止入内。包括小良，小良也被禁止上船。派出所的人一定向小良解释过保护现场之类的话，小良似懂非懂，他被有关人员从舱里推到船头，从船头推到岸上，脸上始终是一种梦游般迷惘而顺从的表情，直到派出所的人要走了，他突然又哭起来，对着他们的背影喊了一句，人到底抓到没有？

夜里派出所的人都走光了，来了一些街上的闲杂人员，无端地对事发地点进行种种细致的考察。他们看见小良坐在岸上，抱着膝盖睡，有点碍事，便怂恿他上船去睡，有人受过治安处罚，对所有穿白制服的人都怀恨在心，顺嘴便诋毁起刚刚离开的公安干警来，他们懂个屁，你别把他们的话当圣旨，管管野鸡小流氓他们在行，杀了人他们就乱套了，什么指纹证据的，那么多人看见寿来捅的人，还要什么证据，上你自己的船睡去，你又不是闲人，怎么禁止入内了？又有人替他出主意，说街上的工农浴室重新开张了，只要给看门老头一只西瓜，他一定同意你在铺上睡的。这主意马上被其他人轻蔑地否定了，说，你没脑子，没看出这兄弟放心不下船吗，还有西瓜，他在这儿看西瓜呢。

小良只是用狐疑的眼光看着三霸那些人，那些不三不四的人，一旦热心肠了，就显得居心叵测，小良也许有点怕他们，他警惕地注视着三霸他们，身体则不时地移动着，为他们腾出位置。他说，我就在这儿睡，我要看船的。小良缩着身子，把脑袋埋下去，继续睡，耳朵却在仔细地听着三霸他们对寿来的评价，他听出来寿来和这群人不是一伙的，就突然地骂了一句，杀千刀的东西，为了一只瓜呀，乡下人的命就抵一只瓜？

由于满城的人都听说了西瓜船上的事情，从早晨到夜晚都有人跑到铁心桥下来看那条船。杀人者和死者，不可能滞留原地让人参观，但船被封了，还停在那里，血也还一点一滴地留在船头和岸上。白天的时候小良要勇敢得多，闲人看船，小良就瞪着眼睛看他们，他说，我们松坑马上就要来人了，人已经在路上了。别人听出来那是要采取报复行动的意思，就告诉他说，寿来昨天就铐走了，他在火车站等火车，等得不耐烦，到旁边文化馆里看录像片，刚刚坐下就被铐走啦。小良说，铐走就行了？一条命呢，乡下人的命就抵一只瓜？又有人告诉小良，寿来家里放话出来了，寿来才十七岁，未满十八周岁算少年犯，是去劳教，不会枪毙的。小良就厉声叫起来，你们少来骗人了，十七岁就可以随便捅人？那好呀，让我们松坑不满十七岁的都来捅人，捅死人不偿命嘛！别人看小良的眼睛红红的，人很冲动，很聪明的面孔却一点也不懂法，都不知道怎么跟他讲里面的是非，干脆不惹他。你不惹他，小良自己就慢慢平静了，平静下来更消极，说话是打倒一大片的方式，你们都是穿连裆裤的，你们的思想都一样，他说，乡下人的命嘛，就抵一只瓜。

夜里铁心桥两侧的人家有人起夜,隔着临河的窗便可以看见西瓜船,还有岸上一个货包一样的东西,他们都知道那不是货包,是守船的小良。

松坑人大闹香椿树街的事情发生在三天还是四天以后,我现在已经记不清楚了。人们后来知道从松坑来的两台拖拉机停在城北水泥厂门口,从拖拉机上下来了二十几个人,大多是青壮年,手里提着锄头、铁锹之类的农具,水泥厂门口的人正在纳闷呢,看见那个小良从铁心桥方向飞奔而来,小良一边跑一边抹眼泪,人们清晰地听见了小良哭叫的声音,怎么到现在才来,到现在才来!

从松坑搭乘拖拉机来的二十几个人,其中一些人我们没见到,他们从水泥厂那里直接上了北大桥,去第五人民医院的太平间了。另外一些人在小良的引领下,浩浩荡荡地穿过香椿树街,到陈素珍家门上去了。

除了多年前城北地带造反派的武斗,香椿树街的居民们,从来没见过像松坑人讨伐陈素珍家这么紊乱而壮烈的景象。冲到陈素珍家门上的大约有二十个松坑人,是拥进去的,人多门窄,门很碍事,松坑人便把门卸下来了,说要把寿来放到门板上去,抬到医院去陪着福三。极少数松坑人衣冠整齐,有一个像是农村的干部,他手里没有农具,衬衣口袋里别着一支钢笔,大多数人一看就是临时从地里上来的,面孔很凶恶,身上则隐隐地散发出田野或泥土的清香,有的挽到膝盖上的裤腿管忘了放下来,小腿上还结着水田里的泥浆。

他们闯进寿来家的时候，寿来的父亲柳师傅刚刚从江西的什么兵工厂赶回来，他在厨房为陈素珍熬药，陈素珍已经在床上躺了好几天了。她是个常年患有头痛病的女人，没什么事也会犯病，何况家里出了这件天大的事。陈素珍在等药的时候听见门外响起惊雷般的脚步声，然后便是药罐子砰然落地的声音，柳师傅大叫起来，你们这么多人，进来要干什么？此后柳师傅的声音便被淹没了，是高高低低的陌生人的声音，是松坑人嘈杂而统一的愤怒的声音，把人交出来把人交出来！其间夹杂着女人尖厉的哭声。陈素珍预感到要发生什么事了，她想从床上爬起来，但身体起不来，眼前天旋地转，她拼命向丈夫喊了一声，快跑，快去报案！她的声音却在一种巨大的声浪里沉下去了，然后她听见家里门窗被摇晃砸打的声音，橱柜里的碗碟轰隆隆地泻到地上的声音，她听见丈夫的吼声很快低沉下去，变成一阵阵痛苦的嘶叫，陈素珍就抓过床边的一只闹钟向门上砸去，别和他们打，去报案！

陈素珍不知道她丈夫是否听见了闹钟砸门的声音，她记得是几个松坑男人冲到了房间里，其中一个是小良，她认得的，另一个没见过面，凭着那人黑瘦的长相，几乎可以肯定是福三的兄弟。陈素珍并不畏惧，她躺在床上冷静地望着他们，一字一句地说，我儿子已经抓走了。她觉得他们拒绝听她说话，他们说，把人交出来把人交出来！陈素珍说，你们上我家来没用，杀人偿命，他也得死，有法律的。他们说，把人交出来，把人交出来！陈素珍知道她说什么也没用，就不说什么了，她躺在床上，异常冷静地注视着他们，还有他们手里的锄头。她说，你们要觉得一命抵一命还不够，把我的命也抵上好了，我不怕的。

陈素珍注视着他们手里的锄头,她相信他们不敢那么做,她看见福三的兄弟茫然地瞪着她,她的目光勇敢地迎了上去,结果他先把目光闪开了。福三的兄弟瞪着她的枕头,还有柳师傅早晨放在枕边的一包饼干,说,你还在吃饼干啊。那人一定是福三的兄弟,他撩起陈素珍身体下面的印花床单,看看床单下面的草席,他说,你把床单铺在席子上睡,这么睡才舒服?福三的兄弟用手里的锄头柄敲敲整个漆成咖啡色的床架,你睡这么高级的床,就养了那么个畜生出来?他讥讽的语调忽然激愤起来,眼睛里的怒火熊熊地燃烧起来,是你养的儿子不是?我娘在家里哭了三天三夜了,一滴水都没进嘴,你还在家里睡觉,你还躺在床上吃饼干!

松坑来的人做了一件令陈素珍永远无法忘记的事。他们不能容忍她躺在床上,或者仅仅是不能容忍她枕边的一包饼干,她记得福三的兄弟先是抢过饼干扔在地上,用脚踩得粉碎,然后他对其他几个人吼道,砸了她的床,看她怎么在床上吃饼干!他们挥起锄头砸打床架榫头的时候,陈素珍的身体在上面被迫地颠动起来,她万万没想到她受到的是这么奇怪的屈辱,她没有一点力气去阻止他们,她的身体可笑地颠动着,而她坚强的神经也随着床架的崩溃在崩溃,陈素珍哭了,突然地一下,她感到自己的身体下沉了,床板的一头落在地上,另一头倾斜着搭在架子上,她的身体也像码头运输槽上的一包水泥一样滑落下去了。

那天柳师傅始终没能走出门去,松坑人手里的农具虽然不是冲着人来,主要是摧毁家中的门窗家具,柳师傅知道那是报复，但如此野蛮的报复他接受不了，慌乱中他抓起了一把菜刀，结果这把菜刀恰好激发了松坑人对那把西瓜刀的联想，有人喊起来，儿子学的是老子样，都拿刀呀！松坑人哪里知道柳师傅其实是个有公论的厚道人，跟他儿子是两种人，松坑人不分青红皂白拥上去教训柳师傅，不知道是谁的农具伤到了柳师傅，柳师傅坐在盛米的缸上，怎么也站不起来，后来才知道他的三根肋骨被打断了。

是邻居钱阿姨去报的案。钱阿姨在陈素珍家门口，几次三番地努力，就是进不去。松坑来的人还安排了站岗的，不准邻居进去。钱阿姨说，你们来解决问题是可以的，但是不能这么闹的，左邻右舍多少上夜班的，白天要睡觉，你们闹得天翻地覆的，让人怎么休息？她对松坑人的说服教育起不到一点作用，就气呼呼地走了，临走说，这不是你们乡下，人多就能解决问题，你们不听我劝可以，等会儿看谁来劝你们！

开始是派出所来的人，一老一少两个户籍警，凭借着身上的制服勉强冲进了陈素珍家。老的是香椿树街人人皆知的秦同志，秦同志有经验，一进去就知道局面不好控制，一边查看柳师傅的伤，一边试图说服松坑人离开，年轻的那个就不注意工作方法，拿出手铐就要往人手腕上戴，结果满屋子的农具都举起来对着他，好在秦同志把他拉到一边去了。秦同志知道这群人不容易对付，他对年轻的同事耳语了几句，年轻人马上就从满屋子人堆里挤出去了，出去干什么？请求支援去了。

后来就来了一辆东风化工厂的卡车，卡车上冲下来七八个人，人不多，都束着军用皮带，穿着蓝色工作服，却一律带着步枪。围在陈素珍家门口的人还是第一次这么近距离地看见枪，有个男孩多嘴，尖声说，是工人民兵，枪是假的！这话惹恼了带枪的一个民兵，对着那男孩说，假的？要不要打你一枪试试？

带枪的人一进去，陈素珍家里瞬间便安静下来，先是几个民兵把松坑人的农具一件件地拖出来，扔到卡车上，有人在旁边一二三四地数着，锄头七八把，铁锹五六把，甚至还有两把镰刀。农具后面是人，一个个被推出来，有人也在旁边数了，一二三四，一共十七八个人，其中妇女两名。那个正当哺乳期的妇女不知道是福三的什么人，嗓音异常地尖厉，她一手擦拭着胸襟上满溢的奶汁，一边哭一边嚷着什么，听不清她嚷嚷的内容，但看她的眼神是面向外面围观的人群，大抵是要大家评个理主持个公道什么的。

松坑来的男人都被工人民兵弄到卡车上去了，不管有没有动手伤人，去调查清楚了再说。两个妇女原来可以赦免，她们开始是站在下面的，一个不停地撩起衣襟抹眼泪。另一个哺乳期的妇女则向旁观者说个不停，松坑话说快了不容易懂，反正听得出来她是在争取别人的同情，好好的一个人来卖西瓜的，你们买西瓜那点钱怎么还买人命呢？人都死了，我们来出口气还不行？听者却不宜对她表达自己的立场，有人很关心他们与死者的关系，忍不住问她，你们两个女的，谁是福三的老婆？她摇头，说，我是他妹妹。另一个呢？另一个不肯说话，还是哺乳期妇女替她介绍了，也是妹妹，福三的妹妹。

福三的两个妹妹原本不用上车的，她们听见卡车鸣笛吓了一跳，看见卡车要开走她们一定想到了某些未知的后果，一齐尖叫起来，两个人扑上去，一左一右拉着后挡板，不让卡车走，看看两个人的力气拉不住卡车，喂奶的那个妹妹就跑到卡车前面去，躺在地上了。

福三的那个妹妹，也不知道叫什么名字，反正大家对她印象是最深的。她就那么躺在地上，视死如归的样子我们以前只在电影里见过，但无论从哪方面来说她又不像人们心目中的女英雄，她躺在卡车轮子前面，衣衫凌乱，胸口湿了一大片，肚子极不雅观地袒露出来，圆鼓鼓的，悲壮地起伏着。好多人都跑到卡车前面来看福三的妹妹了，街上人越聚越多，狭窄的香椿树街的交通很快堵塞，交通堵塞以后就有孩子在这儿那儿乱吹哨子，哨子的声音更使香椿树街的空气沸腾起来。

城北派出所所长老金也来了，老金亲自出马，足以说明遇到的局面多么棘手了。照理说老金在香椿树街解决任何事情都容易，但这涉及工农关系的风波弄到这么不可收拾的地步，又没有相应的文件说明，他也没办法了，脸色便很难看。老金找到那个干部模样的松坑人，请他去说服福三的妹妹，但那个干部眼睛里闪着狡黠的光，说，她不要命，你们就让车开过去好了。我们松坑人命反正不值钱嘛。看得出松坑的干部也不懂法，他是不会协助执法了，老金也是被激怒了，卷起袖子说，敬酒不吃吃罚酒，来人，把那泼妇一起抬上车！

这样，就干脆地解决了问题。我们看见福三的妹妹被几个人合作着抬上了卡车，她当然是拼命挣扎的，挣扎也没用，人还是被轻盈地抬了起来，她的尖叫声听上去很恐怖，夹杂着松坑一带的脏话。有人刚刚从人堆后面钻到前面来，脑袋从别人的肩膀上努力地探出去，嘴里发出啧啧的声音，哎哟，怎么像杀猪一样？这乡下女人好凶！前面的人都知道事情的原委了，同情心忽然偏东,忽然偏西,现在都偏向松坑人了,三言两语解释不了自己的立场态度,就简短地说,你没有调查就没有发言权。

乱了好久,卡车慢慢地能开了,松坑来的那些人,男男女女的都在化工厂的卡车上,一张张脸带着疲惫之色从人们头上缓缓而过。看得出那是一些受到过惊吓或威慑的脸,有的人脸上还残存着恐惧,有的恐惧而茫然,眼神便显得楚楚可怜。有的人看上去有点羞怯,像小良,街上好多人在他船上买过瓜的,认得他。当然也有向街两边侧目怒视的,像福三的兄弟。最无所畏惧的还数那个干部,他站在上面摆弄了几下口袋里的钢笔,表情显示出一种故意的傲慢来,而且他还学领导人的样子,向什么人挥了挥手,大家左顾右盼地寻找他挥手示意的对象,也没找到谁,猜他的用意,也许就是显示他的无所畏惧吧,但好多人意识到,他这么随意地一挥手,那架势倒有点像毛主席在天安门城楼接见红卫兵呢。

九月初的一天,福三的母亲来了。

起初没人知道那个在铁心桥边来回走动的老女人是谁,她穿一件蓝色对襟褂子,黑裤子,草鞋,头上包着毛巾,是松坑一带老年妇女寻常的装束。她先是站在桥上向河两边眺望着什么,一边眺望一边擦眼睛,她的眼睛里有一层明显的白翳,也许是白翳遮挡了视觉,她没望到什么,又下到桥堍来,手搭在额上向河的这边那边望着,还是没有她寻找的东西,就拉住过路的幼儿园老师沈兰问了,妹妹呀,夏天在这儿的西瓜船怎么不见了?

沈兰是外地人,一直和儿童们说惯普通话的,听不懂她的松坑话,就让她去居委会。她没有反应,明显不知道什么是居委会,沈兰就用手指着河对岸的一个漆成红色的窗户说,居委会就是居委会嘛,你过桥,去那间房子,房子里面就是居委会。

可是福三的母亲眼睛不好,她既看不见对岸的红色窗子,也听不懂居委会的意义,她说,妹妹我找西瓜船,一条船呀。她感觉到别人不耐烦了,脸上绽出了一个巴结的笑容,说,一条西瓜船,就是出人命的那条西瓜船呀。沈兰这才猜到松坑来的老女人的身份,她看见福三的母亲喉咙里咯地响了一下,似乎要哭了,一只手赶紧抬起来,按着脖子,按了一下,又按了一下,居然把哭声压住了。然后沈兰惊讶地看见老女人的脸上重新堆起了笑容,她说,妹妹你帮帮我,我眼睛不好,看不见的。

西瓜船是不见了。沈兰下到石埠上,在河的两头搜寻了很久,她看见卖大蒜头和猫鱼的小船,捞河泥的铁船,运水泥的驳船,甚至还有一只粪船臭烘烘地停在桥堍厕所那里,偏偏看不见西瓜船的影子。沈兰说,怎么不见了呢,我天天从这儿路过,西瓜船原来一直在这儿的,昨天刮风,大概是漂走了,漂得不会太远的。福三的母亲说,漂到哪儿去了,东边还是西边,妹妹你告诉我,我眼睛哭坏了,你指着我看不见的。沈兰说,我也看不见,指也指不了,我还是带你去居委会,让他们替你找一找吧。

沈兰就领着福三的母亲过了铁心桥,上桥的时候她问,你那么大岁数了,眼睛又不好,怎么让你出来找船呢?福三的母亲说,不是我家的船呀,是福三向旺林家借的船,福三人不在了,船要摇回去还给旺林的。沈兰说,不是问你这个,我问你，你那么大岁数，怎么让你出来摇船呢，让你把船摇回松坑去呀？福三的母亲说，我摇回去，慢慢地摇，摇个两天就到家了。福三的母亲不知道为什么听不懂沈兰的意思，沈兰干脆就直接问了，家里没人手了？听说福三他弟弟妹妹都让他们扣起来了？还没放回去？福三的母亲这时候犹豫起来，人靠近了沈兰，凑到她耳边悄悄说，妹妹你是个好人，我说给你听不怕，福三的弟弟妹妹昨天刚刚放回去的。沈兰说，那让他们来摇船回去嘛。福三的母亲朝桥上看看，又向桥下望望，轻声道，我不敢让他们再来了，说什么也不敢了。警察说这次饶我们一次，也不用赔那家人东西，医药费也不赔，警察说一事归一事，再来就犯法了，也要吃官司。

  福三的母亲被领到了居委会的女干部崔主任那里。崔主任当时忙着爱国卫生月的宣传事务，她让福三的母亲喝了一杯水，让她不要急，说那么大一条船，不管漂到哪里，总是在河里，不会长翅膀飞走的。船只要没漂出北大桥去，就算她的居委会的事。崔主任说如果船漂到北大桥外面去，她也会和桃花汀居委会协商解决的。

  福三的母亲被沈兰领到了基层组织，是她后来找到西瓜船的关键一步。居委会依靠群众，即使是个风吹草动，自然也有群众会向他们如实反映，何况那么大一条船呢。两天前恰好有人向崔主任反映，有一个叫歪嘴的青年趁西瓜船无人看管，拿了个箩筐把船上剩下的西瓜全部拖回家去了。那两天整个香椿树街的街道干部都在为陈素珍家解决问题，又要准备爱国卫生月的工作，无暇顾及西瓜船上剩下的几只西瓜，就把这事搁下了。

  崔主任差人把歪嘴叫来了，她也不透露福三母亲的身份，只是让他坦白从西瓜船上拿了几只西瓜。歪嘴斜着眼睛观察崔主任的表情，判断她是证据确凿的，就反问道，你说还剩几只？你说几只就几只。崔主任板起面孔说，我问你还是你问我？歪嘴我告诉你，你偷鸡摸狗的事情别以为我们不知道，都记在本子上了，几天不找你你就翘尾巴！歪嘴果然老实了许多，说，没剩几只瓜了，我不搬了吃也要烂掉的，有几只都烂了嘛。崔主任逼问道，到底是几只？你说，对我说了没事，不说以后就对派出所说去。歪嘴说，十一二只吧，好几只是烂的。崔主任说，好，就减半算，算六只西瓜，一只算三毛钱，你现在赔人一块八毛钱！

歪嘴这才注意到凳子上的福三的母亲，看她头上那块毛巾便知道是松坑来的人，他马上就冲她嚷起来，几只烂西瓜，你敲竹杠呀！福三的母亲吓得站了起来，弟弟你说什么，我从来不敲人竹杠，敲竹杠要遭报应的。我找船呀，弟弟你拿我儿子的船了吗？歪嘴说，我只拿瓜，我又不是托塔李天王，怎么拿得动船？你儿子的船去哪儿了，别问我，问王德基的儿子去，我看见他带两个小孩摇船玩，玩到铁心桥桥洞里去了。

崔主任命令歪嘴立功赎罪，去把王德基的儿子安平叫来。歪嘴靠在门框上思考了一会儿，和崔主任谈了条件，说，那我去把安平拎来，拎来就没我的事了吧？崔主任说，有事没事我说了不算，又不是我的西瓜，要问这位老大娘。歪嘴就把脑袋转向福三的母亲，你到底要不要我赔西瓜钱？要赔我给你五毛钱好了。福三的母亲摆手说，不要赔不要赔，我不是来要瓜钱的，我要把我儿子摇出来的船摇回去，弟弟你行行好，帮我找找船吧。

福三的母亲原来是要跟着歪嘴去的，歪嘴不愿意让她跟着，崔主任也劝她留下来等。福三的母亲就坐下来了，坐在窗边，看着窗外面的河道。崔主任又给她倒了杯水，她客气推托了半天，说喝不进去了。又问崔主任以前在铁心桥下卖葱的老太太还在不在，说她也是好人，也给她喝过开水的。崔主任问，哪个老太太？姓什么？她却说不上来，光说那老太太嘴角上有一颗痣。崔主任其实没有兴趣和福三的母亲交谈，嘴里哼哼着，手上忙自己的工作，听见福三的母亲说，我年轻时候摇船到铁心桥来卖过白菜，认识好多人的。崔主任随口问，都认识谁呀？福三的母亲想了想，说，老虎灶上的人，药铺里的人，烟纸店里的人，我认识几个人的。崔主任说，老虎灶去年刚拆的，药铺就是现在的新风药店嘛。福三的母亲叹了口气，说，我有了五妹以后就没空出来卖白菜了，二十年没来铁心桥了，他们也认不出我来的，我眼睛哭坏了，我也认不出他们的。

正说着话歪嘴在外面把安平推进了门，把安平推进来歪嘴就完成任务，甩手走了。安平镇定自若地站在门口，斜着眼睛看看崔主任，看看福三的母亲，一只手挖着鼻孔。崔主任说，王安平你把人家的船摇到哪儿去了？安平说，不知道，船到哪儿去了？崔主任说，不是你摇的船吗？你不知道谁知道？安平说，我就解了缆绳，谁说我摇了？是达生摇的，我们就把船摇到铁心桥桥洞，船自己横过来，卡在桥洞里了，我们就上去了。崔主任学他的腔调说，你们就上去了？你们把别人的船摇出去，卡在桥洞里你就不管了？安平说，船现在不在桥洞里，它自己漂走了。崔主任火起来，说，自己漂走了，不是你的责任？去把达生叫来，你们负责把船找回来，否则我告诉王德基，看他怎么收拾你！

　　福三的母亲弯着腰坐在凳子上，过了一会儿坐不住了，起来去拉崔主任的衣服，说，崔同志你跟小孩好好说。又走到安平面前，弯腰替他拍了拍裤子，她的表情看上去忧心忡忡的，但还是努力地向安平挤出了笑脸，她说，弟弟乖啊，我们乡下没有船过不了日子的。安平说，你拍我裤子干什么，又没有灰！他厌恶地瞪了她一眼，在她拍过的裤子上又拍了一下。福三的母亲便去摸安平的脑袋，说，弟弟乖。安平一甩手，身体灵巧地向后一跳，就把福三母亲的手晾在半空了，他继续挖着鼻孔，斜着眼睛看福三的母亲，突然说，是你儿子让寿来捅死的吧？

　　崔主任这时候冲过来，用报纸在安平头上拍了一下，说，我要不告诉王德基，我就不姓崔！崔主任回头看福三的母亲，福三的母亲弯着腰站在那里，身体抖了一下，并没什么异常。她对崔主任摆摆手，小孩子的话，我不计较的。她撩起衣角在眼睛四周抹了一圈，说，自己命苦，不好跟别人计较。前年我家老头子病殁了，去年春上猪圈里闹猪瘟，死了三头大母猪，今年是福三出事情，一年一灾，我眼泪哭干了，我一哭眼睛痛得厉害，眼睛一痛头疼病会犯，犯了头疼病我就没力气摇船了，我不能再哭的，我要把船摇回家的。

　　把船摇回去。崔主任听出来这件事情对于福三的母亲来说比天还大。福三的母亲的精神状态让崔主任松了口气，有的妇女以为居委会就是让她们哭闹让她们晕倒的地方，崔主任是很反感的，福三的母亲不哭也不闹，让她感到同情，还有一丝侥幸，唯一棘手的是那条船，不知道漂到哪儿去了，不知道是不是还在北大桥以东香椿树街居委会的管辖范围内。崔主任不能扔下工作帮着去找船,她就严肃地对安平说,王安平同学你听好了,你马上带着这位老大娘去找她的船,从铁心桥找到北大桥,这是我给你的任务,你完不成我有办法,什么办法?你不懂?真不懂还是假不懂,很简单的,让王德基替你来完成这个任务!

那天下午我们看见王德基的儿子带着福三的母亲沿着河边人家走,有人指着老妇人问安平,那是你外婆吗?你外婆是松坑的?安平没好气地说,你外婆!你外婆才是松坑人!福三的母亲也不计较他对松坑人的歧视,对着路遇的人笑脸相迎,说,同志你看见松坑那条西瓜船了吗?安平说,你还要不要我找了?要我找你就别问东问西,话又说不清楚,是船不说酒,别人以为你要找酒喝呢!福三的母亲又试图去摸他的头,手伸出去又缩回来了,说,弟弟乖,奶奶眼睛坏了,看不见,要你帮忙呀。安平就哼了一声,说,你懂不懂学雷锋,崔主任在逼我学雷锋呢,我不学雷锋她就让我爸爸收拾我,这个妖婆!

走到达生家门口,安平对福三的母亲说,你在这儿等,我到这家去看看。安平推开虚掩的门,闯到达生家里,嘴里喊着达生的名字,人径直穿堂入室,直扑临河的窗子而去。达生的母亲李金枝正在缝纫机上缝窗帘,让安平吓了一跳,说,死孩子你干什么,吓死人了!安平说,我找达生!李金枝说,达生不在!达生他爸爸不是警告过你不准找达生吗,你把我家达生都带坏了。安平冷笑一声,还警告呢,谁稀罕找他呀?告诉你吧,我在学雷锋,找一条船!安平嘴里说着话,人已经上了达生的床,跪着,打开临河的那扇窗子,探出身子向外面的河道看。李金枝拿了把量衣尺子来打他,安平叫起来,别打我,我骗你是狗，我在学雷锋，是一条船，你看见有船从这儿漂过去吗？

李金枝一边拼命把安平从床上拉下来，一边恨恨地听他陈述他的目的，什么西瓜船冬瓜船的？她说，没见过没见过，我又不是猫，天天蹲在窗台上看船过。安平突然叫道，就是寿来捅死人的那条船呀！李金枝又被吓了一跳，缓过神来就更气愤了，拿着量衣尺朝安平肩上啪啪地打，骂道，该死的小畜生，你到我家来找那死人船，怎么不上你家找去？触了霉头看我不找王德基去，打死你！安平躲避着她的尺子，从达生的床上逃下来，嘴里还申辩着，我家不沿河，怎么找船？你这个笨女人！

安平跑到外面，李金枝追了出去，差点撞到门外福三的母亲，看见松坑来的那个老女人，她突然明白安平这次不是撒谎了。福三的母亲叫了她一声阿姐，李金枝倒不见怪，她知道无论年轻年长，松坑人都管女人叫阿姐的。李金枝应了一声，放开了安平，打量起福三的母亲来，是你儿子——她这么问了半句，觉得不得体，又咽回去了。她与寿来的母亲陈素珍是一家纺织厂的工人，平时关系不怎么好，这时忍不住说了一句，那个寿来，不是我诓人，从小我就看得出要闯大祸，娘老子宠出来的，养子不教父母过呀！李金枝没有从福三的母亲那里得到任何回应，她醒悟过来，说这个是白说，人家恐怕还不知道是谁要了她儿子的命呢。福三的母亲显得心慌意乱的，跟着安平要走，李金枝拉着她说，进来喝口水再走！福三的母亲说，多谢阿姐了，我喝过水了，喝不下了。阿姐你在河边住，没见过我家那条船吧？李金枝嘴里顺口说没有没有，记忆中却出现了傻子光春扛着一条船橹从她的自行车旁走过的情景，她的眼睛一亮，叫起来，等等，我带你们去光春家看看！

这样一来，福三的母亲又被带到街那边去了，往回走，去傻子光春家了。

李金枝在光春家门口遇到了光春奶奶的阻拦，她说光春傻归傻，从来不偷人东西。还反问李金枝什么时候看见光春拿人东西的。李金枝说，他是不拿人东西，他拿人摇橹呀！李金枝指着外面的福三的母亲，说，你看看人家，看看人家！光春奶奶探出头去，看见一个松坑老妇人弯着腰站在电线杆旁边，她问李金枝，人家怎么啦？李金枝压低声音说，是西瓜船上那福三的娘亲呀，光春他奶奶呀，光春不懂事，你可是烧香念佛的人，怎么能把那船橹放在家里？

光春奶奶镇静的脸上变了色，抬起小脚匆匆往天井而去，边走边叫，光春光春，你还说你不傻，你不傻怎么把那东西扛回家了。李金枝跟进去，一眼看见傻子光春，正在天井里守护着那条船橹。船橹上的桐油都磨没了，露出发乌的木头的颜色。一向与水打交道的摇橹，离开了水，看上去倒像一种老式的笨重的兵器，正适合傻子光春对战争的一些奇思异想。光春的奶奶在橹头上晾了一把腌菜，湿漉漉的拖把则搁在橹梢上，还在滴水。李金枝也不管三七二十一，拖着摇橹到门口，对着福三的母亲喊，这橹是不是你家的？

福三的母亲迎上来，眨着眼睛没看清什么，摸一下就叫起来，说，正是，是我家那条橹！用了二十年的橹了，我认得出来，这橹把上原来绑着红布条的。

李金枝舒了口气，说，橹在船就在，就看那傻子记不记得船在哪儿了。她正要回去追问，傻子光春已经被他奶奶推到门外来了，向福三的母亲敬了一个军礼。光春奶奶跟出来，摇着福三母亲的手，说，我们家光春脑子不好，拆了橹回来做兵器耍的，你千万别跟他计较，他骗我说是酒厂码头的废船呀！

那天黄昏我们看见一群人抬着一条船橹向酒厂码头方向而去，傻子光春骄傲地走在最前面，尾随他身后的队伍组合得非常牵强，王德基的小儿子安平、李金枝、光春奶奶，还有头上包着一块毛巾的松坑老妇人，后来人们就都知道了，那个被光春奶奶挽着手的松坑老妇人，是福三的母亲。他们一路走着一路有人加入进来，安平就没资格扛橹了，他也不敢胡闹了，因为王德基正好下班回家，看见儿子又在外面野，骑车冲过来吼，滚回家去！安平跳了一下就跳到福三的母亲身后去了，指着福三的母亲说，我在学雷锋，不信你自己问她。

王德基后来告诉别人，他看见福三的母亲吓了一跳，说从来没见过长得如此相像的母子，面容酷肖倒在其次，他惊讶的是福三的母亲弯着腰站在人堆里，满脸疲惫，一手撑腹，一手向他慢慢地伸过来，要来握他的手，那母亲的姿势，让他一下就想起了福三在铁心桥下是怎么扶着厕所的墙，怎么向他出示那把西瓜刀的。

从松坑来的那条西瓜船，二十天以后谁也认不出来了。它被酒厂运送黄酒的船群挤在码头一角，散发着弃船特有的凄凉气息。篷顶上的麦秆席子没有了，四根篷柱不见其三，只剩下一根孤零零地耸立在船上，像小学校里的简陋的旗杆，船头的行灶不见踪影，一定有人看上了那几块垒灶的砖头，拆得很干净，半块砖头都没留下。除了傻子光春，不知是哪些人上过船，有人在西瓜船里倒了点煤渣，倒了点水，还扔了些菜叶子，船舱里看起来很脏，有点像夏天沿河收垃圾的船了。

李金枝站在码头上，手指着运酒船大声批评那些船户，怎么这么缺德？好好一条船，给你们弄成这样，你们自己船上倒是干干净净的，怎么把人家船当垃圾船呢。运酒船上有人厉声地回应道，你还张嘴骂人呢，要不是我们把船钩回来，这船早就漂到太平洋去了！

船在就好，阿姐你不要和他们吵。福三的母亲安慰着李金枝，眼睛看着王德基他们装橹，也怪王德基他们没有经验，笨手笨脚的，福三的母亲一着急，身体一点点地往下面挪，李金枝正要扶她，她已经挪到船上去了。

正是九月黄昏时分，酒厂码头的阳光也像陈年的黄酒一样，馥郁地流淌，河面闪闪发亮，西瓜船上的一摊干涸的血迹吸引了所有人的目光，起初人们都在看福三的母亲和王德基他们装船橹，是傻子光春最先透露血迹的位置的，他指着船头一角对安平说，看那摊血，像不像一头牛？大家顺着光春的手看过去，果然是一摊血，不一定像一头牛，但是一摊非常清晰的血迹。李金枝瞪着眼睛，用手指压着嘴唇，示意大家别嚷嚷。她说，她眼睛不好的，最好别让她看见。安平偏不听她的，对傻子光春卖弄他的知识说，血迹很难洗的，水洗不掉，要用酒精擦。又让光春去拿酒精来，说他可以当场试验给他看。傻子光春问，酒精在哪儿？安平给他问住了，翻着眼睛说，算了算了，试给你看也是白试，你就知道看血迹像牛还是像马，傻子！

后来就剩下福三的母亲一个人在船上了，运酒船已经为福三的母亲让出了水道。王德基他们不会弄船，帮不上忙，干脆下来，在岸上看着她把船慢慢地摇出去。李金枝问王德基他们，你们看见船头那摊血了吗？王德基说，那么一摊血，怎么会没看见？不敢吱声罢了。李金枝叹着气说，她眼睛不好，最好看不见，否则看着儿子那摊血，怎么摇得动船呀？王德基说，本来就摇不动的，去松坑好几十里水路呢。她出来摇船，家里人肯定不知道的，知道了怎么能让她出来！

福三的母亲把船摇出了运黄酒的船群，水上就有路了，她摇摆着的身体突然停了下来，慢慢转过来，抬起臂肘擦眼睛，努力地眺望着码头上的李金枝他们这群人。看得出来她是要告别了。福三的母亲要和码头上的人告别，可是离得远了她什么也看不清，看不清楚码头上站立的哪些是香椿树街的好心人，哪些是酒厂堆积如山的黄酒坛子，她就突然跪下去，向着酒厂码头磕了个头。码头上傻子光春先笑起来了，说，她怎么向黄酒坛子磕头？大人不傻，知道是福三的母亲眼睛不好，磕错了方向，都挥起手，叫喊起来，不敢当的，快起来快起来！

福三的母亲很快就起来了，人在远处站起来，小小的一团，被满河夕阳照着，身影还是很黑很模糊。就这样，松坑的最后一条西瓜船，也在九月的一个黄昏离开了酒厂码头。据去过松坑修理拖拉机的王德基估算，此去六十里水路，一定要在水上过夜了。福三的母亲毕竟年纪大了，她摇船的姿势看上去不像其他松坑人那么流畅，也许是累的，她摇得很慢，船也走得很慢，看上去不是她摇着船走，是船领着她向下游而去。船向河下游而去，那是松坑的方向，福三的母亲虽然眼睛不好，松坑的方向应该是永远记得的。

而王德基他们站在酒厂码头上，眺望着夏天来的西瓜船向河下游而去，一来一去，按节气来说居然隔着夏秋两季了。

生死轮回

丹尼斯·德拉贡斯基 李新梅 译

2009年5月20日下午三点左右，我坐在书桌前翻看我的第一本书，时不时地放在手掌里掂量掂量。这本书两周前刚出版。当然，在万千喜悦思绪中我还想起了我的父亲，著名儿童作家维克多·德拉贡斯基。他会喜欢吗？也许，他会为我的书高兴，就像以前为我得五分、为我的画作、为我考入大学那样高兴，不过，从文学意义上讲，他会看得上我的短篇小说吗？

我想起，父亲刚五十八岁就去世了。而我现在正好也是这个岁数。

我想："我的父亲在我二十一岁时去世。于是，我度过了两段人生。第一段和父亲一起度过，时间不长，但也并不短暂得让人绝望。对于某些伟大的诗人和数学家来说够长了。第二段没有父亲，三十七年。神秘的时间段。在这个年纪死去的有普希金、拉斐尔、凡·高和莫扎特。当然，这纯属巧合。但我总感到，这是一个特殊的年龄段。三十七年——成就了伟人完完整整、影响巨大、硕果累累的人生。可以说，是伟大人生的最短区间。"

我坐在书桌前，回忆父亲的离世。

* * *

那一天非常漫长,1972年5月6日,星期六。

我记得那一天的所有细节:早上我如何起床,用早餐,煎蛋白面包,甜甜的很红很红的茶;如何和爸爸聊天;然后如何准备去别墅。给安德烈和阿利克这两个朋友打电话。

但我不太记得怎么和爸爸告别的。也许,没什么特别的。"再见,明天见。""再见,再见。"

* * *

不过,有时我会想起那天我出发前我们吵架了。

这一回忆时隐时现。

当我内心平静如水时,我觉得,我们就是那样普普通通地告别了。也许,还亲吻了对方。

当我感到在父亲面前有罪时,我觉得,我们的确是吵架了,我甚至还记得吵架的场面:他坐在卧室一个小小的圈椅里,背对着镜子:那是一个巨大的落地镜,两米高,装饰着宽宽的镜框和两根红木柱子;镜子可以在两个柱子之间随意翻转:这正是这个落地镜的好处,它有别于不能动的穿衣镜。

爸爸和妈妈不是古董等奢侈品的爱好者。我们在家具和各种漂亮玩意儿方面生活得很朴素,尽管爸爸早已是著名作家。

我们的家具——就是自制的多层书架和一套不贵的所谓的

"书房客厅双用"家具,因为只有一张紧挨窗户的书桌,还有一张桌子——不知道是放书报杂志的大桌子,还是大饭桌。总体而言,就是客厅。也就是说,我的父亲,这位著名作家,没有可以正经"干活"的"书房"。一切都从简了。

不过墙上倒是挂着很多画,都是认识的画家赠送的各种油画。更经常的是,爸爸直接从他们那里随手拿走一些小小的素描、草稿——画在灰灰的、皱巴巴的纸上——然后去用玻璃镶个边。还有舞台装饰画、照片、画家伊金画的关于各种演员和作家的漫画(他们都是我父亲的熟人),还有他本人的肖像——头发卷曲,面带微笑,牙齿稀疏。还有——很多我的画:十四岁之前,我被认为是前途无量的青年画家。不管如何,爸爸的画家朋友们都对我赞赏有加,认为我前途一片光明(但愿他们说这些不仅仅是因为对父亲的友爱)。但这已经不重要了。因为十五岁时,我的所有绘画才华便烟消云散了。

* * *

妈妈没有任何珠宝首饰,甚至连订婚戒指都没有。爸爸也没有婚戒。

但有一枚廉价的黄铜戒指,舞台用的。上面有一层亮闪闪的镀金和一块硕大的黑石,其实是塑料做的。舞台用的——目的是最后一排也能看见。顺便插一句,你们知道什么是"舞台用夹克衫吗"?为什么以前人们常说"夹克很好,但有点像舞台用的"?因为舞台用夹克的袖子短短的,目的是从远处——

从后排和楼座上——能看见浆洗过的白色袖口。

比方说,有一天在一个戏剧俱乐部里,我父亲与著名导演谢尔盖·奥布拉兹措夫在一起,对方是中央木偶剧院院长。他们站成一圈,在谈某个公共话题。很可能是高品位的话题。奥布拉兹措夫(他比父亲大十二岁)说:

"真奇怪,现在年轻人都戴些庸俗的玩意儿!"然后指了指爸爸的黄铜戒指,而这枚戒指的确铜光闪闪,很庸俗。

爸爸耸了耸肩说:

"有的人戴在这儿,有的人戴在那儿。"

他还指了指奥布拉兹措夫夹克衫上的斯大林奖纪念章。

周围所有人都不出声了。奥布拉兹措夫哼了一声,转过脸去。但这件事并没造成什么不好的后果。上帝保佑,没有任何告密,尽管这发生在四十年代末。

唉,这就是舞台秀一样的"脱口秀"!用惊天动地的言语来逗人发笑,制造惊喜,让人措手不及,尽管那里没人感兴趣。一天,当《丹尼斯的故事》开始流行,《真理报》打电话给爸爸,做了一个惊人的提议:出版爸爸的小说。

"你们的稿费如何?"爸爸问。

打电话的人哼了一下。的确太奇怪了:只有像高尔基或肖洛霍夫那样的人物才会被提议在《真理报》上发表小说,而爸爸却提出白痴一样的问题。

"可能一百卢布吧。"对方答复说。

"别人通常给我两百。"爸爸说。

"在《真理报》上发表作品不是为了钱。"《真理报》工作人员严厉地说。

"哦，那我就去《穆尔泽卡》①发表！"爸爸笑了。

后来有时我想："唉！为什么要搞这些像表演秀一样的玩意儿？假如你在《真理报》上发表作品，假如你是作家协会秘书或者哪怕是董事会成员——那你活在世上会轻松得多，舒服得多——我们所有人也会如此。尤其当你生病时，当你需要珍贵的国外药物、住院和疗养时。"这当然都是些无用的想法。

当然，之后我断定，这件事是爸爸——极有可能——杜撰的。他常常给酒桌上的朋友们讲这件事，这个关于自己的笑话。目的是强调自己完全独立的个性。

我的爸爸完全不问政治。也就是说，保持适度的批判，适度的忠诚。他讲关于赫鲁晓夫的笑话，阅读地下出版物，与著名的持不同政见者列夫·科佩列夫交好（我们从他那里拿过厚厚一摞禁书以及打字机在卷烟纸上打出的文字稿），但他从未签署过任何呼吁书。布拉格之春如火如荼时他在布拉格，与很多捷克人是朋友，并津津有味地讲述着知识分子与工人的一个空前联合体。但对侵占捷克斯洛伐克之事没有做出任何反应。至少从未公开表态。

但我记得他说过的话："我们——都是掉了牙的老狗，我们只能呜呜叫。"这——既是在说自己，也是在说自己的朋友。

他的朋友主要是中学时的老朋友。其中两个是苏维埃普通公务员，一个是文学教授，还有一个是大官——某个"国防建设"部门的领导。他们经常到我家来。就是坐坐，喝点酒。还有来自列宁格勒的与爸爸同祖父的堂兄米沙，这是一个极好的

---

① 《穆尔泽卡》是一家著名的苏俄儿童文学杂志，创刊于1924年并存在至今，读者群主要是6—12岁的儿童。

人，聪明、善良，以前是军官，起初有着辉煌的军事仕途，但神秘地中断了，之后成了一个无线电科研所副所长。作家当中爸爸真正交好过的是尤里·纳吉宾和儿童诗人雅科夫·阿基姆。还来过一些画家——他们给父亲的书配插图。但总体而言，专门的"作家"团体他没有，而且似乎也不向往。他逃离舞台艺人，同时也没进入文学圈子。

而我带着自己的回忆进入了什么圈子呢？更重要的是，来自哪里呢？

* * *

啊，黄铜戒指。

从没有过的饰品。

父亲用九十戈比买来的中学生自来水笔写作。

我和妈妈给他买了一支昂贵的带金笔尖的钢笔。他也用不惯。

我和妈妈在他生日时给他买了当时流行的"飞行"牌手表，表盘平平的，带有亮闪闪的黑色指针盘。他很快就送给了我，然后重新戴回自己那块旧的瑞士手表，表盘很厚，但很舒服，数字清晰：妈妈从国外出差回来时带的。手表品牌是"Cyma Watersport"。它们在商店里与鱼缸摆在一起——这一点妈妈非常喜欢。妈妈是"小白桦"歌舞团主持人——经常穿着及地的银色"俄罗斯民族"服，头上编着金色小辫子，出来报节目。妈妈是个真正的俄罗斯美女。

正因为如此，爸爸对我经常爱上不漂亮的姑娘感到苦恼。

关于这个后面再说。

*　*　*

总之，我们家的家具是最朴素的那种。

但那时我们圈子里的很多人——作家、画家——突然开始对古董感兴趣了。妈妈也认定我家应该有哪怕一件古董，因此她买了一个奢华的镜子，红木落地镜。广告上说，镜子来自郊区的一个别墅，不是在乡下，而还是在莫斯科市区——六十年代甚至七十年代中期之前，那儿有很多这样的房子。我记得那个古老得有点不真实的宅子里油漆过的木地板，记得价格，记得我们如何用货车拉镜子：把它竖在车身里，从两边扶着，然后搞来一根横梁，步行抬到十一楼，因为电梯自然是装不进它的。

*　*　*

爸爸坐在那里，镜子映出他的背影。我站在他的前方。能看见他的后脑勺。他的头发很浓密，剪得短短的，鬈曲很大，乌黑的头发中有稀少的斑白。"椒盐。"——妈妈常说。

我们争吵着，互骂着，他朝我大喊大叫，我报之以叫喊——再重复一遍，这是我有负罪感时的幻觉。而有时我觉得，我们只是在讨论一些家务事。

我已经不知道，到底发生了什么。可能是这样，也可能是那样。

总之，我们告别了。当时是三点左右，或四点刚过一点。

然后我去找朋友安德烈，想和他一起前往别墅。我们在他那里坐了一会儿，聊了一会儿。

我们说好了，另一个被我们叫上随行的朋友阿利克，将在诺金广场等我们。现在这个广场叫斯拉夫广场。

安德烈在我们的别墅村里也有别墅，但他那里人很多，而我那里——没有人。因此我们决定都到我那里去。

* * *

当时是傍晚六点左右。可那时爸爸已经过世了。他是瞬间死亡，突发性梗死。妈妈这样讲的。他当时正在卧室。不知道为什么去了那里。突然呻吟起来，手抓心脏部位，妈妈跑到他跟前，搀着胳膊，帮他迈向床。他仰面躺倒，然后一言未发，就闭上了眼睛。救护车实际上十分钟后就赶到了。医生拨开眼帘看了看眼球。完了。猝死。

这发生在五点左右。

妈妈第二天讲，她当时正准备去面包店，好在她还没走，耽搁了一会儿。"否则他将一个人默默地死去，倒在地上。克秀申卡（我的妹妹，她那时六岁）会吓到的。"

* * *

也就是说，他在我和安德烈从斯托列什尼科夫胡同徒步走向诺金广场，沿着街心花园向下，走向现在的基里尔和梅福基纪念碑的地方时就已经死了。当时那里有一个很大的出租车车站。那些年莫斯科出租司机不喜欢出城。我们专门等候工作到夜晚的出租车：那样的车前玻璃上有表示工作结束的数字。这样出租车司机就不会拒载我们到别墅。

而家里只有我妈妈和六岁的妹妹。当然，之后亲戚们都陆陆续续来了。

* * *

我们那时已经抵达别墅了。我们打开篱笆，进了房子。刚刚进去坐下，甚至还没来得及把茶炊放在炉灶上，突然来了一个阴郁的老头。是村事务所看守。他说：

"您父亲很不好，赶紧回莫斯科，如果你们想见他最后一面的话。"

两小时前他已经死了。甚至是三小时前。他们这么做是让我有"心理准备"。我们的别墅里没有电话。有人（我不知道是谁——也许是妈妈）往事务所打了电话。

我们立刻跳起身，朝安德烈的别墅跑去。他那里有电话。

我给家里打电话，妈妈的儿时女友萝扎·洛金诺娃接听的电话。爸爸曾在短篇小说《他活着并熠熠生辉》中写道："孩子的妈妈一直还没走。看来，是遇见萝扎婶婶了，她们就那样站着聊天，甚至无视我的存在。"爸爸小说中的所有主人公都有现实原型。更确切地说：所有人物，甚至是匆忙提及的，实际上都是现实人物，但我现在不想说这些……我想说，我拨了电话号码，两声电话铃响后立刻就被妈妈的女友萝扎拿起话筒。

"出什么事了？"我说。

她说:"我马上叫你妈妈来接听。"

妈妈拿起话筒说:"爸爸死了。"

不知为何萝扎婶婶自己不说,真是难以理解。

伙伴们和我一起返回莫斯科。友谊支持。我们拦住了一辆汽车——是黑色"伏尔加",也许是某个领导回来时坐的——我们村子后面有部级机关公寓,因此有汽车驶过。车子返回时——是空车,因此司机很愿意搭载我们,而且几乎免费。我们回到了位于卡列特大街的家。

我看见:门口有一辆医院的车,一个人在溜达,垂着秃秃的头。我立刻明白了,这是救护车和卫生员司机。

我对朋友们说,剩下的路没必要陪我。尽管他们想继续走,拥抱我,挽着胳膊,对我说:"撑住,重要的是,你要撑住,我们永远和你在一起。"

但也许,我羞于让他们看见我死去的父亲。

还因为羞于自己马上要哭了,哭得很厉害且声音很大,就像小孩儿一样。或者根本不会哭,这将更羞愧:这意味着,我心肠硬、冷漠无情。我请求他们回去。他们走了。

家里的门开着。我进了卧室,死去的父亲躺在床上,被包裹着。我倒在圈椅上,开始端详他。我心跳加速,头也很痛。

妈妈进来,拥抱了我一下,然后突然开始抚摸我的脸,摸我的眼睛和脸颊。她在检查,我有没有哭。我感到如此委屈和厌烦,于是终于哭了起来。

我的哥哥廖尼亚进来了,他是父亲与前妻的儿子。妈妈的哥哥,即我的舅舅瓦列里也来了。我们用担架将爸爸的尸体从十一楼抬下去。卫生员建议"放在桌上用电梯运下去",但我们拒绝了。

当时已经八点多了，这一天还没结束，接下来还发生了很多事。如果全部详细记录下来，会有整整一卷。而且还是小号字体。我一定会写出来。下一次吧。

*　*　*

总之，我拿着自己的新书坐着，回忆自己和父亲的各种谈话。

我想起了在汽车里的一次谈话。

那时我十六岁，心情很糟糕，也许已经有半年了。可以说——是抑郁症，但那时不这么说，才六十年代中期，这个词还没有流行起来。

我阴郁的表情和苦闷的言语让所有人吃惊。

我们从别墅回家。沿着马涅什广场的高尔基大街往上行驶。爸爸开车。我们的车是一辆白色的——几乎是白色的，像"白夜"一样的颜色——"伏尔加-21"。我当时也许又因为什么事而抑郁沮丧，说生活令人痛苦、充满谎言、毫无意义。

爸爸微微刹车。他驶过长臂尤里的纪念碑。然后将车停在书店附近，即"百号"附近，那时叫"莫斯科书店"，因为官方称呼是"一百号书店"。

他没有熄灭发动机。

他沉默了一会儿，突然问道："你有深爱的女人吗？"

我内心一阵发凉。起初我没明白，然后才反应过来。为什么内心发凉——因为我开始明白了。起初我想，他的问题指的是："我有没有爱上的姑娘？"当然有啦！甚至有两个。更确切一点，是三个——有一个在其他两个的衬托下最重要，她们我都喜欢，而且我经常从电话亭给她们打电话，在单元楼口等候，总之——有的，有的，有的。可以说三次"有的"。但他为什么问得这么奇怪？而不是简单地问："你也许恋爱了？"

内心发凉了一阵子之后，我明白了。而且开始变得羞愧。是双倍的羞愧。

首先，羞于爸爸和我谈论这个话题。顺便说一句，我和他以前从未谈过类似话题。和妈妈也没谈过。实际上，我虽然很少和妈妈分享自己的爱情体验，但多多少少还是分享的。

* * *

尽管爸爸有时候也诱导我谈起类似话题。

有一次，妈妈和爸爸做客回来，爸爸很开心，他半躺在沙发上，而我坐在他的书桌旁。他大声兴奋地说：

"她真是一个漂亮姑娘！漂亮，优雅，可爱。我保证，你从来没有见过这样的。你这小子见到的都是啥？这样的我一生可能见过两次，这是第三次。你一见到她，就会爱上她的。这就是你的命！你们应该互相认识，然后谈恋爱。一长大——就结婚。"

他说的是他们新相识的女儿。在一个休养地，爸爸和妈妈遇到了一对夫妇。他们去那里做客，看见了他们的女儿，然后认定这就是我极佳的另一半。我那时十七岁。她——十五岁。我们被介绍认识了。当然，最后无疾而终。尽管她是个非常漂亮的女孩。年轻，苗条，而且穿戴漂亮得令人震惊——因为我们是在她生日那天认识的。也许,她的父母强行往她的头脑里灌输的是:"哇,多好的男孩!这就是你的未婚夫。"她被迫给我打电话,邀请我。而我的父母给我钱,于是我给她买了一束花和一本赝品画册。

我从来没有见过那么华美的裙子和无可挑剔的樱桃色鞋子——只在电影或画中见过。

她注视了我很久,但她不喜欢我。

我也不喜欢她。一点也不喜欢。

我那时喜欢的完全是另一种类型。聪明阴郁型的。

但我的父亲对此抱有另一种观点。就像现在常说的,强硬立场。

有一次就有这样一个聪明女孩来我家做客。她比我大一岁——顺便说一句,这是让我感到自豪的另一个原因。我刚升入十年级,而她几乎是大学生了——当时是夏天,她已经通过了毕业考试。我爸爸也在家。我们进他书房打了招呼。她是知识分子家庭出身,懂两种外语。我们坐在我房间的沙发上,悄悄接吻,努力不弄出动静。然后出去散步。然后我送她回家。之后我回到家。

爸爸从书房走出来,边走边从裤子里拽出皮带。

"喏,把背转过来。"他命令道。我机械地转过背部。他用皮带把我捆紧。不是特别疼,但能感觉到。

"你在干什么?!"我怒吼起来,转过头并避开他第二次捆绑,"在搞什么鬼?"

"不,应该我来问你,在开什么玩笑! 也不看看她那鬼脸? 骨瘦如柴的细腿? 茅草一样的头发? 满脸的青春痘? 刀子一样的指甲？握个手都萎靡不振，手掌还冰冷潮湿的样子？儿子，你没事吧？"最后他还哈哈大笑起来。

"这有什么关系？"我说，"她是一个不错的人。而且很聪明。"

"好呀，"他说，"那就紧紧地、友好地握住她那崇高的手吧。"

然后他走进自己的书房。

实际上，我们之间再也没有谈过这类话题。除了他偶尔问我：你没有爱上某个姑娘吧？

哦，对了！一次在别墅的林荫道上，他看见我和利亚莉卡在一起，她是著名电影导演罗曼·卡尔缅与前妻的女儿——就是那个拍了1935年西班牙内战电影的导演。利亚莉卡那时太美了。然后，罗曼·卡尔缅去世后，她的妈妈改嫁给那时已成名的作家瓦西里·阿克肖诺夫。伙伴们开始喊利亚莉卡为"苏联双重继女"。

我和利亚莉卡手拉手走着，时不时地亲吻。晚上爸爸带着赞许，甚至有些庄重的语气对我说："祝福你们小小的罗曼史"。

罗曼史的确很小：持续了大概一个月。

* * *

但咱们还是回到我们那辆停在高尔基大街上的书店旁、附近就是长臂尤里纪念碑的汽车上吧。

总之，第一，我羞于父亲开始与我谈论这个令人羞愧的话题。

但第二，我更羞愧的是，我没有心爱的女人，而我那时已经十六岁了。我想，父亲在这个年龄当然已经有了心爱的女人、情人、婆娘，等等——我却只能在亲生父亲面前无地自容。

"喂，"他说，"你有心爱的女人吗？"他又强势地、面带表情地重复了这句话，还拖长声音说，"心——爱——的——女——人。"也许他是想让我明白，他指的是什么，也是为了不让自己再问这简单和粗鲁的问题。

但我一秒钟前已经完全明白了。

"没有。"我说。

"啊哦（抑或'嗯''噢'之类的语气词），"他说道，用手抓起变速杆的手柄——"伏尔加-21"的手柄在方向盘的位置；然后将手柄拽向自己下方的位置，打开第一挡，轻轻启动汽车，"哦，明白了……"

我们继续前行，朝着普希金广场行驶，然后是马雅科夫斯基广场，最后朝左拐向花园环线，往家的方向行驶。一路上我在想，一切其实很简单。我会有自己的女人（"姑娘"、情人、婆娘，等等）——一切都会好的……

最可笑的是，起初的确如此——大概是前半年。然后成长的幸福就消失了。

* * *

更何况我的替身开始攻击我了。

《丹尼斯的故事》一年比一年流行。到七十年代末，一批被称为丹尼斯（为纪念小说主人公）的孩子长大成人了。而我小的时候，这是一个被视为故意平民化的名字。老师和邻居们有时把我叫作马克西姆、库奇马,甚至格拉西姆:都是些非常乡村化的名字。

但后来一切都变了。很多父母给自己的儿子取名丹尼斯——是的,是的,是为了纪念《丹尼斯的故事》的主人公。也就是说,几乎是为了纪念我。几乎——因为实际上当然不是为了纪念我,而是为了纪念著名小说中的小男孩。

"姑娘们!等等!你们知道,这是谁吗?"一个六月的晚上,当我和大学好友萨沙·阿列克谢耶夫沿着街心花园晃荡时,他带着惊叹的语气大声说,然后姑娘们立刻拥到我们跟前,"这就是丹尼斯!小说中的丹尼斯!丹尼斯·德拉贡斯基,丹尼斯·维克托罗维奇,他可以给你们看护照。你们读过维克多·德拉贡斯基的《丹尼斯的故事》吗?"

如果她们读过——我很羞愧。

如果她们没读过——我也很羞愧。

我感觉到自己成了父亲的翻版。可如果是原本的那个我,那么谁也不需要。我不生爸爸的气。但我不能说,自己很开心、很幸福。当我明白这一经历是多么独特和美好时,已经很晚了。几乎可以说,是老年了。

* * *

爸爸似乎并没有很伤心,当他明白我成不了画家时。甚至相反,他说了一些诸如"嗯,得了,别费劲了,你是折腾不成画家的!"但我的画他喜欢,而且从未命令我从墙上取下来。有一天我把一幅画送给自己认识的一个女孩后,他奇怪地生了我的气。顺便插一句,这一点我已经预见到了(或者是妈妈建议的?)—— 我仿照重画了一幅,并挂在原来的位置上。但显而易见,我的才华消失殆尽了,因为仿制品非常一般,于是爸爸立刻看出来了。他很生气地说:"你拿走了我的画?""这是我的画!"我说。"但你把它挂在这面墙上的,就在这儿,这个房间里!我不想和你说话了。"他挥挥手,转过头去。我走上前,摸了摸他的肩膀。他拿掉我的手。我便出去了。

当然,一小时后我们就和好了。是吃午饭的时候。

但我很久都不自在。我后悔自己从他那里夺走了(说得更直接一点 —— 偷走、拽走或劫走)我的一小块童年,而这一小块对他来说弥足珍贵。

但这一段美好的童年对我来说更珍贵。

我二十岁时,特别是三十岁甚至四十岁时 —— 有时恐惧地想,父亲简直杀死了我。

他夺取了我长大、成为成年人的机会。我觉得,父亲用他那著名的关于小男孩丹尼斯的小说使我永远成了小孩,那个快乐可爱的淘气鬼,六七岁,但不超过十二岁。我变成了一个死去的宝物,就像琥珀上的甲虫。这只甲虫已经在那里待了很多世纪了,它可以被参观,被欣赏 —— 它很美,但只有一个缺点 —— 它是死的。

* * *

每个人都对某个人的死亡负有一定的罪。

是的,我让我的父母伤心。非常伤心。现在我又回忆起来,父亲去世那天我和他大吵了一架，甚至到了怒吼的程度。我记得我朝他咆哮时他惊慌失措的脸，我非常清晰地记得那充满恐惧的无力眼神。之后我摔门出走，而他梗死。因此似乎可以得出结论：父亲的死有我的罪过？

问题不在于你杀死了谁或对谁的死有罪。这方面实际上很难弄清楚。真的。罪不在于此。而在于你希望某人死或听说他死了很开心，而且开始活得轻松了。

是的，我的罪在于，这两方面都兼有之。

父亲很早就病了，他已经不是第一次犯病。但这次他却死了。我在返回莫斯科的汽车上想，我，还有我全家（首先是我——因为人总是先想到自己）将要开始完全不同的生活了。下面我来讲讲，导致我们吵架，导致我朝他咆哮——他也理所当然朝我咆哮的龌龊事是什么。

都因为我年轻的妻子。

我在他去世前两个月左右和一个女人结了婚，我很崇拜她，愿意追随她到天涯海角。倘若她让我偷盗、背叛故乡、抛弃父母、杀死他人——我都会俯首听命。我轻率地、温顺地爱着她，而她折磨我、讥讽我，尽自己的强势和古怪性格之所能折磨我，而我只能吞咽眼泪并祈求她的原谅。

当然，也许我本身也有错。也许，她需要的是另一种爱情，而不是这种温顺，这种俯首听命的意愿，这种对她所有的狂妄、残酷、忘恩负义、偏执，甚至瞬间的恶劣心情永远给以的原谅。也许，她需要的是"真正的男人"——而我永远不可能成为"真正的男人"。我爱女人，拜倒在她们面前，想为她们服务，并希望得到同样温柔忠诚的爱作为回报，我并不希望我朝她屁股踢上一脚，她却给我吃喝还陪睡。

但这是另一段故事了，完全是另一段了。总之，每个人都有错。

这不，我和父亲因为她吵架。父亲又开始安慰我，说我的生活会好起来的，希望我不要沮丧，而我粗鲁地还击说，我的一切都很好，可以打满分甚至更多。他针锋相对地反驳，又一次问我，为什么要和这样的女恶棍结婚？我开始维护她，而且像个"真正的男人"该做的那样，不是用理性的说辞，而是大喊："你别放肆！不许触犯她！你再敢用类似的话说她，我就不认你是我父亲了！"我边喊边跺脚，还用拳头砸桌子。

所以当我坐在出租车里准备回去见死去的父亲时，我想，晚上我就给她打电话——新婚前几周我们就开始了永无休止的争吵，所以我们住在不同的住宅里，很少见面。我给她打电话说："刚刚爸爸死了！"然后她会来我这里，拥抱我，亲吻我，怜悯我，抚爱我，说我们一切会好起来的。事实证明，我为父亲的死高兴，对吧？事实证明，父亲的死对我而言只是一个小小的工具，只是让我被亲吻、被抚爱的借口？

*　　*　　*

我的父亲——虽然去世前生了很久的病，但梗死只是一下子，甚至只有一分钟。梗死——不像癌症，不像肺结核，不像那种让人一天天衰弱、逐渐与生命告别的慢性必死病。梗死——这是血管的灾难，而且它通常因为突然紧张而暴发。我的头脑里曾数月、数年地闪现父亲生命最后一天的画面,以及我与他之间的沉重谈话——甚至可以说争吵,正是在争吵之后我摔门而出,去了别墅,而他在一小时后就死了。

但就在我从别墅返回莫斯科的路上,我想起我们三小时前的糟心事,并开始思考我的个人因素对父亲的死起了什么作用。我思考了很久,备受煎熬,后来得出了以下三点结论。

第一,我的父亲得了很重的病,不管如何都会很快死去。一年,两年,最多三年——医生根据解剖结果这么说。

第二,他死的时候没受痛苦,这可以说是上帝对他的怜悯。假如那时的一切按照另一种顺序发生:他先被截去双腿,然后开始出现肾衰竭、脑血管问题、中风,等等——那他就会死得很痛苦、沉重、凄凉。

第三,但他的梗死终究发生在——唉,这是我一辈子的痛——我们那次噩梦般的争吵之后。

我一遍遍地回忆我们之间谈话的所有细节,我在那次谈话中极度愤怒,甚至侮辱了他。我开始明白,为什么我当时那么凶残了——可以说,错既不在我,也不在父亲,而在于"第三者"——我当时的妻子。我对父亲咆哮,生他的气,侮辱他,甚至威胁他——实际上是把对她的愤恨发泄在他身上。但谁关心这种鬼"事情"呢?事实是:上了年纪且重病的父亲对自己年轻力壮的儿子(我那时二十一岁!)说了一句什么,甚至也许只是对他(对儿子,即我)来说有点不愉快、令人生气的话,但失去理智的傻儿子因为自己的某些情结,侮辱了他的父亲。也许,儿子的侮辱让父亲如此震惊,以至于他心血管突然痉挛,然后他死了。

当我明白这一点后,我突然开始变得轻松了。我认定自己对他的死有一定的罪责,而且明白这种罪会永远跟随我 —— 尽管有第一点和第二点情况。

*　　*　　*

可是之后,很晚之后,我才明白了以下道理。

起初,我觉得自己死了 —— 在我父亲的故事里不朽了。在我看来,我的父亲 —— 用他的爱和才华,创造了一个书中的英雄,男孩丹尼斯 —— 杀死了我。

但与此同时,我觉得我也杀害了他 —— 不仅是用那次可怕的、不可原谅的、致命的争吵,噢,不是的! 是我杀了他。

我因自己成长的事实杀死了他。

我的父亲非常爱我,他想让时间停止:当我还是一个小男孩时,就对我进行防腐处理。

而且他成功了 —— 大概在我四十岁之前。

尽管他早于此时死去,那时我才二十一岁。但我几乎是成年人了。而且刚刚结婚,已经开始完全成年了。也许,这对他来说无法忍受。那个美妙的、童年时完全没有性别意识的小男孩,突然变成了"男人",而且是胡子拉碴的已婚男人。真让人受不了。

*　　*　　*

恩怨两清了。死亡,杀害,复活。

*　　*　　*

现在我发现，我部分地重复了父亲的路。

尽管他的人生充满离奇色彩。他1913年出生于纽约，但1914年夏就回到俄罗斯（他被带走时才半岁），回到祖籍所在的小城戈梅利。在那里他的父亲死于红军之手，而红军政委沃依采霍维奇娶了他的妈妈，即我的奶奶莉达，但之后政委被白军杀死。奶奶来到莫斯科，成了一名打字员和女秘书，之后嫁给剧院演员米哈伊尔·鲁宾，和他生下儿子廖尼亚，即爸爸的哥哥；米哈伊尔·鲁宾后来偷偷经过立陶宛从苏联偷渡到美国。廖尼亚战前"因流氓罪坐牢"，后来从劳改营应征入伍，最终于1943年牺牲；当时他十八岁。演员米哈伊尔·鲁宾1962年死于纽约。不知为何，每当我看见他那漂亮的墓碑照及上面的题词"来自妻子和孩子们"时，就很痛苦——他的第一个孩子躺在卡卢加州柳金诺瓦区别奇卡村的兄弟公墓①里，他的第一任妻子，我的奶奶，去世前一直住在莫斯科公共住宅里的黑房子里。五十年代我们全家五口人——奶奶、爸爸、妈妈、我和保姆都住在那里。

父亲在自动车床厂里当过钳工，也做过马具匠（在跑马场里做马具），夏天就到莫斯科河上当船夫赚钱，还学会了演戏，也曾是莫斯科民兵团的一员，演过电影。四五十年代之交，他

---

① 兄弟公墓，指埋葬战争、瘟疫、流行病、自然灾害、恐怖主义事件中死于同一时间、同一地点的多人墓地。

组织过微型剧《蓝鸟》，然后开始写短篇小说，获得了成功和认可，也得了严重高血压，饱受头晕和难以忍受的头痛的折磨，去世前两年几乎停止写作。

而我这个出生于良好家庭的小男孩，有着顺利无奇的履历：中小学，家庭教师，大学，外交学院工作。

但我们的命运还是有些相似：他当过工人、演员、小丑、歌词作者、讽刺小品文作者、舞台导演——四十五岁时才成为作家。我当过画家、语言学家、教师、剧作家、记者——而且也是晚些时候才开始偷偷地写短篇小说。第一本书出版于2009年，那时我五十八岁半，正是父亲去世的年龄。

我的小说不就是从这儿开始的嘛。

很奇怪，不是吗？我也觉得如此。

朋霍费尔从五楼纵身一跃

| 蔡 东

海德格尔行动筹划了已有半年，总是快成了，到底又没成。周素格透过玻璃窗往外看，大晴天，阳光从无云的天上浩浩荡荡地涌过来，阳台、花坛、泳池，到处积着白亮的光，看得她一阵眩晕，转回头来向着室内，眼睛里似蒙上了一层雾翳。

钟点阿姨负责清洁的最后一个地方是厨房，眼看阿姨晾抹布摘围裙了，周素格才下定决心，还是张嘴吧。

她把阿姨拉到卧室里，问，你再待两个钟头行吗？

阿姨警觉地扬起下巴，说，活儿干完了，瓷砖缝都用牙刷来回刷了。

再待两个钟头，不干活儿，看电视。

对方正犹豫着，她补上一句，这两个钟头也付给你酬劳。

阿姨朝门外努嘴，他呢？

他不跟我出去，你俩一起看电视吧。

你出门办重要的事情？

周素格点点头，是，有重要的事情紧着办。

她走到电梯口，盯着楼层显示器，电梯在十七楼停了一会儿，动了，每层一顿，她没再等，转身沿楼梯走下来。她步子急促地走出小区，穿过斑马线，进入路对面的公园，找到一张长椅，坐下来。

眼前是一块草地，网球场那么大。她望着草地，心里只有一种感觉，辽阔，太辽阔了。她塌陷进椅子里，身体本来像一把扎紧的线穗，这会儿，倏地全松开了。风是暖润的，阳光从树叶间漏下来，碎碎地落在身上。她向后仰着头，眯起眼睛，看到无云的天空像一张干净的没有皱纹的脸。

头顶的树叶，被阳光照耀成半透明的片片琉璃。她呼出一大口浊气，顿觉全身一轻，眼目也清明起来，目之所及，往常混沌沉闷的那一整块绿，活泛跳闪起来了，在初夏澄净的阳光里，各有各的意态。凤凰木、鸡蛋花、垂榕、香樟，她一一辨识了出来。

还有更多的树，绿得深浅不一，叶片形状各异。她有些惭愧，此前，她一直以为它们是同一种树。她沿着被树荫覆盖的小路往公园深处走，细细地看树干上的标识牌，绢柏、大叶紫薇、菩提、黄缅桂、木莲……远处的斜坡上，孤零零长着一棵树，正开着蓝色的花，一种恍恍惚惚的蓝色，花朵聚集在树梢，如一场场梦境般，浮在空气里。她走近了看，这棵树叫蓝花楹，它还有一个更美的名字，蓝雾树。

她倚着蓝雾树坐下，身下的草，在这背阴的地方，绿意更加凛冽鲜明。不远处，一个老太太领着一个三四岁模样的小女孩玩耍，小女孩看起来很不高兴，她一做状要哭，老太太就慌了，把她抱起来轻轻摇晃着。晃一会儿，老太太试探着把小女孩放下，小女孩不依，老太太就蹲下身子藏在灌木丛后，然后猛然露出头来，嘴里发出"叭、叭"的声音，小女孩嘻嘻笑了。

周素格看到，孩子暂时得到安抚后，老太太转过身去疲倦地闭上眼睛，很快又睁开，眼皮奋力往上一努。她挤眉弄目，不断露出夸张的表演性的神情。周素格望着老太太，只觉得累，觉得伤心。在远处的花墙下，聚集着成堆的老人和孩子，好像大家聚在一起，度过一个下午就不那么艰难了。照看孙辈的老人大多是胖子，不是源自单纯享乐的胖，是终日劳累精神紧张暴吃出来的那种胖，她们穿超市开架的廉价服装，兼之头发稀疏一脸横肉，看起来总有些不堪了。周素格知道，她们本来不是这个样子的，她感叹着，把目光从花墙处收回来。

老太太又神秘地消失在灌木丛后，露出头来时，小女孩没有笑。她只好抱起女孩，去了花墙那面。过了一会儿，一个年轻女人走过来，坐在蓝花楹树冠的阴影里，她看起来有些心神不定。很快，她的手机响了。她受了惊吓般从包里翻找出手机，她说，怎么了，我还在商场，衣服没挑好呢，回不去。她有些急，到底怎么了，你说呀。她说，你别把孩子送过来了，我回去吧。

周素格同情地看着年轻女人，电话那边应该是她丈夫，周素格猜测着，又是一个无比重要的女人，刚出来不到半个钟头，丈夫就通知她，孩子哭了闹了，也可能，没说孩子想妈妈掉眼泪了，就一句话，"你回来看看就知道了"，不祥的气息从电话里透出，女人心往下一沉，然而又觉得这情境甚是熟悉，未及辨认清楚嘴里已答应回去了。

年轻女人没有马上回家，女人把自己摊平躺倒在草地上，躺了一会儿才起身离开。

周素格看看表，她也是时候回家了。她走出浓荫，置身于夏日阳光的明亮中，明亮得像歌剧女演员的一长串高音。

路上，她想着美好的蓝雾树，想着发生在蓝雾树旁的两幕小小的悲剧，一步一步地往家里挪。

昨天晚上，她想出去散散步，没什么，就是出去散个步而已。她刚站起身来，他马上也跟着站起来。她看一眼他脸上的表情，即刻判断出，这会儿他不是成年人。她说，你先坐下，别动。她边往储藏间走，边回头看他，他动作迟缓地坐下了。

储藏间里放着一把椅子，楸木框架，布艺软包的靠背和坐垫，可折叠，最大角度一百二十度，真是一把宽大舒适的座椅。半年前，她找遍家具卖场才寻获到这样一把椅子，她掩饰不住自己的满意，以至于连九五折的折扣都没有要到。她以为自己早就准备好了，准备好做那件事了，工具齐备，具体实施时动作的步骤和要领也烂熟于心，或者说，她在意念中已完成过很多次。她甚至专门为那件事起了个代号，就叫"海德格尔行动"。

她坐在椅子上，椅子含着她，储藏间的杂物含着她。每次在储藏间待久了，看着木架上一层层放好的生活物品，就好像看到了一层层时间，云母片岩一般的时间。小小的储藏间盛放着过往那些有密度有兴致的生活，分类放置的用品，代表着过去某段时期在某个领域的阶段性狂热。她时常在清晨午后的某些时刻讲究仪式感和器具之美：生活中需要这样的时刻，哪怕有些做作，哪怕心知肚明这不是常态。储物格里是软布覆盖的茶具，抽屉里是闲置的烤盘，角落里是蒙尘的长方形塑料盆——她喝茶、烘焙和种菜的残留，那些曾经热烈地过日子的兴头。

实施海德格尔行动所必需的工具，被她藏在储藏间最隐秘的地方，一个暗格里，跟她的白玉吊坠、珍珠手串和金饰放在一起。工具说平常也平常，但毕竟不是常见的家庭日用品，托老家的亲戚专门找了寄过来，颇费了番周折。

她抠开木板，往里头看，先看见的不是黄金珠玉，不是发光的黄金珠玉，是那件颜色暗沉的工具，一下子就扑到眼睛里。

她已经很久不佩戴首饰了，但始终记得首饰接触身体时的感觉。夏天戴上珍珠时那一瞬间的微凉，冬天热热的白玉坠子从毛衣里拉出来时胸口的虚空。

她抬起手来，准备取出工具。手缓缓地接近柜门时，她看见自己手上的皮肤变柔润了。有光透过玻璃窗，照进幽暗的储藏间，月亮出来了。

她挽起窗帘，重新坐回到椅子上。月光顺着黑暗淌过去，跟那天晚上的月光一样，柔软、轻逸，静静地在房间里漾着。得有十年了吧，那个夜晚，依然清澈地浮在无数个模糊晦暗的日子上面。

那晚，她走进卧房，摁下吸顶灯的面板，灯管沙沙两声还是熄灭了，房里却有光。她走到窗前，发现了天空中的月亮，月光沿着她散开的头发披拂而下。看到手臂上的光，她蓦地愣住了，仿佛是多年来第一次意识到夜晚还有月亮。清光湛湛，融掉了一大片黑夜，月亮周围，是冰环一般的莹白的清朗，接着，才是灰蓝色的夜空。他也走进来，跟她并排站着。她说，我想起来了，以前读过的古诗都活了，有自己的气息和体态了，我好像一下子能回到古时候，亲眼看见写诗的那些人了。你看看，唐朝的月亮，不也是这一个吗？他说，我知道，不用多说了。他们两人，心领神会，他们两人和月亮，也心领神会。久远古老的月光，雪一样轻盈地落在他们的身体上，又化成了水般流向地面。月亮是痴的，多少年它都没变。他们在月光下并排坐着。她全身松弛，只觉得安详，她在他脸上也看到了踏实和平静。那一刻她确信，他们抓住了一点不变的东西。那是个安全和确定的晚上，每次世界又让她惊惶难安时，只要一想起有过那样一个晚上，她就觉得心里踏实了。总有一些不变的东西。

此刻，她坐在椅子上，为明明没做成的事歉疚着：你想做什么？你想对他做什么？她合上暗格的门板，使劲儿摁了摁，像是要把那个邪恶险峻的念头关在里面，关严了，封死了，直至化成时间的灰。

她走出储藏间，把他从沙发上拉起来，说，走吧，我们一起散步去。

他们沿着人工湖的步道散步，月光在湖面的开阔处随水波潋滟地晃荡。他跟在她身后，不像影子，像是长在她身上了，硬石头一般，磨着她，坠着她。

夜里躺在床上，他抓着她的手才能入睡。自从朋霍费尔被发现摔死在小区天井后，他的情况就更糟糕了，清醒的时候越来越少。熟睡时，他依然花着一部分力气攥住她的手，甚至嘟嘟哝哝地，抓起她的手指头来用力吮吸。她夜梦很多。有时候会梦见朋霍费尔，被他揽在怀中，直直向上的尖长耳朵，全蓝的圆睁的眼睛，使得它保持住一副惊奇的表情，相较于雪白细滑的长毛和秀丽的尖脸，他更喜爱它这副惊奇的表情，好像时刻对世界有所发现。还有的时候，她梦见自己坐在飞机上，看到绵延的山向着一条河倾倒下去，流水被压扁，渐渐停驻在河道里，不动了。

第二天，周素格请钟点阿姨在家里多待了两个钟头，她独自一人来到公园，认识了一种叫蓝花楹的树。

我出门有紧急的事情要办。周素格眼巴巴地看着钟点阿姨。

钟点阿姨在家里做了三年，名字她总记不住，只记得是姓张。试用的那次，张阿姨做完清洁，和扫帚拖布一起并立在房间一角，喊准雇主出来检查。当着人家的面，周素格只随意扫了一眼，点头说好。等阿姨走了，她才蹲下去，伸长胳膊往电视柜里头摸，摸到最里面，看不到的地方，还是湿漉漉的，擦过了。谢天谢地，她在心里叫道。她俩年纪应该差不多，但周素格一直叫她阿姨。

阿姨说，你怎么又要出去办事？是上个月还是上上个月，不是办过了吗？

哪能是一桩事呀。你不用干活，就坐在沙发上看电视。咖啡、茶，想喝什么就喝什么。水果、鸡蛋卷、核桃酥，饿了就吃。

你出去多久？

三四个小时吧！

是三个还是四个？

四个。

那不行，待四个钟头就六点多了，我还要赶回家做晚饭，我男人——

这次酬劳加倍。是急事，阿姨，你当帮我个忙吧。

张阿姨用百洁布猛搓几下人造石台面，抬起头来说，去吧，你去吧。

为了节省时间，周素格选择乘坐地铁，转一条线再坐三站，就是博物馆了。

几天前的傍晚,潦草的饭菜又被端到油腻的茶几上,她招呼他过来吃饭。两人一边看电视,一边把食物塞进嘴里。就是填饱肚子而已,他们已很久没有坐在餐桌前,好好吃一顿晚饭了。

本地新闻依旧是高空坠物、涵洞抢劫、孩童出走,节目快结束时才播报了一条文化新闻,她听着听着,猛地抬起头来,盯住了电视画面。屏幕里像透出一道光,另一个世界的新异的光,一下子照亮了接下来黯淡的一日。她站起来在屋里走来走去,越想越兴奋。兰森,她脱口叫出了他的名字。

随即,她意识到了什么,脚步放慢了。暮色在这一刻步入房间,她沉默地坐下来,夕照的光犹疑无力地浮动,屋里明明暗暗,抖颤着,悬垂在白日的边缘,不知道什么时候,黄昏转了个身,不见了。天黑了下来。

夜里她睡不着,照例是精骛八极心游万仞,头脑变得机敏异常。石器时代文物特展,石器时代,石器时代,她在心里默念着这四个字。她已经五十多岁了,却突然想到该去博物馆看看了,突然对石器时代的人怎么生活发生了兴趣。她也想跟他说说,像以前那样,无论多么复杂幽微的感受,也无论这复杂幽微是用多么破碎的语言表述出来的,彼此总是会意,不住地点头,并用欣赏的眼神看着对方。现在,她的高兴或悲伤,都没法邀请他品鉴了。

到底该怎样摆脱他呢? 无数个想法像透明的汽水泡成串地升腾。第二天一大早,她下定决心,实施海德格尔行动。当然,上午一定要对他和善些,要忍住脾气少训斥他。她打算吃过午饭就取出木椅子和粗麻绳,捆住她的丈夫,确保他待在家里不会乱动煤气,也不会跑出去走丢了。她将拥有完整的一下午时间,想着想着,她就笑出声来了。

午饭是精心烹制的,红烧排骨、小白菜炒豆皮、西葫芦鸡蛋饼、海带汤,一一端上餐桌。吃饭的时候,因为知道海德格尔行动已矢在弦上,她对他就格外耐心,一脸笑模样,往他碗里夹排骨,轻声细语地让他多吃。落地镜映出餐桌和餐桌旁的两个人,她瞥了一眼,见镜中的自己正在微笑,只觉得别扭,镜中笑容蓦地消失了。她夹起几根豆皮,掉了一根,又瞥一眼镜子,心里有点发毛,怎么越来越不认识自己了,越来越拿不准自己了。说不清楚,真说不清楚。

他好像知道她是谁,眼神里没有茫茫的不安。她收拾碗筷时,他突然拉住她的胳膊,让她坐下。

她只好坐下,他慢慢从裤兜里掏出来一个什么东西,放在她手心里,郑重地压了压。她低头一看,竟然是一张皱巴巴的五十元钞票。

丈夫脸上带着讨好的笑,像献宝一样,给了她五十块钱。她想起了自己的母亲,母亲去世前的几年已不能走路,隔一阵子,歪在床上的母亲就跟犯了错一样地往外掏钱,她又急又气不知道该说什么好,母亲就讪讪地,把钱重新放回到枕头下面。

她把钱塞回到他手里,说,你是不是害怕什么? 害怕我不管你? 钱你自己收着吧。

他说,给你的。

她小心翼翼地问他,给我的,你知道我是谁吧? 他低下头,攥紧了钱。

她叹了口气，说，我是周素格，你爱人周素格。你叫乔兰森，科大的哲学老师。咱家还养过一只猫，白色的安哥拉猫，你起的名字，朋霍费尔。

他认真听着，过了一会，他说，知道，我都知道。

周素格心里已然后悔，怎么又提起朋霍费尔了，万一他像上次那样拉着她到处找猫怎么办？她记得他遍寻不获的失魂样子。再度提起朋霍费尔，她心里是咯噔一下的，她忽然觉得有点不对劲，朋霍费尔是一只年届中年的猫，身手还算敏捷，经常上上下下地攀爬，五楼也不算高，它怎会落得如此下场呢？

不论如何，她都知道，博物馆是去不成了。一天天等着盼着，终于到了保洁日，她抓住钟点工来家里做清洁的机会，独自一人来到市博物馆。

一步就跨进了三百万年前。这里是另一个世界了，离她的生活足够遥远。她从没像现在这样渴望遁世，一瞥见几个中老年妇女在屏幕里晃动，她就烦躁不安，她对所有的时装电视剧都过敏。

第一眼看到石核、石球、刮削器，她呆住了。跟精巧无缘，但也绝不粗陋，她观察着小小的石球，一侧是毛糙的岩石粒，一侧光滑。它起起落落，砸开过多少颗坚硬的果实，她想象着那个场景。刮削器更让她惊叹，那磨过的一溜薄石片边儿，那一点非天然的弧度，现在这样看着，既叫人心生谦卑，又不禁后怕，那惊心动魄的一磨，到底是怎么发生的，要是没有那道灵光闪过，此刻我又在哪里？

旁边的展柜陈列着蚌饰和牙饰。她仔细一看年代，石球和蚌饰，竟然相距了两百万年，现在，它们只隔了一面玻璃。

她来到展厅中间的独立展柜前，里头是一块赭色的化石，它曾经是一只披毛犀的头骨。化石后面的背板上贴着披毛犀的复原图，还有一小段文字介绍。披毛犀是独来独往的猛兽，体长四米，鼻上一根长角，长毛垂地，皮厚得像铠甲。

石镞、陶鼎、纺轮、玉琮，每一样她都看入了迷。最让她心动是一只骨笛，用鹤的骨头制成的笛子，笛子的一头已有些残破。她久久地盯着这根被制成笛子的鹤骨，鹤骨娉婷，担在两块肥圆的石头上。笛声如一缕轻烟从笛孔里飘出来，淡青色的烟，淡青色的笛声，升到穹顶处，顿了下，散开了。她的身体猛然一抖，灵魂归窍。

展厅里渐渐暗下来。最后，她重新回到披毛犀的化石前，她把手放在玻璃上，轻轻摩挲着。她真想骑着这头长毛垂地的猛兽，穿过一片空阔的草原，进入密林深处。

走出博物馆时，傍晚的光线，像一声声叹息，拉得长长的落在红砖地面上。

在地铁上，她看到一个小女孩，嘴贴住芭比娃娃的耳朵说着什么，女孩不时地觑看父亲，警惕，防备。周素格暗自揣度着女孩的心思，觉得很有趣。父女俩下车后，她也快到站了，蓦地，想起家里的他来。

他会不会也需要一个人独自待一会儿呢？就像小女孩偷偷跟芭比娃娃说话，其实并不想被大人听到。她胸口一热，是悲哀涌上来了，微微的灼烧感。他出神想事儿的时候，她总是在他身边走来走去，就算他真需要一个人待着，她也绝不敢再给他独处的机会。

她在小区门口就见到了张阿姨，张阿姨手里攥着个布兜，焦急地站在门口张望。一看见雇主，她就快步迎上去，说，你可回来了，以后我可不给你看家了。你家老乔总问我是谁，告诉他了也没用，五分钟一问，他还，他还，你快上去看看吧。张阿姨一脸上当受骗的表情。

周素格问，你出来多久了？他跌倒了？张阿姨说，不是，你自己上去看吧。

她没再多问，一路小跑上去，慌慌张张地把钥匙捅进锁眼，推门一看，他坐在沙发上，坐的位置跟她出门时一样。没有摔伤，不是脑出血，这场景远没有她想象得那么可怕，她暗自舒了一口气。再走近看，她啊了一声，知道张阿姨为什么忸忸怩怩了。原来他尿裤子了，尿液顺着沙发淌，淌到地板上，汪着一摊。

她皱皱眉头，埋怨道，你傻啊，怎么不去卫生间呢？

他气鼓鼓地看着她。沉默了一会，他抬起手来指着她骂，第一句叫骂甚是响亮，接下来的几句却断续低弱，莫名地泄了气，很快没了声息。

她继续说，你会用马桶呀，你不会连这个都忘了吧？

她看到他半闭上眼睛，两只手掌放在大腿根处缓缓收拢成拳头。坏了，他开始运气了，他已经在运气了。她心里暗暗叫苦，根据以往经验，他这是在酝酿下一波疯闹。她说，不要，不要，求求你乔兰森，你千万别闹。

忽地急中生智，她大叫一声，先于他躺倒在地下，开始翻滚。她抢占了客厅中心的空地，一边翻滚，一边念念有词。她辨认不出自己到底在念诵什么，形势所迫不及深思，任由喉咙里滑出念咒般富有紧迫感的一串叠声词。

她翻滚之余,密切观察着他的表情,果然奏效,他痴傻地张着嘴,木偶一般,已不是蓄势大闹的模样。她这才感觉到地板硌得肋骨疼,又不敢马上停下来,她的气息逐渐变粗,滚动得也越来越慢,终致仰面瘫软在地板上。

完全虚脱了,身子一直往下掉,往下掉,掉了半天,掉进一大片棉花般暄和的黑暗里,睡意袭来,但没有就此睡去,地板、沙发、他,都处在紧急状态中等她前去解救,理性悄然滋长逐渐主宰了她的世界。她不是真傻了,真什么都不知道了,翻滚完明确了这一点,第一个感觉是想哭。此刻滑畅地通往了彼刻,她看到自己站在讲台上讲庄周梦蝶的故事,初中语文课本里唯一的哲学寓言,讲过很多遍,从来不动情,直到现在,她才体会到那种深切的悲哀和无力,庄周与蝴蝶必有界限,庄周醒来后的第一个感觉,会不会也是想哭呢。

她侧过身子,鼻尖几乎贴上了茶几旁的书报架。她略支起身体,从书报架上拿出一本书,翻开来找扉页上的一段话。不用找,其实这段话她早就背过了:林乃树林的古名。林中有路。这些路多半突然断绝在杳无人迹处。大概是一年前吧,阿姨清洁书报架,她见抹布拧得不干就先把书拿下来,擦在沙发上,她偶然翻开一本书读到了这句话,愣怔了半天,心里有股说不出的惆怅。架上的书都是他曾经频繁取阅的,尼采的《论道德的谱系》、福柯的《疯癫与文明》,这些让她畏惧的书如今他也看不成了,但她始终没有把书收走,就陈列在架子上,常不等阿姨动手她自己就会细细掸去书上的薄尘,她幻想着,说不定哪天早晨醒来,就又见到他拿着铅笔在书上写写画画呢。

总算调匀了呼吸,她站起身来,挨着他坐下,轻声说,屁股湿得难受吧,走,换条干净裤子去。

他神情呆滞,没理睬她。她看看窗外,自言自语道,那我先来拖地吧。

她先用报纸把尿吸了吸,吸得差不多了,就去阳台上接了半桶水,一手提着水桶一手拿着拖把走进屋。他抬起脚来,她赶紧来回拖,然后涮拖把,换一次水,再拖两遍。

她使劲儿闻闻,确实没什么味道了,便直起腰来,走上阳台归置拖把。放好拖把,她反手扶住身体站了一会儿,看到对面的楼上,灯一家一家地亮了,一群麻雀像树叶一样从半空中落下来。

以前,周末的时候,乔兰森喜欢坐在阳台的藤椅上跟学生聊哲学,他说话不紧不慢,很随意地引述原典,一派闲逸迷人的风度。恩柏多克利、休谟、老子、陆象山、维特根斯坦、人、独立、道德、自由、辩证法、绝对精神,全是高级话题。她在屋里准备茶水和糕点,听到这些宏大高深的词就摇头咧嘴。现在,她忽然能理解了,这些词一点都不大不深,对尘世生活来说,也一点都不隔。到底要不要把自己的丈夫绑起来?这也是一个哲学问题。

她记得很多美妙的瞬间。那会儿,他才四十出头,圆寸发型很精神,身材又瘦高,站起来在阳台上踱步时,一步一步,像风吹动起铜管风铃,连脚步声都是清脆的。即使当着学生的面,她看他的眼神里也掩藏不住爱意。他的爱徒是一个从西北来深圳读研的男孩,他们共同爱好着哲学和围棋,两样都是考验智商的东西。别的学生谈谈天就走了,西北男孩会留下来吃晚饭,再陪他下盘棋。她始终记得,丈夫食指在下、中指在上拈起一颗棋子的模样,还有棋子落在楠木棋盘上的声音,啪嗒落子的一瞬,忽然生出寂静来。让她想起,半夜下起绵绵小雨时天地间的空明寂然,半夜醒来,听到雨声,只觉得寂静,听着听着又睡着了,睡得很沉很沉,再醒来时,心里全是满足。

他在屋里喊了一句,她听不清,先混答应着。转身进屋时,她又想起了博物馆里的披毛犀化石。她遐想着自己的结局:骑一头披毛犀,无声无息地,从五楼阳台走上天空,消失在淡金色的天边。

看着饭菜,周素格有些心虚,切成粗条的黄瓜码在盘中,木耳炒鸡蛋,六个脆皮肠,虽然脆皮肠仿照《深夜食堂》的做法,颇为花巧地煎成章鱼须的形状,但明眼人一看就知,这是一顿风格敷衍、只图省事的饭。她盼着能把这顿饭蒙混过去。他对菜肴的鉴赏力时高时低,有时什么都不挑,有时却是老辣的评鉴家,三言两语正中要害。

他嚼了一口脆皮肠,她感觉空气很紧张,像一面鼓,绷得紧紧的。

他说,没有肉,吃不饱啊。她说,脆皮肠不是肉呀。他说,要炒的荤菜,荤菜。

她翻翻眼睛,说,吃吧。她知道他想吃炒的猪肉片,青椒炒蘑菇炒土豆炒什么都可以,如果他还是他,她多想对他尽情宣泄,她对生猪肉的痛恨,她再也不想切生猪肉了,死去多时的肉,冰凉、滑腻、淡淡的腥气,会让人生出细小而具体的绝望感。

他又说,菜太少了。她说,三个菜呢。他说,炒鸡蛋不能算一个菜。

她很想闭着眼大叫,发脾气,话冲到嘴边却觉得没意思,吵架也要势均力敌才痛快,他理解力和反应力都跟不上了,哪里吵得起来。她只能生闷气,挑衅地问自己,人为什么每顿饭都必须吃?她总是被自己到点就来的动物般的饥饿感羞辱到。他肯定不知道,这两年,一日三餐带给她多大困扰,她把冰箱冷冻室里塞满各种半成品食物、速冻包子饺子,以便特别不想做饭时应个急,她也叫过一阵儿快餐,吃快餐竟吃得轻微厌世,又承受不了经常出去吃大餐的罪恶感,一看信用卡账单,钱基本都吃了,一顿饭连着一顿饭,难以置信,心如刀割,最可恨还吃胖了,接下来就开始处处俭省。为了省钱,也为口味计,她盘算好一周吃什么菜,带着他,拉着折叠车,跑农批市场。

说起来,她也算个热衷于家事的女人,兴头上跑几个超市买材料就为做一道程序繁琐的新菜。但现在大部分时候,她提不起兴致来,日子一天一天失去了柔韧性,心绪没来由就是恶劣无比。她听到了日子发出的声音,规律得让人听久了会发狂的声音。如果是她一个人,她更愿意将就,饿就饿,不严格按照饭时吃,而且,用馒头夹一块豆腐乳也可以是一顿饭。幸好还有桂格麦片,用水泡泡,早晨就不用开火了。她煞有介事地说,高纤维,降低胆固醇,健康食品,糊弄着他喝一碗。她暗暗感激着麦片罐子上的那个老头,他看起来真亲切,红润的好气色,微卷的银发在脸侧蓬蓬着。

虽然他指责这一桌"不算菜",但这顿饭吃得还算顺利。她在心里默默感谢着各路神仙,并随即生出奇妙的预感,晚上的演唱会,她能成行。

一进门，张阿姨就强调，我是来打扫卫生的，半个月一次，合同上写得很清楚。

周素格心里一凉，本来还想诱之以利，看阿姨的样子，是早有防备的坚决。

她只好说，我那不是有事要办吗，不然不会麻烦你的。

阿姨眨着眼睛，说，办什么事？神神秘秘的。办事也可以带上他呀，他又不是小孩，也不会拖累你。

她也眨着眼睛，一字一顿地说，就是不方便。

阿姨没往下争辩，说，我在你家做了三年，也没见过你家的孩子，让孩子周末回来，你不就能出去，能出去办事了吗？

她说，孩子在加拿大，做飞机维修工程师。

阿姨拖着长音儿，"哦"了一声，说，孩子嘛，孩子嘛。

周素格想起，每次电话里，亲耳听着儿子说话，也还是觉得那么远漠，儿子的呼吸声很粗重，他生活在一个严寒的、空气稀薄的地方。她越想越觉得黯然，真想摸起电话来，对儿子说，你回来吧，不指望你什么，就回来住上几天。

她到底没有摸起电话，而是摸起遥控器打开了电视。

阿姨俯低身子擦踢脚线，嘴里还跟她闲扯着，问她护工请到第几个死心的，她说，请过两个就断了心思。阿姨又问，老乔认家吗？她说，搁板上的小物件该擦擦了。

阿姨不再说话，默默地干完客厅的活计，进了厨房。

周素格偷偷看了他一眼，他在家里呢，好好地坐着呢。她时常会吓出一身冷汗，他明明就在身边，她却担心他终有一日会失踪，在一个她不可能找到的地方流浪。

阿姨在厨房里喊，周老师，你过来检查检查，行了吗？

阿姨叫她进去看，多半是这次做得彻底想展示保洁的成果，烟机铮亮，锅具焕然一新，连盛放香料的玻璃瓶都挨个擦了一遍。她在客厅里说，肯定行，不看了。

送走了阿姨，周素格准备陪着丈夫，在回放里一集一集地找《天天饮食》看，看烦了就换成《西游记》。感谢电视，要是没有电视，这几年她真不知道该怎么熬过来。谁知他说不看，没什么好看的。

她说，要不，就睡会儿觉去？他茫然地摇摇头，说，我想做个木匠。

起病后，他说话就没头没脑的，但今天这句话还是让她愣住了。木匠？草青草黄做了三十年夫妻，她还是第一次听他说起，他想做个木匠。

她说，不对，你是学哲学的，你从小就喜欢哲学。

他说，我从小就喜欢做木工。

她看着丈夫，此刻的他，是裸露的，诚实的。借由脑部的萎缩退化，他再度成为十几岁的少年，那段幽密的记忆突然开始放光，纤毫毕现。

她点点头，我知道了，知道了，原来你是想做个木匠。

她看看表，已经五点多了。这些天，她的脑海里，总是时不时地浮现出公园花墙下的画面。老太太们把哭闹的孩子抱在怀里，"噢、噢"地哄着，声音里有一种不过脑子的机械感，表情是老猫般的漠然，还有一丝属于人的被理性管理着的情绪，管理后剩下的，至多算是无奈了。她们跟她一样，服着天地间古老而平凡的役，平淡无奇的劳累，理当如此的安排，没人觉得这其中有何难以忍受之处，更不会察觉到她们可能正身处绝境。她们活了这么久，铁做的一样，哪还有什么细致幽邃的感情呢。

她从来不敢细细地算，沦在这样的生活里，得有一千天了吧，还是更久？

她说，兰森，我等着给你买点做木工活的材料，眼下，我也——她犹豫着，到底要不要说出口。他一次次地回到过去并停驻在某个特定的场景中，他并不真正在这个房间里。

不管他是不是真正在房间里，能不能听明白，她还是说了。眼下，我也有自己想做的事，我想一个人出去待一待，放个假，放几个小时的假，你能听懂吧？

乔兰森点点头，他说，马颊河的木匠最好。

演唱会八点开始，她第一次看演唱会不熟悉情况，想着还是早去为好。她从暗格里取出麻绳，捋几圈挂在胳膊上，又搬出木椅子，跟沙发并排放好，确保椅子跟电视机之间的距离合适。

他看到崭新的木椅子，很欢快地坐上去。她赶紧抻着麻绳，把他拦在椅子上，先系上一道。接着捆胳膊，木椅子棱多，很容易穿梭打结，最后是绑住两只脚踝。打结的扣是死扣，但绳子绑得松，怕勒疼了他。

熟练，迅捷，闪电行动。她半张着嘴，脑子里一片空白。所有的动作似乎都带着肌肉的记忆，所有的动作无须大脑参与，自己完成了自己。

看着她忙活，他一直笑，说，你先绑我，一会儿我还要绑你。什么时候换？

乔兰森终于被她绑在了椅子上。海德格尔行动，筹谋多时，大功告成。

她低声说，我寸步不离地看护你，时刻提着心，在超市里买袋盐也担心，往购物车里放完东西，一回身你已经不见了。

我真的受不了，受不了了，让我坐下，再找个小房间告解吧。

她拿起皮包，检查了一下演唱会门票。挎上包，换鞋，开门，她听见他的声音从身后传过来，你要走？

她说，我出去一下。他继续问，去哪里？她背对着他，说，你看电视吧，《猫和老鼠》。

她迅速关上门，乘电梯来到楼下。经过天井时，她的步子慢了下来。她控制不住地想象家里的画面。也许，乔兰森正低着头，身子往前挣，想从木椅子上挣脱出来。就算他从麻绳里挣脱出来又如何，他被幽闭在一个奇怪的地方，脸上是智识诡异消失的蠢样子，不能思考，不能独立完成任何一件小事，经历过的往事也逐片剥离，弃他而去。

她猛然睁开眼睛，白猫侵入进她的行程，这次白猫出现的方式跟以往不同，它不是被抱在怀中的，也没有躺在地上的光斑里。白猫朋霍费尔从五楼纵身一跳，摔死在小区的天井内。这幅画面如此真切，就像她亲眼看到过一样，画面里，白猫没有回头，一跃而下。

上楼，打开防盗门，冲进客厅，站在椅子前面。她惶惑地站着，根本不知道自己怎么会出现在家里。他笑了，说，这么快就回来了？

她愣了一下，忽然想到什么似的。她回答道，好玩吧？今天就到这里，先不玩了，晚上我带你去看演唱会。

她俯下身子先解他脚踝的绳扣，解了一会儿，麻绳磨得手指热热的疼。她从茶几抽屉里扒拉出剪刀，冲着绳子剪下去，剪刀刚一接触到绳子，她突然停住，放下了剪刀。

她坐在地板上，把牙和指甲都用上了才把绳扣一个个解开来，解完呼哧呼哧喘了半天气。休整片刻，她捡起地上的绳子，团起来，放回到储藏间的暗格里。

在体育场前的广场上，周素格把手里的票贱卖给黄牛，又从同一个黄牛手里买到两张奇贵的连号票。她牵住乔兰森的手，两人一起安检、进场、找座位。

钴蓝色的光笼罩舞台，拱形金属灯光架在夜色中发酵出浓浓的科幻感。体育场上方敞着口，露出一块椭圆的天，月亮靠过来，倚在树枝般的钢架旁，愈发温软了。舞台上表演的是一个外国乐队，她听不懂唱词，但她明白了一点，在演唱会上，亲吻是一件容易的事。大屏幕不断闪现着情侣亲吻的镜头，那么自然，那么动人。主唱忘情，观众也就忘情，蹦跳、拥抱、喊叫，欢呼声涌潮般赶着，赶着赶着就从开口处飞升上夜空。她伸手搂着身边的人，云遮住了眉月，夜色渐深，恍然间，她有点怀疑了，是他吗，你把他放出来了吗？

主唱的声音不是从低到高慢慢攀升的，而是突然炸响，带着爆烈的毁灭感直达顶点，并不破不裂地停留在那里，高亮而宽广。她感觉自己被声音托起，在空中悠悠荡荡。此后的几天里，这种感觉始终不曾消失。

她记得她亲吻了丈夫，她记得亲吻时，半是沉醉半是痛楚地闭上了眼睛，那一刻，万人体育场空旷无比，仿佛就剩下她一个人了。

爱情无果

亚历山大·布什科夫斯基　柏　英　译

> 没有时间，
> 过应该过的生活。
> 没有时间，
> 接受恩赐般的爱情……
> 　　　　　——弗拉基米尔·鲁达克

　　……可是爱情无果。我左思右想，走到了末路穷途。我想，要不，追随爱情……可是，关于爱情，谁不曾思量，谁不曾期待，谁不曾狂欢，谁不曾嫉妒，谁不曾彷徨？岁月流逝，谁没想过他当时究竟怎么了？全是愚蠢的问题。

　　开始写的时候没太想透。不过眼前的事是真真切切的。有时候就是这样，起初想着一件具体的事，然后越想越玄，还不能自拔，更确切地说，跑偏了。我快刀斩乱麻，只讲干巴巴光秃秃的东西，就像砍去了枝枝丫丫的树干。可就算这样也没写出来。

　　于是，我决定先说说之前发生的事，然后看情况再说。

爱情无果

我有个好伙伴,瓦洛佳。或者叫他沃瓦,随你们的便。朋友们叫他沃夫契卡、沃瓦娜,①他都会平静地答应。我可不行,叫我舒里克、萨尼卡②我会发火的。当然,被叫作他的朋友我感到荣幸,但这不影响我更低调一点,因为这是男人融入社会的唯一手段。他是那种朋友,你们知道,就是一个院子里长大或者从小一起上学,或者一起有过打架干仗那种麻烦事的。

我们认识的时候都已经相当大了。三十大几了。那之前不久,我向杂志编辑部投了自己那些阴郁的作品。出乎我的意料,它们被采纳了,被印刷了。我没觉得自己是个作家,没有。在国家机关干得精疲力尽的我,五脏六腑一直像在黑黑的、稠稠的、慢慢发硬的废油里揉搓、震颤,这会儿就像这团废油遇到了一个塞子,堵住了所有脑子里的碎屑、肺里的浊气、心脏的结痂、肝脏的碎渣。塞子是找到了一个,但是没有新鲜的油,还得继续没有润滑地运转,本就发热的脑袋更发烫。

我总想干一杯,然后打一架,或打一架,然后干一杯。我到处都能看到专横、不公和恶意。我自找不痛快,害怕同情、嘲笑和噩梦。我几乎不读书,整夜整夜地写下各种刺激的事、恐怖的事。不停地抽烟。周围的世界在我看来是个不高明的玩笑,周围的人不是敌人就是叛徒,极少例外。除了我的亲身经历,其他的一切都像胡扯八道。

---

① 弗拉基米尔是一个古老的斯拉夫人名,意思是统治世界和喜欢安宁的人。弗拉基米尔的叫法用于正式场合,瓦洛佳、沃瓦、沃夫契卡、沃瓦娜以及下文中的沃夫卡等叫法用于非正式场合,瓦洛佳和沃瓦的叫法是中性的,没有褒贬的含义,沃夫契卡、沃瓦娜有不敬的意味。

② 亚历山大的叫法用于正式场合,舒里克和萨尼卡用于非正式场合。

我读完了印有我作品的那期杂志。里面有令我无动于衷的诗歌,有令我无动于衷的小说和文章,最后是一部不长的中篇,讲一个普通人的生活,讲他的日常,讲他的历险记,有点奇怪,甚至荒谬,又可悲又可笑。笔调轻松,是的,没有冷不丁从哪儿冒出来的烦人的讥讽,就像一部情节奇特、结局普通而开放的作者电影。比如说,明天早晨到来,又是新的一天,然后我们的主人公继续他的历险。这个主人公,他常常超越自己的角色,活在其他角色的世界里,轻松地接受生活,掌控不同的人的心理活动。

这篇非常现实的小说中穿插着我不太明白的潜台词,一种与物质无关的秘而不宣的快乐和安详,仿佛作者在阐释,甚至在传播一个他觉得显而易见的生命不息的真理。生活不必思考金钱、安逸、健康、疾病、性欲、政治、战争、灾难、无耻、背叛和失望。我不同意这种生命体验,在心里和作者争论……

(我现在把活页本放在手提箱上写字,阳光穿过车站上满是灰尘的窗落在纸上。我环顾四周,一只手自顾自写着:"苍蝇成双入对,秋天马上要到。")

然后我不知怎么被叫去和诗人们喝酒,还有可爱的不怀好意的玛林卡,有个诗人挺好,不过一晚上嘟嘟囔囔,说他怎么也习惯不了沃夫卡的短句。

"什么沃夫卡?他写了什么?"我问,"他和你在同一期杂志上发表的、怪异的中篇小说……""我喜欢。""我总的来说也喜欢,可是,可以展开自己的想法,而不是三言两语:'他说''她转过身''他们离开了''太阳落下了,没变冷'。这算什么小说?还有,他的韵脚不准确,也不合逻辑。""怎么,他还编诗？""歌词。他有个团队。他从各种乐团招来了主唱，然后风暴每一个人。他自己弹吉他，爱乐乐团来的小号手，音乐剧院来的男低音，鼓手其实是音乐学院的一位教授。这些人哪有时间陪他玩？""噢。""正好他们的音乐会刚刚结束，会路过。他要把手稿还给我，让我读读，改改。我可以介绍你们认识，如果你愿意。""啊哈！"

我们又喝了一点儿。夸了马雅可夫斯基和曼德尔施塔姆，骂了帕斯捷尔纳克和叶赛宁。然后倒过来。玛林卡的电话开始响了："嗯，他在路上了。该出去了。""让他自己进来吧，"我说，"是他要见你，不是你要见他。你也好介绍我们认识。""我们下去比较方便：他不能走路。他坐轮椅。"我……说得温和点……整个人相当惊讶。

开车来的是费佳，酷酷的吉他独奏歌手，不过这是我后来才知道的。沃夫卡坐在右边。他其实是个普普通通的小伙子。就是普普通通的。我打开车门，说了一句："我可以坐在这里吗？"他抱歉地笑笑，点点头，玛林卡责备他图省事不说话。我坐进车里，开始熟悉他那些我觉得有意思的言辞，他用不大但硬朗的手掌握了握我的手，建议说："有空的时候来做客，我们聊聊。"

我抽空去了一次。开始去了一次又一次。第一次去过之后我就轻松了。新鲜的油流进我发烫的脑袋。实话说，我聊得更多，他听着。我讲我的生活，他讲他的生活。我直率地讲了自己，老老实实告诉他我命中注定遭遇的可怕事。他讲那些让他惊奇、高兴和敬佩的人。我听他讲的时候，不知为什么常常想哭，其实沃夫卡的故事乍听上去并不可悲，而且他讲得很可笑。

有时候他会给我看前一晚写的新歌，我被震到了。写给谁的？弄不明白。大家听听：

> 晚上是什么？！大家都喝红莓汁……
> 他们要我关门，这让我很崩溃！
> 我紧张 —— 不要把伤口倒在盐上！
> 我微笑着拿到我的镀铬柯尔特！

或者：

> 看门人清走雪。
> 电气工送来光。
> 魔法师一觉到清晨。
> 你知道，你我该……

我服了，我明白为什么所有认识瓦洛佳的人几乎一下就忘了他是坐在轮椅上的，而不是和大家一起跑去攻占世界各地的，恰恰相反，他都没给自己做一个防御工事。他就那么活着，带着他对这个世界的别样的态度，所有偶然了解这种态度这种境遇的人，会顿时明白自己是幸福的。就像五年级的你，等啊等，等暑假，然后暑假就到了。有一次，大概十年前，我们和他一起去看画展，在路上他求我："我们顺路带个女孩吧？"我们的车开到地方的时候，正好出来一个姑娘，太漂亮了，漂亮得我开始心虚：我们没走错地方吧？没有，我们没走错，她现在是他的妻子。

有一天，他给我讲了一件事，这件事让我特别想写个短篇小说。我准备了很久，这样试那样试，最后明白了，我的想象力还不够，不能完全置身于主人公的立场。于是我又去沃瓦家做客，然后记下我们的对话。

——还记得你给我讲的吗？下雨天轮椅里的小伙子……这个景象钩住了我。他叫，谢廖戈，好像？
——廖哈①。他叫廖哈。挺开朗，爱热闹的小家伙。他给我写了封信："你好！你记得吗？"我回复："记得，当然！"他写完就不吭声了。然后从另外一个地址给我写同样的信："你好！你记得吗？"记得，我记得，回复他："那么，我应该删除你的旧页面吗？"（我们大笑。）他若无其事："唉，荒唐，我丢了密码。"……

我们最后一次见面是在医院，在这个医院的康复中心，那是很久以前了。就完了，失去了联系，然后他又找到了我。我觉得他喝得厉害。不过，如果他写信说，儿子来监督他。那他们当然要检查，不让他喝。出了我告诉你的那件事后，我完全没有了他的消息。……想喝茶吗？
——好啊！
——……我们有多悲观，你知道我的意思……
——当然。
——如果某个地方有一群人都面对同样的问题，那么他们当中谁也不会说出来，不会倾诉，因为大家什么都明白。而且，

---

① 阿列克谢的小名。

看看这一切（他沉思一秒钟），我至今忘不了那一幕。不是指一个人坐在轮椅上受苦难过，而是指那轮椅上……汇聚着超大的孤独。那家伙冒着暴雨坐在轮椅上走，下那么大的暴雨，他……其实可以不走！……他没必要赶着去任何地方，可是有一种东西把他赶出房间。他就这么去地铁站，然后在地铁里摇摇晃晃。然后在电车里……那么，我们从头说起吧。

*　　*　　*

那是莫斯科的一家康复中心。不是那种所有人都坐在轮椅上的康复中心，就是一家临床医院的一个叫作康复的科室。上世纪末的时候还很少有坐轮椅的人能互相交流的地方。某种保护区。康中①。

那里收治没有任何并发症——比如没有褥疮——的人，可以进行康复训练或者采取治疗措施。不过，治不了什么。所有不是第一次去的人都明白，奇迹不会发生，不会再有什么腿。

老实说，差不多很快就一切都明白了，大概一年、一年半的样子。进展相当少，灵敏性没什么恢复。更常见的是没变化……人们反正总是抱着信心，如果有人表示怀疑他们会生气。当然，总是抱着希望。大家都默默祈祷，求这求那。"彼佳站起来了，瓦夏也站起来了。"这类的传闻和故事四处流传。我也曾抱有希望，不过绝不盲目、狂热地确信。我是来训练的，是来会朋友的，更多的是观察和思考。

---

① 康中是"康复中心"的简称，原文中也是这样。

比方说，你的治疗期满了，你就要回家。一个人。没人想搭理你，顾不上你。显而易见，时光难熬，还得自己熬。没有工作，没有如今这种互联网。我们当中很多人就那么呆坐着。心想事才能成。每个人都尽了全力。有的人和朋友们一起，如果有好朋友的话。有的人还有工作，这极其少见。噢，这是个大人物！有人那么需要他，不仅来见他，还接他去办公室。可你坐在家里，没有谁为你而来。所以，沮丧是经常的……（永远不要向我形容他在那里是怎么笑的。）

一年可以做两次康复，大家一群一群地去。互相认识，开始交往，最后相约半年后再见。差不多聚一个月，然后等待新的一轮。准备新的一轮。只要没有破坏纪律这类理由，医生们是不能拒绝的。

康复中心占据了这所大医院的第二层，有一条长长的走廊，很多病房、治疗室、浴室、储藏室、健身房，还有最远处的卫生间——"拜科努尔发射场"。电梯把走廊分成两侧，从室外到一层电梯有个自制的带围挡的木坡道。

在走廊右侧坐着几个新来的病人。这里都很安静，按照规定。甚至可以说，高雅。晚十点熄灯。在走廊左侧住着不是第一次来康中的病人。朋友们都正常，有经验，有些地方烧焦了。新来的病人不安排到那里。在那里到晚上生活才开始。

五点左右医生们离开后，煎炒烹煮上场。作息安排丢一边。所有人都不习惯吃蒸的东西。如果你有关系，有人给你带来熏肠、小黄瓜、小番茄、小香肠，你就不可能按规定吃东西。到了某一时刻，几乎所有的护士都会离开，那时怪物们就醒了。

这个小团体里有各色人等，来自祖国各地，有的年轻有的年长。"老人儿"住的走廊左侧的主要功能是交际,大家都明白,所有一切一动也不会动了。他们在那里喝酒,有模有样的,如果没有被医生撞上或者和护士约好,护士会视而不见。最重要的是不要起冲突。

廖哈是左侧的老兵,刚才说过了,挺开朗,爱热闹的小家伙。他们病房团结一心。聊到隔壁的斯拉夫卡参与了什么地方的行动,飞来一枚雷,碎片穿进了他的脊柱。我不太记得其他两个小伙子了。他们四个人组成一伙,彻夜狂欢。

我们交了朋友,但我不参加他们的狂欢和例会。我有把吉他。它救了我。大家一听到天籁之音(他微笑),就围在门边。他们,廖哈,斯拉夫卡,还有正常的小伙子们,大声地笑,简直是放声大笑,互相逗笑。那时我们是年轻人。

那里也来了各种各样的坐轮椅的女性,有些小伙子想追求她们。不在这里小伙子还能在哪里交友呢?他们逛公园。医院有个很大的公园,有小路,有花坛,有树木。比国民经济成就展览馆小一点点。

认识很简单。有个姑娘和妈妈一起,照顾妈妈。不,别误会,姑娘当然有腿,坐轮椅的是妈妈。妈妈反对。反对她和廖哈的关系。我怎么也想不起她的名字,娜嘉?她……中等身材,苗条。瘦瘦的,可爱,黑头发,短发型。干练,照顾妈妈,干什么都利索。

她想办法溜出妈妈的病房,坐在走廊的沙发上休息,他就滑过去了。他们就认识了。在这种地方,展品介绍简短,反正这里的一切都近在眼前,也都不长久。他们擦出火花,他们天旋地转,他们情丝缠绵。关系开始了,她直率地面对。他们有一个小房间的钥匙,他们的关系……关系很私密,关系很汹涌。妈妈就是不答应,可她不管,就是去见他。他们把自己关在这个小房间里……

廖哈清楚自己未来不可能站起来。他们没谈过这个。我觉得,当时他已经离婚了。经常是这样,如果一个人避而不谈。我想那时他已经离婚了。一个人受了伤,大家会四散,这很常见。突然间,生活会彻底改变,不是所有人都能挺住。当人们接受了他这个样子,才能结成新的一对……

有了爱的能量,这种人远远就能被看见。他们发散出一种光,一种放射线。你看一眼他们就明白,这不只是开个玩笑,不只是罗曼蒂克,这是经常发生的医院恋情。她不是捉弄他,不是取笑他。就连她的微笑都是严肃的、认真的。她对所有人都友善,对他甜蜜而温存。

周围的人喜欢以自己的方式逗乐,没有恶意。一方面,不能在病房里接吻,邻居们会开玩笑,说,别打扰我们,让我们休息,你们去"拜科努尔发射场"起飞吧。另一方面,廖哈准备约会,在洗手池旁边刮胡子,斯拉夫卡从自己的角落穿过整间病房扔来一瓶很贵的须后水。

……廖哈和她的一切看起来都是当真的。虽然他几乎一言不发,可是能看出来。有一次他若有所思地提到,他和她在公园里散步,沿着小路找栗子。灌木后面不知从哪里冒出一个五岁左右的小姑娘,打扮得漂漂亮亮,穿一条白色连衣裙,打着蝴蝶结。她说:"栗子不在这边,在那边,树下面!"然后就消失了。轮椅继续滑,小姑娘跑着追上来,整个人上气不接下气,放了一颗栗子到他的手掌。那么漂亮、温暖、平滑的一颗栗子。

他只来得及说了声"谢谢"。纯洁的天使!

我们问,你许愿了吗?他回答,当然。他穿过我们看过去,笑得就像阳台上的罗密欧。然后,晚上,约会之后,他沉浸在喜悦中,和邻居们稍微喝了一点,在黑暗中向自己的床跋涉。他想静悄悄地,不吵醒任何人。床的上方有抓手,铁的,吊在横杆上,可以双手抓住它从轮椅钻到床上。早上他说:"我爬的时候怎么也不明白,怎么这么沉?总算爬进去了,我最后才明白,我的腿还拴在轮椅上没解开,皮带还扯着它们。我就带着轮椅费力地悬在床上。后来我才弄明白!"他当时有多魂不守舍啊。

他们成双结对地离开了康中,他们也打算继续发展。他们想在莫斯科见面,她是莫斯科市区的,可他是莫斯科郊区的。可是,总不能在街上见面。于是,我们一个共同的熟人,娜塔莉娅,建议在她家见面。她住得不远,在麻雀山上。她不只是建议他们去她家,还建议我们五六个人在她家聚,还有斯拉瓦,马克斯。大家真心想见见面,聊一聊,喝喝茶。然后吃吃饭。有一整套方案。马克斯有辆车。

大家都聚齐了,廖哈来了。大家等着她,等她来了泡茶。他给她打电话,打不通。有人说,可能她在地铁里。他们等了又等,她还没到还没到,还没到还没到。他不清楚发生了什么,因为早上还通过电话。他相信……他甚至不能断定,就这样了——砰!

然后娜塔莉娅开始摆桌,说,我们吃点吧。

总之,他没准备好她说散就散。我们坐在桌旁,他沉默又沉默,失魂落魄的,然后说:"我的电车快来了。"娜塔莉娅对他说:"可现在你去哪儿呀? 在这儿过夜吧。电车一小时一趟。开始掉雨点了。"我们大家都说:"廖哈,他妈的怎么回事? 留下来,这房子空荡荡的,还有沙发。"他说:"不,不,我走了,走了。"

他知道,他挺不住,他没法和大家坐在一起,说说笑笑。我们也都发窘。更准确地说,蒙圈了。他需要一条路,一条路……挺过这一切。包括,她不接电话这事。

简单说,他走了。他刚一出去,大雨就倾盆而下。莫斯科的夏天经常下这样的雨,雨水像一面墙,齐马路牙子那么高。我们挪到阳台去看他在街上怎么样。他看不见我们,他甚至不知道我们在看着他。他的轮椅慢慢滑过院子,没必要着急。轮子在雨中艰难地打转,滑过雨水。

他消失在拐角处,我们不知道沉默了多久。我想象他到地铁的一路,在脑子里挂了个问号:她为什么要那样做? 她没说吗? 她没打电话说不来吗? 她为什么要弄到这么一个临界点,弄到这么痛苦的地步? 好像触碰裸露的神经,还用什么东西去刺……

或者,这可能是她的原则? 不撞南墙不回头,为的是之后不像拉皮筋那样反反复复? 她本可以缓冲处理,比方说:我没办法。成不了。妈妈不答应……是啊,妈妈坐轮椅,他也坐轮椅。设身处地为她想想。有多少时间也不够……

129

女　儿

| 双雪涛

　　从书店走出来时，我没有注意到那个男孩儿，直到我过了两个路口，正穿过熙熙攘攘的人行道，他突然一跳跳到我面前，我才发觉自己不是一个人走过来的。我刚才把陀思妥耶夫斯基的死亡时间说错了。在他和托尔斯泰之间，我从来没觉得长陀更好，短托才是我一直会偷偷反复阅读的作家，不过每次讲座，我都会大讲长陀，短托绝口不提。一是可以扯的东西多，临刑前特赦，屡败屡起的超人，晚年有个死心塌地的女人陪伴左右，永远要跟上帝交谈，永远负债。二是这样不累，因为不用真正地思考，随便采摘一点别人的观点即可，纪德有七讲，后来人演绎得更多。托尔斯泰就需要多少准备，因为其几乎没有风格，老鼠吃象，无处下嘴；而陀氏如同小岛，四周之海水多矣，延展他，保护他，稀释他，囚禁他，放一叶舟在海上走，时间一会儿就过去了。北京的人行道经常有丛林之相，灯闪过后，转弯的汽车先甩过车头，然后一辆挨着一辆通过，紧接着摩托车电动车残疾人代步车蜂拥而至，行人掩映其中，先要自保，才是走路。男孩跳出之前，我正一边想着长陀的确切死亡日期，十一月？不，是二月，一个雪下得不停的冬天（啊对，是一个

笔筒，笔筒掉在地上，他去挪胡桃木的柜子，导致血管破裂，到底是一只什么样的笔筒？），一边躲过一辆几乎从我腋下钻出的小摩托。我有个疑问，他开口说。我说，你一直跟着我？他说，我没有一直跟着你，我是从你做完活动开始跟着你的。你抽中南海，随地吐痰，而且你走路姿势不太自然，一肩高一肩低，这样久了鞋坏得快。眼看着指示灯又要变了，我快步向前走，他一看我动，就倒退着走，好像我的一架手推车。我说，你有什么问题？刚才在书店可以问，我认人一向准，没见你举手。他说，我没进书店，我一直在书店外面等你。你在书店里说的都是假话。我停在路边端详他，二十岁出头，一米七五左右，极瘦，头发挺长，黝黑黝黑，散在额头上。背着一只白色的布包，上面画着一支手风琴，仔细一看不是，是两扇肋骨。脚上一双白色的帆布鞋，虽然已是深秋十月，还挽着裤腿，两只脚踝瘦得像两只鼓槌。

我说，说吧，你有什么疑问？他说，为什么这么多次活动你都没有提到我？我说，我为什么要提到你？他说，因为我是比你更好的作家。我说，你尊姓大名？他说，说了你也不知道。一阵大风从我们中间吹过。我说，恕我直言，像你这样的人我不是第一次遇到，当然也许你是特殊的那一个，不是另一个病人，即便如此，你想证明你是比我更好的作家也不需要通过我。陀思妥耶夫斯基的伟大不是某个人说了算的。他说，你学的是托尔斯泰，虽然只是皮毛。我再说一遍，我不是那些想要你签名的人，我也不是无聊透顶的读书会的会员，为了泡到某个读书把脑子读傻了的女人而到书店点一杯咖啡消磨一个晚上。我是比你更好的作家，希望你能承认这一点。我说，你发表过什么作品没有？他说，没有，因为我还没写。我说，帅呆了，我现在要回家吃饭，如你所见，我是个作家，吃完饭我需要工作，如果你也同意这一点，那就请你也回家把你比我更好的作品写出来，我们分头行动如何？他从包里掏出一个本子说，一言为定，你给我留一个邮箱，我写完发给你看，切记，如果服气，要告诉我。本子上密密麻麻都是字，还有图画，我在空白处照例写了自己的一个不常用的邮箱。我留心看了一眼，文字应该是康拉德的《黑暗的心》，用很小的楷书抄写，不知是哪里的译本：

> 这家伙负责的业务为制砖——我是这么听说，不过整个贸易站连一块砖都没有，而他在那已经整整一年多了——光在等。他好像缺什么，所以才无法造砖——可能是缺干稻草吧。不管怎样，缺的东西这里没有，也不可能从欧洲运来，真搞不懂他到底在等什么……

图画有点画不对题，好像画的是希腊神话或者是哪一个我不知道的远古史诗，有双头女人和温柔看着婴儿的巨龙。我把本子还给他说，你为什么找到我？比我牛逼的作家多的是，你用一下百度就行。他说，舍伍德·安德森和福克纳谁更伟大？我说，应该是福克纳。他说，但是安德森启发了福克纳。同理，你的有些东西启发了我，虽然你写得不如我，这就是我找你的原因。另外，你有一个分析作品的专栏，所以你也写点批评，算个批评家，我希望你能在专栏上分析我的小说。我说，想得周到，回见了。他说，明早之前，注意查收。我没有回头看他，因为他提醒了我，我还有一个专栏要写，明天就要交稿，专栏不同于活动上的瞎吹，我爱写专栏也在于此，有人逼着，能静下来想点事情，不以陈词滥调敷衍，虽然也是某种程度地说假话。不远处有一个乞丐躺在路边睡觉，盖着厚厚的被子，过大的黑脑壳上生着红瘤，黄色的叶子落在他身边，好像有人给他献花。我走过放下一块钱硬币。乞丐无动于衷睡得很实，不知道是不是点着电褥子。我的腿确实有点跛，是因为我小时候有一次踢球被铲伤，脚踝坏了，为了掩饰，我努力让另一条腿也如此走路，以至于经常两个鞋帮着地。另外每当我想写出点东西的时候，我都想办法做一点善事，这是不为人知的秘诀。

我家楼下有家时髦的超市，专卖外国人吃的食品，主要是中国人买。我买了两瓶韩国牛奶，一盒美国饼干，一打德国啤酒。在房门口我就闻到了猫屎味，我养了一只公猫，叫作武松。说是养的，不如说是接待的，因为是朋友出国之前强送给我的。我过去养过一只狗，养了一个月，因为我不爱出门，所以狗憋得乱转，得了窝咳，治了一个月之后送给了一位户外运动教练。后来小区的一只野猫老跟着我，毛又黑又亮，胖墩墩的，我就请它来家里住了一阵，没想到竟有跳蚤，咬得我生不如死，只好把它扫地出门。这只武松原来不叫武松，叫作亨利二世，朋友心血来潮从宠物店买的，品种是加菲，四个月，一身黄毛，眼大脸扁，酷爱打喷嚏，一天要打几十个。能吃能拉，且总是拉在沙发上，殴打恐吓喷药都无效果，我上网查了一下到底是怎么回事？一个靠谱的答案是此猫是白痴。也就是智商有问题，我才想起来自从这只猫来了我的寓所，就从没叫过。打也不叫，打得狠了，龇牙咧嘴，浑身一抖拉出一坨屎来。原来是个哑巴啊，我心想，不过也好，倒是不闹，与我相宜。

进屋之后我收拾了猫屎，添了猫粮，沏了茶水，撕开饼干，开始弄专栏。弄了三个钟头，茶水喝了五六杯，饼干吃得一干二净。一个字也没写出来。

说实话我常感到孤独，也因此觉得愉快。多年以来我都想钻入人堆里，与人发生紧密的联系，可是就像我养过的宠物一样，我无法改变自己，它们也无法改变它们，我不爱动弹，它们就会咳嗽，它们有跳蚤，我就会烦恼，所以终于还是分散。写小说这件事情就是另一码事，我的人物也许讨厌我，觉得我难相处，但是毕竟他们由我创造，所以只能认命。我造世界，铺设血管，种上毛发，把这个世界奉上，别人因此而知道我，觉得了解我一点，其实也可能离我更远，具体分寸的拿捏都在我这里，我愿意以囚徒的境地交换，什么事情都是有代价的，怎么弄都是耗尽这一生。叔本华说，活着为了避免死亡，走路为了避免跌倒，大概是这个意思。

我又抽了几支烟，想起傍晚的男孩。世上多有自命不凡者，有的可爱，有的招人烦，那个男孩不算招人烦的，而且字写得不错，品位也不很烂。他生在这个时代，活在北京，养出了自恋的毛病，也没什么奇怪。我在他那个年纪还在浑浑噩噩地想要过正常人的生活，还在带着我的狗到处看病，急切地想要证明自己有同情心，是个善良的人，骗自己无论如何不会抛弃它，告诉它第二天我可以遛它，其实第二天还是早起不来。我打开那个邮箱，费了白天劲找回了密码，原来是多年以前我妈妈的座机号。上一封邮件还是一个大学女生发给我的，说她要来S市出差，让我请她吃饭，时间是三年前。我当然没有看到，她也没有饿死，谁也没有错过什么。最新的邮件是五分钟之前发过来的，没有寒暄，只是一个小说的开头。

亲爱的旅人啊，这是我唱给你的一支歌谣，歌词早已零落，曲调却是来自上古，那我就随便填个词唱给你，权当解闷。

我是一个木匠啊我有三把斧子
除了三把斧子我还有一个孩子
孩子的妈妈死在早年
每年我都把鲜花放在坟前
孩子现在已经是少女
头发弯曲个子到了我的膀子
谁有心思与她相爱不用经过我的允许
只需要歌子唱得跟我一样动听
斧子耍得比我更熟悉
或者你给我倒一碗上好的烧酒
我就把女孩的心思全部告诉你

杀手听了把刀子放回怀里说，那我可以见见你的女儿。男人说，我的女儿因为着了风寒，落后于我，大概今天午夜才能赶到驿站。杀手说，我怎么知道赶来的是不是帮手？男人说，我已逃了十几年，身边早没有朋友。朋友需要待在一块，而不是一直走在路上。杀手说，我为什么不现在杀了你，然后等你女儿来了我把她带走？男人说，等她来了，我写一纸文书把她托付给你，名正言顺，这样你一辈子都会舒服。杀手说，那我什么时候杀你？当着你的女儿？这样她岂不是会永远恨我？男人说，我会自杀，毒药已经备好，就在面前的这碗烧酒里。到时你把我葬在路边，不要写我的名字，回到驿站来用清水洗干净双手，把她领走。杀手双手交叉，放在膝头说，你女儿长什么样？是胖是瘦？大眼睛还是小眼睛？男人说，蓝眼睛。杀手说，怎么会是蓝眼睛？她妈妈眼睛是什么颜色？男人说，她妈妈和我一样是黑眼睛。你没见过她吗？杀手说，没有见过。男人说，她有一双黑眼睛，像煤一样黑，像星星一样亮，每当想事情的时候黑眼仁就在眼白里转呀转，像骰子。杀手说，那你女儿的眼睛为什么是蓝色的？男人说，我也不知道，她生下来就是蓝眼睛，而且她的皮肤像牛奶一样白，头发满是细卷，随着她一岁一岁长大，眼睛越来越蓝，皮肤越来越白，头发也越来越卷。寒风摇动着驿站的破木门，驿站长早已逃走，门口拴着一肥一瘦两匹雄马。男人添了几块木柴在火盆，杀手站起身来推了块石头把房门顶住。从门缝里他看到外面下起雪来，他的马嗒嗒地跺着脚。

只有这么一小段，字打得很整齐，手写的一样整齐，没有错别字，也没有题目。我站起来在书房走了一圈，然后打开书房的门出去倒水，武松趁机钻进来，两跳跳上书桌，趴在电脑前面看我的屏幕。这是它的习惯，只要我不防备，逮到机会就上书桌来看电脑，有时还伸爪子捣乱，按出一个突兀的标点符号。我略微盘算了一下，回了一封邮件。

女儿

你好，小说看了，写得很有意思，虽然情节上多有不通之处，但是如果硬想，也可以说通。语言简明，不像没写过小说的人，今天见面有点失礼，准确地说是有点势利眼了，没想到你确实是个高手。如果你确实是刚才写的，那更让人佩服，只是不知道你是否已经全盘想好，因为写一篇小说就像放风筝，起手也许不错，到底能飞多高还有看后面的技术。杀手为什么要杀男人当然不那么重要，但是女儿还是关键，来还是不来，若是来了，怎么收场，是我好奇的。你说受过我的影响，我不敢妄自揣测，但是也许是和我早期写过的一篇关于杀手追杀木匠的小说有关，只不过那篇小说我把逻辑裹得太紧，木匠是造了一个狠毒的刑具才遭人追杀，不如你这个灵逸。实话说，你这个开头让我爱不释手。热望后续，祝好。

武松安静地趴在旁边，没有捣乱。马上我就收到了回信，只有三个字。

正在写。

我又给自己泡了一杯茶，泡完之后发现自己已经喝不下去了。房间虽然每天收拾，但是不知为什么看上去还是乱七八糟。这就是一个人生活的弊端，收拾的过程中不知道又把什么搞乱了。我曾经有一段亲密关系，她是一名出色的意大利语翻译，意大利语极为出色，而且能写出更加出色的中文。她翻译了几本很难的文论，我都很喜欢。在一次活动中我见到了她，很普通,没有化妆,短短的卷发,胸口搂着书,穿着质地一般的长裙,压得都是褶子。脚趾露在凉鞋外面,红色的指甲油掉落了大半。我走过去向她表达了我的敬意,她冲我点点头说,我知道你,你能写很长的句子。我说,可能是我看了太多外国小说。她说,但是你长得像短句子。我说,什么意思?她说,你的下巴像一个很短的句子,里头只有一个动词。我说,什么动词?她说,削减的削。我说,也许我可以试试。她说,有个意大利作家叫作维尔加,你知道吗?我说,我并不知道。她说,他说过一句话叫作,东西长了都像蛇。我说,有意思。但是你的译文里都是蛇。她说,原文是蛇,我只能舞蛇。你应该创造你的文体,你比我大,我说这个挺傻的,你是不是不想再跟我说话了?我说,相反。我稍微酝酿了一下,相反的应该是什么呢?最后我说,我想跟你说很多话。其实还有十五分钟我就要上台了,但是我那天没有上台,我的编辑代我领了奖,授予我写的长句子。她照顾我,给我买了尺码刚好的衬衣,她订正我思维上的误区,指出我文体中的马脚,我学会了做沙拉,使用动词和用吹风筒吹干她的头发。分手时我说,我只能走到这儿了,因为我只能过一种生活,只能成为一种人。她说,你为什么不能更幸福,成为更好的人呢?我说,我的悲剧是我的能量,我的差劲是我精神上的鸦片,你知道和你在一起,我什么也不想做,就像酗酒的人一样。她说,那你觉得你临死前会不会想到我?我说,有可能,也可能我会想起我没有写完的一个句子。她说,明天早晨八点,我在我家的那个路口等你,等你到晚上八点,如果你不来,我就把你忘记了。我说,明天可能有雨,我们就在今天了结吧。她说,晚上八点。然后把我家的钥匙放在了我的书桌上。第二天从早到晚艳阳高照，没有下雨，傍晚刮起了风，那也是一个秋天，我窗前的一棵银杏树叶子掉光了，树枝战栗。我穿戴整齐坐在家里，坐了一天，终于没有走出门去。七点多有人敲门，我跑过去打开门，是住在隔壁的六岁男孩过生日，捧着一块三角形的蛋糕。他的父亲离他们而去，留给他们一套大房子。男孩脚蹬拖鞋，头上戴着王冠说，你记得吗？有一次上电梯，我绊在了脚踏车上，你扶住了我。我说，没什么，顺手的事儿。他说，现在我们扯平了。他妈妈扒着门缝看他，他把蛋糕递到我手上，独自一人走回了属于他的房子里。

我吃了蛋糕，喝了一点酒，坐下抄了一会书，睡了。

一个小时之后，第二封邮件来了。

男人把靴子脱下来，把脚举在火盆边上，烤他的脚心。火把袜子烤得又皱又紧绷，好像红薯。男人说，自从我感觉到你在追我，我就没脱过靴子。杀手说，外面的雪越下越大了，你女儿怎么来？男人说，放心吧，我约她在这里，今晚她一定会来。你喝一点酒暖一暖，你的酒没问题，我可以先尝一口。杀手说，好，你尝一口。男人举起酒碗喝了一大口，递给杀手。杀手喝了一小口。男人说，我未来的女婿啊，你太紧张了，你的眼睛看一个地方不会超过三秒钟。杀手说，你杀过人吗？男人说，我没杀过，我看过很多人死，但是我没杀过人。杀手说，我杀过十七个人，十二个男人，三个女人，两个孩子。每个人死前的样子都不一样，我都记得，记得时间，他们的穿着，表情，最后的话，我就是记性太好了，我不适合做杀手。但是我使一把好刀，无亲无故，想买地盖房子，我只能干这个。男人说，他们死前都说什么？杀手说，一个五岁的孩子说他有一个糖人，我进屋时他藏在枕头底下了，我杀完他就把它吃了吧，要不然就化了。男人说，你吃了吗？杀手说，吃了。是个孙悟空，脑袋化了，粘在枕头上。男人说，甜吗？杀手说，很甜，我吃过最甜的东西，吃完之后心情好了许多，出去找了口井喝了不少水。你女儿骑马来？男人说，对，骑马，我的所有积蓄都买了这匹马给她骑。对了，我忘了告诉你，她有病。杀手紧张起来，什么病？男人说，她蜕皮。杀手说，怎么蜕皮？男人说，从二十岁开始，她每到十二月就蜕一次皮，然后又变成年初的样子。杀手说，那不是不会老？男人说，不老，喜欢还是不喜欢？杀手说，喜欢。这烧酒好喝，你再喝一点，你看，我干了这么多年的杀手，终于迎来了好运气。男人说，贵在坚持，一个事情做久了，总会迎来好运气。

就这么多。读完之后我马上开始写回信。

朋友你好，你会写细节，这很好，你敢于停滞，这也很好。我写了很久，才悟到这个道理，小说不是现实的峻急的简笔画，小说是精神的蛋，你得慢慢孵它。人的精神是混乱的，漫无目的的，充满细节的，在一个不起眼的地方盘旋的。狄金森怎么说的来着，一封信总给我不死之感，因为它像是没有肉体的纯心灵。你写的是我要写的小说，或者说，我认定的小说，这让我感到欣悦。我在写作之初四处碰壁，无门无派，无所依仗，只能硬写，一次次投稿。后来有个编辑赏识我，给我回了信，提了修改意见，我一夜没睡，按她的意见修改，第二天一早，我绞尽脑汁想写一封漂亮的邮件给她，甚至比我修改小说花费的精力还要多。就在邮件发出之前，她告诉我，她的上司看了我的初稿，说没有修改的必要，所以这次算了。临了她说，你可以写别的，到时再给她看。我哭了一场，然后另外开始了一个小说。我给你讲这个故事并不是要说明自己的坚韧，相反我是一个经常要放弃的人，但是我除此之外找不到适合自己做的事情，或者说有热情去花费时间度过生命的事情。这是一种消极的选择，就是别人先挑了自己的行当去做，我只能挑这个唯一一个剩下的。我现在忆起了你的脸，你的脸狭小，闪烁着自命不凡和不择手段的神情，虽然我厌恶你的脸，但是不得不说这是一个小说家应有的脸型。你比我的运气好，你遇到了我，因为你的粗鲁和胆大妄为，恰巧我今晚无所事事，读了你的东西。目前事情令人满意，如果你的结尾精彩，我会把你推荐给我所有认识的编辑，竭尽所能地帮助你，不过如果你是和我一样的可怜虫，对你的帮助也许是残酷的捕鼠器，我提醒你要慎重地思考自己的人生，到底要为这个事情献出多少东西，到底可以耐受何种程度的自私和孤独。当然这不是你现在应该费心琢磨的事情，希望你小说的余下部分能够不让我失望，我倒不是多么关心你的前途，只是不想白白浪费一晚上的时间。祝好。

我等了一会，没有得到回信。我用这个空儿处理了一点琐事，回了几个微信，敲定了几个需要见面的事情。回头我又查看邮箱，还是没有回信。我把地板拖了一遍，用吸尘器吸了猫毛。我忽然想起我妈的老房子应该要开始供暖了，北方的这个时节已经相当寒冷，夜晚在路上走路的人开始稀寥。我给我妈打了个电话，想问问采暖费她准备了没，如果没有我就把钱给她打过去。她并没有接电话，这个时间她应该在看电视剧，每次看电视剧她都把手机静音，坐在离电视机两步远的床脚，认真地看。我有时候会梦见她，她曾经非常强壮，自行车前面装满了菜，后面驮着我，在寒风中骑行一个小时，到了家面色红润，神采奕奕，马上脱下外套开始做饭。现在则眼角下垂，整天裹着厚厚的衣服坐在家里不动。我的梦里老是出现熟人，都是我十几岁就认识的人，我们因为一场先赢后输的球赛而号啕大哭，三十岁之后的朋友几乎不会梦见。那几个熟人全都已经断了联系，但是他们就像我心爱的古董一样，总是在我梦中出现，被我擦拭，端详。有一次我罕见地梦见了那个意大利翻译，她在译一本薄薄的册子，可是怎么译都译不完，以至于头发都白了，我在她身边高叫，停下来吧，停下来吧。她没有听见我的话，手中的钢笔像是装了电池一样不停地动来动去，我伸手去推她，她拿起册子贴到我脸上，说，你看好了，这可是你的书。你的狗屁玩意儿，你的想被理解、想逃遁其中的狗屁玩意儿，我累得脖子都细了，可是你一点不领情。我一下醒了，摸了摸枕头，床上只有我一个人。

　　武松睡着了，尾巴落在我的键盘上。我给它挪了一挪，它并没有像其他猫一样,别人一碰它的尾巴就跳起来。它还在沉沉睡着,三角形的嘴微张,脖子蜷在身体里,好像已经昏迷。我又查了一遍邮件,发现有了新的信。

  寒气从门板的底下渗进来,火是旺的,杀手说,我想跟你换个位置,这样门开了我能看见,而不是有人突然走到我的背后来。男人的烧酒喝得有点多,有些醉了,双眼变长,面带微笑。好啊,他说,还是你想得周到。两人相对无言,杀手不喝了,等着午夜到来。男人兀自喝着酒,时不时笑着摇摇头。男人忽然说,我刚才骗了你。杀手再一次紧张起来,说,什么事骗了我?男人说,我杀过一个人。杀手说,什么人?男人说,第一个来杀我的人,她追了我两年。终于有一天夜里,在一个驿站,跟这个差不多,追上了我。杀手说,然后呢?男人说,我稳住了她。那是一个女杀手,善使两把长锥,那时我比现在年轻,风霜还没有把我磨成老人,我哀求她,她知道我没有跟她对抗的本事,就放下心来陪我聊了一会。杀手说,然后呢?你毒死了她?男人说,没有。我想办法让她爱上了我,或者可以说,她追了我这么久,对我了如指掌,已经具备了爱我的基础。我轻轻一推,她就爱上了我。杀手说,她犯了杀手最大的忌讳。男人说,也可以说,她犯了每个杀手都会犯的错误。对一个目标追了太久,已经没法下手把他清除了。杀手说,然后呢?男人说,我请求她和我一起走,她答应了,我们就一起逃跑。跑了两年。我一直想趁机杀她,可是她能耐太大,睡觉又太轻,不生病,我没有机会。杀手说,你为什么要杀她？她已经跟了你了，付出巨大的代价。男人说，可是她还是来杀我的人啊。终于她怀孕了，她生下孩子之后，我听见孩子的哭声，从她的身边接过孩子，就把她杀了。杀手不说话，手摩挲着刀柄。男人说，我杀她时，她还笑着，真是个傻女人啊。我女儿快到了，你用不用洗个头发？杀手说，不用。男人晃着脑袋轻声哼着小曲：

我是一个木匠啊我有三把斧子
除了三把斧子我还有一个孩子
孩子的妈妈死在早年
每年我都把鲜花放在坟前
孩子现在已经是少女
头发弯曲个子到了我的膀子
……

又过了一会，柴火要尽了，火苗微小下去。男人几乎睡着了，手拽着衣角，嘴偶尔动动，声音含糊。门外传来马蹄声，马蹄踩在雪上，发出笃笃的闷响。马停住了，打了个响鼻，隔了半晌，有人推了一下木门，然后敲了三下。杀手把刀拿在手里，火光照在他的脸上，照见了他脸上的皱纹，照见了皱纹缝隙里的尘土，照见了他油腻腻的领子，照见了他无人浆洗的衣裳。刀刃明亮，那是他从头到脚唯一干净的地方。

我没有第一时间回信，点了一支烟抽。我担心他结尾写得太好，我预料他写得不会太差，不要太好就行。已经凌晨，毫无睡意，园区里有老人开始遛狗，边遛边高踢腿。我坐了一个小时，盯着邮箱，没有来信。

请尽快把结尾发来，故事到了这里，结尾不需要太长。编辑快要上班了。

没有回信。

目前情况发展，有几种可能。A.男人和女儿合力杀死杀手，逃走。B.杀手杀死男人，带走女儿。C.杀手杀死男人，女儿宁死不从，也被杀死，杀手失落而走。D.来的不是女儿。这几种情况都说得通，都不差，请速速写完发我。

没有回信。

两天已经过去，我不相信你没有写完，我不知道你如此行事到底是何用意。我花了许多时间与你探讨，给你鼓励，也和编辑打了招呼，我们都在等待你的结尾。我不奢望你尊重我的劳动，我只希望你尊重自己的劳动，一篇小说无论好坏，最重要的是完成，我已两天没睡，这不是你的责任，我本来睡觉就轻，我很想知道故事的结局，即使它是一坨狗屎。没有结局之前我无法入睡。如果你是太累了，我相信你现在已经睡好吃好，请务必写完发我。我坐在这里等。

我吃了点东西，但是我已经四天没有打扫屋子了，我也睡了一会儿，睡十几分钟就会醒，好像身边躺着一个充满性欲的陌生女人。近十年我都在写作，都在等待写完，世界上的其他人也都在做着自己的事情，等待把它做完。如果你心脏病突发死掉了，请你给我一个暗示，比如台灯闪动一下，或者下一秒窗外就开始下雪。如果你还活着，请你跟我说话，即使你不发给我结尾，请你跟我说话，随便说点什么都行。我想念你，我的朋友，就像想念一个已经早已把我忘记的人。你还活着吗？还像一个正常人一样，怀着无数无法满足的欲望活着吗？那样最好，不要太认真。如果有人来杀你，请你告诉我，我一匹马存在保险柜，我可以现在骑着它去救你。

我又一次醒了，窗外刮着大风，枯枝战栗，天已经黑了，远方闪烁着磷火一样的车灯。我看了看电子表，睡眠持续了半个小时，武松睡在我旁边，还是一副昏迷的样子，好像比过去瘦了一圈。看我醒了，它也睁开眼睛，喉咙里咕噜了一声。我感到饥饿，也感觉极度的疲惫，好像拉着一块磨盘走了好几年，身上还有绳印。我忽然坐起来，又把电子表看了看，距离晚上八点还有十五分钟。我滚下床穿上外套跑出门去，我的脚还是有点跛，也没有来得及系鞋带，但是我跑得飞快。幸福，像洗澡水一样把我浸没，有一个人在等我，她等了我很久，现在已经绝望，炉火要灭了，但是以我对她的了解，时间没有走完之前，她不会放弃，而我，马上就要到了。

空虚可耐

|阿琳娜·奥布赫　柏　英 译

1. 刚刚好

—— 您打算一辈子那样？……
—— 不是。
—— 这一切会结束？
—— 是的。
—— 什么时候？
—— 刚刚好的时候。

他没有忽略,而是充分利用所有上天的恩赐。他用枫叶擦擦脸,继续看叶落。

整个秋天他都那么坐着。消失在冬天来临之前。

他出现在街对面。一个不知名的画家把他画在宿舍的墙上。路过的人很不爽:干吗要画一个居无定所的人? 可以在那里画一朵花或者一只不死鸟。显然,画家是有才气的。可是,没脑子。墙上那个人,驼着背,听着闲话,眯着眼睛……不。这不是眯缝眼。这是眼皮发沉,沉得他张不大双眼。他又何必张大双眼？他什么没见过？

手捧一个篮子。篮子里可能是罐头，也可能是树叶。他穿着斗篷。风吹着他的脸。他肤色黝黑，脸上的皱纹被描黑了。他的外套有很多个口袋，都敞着，空空如也。

透过窗子，人们总能看见有人在墙边站定，开启一场无言的对话：你是谁？你打算一辈子这样下去吗？停一停吧。清楚地回答自己，说，这就是我。明天……明天我将有所改变。虽然其实我昨天就可以完成这一改变。

涅瓦河上来的风将吹着一个路人的后背赶他。涅瓦河开始上冻。没有逝者，只有渔夫[1]。他们一动不动地坐着。等待。警察时不时来抓他们。过后他们又回到原地：这一切会结束？是的。

画中人旁边的不雅题字已经有十年之久。这标语涂在一扇关着的百叶窗上。

整个房子重新刷过一次漆。可是不雅保留如初。

不雅是永恒的，一如渔夫的耐心。

墙上的人消失了。或许，有人在另一个地方等他。带着同一个问题：这一切会结束？

墙上的人消失了，给人类留下一则消息：

"不早不晚——一切刚刚好。吻你，你的朋友，孔夫子。"

2. 空虚可耐

老相册里坐着两个渔夫，素描模特。背面有题字："空虚可

---

[1] 孔子说"逝者如斯夫，不舍昼夜"，被西方误译为"只要你在河边站得久，终将看到敌人的尸体从你面前漂过"。原文中用了"漂浮的敌人"一词。

耐。"画面上空荡荡：地面和水都没有上色。黑色的波浪线表示岸。岸边停着一只船。画面一角坐着两个渔夫：一个勾了轮廓，另一个上了色。渔网抛向虚空。

"今天云厚……"一个渔夫叹了口气。

他突然回头看我：

"你提醒自己人今天不要来垂钓了吗？"

"我提醒了。"

"他们提醒你了吗？"

"他们提醒了。"

他们总在提醒我："不去钓鱼，你就能活到一百一十七！"

您知道吗，我多想在一百一十七的时候去钓鱼！……特别特别想。我的曾祖父是个渔夫，活到一百一十七的时候，拿了渔竿去……掉冰下了。

"啊哈，那时候还没发明抗生素。我还能多撑十年八年！见鬼去吧，抬脚就去钓鱼。"

"爷爷，我只知道你的死。你叫什么？"

"我是你爷爷的爷爷的爷爷的爷爷，我叫卡济米尔。住在拉特加尔。我曾经有个独院。菜园子，农田。我和维塔利的菜园子现在还在那儿。明天，可能出太阳，我们会给你看看：樱桃，桃，想要什么有什么。"

"冬天呢？！"

"冬天和夏天一样。现在是什么都看不见。云散了，你以为是电梯。今天很多人庆贺迁新居。可我们在值班，捉鱼，抓到七层云。"

卡济米尔和维塔利。原来他们是在办公：检查站。

维塔利被勾了轮廓。穿过他可以看到海和天。

"你们很久不见了吗？"卡济米尔爷爷笑了笑，自问自答，"从未相见。"

维塔利。维——塔——利。这名字听着绵长、飘忽、柔和。他的名字的意思是"生命相关""活得长久"。可是他的命和他绑得不牢靠，只打了一个结。

有一次我问妈妈："我爷爷在哪里？"

"在天上。在云上。"她指向头上，伸直双手。

所以，每当有人问我爷爷在哪里，我总是回答：

"在——飞！……"

而且像妈妈一样伸直双手。

我在窗边度过童年生活。窗上只有海和天。有时候，那条区分海和天的线不见了，分界线消失了，它们融为一色。

爷爷分分钟可以飞来。大家告诉我说，他非常和善。也就是说，只要有小孩子求他，他就会让那孩子在他肩上骑大马。我的童年很委屈，因为他不带着我飞。

今天我满一百一十七岁。我拿了渔竿，急火火地去钓鱼……天正好那么白那么白，仿佛忘了上色。海和天的分界线消失了，在雪花覆盖的冰面上我的脚印也很快消失了。

就在这个边防前哨，卡济米尔和维塔利把我捞了出来。

现在我们一起钓鱼。我们的渔网抛向虚空。我们的孙子和曾孙在等待，我们飞来的时候他们就看看窗外，翻翻我的素描本，那里坐着两个渔夫。

我觉得，要画完这幅画。我看了很长时间，琢磨该做什么：

给天空、水面或岸上色。一边翻页一边想,将来要画完这幅画。不知怎么背面有题字:"空虚可耐"。

因为眼睛看不见,而心看得见 —— 看得见,这是海,这是天,这是船,这是网。

当我们都在彼岸会合时,一切都将清晰可见。

3. 一首歌,或者,除了你我没有别人

格里沙从小就觉得地狱像个黑色平底锅。妈妈用那只锅做早餐吃的煎饼。也就是说,地狱是类似家用的、习以为常的东西,和煎饼的味道一样。因此,地狱从没有吓着格里沙,他觉得下地狱和回家一样简单。

他走运了:春天的时候他离开了地球。他绕着自己的村庄飞了四十天,然后直接落到"复活"边防站。

"下一站去哪儿?边上那是谁?"格里沙问众人。

"我给你占了位置。"回话的人他觉得很面熟。

"你是谁?"

"格里高利[①]。"

格里沙一惊,笑了一下:"天使,是吗?"

"日出前你就在**那里**了,"刚认识的陌生人补充说,还是那么轻言细语,不过是用他的小名了,"格里沙,这不是排队,是祈祷。你记得你的祈祷词吗?"

---

① 格里高利是格里沙的大名。

格里沙使劲儿摇摇头,好像指望从脑袋里摇出哪怕一段祈祷记事。没成功。

"嗯,那就随便想一个,用自己的话说……"

脑袋里嗡嗡响,什么也想不了。格里沙已经四十天没喝水了。

他环视四周。大家都两两站着。看来,每个人都有一个占位置的自己人。每个人都在想着自己的祈祷词。

他的脑袋里轰轰响、嘶嘶响,他确定不会想出什么,但是会回忆起什么:绕着村庄飞的时候,他基本上都在看着老朋友的房子,看着一个酒鬼往老朋友们的杯子里倒酒。他喜欢人们轻飘飘的,他自己也喜欢那样。所以,格里沙的胃很大,大如行星,大如球,重得把马坐塌了。有一次他就这样"轻飘飘"地来到天边。

日出时格里沙独自醒来。一切都红彤彤的。空气中是煎饼煳了的气味。

也就是说,地狱也是这样。格里沙叹了一口气。

"格里沙,你干吗站着?快点儿!炉子又坏了!"

妈妈叫他吃午饭,忙得团团转。丰盛的饭桌上有复活节面包和卡戈尔葡萄酒。

窗外一片生机。可以整日整夜地张望那生机。没有任何时间(没有钟表,没有行程,没有布谷鸟),只有日落和日出。

格里沙打听到,在地球上他是一首歌。村庄的老朋友高尔编的歌。

在边防检查站格里沙祈祷允许他尽快从这里飞到那里——

从天空到地球。

"我只要听听那首歌,兄弟们!"

他开始听。

那歌词揪住了他的心(格里沙除了心一无所有)。这首歌里是他整个一生 —— 不是别人的一生,傻乎乎的一生,醉醺醺的一生。过完这样的一生只能给魔鬼行大礼了。高尔高唱着副歌:"可是我不相信!……"

没人相信。

全村人都在唱这首歌,歌声越传越远 —— 大家都在唱他的一生。这就是全村的祈祷词。用自己的话。

……如果最初的四十天他的灵魂在他思念的地方盘旋,那么将来他的灵魂永远只能出现在有人回忆他的地方。

于是格里沙有自由的空间:大城小市(包括他生前去过和没去过的地方),完全意想不到的地方 —— 可能在长途货车司机的副驾驶座上,可能在办事员的办公室,可能在锅炉工诗人的锅炉房……

总之,哪里唱响关于格里沙的歌,哪里就有格里沙……

* * *

高尔辞别了全村。

然后是全国。为所有人举行教堂葬礼:老朋友、士兵、被围困[1]的人、渔民、哥萨克……

---

[1] 通常指1941年至1944年的列宁格勒围困。

他的声音在德国响起。住在德国一个小村子的列昂听到了他的声音。

列昂毫无保留地相信他的召唤。他明白,这声音在召唤他。所以,有一次他买了票,来到彼得堡。

他走啊走,奔向那召唤。那召唤把他直接带到高尔的楼前。

"你想象一下,"高尔描述说,"他远道而来,坐在楼梯间,说,'你好呀,我完全是奔着你来的。'我回答他说,'我没有召唤过你。'我走过他的时候,他说,'除了你我没有别人。'"

已经有几个月高尔收到列昂的信。在最初的信里列昂好像是在回应高尔的歌,有时是在转述歌词,在后来的信里他引用在"列宁格勒进修班"学到的歌词,比如:"等着我,亲爱的高尔。"

高尔终于等到了。

"你放他进屋了?"

"没有,当然没有,你说什么呢。我家里有条胡瓜鱼。"

"什么胡瓜鱼?"

"我们的胡瓜鱼,涅瓦河的。要清理。"

"那他可以帮你清理。"

"万一他逞强呢? 他还要宰鱼。"

列昂在楼门口坐了两天。当然,他走出过楼门口,逛了逛彼得堡,不过晚上之前一定回来。一遇到高尔就重复说:

"高尔,除了你我没有别人。"

关键是,他说这话的时候不是可怜巴巴地,而是坚定地、严厉地,甚至让高尔感觉到一丝威胁。

第三夜列昂不见了,消失了,蒸发了。昨天还坐在台阶上,今天就没了。

高尔开心了，没有缠身事了。可一周后他又收到了信。这封信也让他高兴——各就各位：列昂在德国，高尔在彼得堡。

列昂埋怨高尔："你自己唱着'只有我，只有你！'我就跑去找你了。可你胆怯了。不过没关系，我原谅你。下一次我去列宁格勒的时候……"

列昂的信又以高尔的歌开头，然后建议互相认识，用六页纸介绍了自己的经历：出生于列宁格勒，上学，埋葬亲人，结婚，离婚，出国，租个小房子，开家干洗店，破产，养一条狗，把狗交给收容所……

有一次这个半俄国人半德国人听到了高尔的歌，就跑去看那个召唤他回去的人。

或许，这是一首新歌——变成人，来到高尔面前。

高尔没认出来，不承认。

他去清理胡瓜鱼。

4. 一边跌倒一边笑

等你老了我们一定让你有一个带落地窗的大工作室，我一定去你家做客，有一回你会跌出了落地窗（多么愚蠢的幻想），唱着可笑的歌儿。我们一起唱着那歌儿，彩排跌倒。你笑得掉了下去。

这是你的习惯——觉得可笑的时候就跌倒。我从没遇见过你这种人。我也学会了跌倒，像你一样。我们一边跌倒一边笑。我们一起等待长大。

今天我在站台等了你整整一个小时。然后走了。晚上你写信，说你睡过了，说你不想折腾去那么远的地方，说做露天画家完全不必去任何地方，在市中心放个板凳就能画。

"而且，我终于开始看书了！"你开心地宣称，"我决定读完《奥勃洛莫夫》！你知道为什么吗？因为他和我的名字一样！伊利亚！他有两个伊利亚——伊利亚·伊利伊奇。"①

我们相约要做聪明人，读许多书。"我读完了乔治·奥威尔，还有科尔涅伊·伊万诺维奇·楚科夫斯基的中篇小说《索菲娅·彼得洛夫娜》。现在正在读一位英国作家……特想了解一点成年人的生活。"这封信是你上大学二年级的时候写的。

你想考室内装潢，可是没有名额了。你就去学家具。每天对我说你多不喜欢做板凳。

"见鬼的凳子！我生下来不是为了做板凳！"

不过你做的板凳很棒。可以折叠，轻巧。露天画画的时候它们救了我们。

你总想和帅哥交朋友。可是周围只有我们——一个班的女同学，一个组的女同学，一条板凳上的女同学。

我们都不是天生要做板凳的。当我们还是小东西的时候，我们被领去艺术学校，我们决定长大后一定要成为伟大的人。不，我们不是雄心勃勃，我们只是按照逻辑推断：既然我们学做艺术家，就意味着我们会成为艺术家；既然我们要成为艺术家，就意味着我们会成为伟大的艺术家，因为没有不伟大的艺

---

① 全名是伊利亚·伊利伊奇·奥勃洛莫夫，其中"伊利亚"是名字，"伊利伊奇"来自父亲的名字，说明他的父亲也叫伊利亚，"奥勃洛莫夫"是姓氏。

术家。我们听到的全是伟大的艺术家。我们身上一定也会发生伟大的事件。

可是，最终的结果不是伟大，而是板凳。我们被教育成普通的艺术家，手艺人，行家。

"请忍耐。我们需要五年时间组装板凳，为的是最后正确拆解它们，明白吗？"我重复着某人的金句。

我喜欢在靠背椅的椅背上画美人鱼。你很喜欢我的美人鱼。你把一个这样的椅背挂到了墙上。

有一次我们去找一家名叫"幸福"的咖啡馆。找到了。坐下后，我们不是看菜单，而是开始研究靠背椅的椅背是怎么做的——它们都是大王冠型的。招待走过来的时候，我们问：

"最小的烤饼，就是那种，绿色的，和茶，多少钱？"

招待说出了我们的助学金的数目。我们说，我们需要再想想。我们迅速收拾了东西，往嘴里扔了两小块砂糖，跑出了"幸福"。

"穷画家需要很多吗？"我问，糖咔咔响。

"就是因为需要很多才穷。"你回答。

你是我最好的朋友。更确切地说，你是我唯一的朋友。所以，是最好的。我一爱上某个人，就会问你："怎么办？"

"画画。"你总是这么说。

你从不透露自己的恋情。我只确定一点，就是你喜欢现代艺术。大家不理解你，你就更热爱。因为不被理解所以你兴奋。

"或许，当众人不理解你的时候，你觉得自己就是现代艺术。"

你笑着从板凳上跌落下来。

"知道吗，我觉得我被魔鬼控制了：我觉得自己是天才。"

"不，你被艺术学家控制了。"

我们又笑了，又从板凳上跌落了下来。

我们憧憬着老年时相见。

"我长大后……"

是啊，直到大学四年级我们还在说这句话。或者说：

"知道孩子们今天说什么了吗？……"

孩子们——指的是大一新生。

有一次，我给水暖工开门的时候，说：

"家里没有大人。"

水暖工会意地点点头。

大人的生活——是板凳之后的什么东西。

大人的生活——是在你读完《奥勃洛莫夫》之后。

"你读完了吗？"

我的问题悬在空气中。有一次，你消失了。你不再回电话，不再回信，不再上学。你去哪儿了？为什么？电影里才会经常这样。可我们不是在电影里。我们在生活里。

我寻找你，在学校，在我们平时露天画画放板凳的桥上、街上，问所有人……为什么我不去你家？因为我知道一个穿皮草的女士的心结。

一个奇怪的女士告诉我一个故事。她找不到自己心爱的皮草。她翻遍了别墅，抖搂了架子上的所有东西……皮草就在旁边——在一个硬纸盒里。可是她特意不朝那里看，因为这盒子是她最后的希望。如果盒子里没有皮草，那就意味着，哪儿也找不到了。

你也一样。我知道，你的家在城边上。可是我的腿没有往那里迈。万一你不在那里呢？城边是我最后的希望。

很多年过去了。我坐在自己的板凳上等着你，长大了。人在画画的时候察觉不到是怎么长大的。

我现在很少随身带铅笔，可是随身带板凳。如今我走路的时候它帮我省力——助行器。有时我坐在城市里，看一看。人们走啊走啊。仿佛这一切都是为我发生。电影。有时候人们以为我在行乞。

如今你在哪里？祈祷那黑方盒，一边跌倒一边笑？

我知道，你很得意我根本不理解你的现代艺术和你的消失。熟人们问：

"他的行为艺术到底什么时候结束呀？！"

等到大家知道我们的一切。你的消失，你的板凳和我的美人鱼，都将走进历史。在各种拍卖会上以不可思议的价钱被买走。

我们画露天画的板凳将远离地球。我们将从上面看着整个尘世，回忆我们当初没钱去"幸福"。

我们会一边跌落一边大笑。

西 天 寺

鲁 敏

上

清晨的西天寺一点没有墓园该有的寂静，几步之遥的工地上，两架巨兽般的机器正在吼叫，敲敲打打的工人们已经热得脱掉了外套，只穿着猩红色线衣。符马却冷得直缩脖子，大姑妈也往脖子里加了条蛇纹般的围巾，小声嘟囔着："这种地方，总是比城里冷。"大姑父东张西望地找厕所。符马掏出烟，似乎没睡醒的小叔叔接过一根，侧身就着符马的火头。

奶奶被小姑妈挽着最后一个下车，手上一枚挺大的老式金戒指直晃眼，刚刚出门前她还很顶真地挨个儿检查了大家一番：无论男女，身上都要带样"小金物件儿"，"压一压"。小叔叔忘了，被逼着在脖子里挂了一条女式绞花细金链。其实在平常，作为老人，她懂得看晚辈脸色行事、必要时装装糊涂。只上坟这桩事，她讲究，几乎一出正月就开始查老皇历、择挑相宜之日，并要求所有的人除了上学的小孩都要把这半天给空出来，隆重程度堪比过年。不过怎么可能呢，大家多忙啊。比如这次，符马爸爸出国去了。还有大姑妈家女儿,说是有个重要面试。

奶奶环视了一圈,皱起眉:"搞什么?这里怎么也是工地?"

奶奶的大媳妇,也就是符马的妈妈正对着手机谈床上用品,拿腔拿调地讲着普通话,为了价格上一个零头,跟对方搞了三四个来回。一干人都垂着眼皮在听,符马扭头掐了烟……终于,妈妈卷着舌头面露微笑:"那张总咱回头再聊哈,下次有业务再照顾哈。"一合上手机,她变回南京土话,对奶奶解释:"你们还不晓得啊,报上登了,原先的石子岗火葬场要搬得哝,就是搬到西天寺,这块盖的就是新殡仪馆!不得了噢,以后这块墓地肯定要大涨。"她是随便什么事都能想到价钱上去。

"那也好,老头子喜欢交朋友,这下子,他这边倒热闹了。"奶奶看看工地。大家也跟着看,眼光往半空中移移,好像那里已经竖起根大烟囱,并缓缓升腾起了青白色的烟。

各式小贩这时早围上来,卖菊花、炮仗、青团、纸别墅、纸汽车什么的。大家都富有经验地毫不理会,只管往前。奶奶对祭品早有安排,她提前半个月便在家叠好所有的金元宝和银元宝,并一家家打电话分派款项:红绸带子、香蕉(指定要国产的小米蕉)、红富士、金南京、洋河大曲、烛台与香什么的……她的语气像在做什么公益动员:每个人都要参与进来、准备一样小东西,哪怕就是个打火机也好。

小叔叔落在后面,推却不过,从小贩手里买了一簇柳枝,夯着肩跟上来。离婚后的小叔叔越来越少参加家庭活动。去年中秋,他曾带回过一个相处中的大胸女人。这次上坟,又形单影只了。

往墓园里头走,一路要走过很长的台阶,大姑妈、小姑妈平日里纷争颇多，这会儿倒是手挽手，一边左顾右盼地小声讨论着路两侧的墓碑。这块是新墓，腊月才下的葬嘛。看看这个，是三口合葬。哎呀看这张照片，小伙子多精神，可惜。

到了爷爷墓跟前，奶奶跟几年前一样，总是先被墓石两边的两棵小柏树所吸引，她直作揖："好，又长高了，这么绿！看看，这是老爷子在下面保佑你们哪。"姑妈姑父们都连连点头，好像接收到爷爷通过这两棵柏树所发出的信号，他们的台词也是大同小异："对对对，爸在保佑我们。"

两个陌生人，一男一女，凑上来，穿着十分邋遢，符马正惊讶着，男人手里却骤然响起快板："老板发财！大姐发财！大哥发财！大嫂发财！全家发财，子孙万代！"他每说四个字，旁边的女人就短促有力地跟上一个"好！"，非常富有节奏。他们两个一边念着粗糙的喜话，一边往他们跟前紧贴着。小姑父欲伸手掏钱，大姑父却伸手拦住："让他们再念一会儿好了……蛮好的。"

工地的敲打声似乎突然停止了，带有淮北口音的喜话再一次轮回，所有的墓碑都一齐竖起了耳朵屏气聆听："老板发财！好！大姐发财！好！大哥发财！好！大嫂发财！好！全家发财，好！子孙万代！好！"

符马伸手摸摸烟，但忍住了没拿出来。他早就发现，不论平常多么吆五喝六、不信邪、耍个性的，一到这地方，都变得随和、从俗起来，以一种迷迷瞪瞪却又相当认真的表情遵循着所有烦琐的程序：拭灰，系红绳子，次第上香，点烟敬酒，磕头，一边烧纸一边连绵不绝富有感情地呼唤爷爷来拿钱，诸如此类。包括现在的听喜话。

符马满意地、几乎有些贪婪地瞧着这个场景里的亲戚们,这个时候的他们,与平常那些打牌时、吃喝时、吵架时、亲热时的他们是多么的不同啊。也包括自己,符马每年在墓前磕头时,都会故意慢吞吞地,似乎在细细感受这个难得的形体动作:膝盖那么地弯下,屁股小心地抬起,头往地上深深俯去,眼睛用余光看到旁边的鞋子,以及贴近脸颊的那么粗粝的地面;额头像是一下子就撞上了水泥地,又像是并不可能真的碰到。

……这会儿,大家正在额外讨论一件重要的事。关于墓碑上的字。

毕竟有八年了,爷爷碑上的字均已褪色,黑字变灰,红字变白,不大好看了,附近有些新墓或是描红过的墓,对照人家上面新崭崭的字,爷爷这块便显得疏于照应、风雨沧桑似的。

描红是好办的,墓园管理处有这个服务,交钱即可办妥。问题是……这八年,家里有些变化,其中有一两样,体现到墓上用红字刻出的家庭成员。比如,小叔叔,他名字左方的婶婶,离了。再比如,小姑妈家的儿子,请人算了命,说是缺水,去年改了名字。"包括你家符马。"小姑父冲符马妈妈转过脸去,语气十分贴己,"不是说年底就要结婚的吗,既是重新弄,老爷子的孙媳妇当然是要加上去的。"

符马本有些走神,听到讨论到自己,连忙摆起手,嘴里胡乱推辞,好像饭桌上让酒或是开会座谈时表示谦虚,想想不对,又把手放下来。他突然感到恐慌,喉咙管给掐住了似的:要结婚了,真的吗?然后一辈子,他与她将永远困守在一起,多么难以想象的局面!而且,估计她一定不会喜欢这个主意:把她的名字,刻在西天寺的某块墓碑上,她与墓碑的主人、这位渡过长江打入南京城的山东老兵素昧平生,并且估计也没有共同语言。嗯,她现在连跟符马之间都没什么话说了,这令人不解的冷淡,似乎正是从他们定下婚期的那一刻开始的……

符马妈妈有些大儿媳的派头,她观察了几秒钟奶奶眉头皱起的角度,发表意见:"要是这样论起来,这碑真不知要改多少回呢。比如,小弟再结婚呢,还有符马这一辈儿里再生孩子……"

奶奶长叹一口气,冲墓碑摇头,好像爷爷就坐在那里似的:"唉,你看这些年,咱们家多少事啊,你都还不知道呢。"符马听得心虚,想着奶奶是在说他,这些年,他屁事无成,好像总在闹恋爱,那些半吊子的女朋友,总是饱受家人诟病:最年长的比他大了十二岁,两个是外地网友。有拿着B超单子跑上门来要割腕的,有一个后来竟然跟小叔叔眉来眼去……他心虚地抬眼,却惊讶地发现每个人脸上都有些讪讪的。也对,谁都不消停。分管工程的大姑父险些被"双规",而小姑妈则搞了出风雨交加、不可理喻的婚外情,还有妈妈,被人骗了参加老鼠会,连奶奶的养老钱都给她搭了进去。

大姑父跷起脚,他又要去小便了。小姑妈手里捏着纸巾,把鼻子揉得红红的,有些犹豫:"要我说,还是以立碑日期为准,爸当时晓得些什么情况,就保持个什么情况吧。"

这话也有道理,大家脸色一松,目光一齐往碑上聚去,看那上面八年前的日期,似乎那几个数字现在别有了一番意味。灰白色的阴刻文,呆板的魏体。目光们在石碑上酸涩地挪动。八年,实在是远得超出视力范围,根本看不清楚了。

离开墓园之前，大家跟爷爷道别。这也是奶奶定下的规矩：一年才来一次，不跟老头子说点什么吗？

郊区的太阳穿过有点脏的薄雾升起来，照着宽大但拥挤的墓园，照着那些平躺在地面上的墓位，照着竖起来的、写着先人与后人名字的石碑，以及墓位与石碑之间老绿色的柏树。也照着他们这一群人，符马注意到，妈妈、两位姑妈都精心地化了妆，衣服也搭配得相当正式，可是，她们，以及几个男人，在这里，在这样的阳光下，显得那么衰老、松垮，十分弱小似的。

妈妈闭着眼，涂得不匀的睫毛在抖动："爸，你大儿子又出国了，我最担心他坐飞机，你可要保佑他平平安安。也保佑咱这一大家子每个人都好。嗯，还要保佑我的小本生意，你晓得的，我还要还妈的钱呢……"她没完没了地说，好像是在家里的晚饭桌上。符马戳戳她。

大姑父咳了一声："你最疼的迎迎今年就要工作了，你就放心吧。"大姑妈凑上去，小声补充："爸，我知道你会护着迎迎的，她今天的面试可重要了。外企，全讲英语。"

小姑父合了合掌："身体健康、身体健康就好。你家小外孙蛮聪明的，明年考外校，你只要保佑他正常发挥就好。"他的语调显得清心寡欲，好像不敢祈求太多，怕老头子忙不过来。

"爸，我今天跑了好几个摊子，都只有洋香蕉，你爱吃的小米蕉怎么那么少，我跑了几条巷子，找啊找啊，好不容易找着个卖米蕉的，那小贩一开口就管我叫大妈，你听听，都叫我大妈了……"符马听得有些发笑，却猛然发现，小姑妈哭了。小姑父脸上淡淡的，不动。从小姑妈婚外情之后，他们已分居很久了。唉，符马想起来，他们两个热恋时，说是带符马到动物园，却总把他丢在一边，只顾着躲在长颈鹿馆后面没完没了地抱着啃……旧日好像就在眼前。

小叔叔磨磨蹭蹭的，他问符马要根烟，噘着嘴吸几口，敬到墓台上，凑过去，嘴巴动了动，像是跟爷爷耳语，谁也听不清，也包括爷爷——爷爷去世前两年就严重失聪，就是打炸雷也是听不见。

轮到自己了，符马像以往一样感到张口结舌。他一直不习惯这个仪式，好像爷爷死了之后，就不是爷爷了，倒成了尊无所不能的菩萨，什么身体好、工作好、成绩好之类的都通通替大家张罗上了。妈妈在边上着急，索性替他祷告了："你看他没出息的！求你老人家关照关照他的婚姻吧。"

奶奶落在后面，一个人又待了几分钟。上车时，表情显得神秘而安宁。

时间才十一点，但照旧是要一起吃饭，还是那家饭店——这里大姑父可以直接签单、公家报销。

面试结束的迎迎赶来了，这么冷的天，她只穿着米色小洋装，腰细得快没了，还踩着高跷般的皮鞋，显得周围的人都臃肿得像矮脚鸡。围着她的大人们在问长问短，她轻快而矜持的回答中不时冒出英文单词。这种家宴中，作为第三代，迎迎总会成为中心，拜大姑父主管的那座高架桥所赐，她到澳大利亚一个符马老也记不得名字的大学待过三年，这使得她的教育履历表一下子比符马漂亮了一万倍，估计未来的职业表也会漂亮一万倍。符马算个啥呀，不要说迎迎了，到大街上随便拉出十个来，八个都比他强，这是妈妈的话，符马本人也深以为然……

迎迎亲切而匆忙地跟符马打了个招呼，夸符马"衬衫很有型啊。"符马低头看看，外套还没脱，衬衫只露出一个角。

小姑妈到学校去把儿子豆豆也接来了："学校的伙食，真跟猪食一样！"当一个小胖子哼哼着喊符马"哥哥"时，符马真差点没认出他就是豆豆，怎么更胖了！像美剧里专被人欺负的胖配角。豆豆带着本小册子，在小姑妈的督促下待在一个角落里，翕动着嘴唇开始默记。符马不敢扰他，站到另一个角落抽烟，五六分钟过去了，他发现豆豆根本就没有翻动书页，除了嘴唇在极小幅度地振动，完全像个雕像。符马突然十分地想念几年前的小豆豆，也是在这样的家宴，豆豆像小雀子一样叽叽喳喳，有着新鲜的、令人忌妒的记忆力，他连篇累牍、拦都拦不住地一直在背各种电视广告，语调语音完全一模一样。"奶奶烧的菜口干——妈（声音带拐弯），用太太乐鸡精。好吃！太太乐鸡精，还真鲜得有一套。""时间不经意地溜走，一天二十四小时，你有多少时间留给自己？停下来，享受美丽。美即面膜。""奇瑞新旗云：更省钱，更省油，更安全，更时尚，更皮实。"

大家推让着落座，奶奶在上首，并指定迎迎和豆豆分坐在她两边，好像那是对未来成功人士的最高待遇。妈妈暗中乜斜一眼符马，表情复杂又竭力掩饰。符马最恨她这样子，有什么嘛，成功有什么了不起啊。一直落落寡合的小叔叔坐到他边上，五十步笑一百步似的拍拍他，像是在安慰他。奶奶还在跟大姑妈接着谈："哎呀，迎迎刚才要打个电话就好了，我们还来得及在西天寺跟老爷子说一下这个好消息！了不得啊，当场录用！"

符马举起筷子，早饭赶不及吃，很饿，却又不知往哪里下手。菜单是奶奶定的：青菜烧豆腐、山芋粉、带鱼、豆芽。这几样是上坟后必须要吃的。其他的菜，则统统是爷爷以前喜欢的，红烧鳝鱼、霉干菜扣肉、咸鱼干、臭干芦蒿、臭豆腐煲、大葱夹馍。大家转动着桌盘，齐心协力替爷爷吃起来。

筷子一举，再没人提过爷爷半个字。各人说的都是老生常谈，跟过年差不多，跟中秋也差不多，好像每一个人都是被固定死的角色，一辈子就无非是这些陈旧的台词。

大姑父毫不讳言他痛苦的根源：前列腺炎。"现在越来越熬不住了，就上个坟，我跑了四趟。为什么这么个世界范围内的、威胁着一半人类的病症，找不到有效的控制方法呢？"他举着筷子，环视大家。

小姑父跟小叔叔谈着换车："哈哈，换人换不了，就换车。"他似乎话中有话，眼光从小姑妈脸上飘过。小叔叔忙替他分析起各车型油耗，两人还竭力回忆着三年以前、四年以前直至五年以前的油价，一连串低廉的毫无意义的数字。

小姑妈用启发的语气在跟豆豆谈论一篇作文，一边替他细细地剔鱼刺，好像他还是个三岁宝宝。

大姑妈与妈妈在讨论内分泌与黄褐斑，她们说到滋补药膏、子宫肌瘤以及停经时间，发音带着中年妇女特有的尖利。迎迎一边讲究姿态地在小口喝汤，一边注意地听她们说，偶尔插一句，带来来自国际的最新观念，比如，保养卵巢的最好方法是有规律的性生活，尤其在更年期之后。符马对付着一块碎了的臭豆腐，联想到女朋友在电话里与他争辩避孕方式，心中称奇：现在的女人，都是这样子的吗？可他记得的，小时候见过的那些少女们，那样的鲜美而羞涩，他那时候就爱上她们了。

唉，消失了的少女啊。现在这个世界是没有少女的。现在这个世界什么好东西都没有了，只剩下无聊，无聊得遮天蔽日，透不过气来。

无计可施之中……符马低头玩起手机。妈妈从桌子对面瞪他，要是她的腿够长，肯定要从桌子下面伸过来踢他。老娘唉，你以为我想玩手机吗，所有那些一刻不停，连过马路、坐马桶都在玩手机的人，你以为他们想玩手机吗？一切都这么空洞这么没劲，有什么办法啊。

手机前一阵刚换，符马漫无目的地鼓捣着各种功能，找到世界时间与时差、全球天气预报、计步器、卡路里计算、手电筒、酒吧骰子、词霸（英语和日语）、全景图片编辑，一个个试过去，倒也能打发些时间。尤其是计时器，看着屏幕上的数字飞快地翻动，10、50、80，快得眼睛都看不清，100飞过去，一秒钟没了，再看数字飞，再一秒过去……真把他看得呆住了……

小叔叔碰碰他，符马抬起头，奶奶颤巍巍地夹了一大块扣肉冲着他，好像是为了安慰他的被冷落，他连忙站起，伸出碗去接过，奶奶嘴里嘟囔着："趁年纪轻啊，要多吃，越多越好。"符马注意到，奶奶的神情已变得毫无权威了——上坟的事结束了，她又恢复了她的次要性与旁观性，她困怏怏地坐着，襟上落了两根豆芽，半块大葱饼在她不齐全的牙齿之间艰难地蠕动。符马看了奶奶一会儿，忽然有点儿尊敬她，并感到很饱了。

大姑父手机响了，他接电话的样子很有气势，听出来是重要的事，大家都连忙噤口，并记起来这顿饭是他结账。大姑妈开合着嘴打着夸张的手势喊服务员过来。小姑妈轻声问豆豆要不要再来一块大肉。迎迎掏出小镜子补口红。小叔叔伸手到符马外套里摸烟，好像是为了感谢今天的几支烟，他突然对着符马耳语，很清晰，带着突如其来的沧桑："我劝你一句，还是不要结婚算了。真的，我想清楚这个问题了。你也看到了吧，多没意思。"符马惊讶地抬头。小叔叔却眯起眼，往桌子上方吐出一大口烟。

屁股下的凳子摩擦着地板，刺耳地响起来，穿外套、系围巾的动作更加重了如鸟兽散的气氛，奶奶疲惫地扶着桌子站起，留恋地挨个检视着桌上的盘子，小声埋怨没有人肯打包，就是带回去喂野猫也是好的。没有人理会。服务员拿着账单来了，大姑父却又跑到卫生间去了。大家于是耐心地站着，没有人装着要付账。

奶奶仍在不甘地东张西望，忽然，她想起什么，神情郑重地拉起大姑妈，想了想，又拉起符马的妈妈："……哪天我不在了，你们两个可别忘了招呼这码子事，要提早，并一定看好皇历上的吉日啊！"

"看你说些什么呀，你身体好着呢。"大姑妈摇摇头，一边噘着嘴把围巾打成蝴蝶结。妈妈对她的围巾啧啧称赞，问了价格之后若有所思，兴趣大减，一边把脸转向奶奶，把差不多的话又说了一遍："看你，你身体好着呢。"

奶奶抓住她们短暂的注意力，急急忙忙地补充道："记得我喜欢吃什么吧？到时候，除了老爷子的菜，你们替我叫份菜泡饭、小笼包子、韭菜炒螺蛳，最后来一份赤豆桂花糕。"奶奶是常州人。

符马离座前抓起手机。上面的计时器还在跳呢，他按下了停止键：21：37.95。他愣了一下，明白了，这就是刚才，在这个包间里,从他们这一群人身边刚刚过去的21分钟37秒零95。嗤。

小叔叔把烟掐灭,有点不满地问:"你冷笑什么?"

下

符马站在路边伸手。一辆的士停下,司机走下来,冲符马打个莫名其妙的手势,到路边报刊亭买了两提子黄纸与几摞冥钞,一边匆匆点根烟,一边坐进来跟符马嬉笑,好像他们是老相识:"嘿,这冥钞上全印着老外呢,是华盛顿还是克林顿?我家老娘绝对不会想到啊,她死了我倒能孝敬上美元。"

符马应付地点头,心里盘算着,这个时间回单位,有点亏,要到两点半才打卡呢,甚至迟到也是可以的,都知道他是上坟去了。不如……干点什么吧。但是,得跟对方约好才成哪。

好在,"那个女孩"白天黑夜都蹲在QQ上,对,她的签名就叫"那个女孩"。符马是在QQ漂流瓶里跟她搭上的,漂流瓶的某些功能很淫荡也很诚恳,可迅速在人海中发现同类项。"那个女孩"比符马大两岁,似乎也有了确定的结婚对象。两人每次见面也没什么交流,从不故作柔情蜜意。想想是有点生硬,但管他呢,这样的事情,就不要太挑剔了,越离谱反倒越好。

一说,"那个女孩"欣然允了,说是恰好也发着呆呢。

其实都快到单位了,只得让司机改道往另半片城开,司机听说是汉庭快捷酒店,心知肚明地嘻嘻一笑,假意皱眉:"哼,那可蛮远的,你得有耐心。"一边扭开电台,人往后靠靠,像是要跑长途。难听的股指与难听的广告之后,更难听的主持人冒出来，以一种应景的节日般的语气，如同讨论南北菜式似的聊起生态葬，什么树葬、海葬、花坛葬之类的，并拿自己打趣，牡丹花下死好呢还是玫瑰花下死好，撒入太平洋、北冰洋呢还是莫愁湖。他还扯到某个外国小城，通过环保设计，其殡仪馆为全城的面包店免费提供热能。符马听得差点被口水呛住——用先人之躯来烤制面包，怎样的滋味啊。

车子开始堵了，身陷地下隧道，前后的车子不见首尾，一长串惨白的照明灯像纸项链一样挂在头顶，使得此刻如同沉沉的深夜。司机烦躁地切换电台，没有信号，全是杂音。他大口喘气，好似有洪水淹到脖子："我最讨厌地下隧道，什么玄武湖隧道、九华山隧道、富贵山隧道、过江隧道。真讨厌，现在又要把河西高架拆掉改隧道。再这样下去，老子真没法做生意了。"

符马递去一根烟，司机勉强接去，一边恼怒地翻翻眼睛："老子以前不这样的，也真是出怪事，'5·12'之后，他妈的就厌了，现在连地铁老子都不肯坐，打死也不坐。你呢，你就不怕闹个地震什么的突然死掉？ 现在死个人可容易啦。"他瞳孔似乎放大了，恐慌密布。符马一边简直想笑，就这，他还"老子""老子"的，一边在QQ上安抚"那个女孩"，说要迟到。

"南京阴气重得很，你不觉得？"司机绕在他的逻辑里，"外地人一上车，总是要去那些地方，明孝陵、中山陵、雨花台烈士陵园、南京大屠杀遇难同胞纪念馆、瞻园路太平天国、南唐二陵，就包括总统府、秦淮河什么的，也一样，你想想呢？ 哼，什么六朝古都啊，都是死人一层层堆出来的……"

符马心不在焉地点头，只顾忙着在线上与"那个女孩"商量今天的体位，虽然到时会另有发挥，但这差不多也算是前戏吧，毕竟时间比较紧，这样要好一些。

车子终于慢慢往前挪了，司机忙不迭地重新扭动电台，让车里响起声音。他对符马的冷淡有些不满："哎，你看你！真有那么忙啊。"过会儿他又自言自语，"其实也对噢，及时行乐就好。"符马瞅瞅这位司机。有的时候人是不想说话的，司机要是也在 QQ 上，他倒愿意跟他扯几句。

出了地面，符马把视线投向枯燥的街道，用四根手指搭成取景器，好像这样可以增加一点可看性……透过小小的长方形，符马头一次注意到，许多的小烟酒店、杂货铺、报刊亭都在显眼处摆放或悬挂着纸钱或锡箔元宝，它们与报纸、口香糖、矿泉水一起，好像特殊的手势，在对匆匆忙忙的路人们发出重复的、耐心的暗号。符马感到惊异。司机借机摆老资格："经常卖啊，一到鬼节、冬至、除夕，还有这清明，到处都是。平常也有人烧，逢到忌日生日之类的。哼，你们这些小家伙，没心没肺光晓得快活，大概都不记得——人是会死的吧。"

符马咧咧嘴，垂下手，扭头继续专心地盯着那些风中的纸钱，它们在车窗外晃动、消失、再出现、再消失。司机先前的一团团废话，好像一段滞后的录音，重又在他脑子里断断续续地播放起来。他用手抓住车座、以免自己过分地摇晃，他突然感到，自己身下的这辆车，好像成了这个城市的最后一辆车，为了奔赴一个末日的约会，正艰难穿行在一个拥挤不堪又不见人烟的地带，那些消逝了的肉身、败落了的繁华恍然再生，相互层叠、覆盖着，发出震耳欲聋的叹息。

冲过澡之后，他们喜欢在床上闲聊几分钟，"那个女孩"抱怨新买的"百丽"磨脚，又说到她最近在健身房做的身体成分分析报告：脂肪比、骨骼肌、腰臀比什么的。她很关注自己的身体，要是由着她，也许可以在这个话题上谈上几个钟点，哪怕符马一言不发。有一次，她说起她的头发，从四年前开始，哪个情人节做了接发，哪个生日剪成波波头，又是哪个假期挑染了什么色，哪个周末做了软化什么的，记得那么一清二楚，简直让符马听得心酸起来，多么结结实实的孤独啊。

由着她永无休止的自述，符马打开电视，调了几下，碰到动物世界，总是那些窥视与博弈的画面，豹子与鬣狗为着鲜肉与腐肉的分配额度进行漫长的奔跑，不过符马觉得这个做背景还凑合，一边瞅着，开始抚摸起她的脂肪、骨骼肌与腰臀比例。"那个女孩"却扭扭身子，抱怨起她的偏头疼，她琐碎地说着，疼了快有一个星期了，不是很疼，但隐隐地疼，也不影响什么，但总归不太舒服，有时候左半边疼，可是到第二天，又换成后脑勺疼……

符马继续忙碌，试图改善她的兴致，也试图改善自己的兴致。有那么几分钟，他感到时间变得缓慢极了，像蜡烛油一样垂落着、软软地凝固起来，绝望与枯索的气息把他紧紧包裹着，他好像不认识此刻的自己——在这个乏味得无法命名的时间，在这张此生只会使用一次的床上，与一个心不在焉轻声低语的女孩。符马抬起头，求助般地看看电视，里头那只丑陋的鬣狗已经等到了它的时机，正在滚圆的橘色暮日中大啖着腐烂的鹿架，嘴角渗出血糊糊的肉末。

符马侧头看看枕边的手机，那一小块方正精密的金属，在这无助的时刻,他突然对它涌出泉水般的亲切与涕零之感,最起码,这整个世界上,它是他唯一熟悉的、葆有他体温和气味的东西,它像万能的楔子一样扎进他生活里每一个松垮的难挨的缝隙——比如此刻,他冒出个想法,不如用用它的计时器功能吧,看看一个回合时间会有多久,这想法好歹有点意思!不过,真是的,老也来不了劲儿,他感到自己那放在女孩身上的手都开始发黏了,可能,今天太仓促了,尤其是家宴过后,那些令人沮丧的细节总挥之不去,亲戚们以及他本人,统统的比平常更加令人失望,好像勾起了生活里所有浑浊的部分……还有,那个怯懦的司机,他那么饶舌……

"那个女孩"突然一抖身子,有些激动地捂住嘴:"噢!我知道了,这个偏头疼,一定是我爸想我了。我说呢,这不是快到清明了吗,每年一到这个时候,我总会莫名其妙的不舒服,要么发烧,要么闹肠胃,要么皮炎发作,吃药挂水都不行……但只要去看看我爸,给他烧点纸,立马就好,真的,几年都是这样,灵得不得了!明天,明天我就去……"符马十分惊讶,不是惊讶于她所说的内容,而惊讶于自己身体的反应,像被一股汹涌而至的荷尔蒙所绑架似的,他被驱动着一下子翻身上去,如同开启了发条的机器人。"那个女孩"被扼住似的闷叫一声,随即发出得到滋味的细长叫唤。

符马没有忘记按下手机的开始键,一边用余光看到计时器的数字键应声开始滚动,胶滞住的时间就这样被抽打着活转过来,在符马与她的身体里滚动,泥浆飞溅,流星追月。符马憋着气,像骑着危险的劣等马,伴随着末梢神经的肿大血腥,他品尝到一种腐朽与败坏,就像刚才的那只鬣狗,在荒草摇动中吞食它的晚餐……但电视不知何时已换了节目，可能是探秘之类，主持人正用悬疑的眼神凝视着姿势怪异的符马……符马冲主持人努努嘴，示意他手机上的定时器、示意那滚动的数字，以此来分散自己的注意，以延长这唯一可以证明他存在感的血肉时刻，耳边风声呼呼、身下喘息如兽，符马咬紧牙关，竭尽全力地奋战，似要摆脱与甩开，好像身后紧贴着一个如影随形的家伙，那人半遮着脸，黑色的长袍飘动，拖曳着死神的修长阴影……

"那个女孩"突然大声呜咽起来，泪水如河水在枕边奔流，她用手指使命掐着符马的背，眩晕中语不成调："你……我……我的头不疼了。"

四周像海洋深处一样地幽静恬然、修长的藻类与深蓝的波光触手可及，他成了透明的细胞，四面八方没完没了地平铺伸展……符马慢慢睁开眼，瞟到天花板上的简陋吊灯，墙上挂的印刷品，以及垂挂着的毫无活力的窗帘，窗帘外光线不明，这么说，天快黑了……这一觉多么漫长，昏死一般的，简直像到了另一个世界，要是能一直待在那里该多么好。

符马蜷起腿，动动胳膊，也难怪，早上为了赶西天寺，实在起得太早了。他看看时间，现在连下班的卡都来不及打了，也没关系，在网上倒腾来的塑胶仿真指模，正好可以试一试，请同事用那玩意儿按一下好了。

符马慢吞吞地发了短信，一边有些畏惧地感受到，身体的体温开始恢复、大脑也有了悲喜的感知，好像二者都从遥远的超现实领域返回了现实——一无所有、无计可施的绝望感又轰隆隆地、火车似的准点开来了。一点不意外，每次纵情之后都会这样，似乎是孤苦大脑对下半身的轻佻所做出的报复性防卫，所馈赠的无药可治的并发症……

他洗好穿好，看看镜子，有点变形的镜子里，胡子看上去更长了。早上在西天寺，妈妈还说到这个，她的意见听上去像是不满剃须刀的价格：那只新的，六百八十块呢，你得天天刮才划算啊。可是，胡子不就是身体长出的庄稼，为什么要通通剃光，不肯承认似的？他偏不刮，没什么的，有人会仔细看他吗，包括同事或是上司，他其实也从不仔细看他们。公道的、彬彬有礼的世道啊。

到楼下结账，他发现前台服务员面带愁容，像有满腹心事，看他的眼光似也充满同情。看错了吧，也可能是在借他的眼睛看自己？符马心中着恼，很粗鲁地与她直视，直至她垂下眼皮。符马四处看看，看到"不可吸烟"标志，高兴地摸出一根烟，点上，舒服了一些。

就是这个时候，符马发觉自己想起了爷爷。在这一天快要结束的时候，这毫不相干的纯粹打算用来浪费和踩踏的时刻，他一边用三根手指拈起找回的皱巴巴的零钱，一边想起了死去的爷爷。

有一段时间，每个周末的一大早，就像今天去西天寺这么早，清冷冷的空气里，爷爷带着十多岁的符马去爬紫金山，从白马公园那里上去，起始平缓，继而渐陡的山道，身边一群又一群呼哧呼哧喘着气的人，有时还有白色的小狗与黄色的大狗，有人提着小收音机一路放着激昂的老歌。山道右侧，人们专心致志、目标一致地上山；左侧，另一群人神态轻松、心满意足地下山，两边互为映衬，似乎构成了一个自给自足、循环往复的境域，整个山道弥漫着与世无争的甜美……在山风飒飒的休息亭，爷爷歇上片刻，一边摸出皱巴巴的零钱，给符马买黄瓜和茶叶蛋。稍后，爷爷牵着他的手，他们继续加入人群，疲劳而笃定地，慢慢往上爬，往天文台那里去，到那郁郁葱葱的高处。

符马双腿微微打战，那消逝了的、令人不敢相信但的确真实存在过的幸福感像在抽打他的小腿肚。

符马与服务员最后对视一眼，他羞耻地感觉到了自己眼中带泪，并注意到那姑娘平静的、毫不吃惊的眼神。

二十五分钟后，符马站在了紫金山山脚下，站在从白马公园开始的栈道上，所见有了显著的变化，却又令人感慨地依稀可识。走在栈道上的人多得令他惊讶，三三两两，偶有说笑，一幅平常景象。竟有这么多的人在夜里来爬紫金山啊。看不清任何一张脸，不过他们肯定都不是从前的那些人了。

夜色已浓得像一件又厚又重的袍子，符马犹豫了几分钟，还是混入黑黝黝的人影，往山上慢慢走去。没有路灯，附近的山路上，汽车的灯光不时扫过，穿过树影，造成一种流动的栅栏般的光影，以至于让符马觉得，他，以及周围的人们，像是在一个抽象的牢笼中辛苦而无知地跋涉。多么美的、值得同情的画面啊。

他试图再回忆一下爷爷，却发现大脑已无动于衷，对纯真童年的感慨疾如闪电，那么无情地一下子就过去了。唉，狗屁不值的软绵绵的温情们，符马本也看上不。就这么空空荡荡、冷冰冰地只管爬就好了。

……到半山腰,已经可以看到一部分城市的夜景了。楼群的灯火、车流的线条那么的典型而老于世故,像一张令人不屑的业余摄影师之作。符马闭闭眼,重新睁开,尽可能地往远处看,极目的边缘,是参差不齐的、显得非常复杂的黑——山、水、田地、植物、昆虫、墓园、道路、门窗和面孔,过去了的,将要来的,通通包含并消失在其中。

这么侧头看了几分钟,符马的步子慢下来,好像有细雨丝落到身上、有蜘蛛网落到头上似的。他不知道那是什么,用手徒劳地拂了拂。他站住,完全失去了爬到山顶的欲望。

这真是挺讨厌的。连符马自己也感到不解,为什么每一桩事情,或迟或早,殊途同归,他都会感到无聊,这无聊,大得像天一样,硬得像老树根一样,根本抵挡不了。如果死去爷爷的魂灵真能保佑什么的话,能保佑他不这么无聊吗,能保佑他像别的人一样,看上去好像蛮带劲的样子吗。

符马摸摸口袋,烟抽完了。只有手机,他掏出来,无奈地、厌烦地翻到计时器功能,并揿下开始键,一边不争气地转过身,逆着人群,逆着那些在半明半暗中起伏的身影,往山下走去。他把手机放回裤子后口袋,听凭那些数字在屁股后面滚动,好像小蚂蚁似的,一秒接一秒地叮咬。

你记得我吗？

| 罗曼·先琴　柏　英译

　　周围所有人都说，谢尔盖的生活一团糟。有人批评，有人同情。谢尔盖既不理解批评他的人，也不理解同情他的人。是的，一团糟，不过年轻的时候生活就应该这样——为了积累经验必须先迷失，然后呢，年近三十，步入正轨。这总好过自出生后从婴儿开始就计划着积累关于周围世界的知识和经验，长大成人的时候却偏离生活轨道。所有的离婚，所有的把辞职报告扔到领导办公桌上的高调辞职，不再年轻但该玩的时候没玩够的男男女女的乖张、狂热和歇斯底里……
　　谢尔盖常常和谢蒂家两口子——斯拉夫卡和尤莉卡——谈论这个，不是争执。每次见面都讨论。
　　常言说——互斥未必对立，甚至可能统一，他们能结下友谊，完全应验了这句话。谢尔盖永远火急火燎，急着感受，急着享乐，急着受挫，不断地从一个地方换到另一个地方。斯拉夫卡和尤莉卡住在出生的城市，交往两年后结婚，拿到毕业证后安居、就业，他们的日子成年累月一成不变……谢尔盖对此当然绝口不提，不过暗自期待着谢蒂家两口子当中有一个人失控、突围，然后他们的家庭就分崩离析，就像一块承受着内部压力的石头。

他在哪儿读到过，石头会裂开，甚至会无缘无故地爆裂。或者是矿物……石头和矿物的区别对他来说应该不大，反正他既不是地质学家也不是物理学家。

"嗨！"谢尔盖冲着家用座机的话筒喊，"怎么样？好好活着呢？"

"噢，你好呀，"斯拉夫卡和尤莉卡回应，"你探险回来了？来家里吧！"

先是谢尔盖把自己在外地的生活叫作探险，后来朋友们也这么叫。从一个座机打到另一个座机成了一种特别的传统，一种信号，表明他又回到大家身边了。

谢蒂两口子张罗了一桌丰盛的酒菜，坐下来准备喝第一杯酒的时候他们问："怎么，满身经验地回来了？希望此刻即永远。"

"谁知道，谁知道。"

谢尔盖看了房间一圈，几乎丝毫没变。小玻璃门后还是那套苏联式的茶具和餐具，还是那张沙发，还是那幅壁毯，还是那块窗帘，电视机前还是那把扶手椅。电视机，对，换了一个——不是屏幕突出的胶合板匣子，而是黑色的等离子电视机。还有茶具后面角落里的小茶几，小茶几上是电脑……基本上一切熟悉得就像冻住了，于是沮丧开始包围谢尔盖。

谢尔盖沮丧地问："你们该不会就这么早早地趴窝，在坑底刨沙子吧？"

"为什么是刨沙子？我们怎么了，在穴居？"斯拉夫卡的声音带着不满，尤莉卡补充说：

"生活变得有意思，学校里的压力也还可以，而且孩子们抵偿了一切，新生越来越聪明。如果整整七年你带着自己的学生，你就会明白，这就是……我不怕说出这个词——幸福。"

"对，我明白，"谢尔盖赞同，不过赞同的同时并不知道尤莉卡所说的那种感觉，"明白是明白，可我本人不入伙……不，朋友们，我也想，可是不行……那么，"他举起酒杯，"为见面干杯！"

他们吃着主人做的热菜和客人沿途买的小菜。他们回忆着过去，谢尔盖说着他的新探险。

"有三个路口两个路灯的城市，也很可爱。房子都是两层楼，有雕刻。就像西蒙诺夫家那样，土布的、木头的……我一去学校，他们都说：'终于有历史老师了！还是个男老师！'那里一切都停滞着，没什么工作，大家靠菜园子活着，老师缺了二十年左右……他们看了看我的工作经历说：'您这是什么情况？一年，顶多三年，就换个地方。''我不是经常跳槽的人，'我说，'可是形势常常逼得我不得不换地方。'他们撇撇嘴说：'您在求职表里没写这些。如果我们早知道，会考虑的……'斯拉夫卡，"谢尔盖冲酒瓶点点头，说，"整点儿……我搬到公寓里，房间，厨房，带浴缸的卫生间——按照他们的标准：豪华套间。普通标准是茅房在院子里，洗澡去澡堂……工作基本妥当，管五年级到十一年级。第一个月挺好，然后七年级的小丫头跟疯了似的，大吵大闹，从座位上站起来，好像我不存在。我折腾来折腾去，甚至开始记入学籍档案，都没用。主要是小伙子们都静静地坐着，他们觉得这挺有意思，可是这帮……来，干。"他碰了碰杯，一口喝干，继续说，"有一回下课后我把小伙子们留下，说：'你们怎么能那么放纵自家姑娘们？将来她们是你们的老婆，如果现在不让她们规矩，她们将来一辈子都会这样。'可小伙子们说：'怎么让她们规矩啊，她们会揍我们的。'那群小母马啊，真是一个窝里的——又高又胖，差不多和我一般高。我叫家长来，家长也是那一套：'我们无能为力。'在教育委员会上也是这么说：'我们没办法。'主要是其他班都正常，只有这个班……最后的结局是：有一次我翻身起床，准备上班——第一节课是七年级 B 班。我往学校跑，碰到有人在赶一群牛。当时已经是四月了……'怎么回事？'我还在想，'怎么那么晚了还赶牛？'我看看表，六点半。我懂了：该转场了。我写了申请，忍够了。就这样，又和你们在一起了。"

"嗯，"尤莉卡调皮地皱皱眉，"我不相信有什么七年级学生能折腾得了你。应该还有什么事。说吧说吧。"

谢尔盖先是闪烁其词，然后承认：

"还有……女人……"

"就是嘛！"

他不觉得自己招蜂引蝶，不是存心拈花惹草，他都是真诚地、严肃地开始恋爱。女人们常常是回应他的，但是最终都没建立起稳定关系……

"说吧，说吧，朋友。"尤莉卡推推他的肩。

"斯拉夫卡，整点儿……到底什么情况？没什么情况。"

"你自己说的，有。"

"离开的原因，也没什么。问题就是没什么……大概就是，我爱上了一个姑娘,生物老师。瓦列金娜。年轻,单身,当地人。大概三年前师范毕业……喝?喝!"他把杯中物倒进自己的身体,"哇!……她,总之,就是天仙,虽然是个生物学家。我恋爱了。开始吸引她的关注,鲜花,试着接送。可她简直就是一堵墙。在走廊里她活生生笑嘻嘻,可一见到我就石化。'瓦列金娜,'我说,'您为什么那样?我的追求最诚心最诚意。下班以后我们约会吧,去饭店或者电影院,像小年轻那样。''我忙。'就这样,一周又一周。我自己尴尬,我知道别人也发现了……'瓦莉雅,为什么呀?'她不吭声。然后,哇,校长柳德米拉·维克多洛夫娜把我叫去。这位大婶五十岁上下,不过时间对她不起作用,还是很强壮,特别像《一起活到星期一》里面的斯维特兰娜·米哈伊洛夫娜。我走进办公室。'请坐。'我坐下。'谢尔盖·安德烈耶维奇,我注意到您对瓦列金娜·费奥多洛夫娜有点特别。我没弄错吧?''您没弄错。怎么了?''基本上,没什么。看来您还没越界。不过我应该告诉您,您成不了。'我觉得有意思了,起了歹意,问:'为什么成不了?''因为我们的路数不是那样。''噢!那你们的路数是怎么样?''我们严肃认真地对待意中人,而不是像那样,就是一夜情那种。'我一下蹲上了椅子。不是因为她说什么,而是因为她的语气。带着共青团员的钢铁意志。像在学校大会上那样,你们记得吗?我说:'我对瓦列金娜·费奥多洛夫娜同志完全是严肃认真的。比如说,我请她去饭店。''我们正派人不去饭店。''莫非您建议直接带回家吃晚饭?'我恨这场谈话。女校长那么看着我,好像在说:'怎么,你装傻吗?'她说:'严肃认真的关系体现为您准备和您的意中人结婚。我知道,现在很少有地方是这样,但我们这里保持着这种传统。'牛吧？……我当然说：'我不排斥这个方案。事实上，为了求婚，总要更近距离地了解人，不是吗？'她说：'您和瓦列金娜·费奥多洛夫娜同志已经认识三个月了，或许您已经可以确认，她有多么优秀多么纯洁。古代大都是给陌生人说媒，也没什么，家庭照样稳固，多子多孙。不一定非去逛饭店。'我再也忍不住了：'柳德米拉·维克多洛夫娜同志，您不觉得您管得太宽了？我不是您的中学生，也不是实习的大学生，我是一个成年男性。请允许我自行决定怎么追求可能成为我未婚妻的人。人需要真正地互相了解，才能明白彼此合适还是不合适。百分之十四的夫妻因为不喜欢对方的体味而离婚。我们，'我说，'不是活在十九世纪，谢天谢地，我们活在自由的时代。每个人都有权利自己选择……'我说了很多，关于自由，关于本能，关于妓女，关于性欲，我的玩世不恭……她炸了！她被震住了！'我觉得，你谢尔盖在我的地盘会受不了。'对瓦列金娜的爱，不是蒸发了，而是变成一种对残疾人的情感……当她知道我递交了辞职报告，那样地看了看我。我对她说：'瓦列金娜，我们离开这里吧。我们另外找一座城市，一所学校。'她的表情好像催眠了，低声说：'不。这里是我的家乡。'不就不吧。我就离开了。"

每年或每两年或每三年谢尔盖都会讲类似的故事，他没在哪个地方超过三年。谢蒂家两口子面带忧伤的笑容倾听："唉，谢尔盖呀谢尔盖。"而他在心里替他们惋惜。

俗话说，随遇而安，不过这话与他无关。人分两种：一种人不离故土，捯饬自己的巢或窝，在周围培土，一代接一代修

185

剪草坪；另一种人冲破这巢或窝。如果没有第二种人，我们的星球上就会有一片接一片的秃斑。

有种理论说我们的祖先最初都在一个地方，如果认同这种理论，那么人们定居在地球各处的原因不是人口过剩。是对远方的憧憬驱使着他们。尤卡吉尔人走去了北冰洋，拉帕努伊人游去了复活节岛，未必是因为强势的邻居驱赶，很可能是他们遵从自己的意愿，寻找更好的生存机会。有意思的是，不久前科学家们证实，数千年后离开非洲的人都从欧洲和亚洲回到了故土，回到乍得湖区——现在的埃塞俄比亚，仿佛在告诉大自然，现代人四处播种……

谢尔盖喜欢家乡叶卡，可是在家乡待几天就烦了，开始郁闷。家里的一点一滴都一清二楚，在妈妈眼里他永远是个没脑子的小小子，院子里的白杨树、离开了十年的中学、食品店、车库，还有被各种颜色染来染去的晾衣绳的架子，如果抠开又蓝又棕又绿又暗红的表层，可以看到锈迹斑斑的、磨损严重的金属。他开始觉得自己也磨损严重，长满了锈，于是就去另一座没去过的城市或另一个没去过的乡村找学校，只要那里需要历史老师、语文老师或者文学老师。

当然，他不年轻了，每天刮胡子洗脸的时候他看着镜子里的自己，习惯了渐渐油腻的自己。隔一段时间见面的妈妈、朋友和年轻时的小伙伴都让他不爽，不是因为妈妈在变老，朋友们从师哥美女变成大叔大婶，而是因为他们原地踏步浑浑噩噩。似乎都精明强干，但其实就是浑浑噩噩。

"然后，临死前，他们有什么可回忆的？中学毕业大学毕业后的几十年有什么区别？全都一模一样：还是那个房子，还是那条上班路，还是那份工作，还是周围那些人。恐怖。"

谢尔盖觉得这样的未来太难堪了，为了保持活力，他把大学毕业后的生活分了阶段，划出重点。

某年在图林斯克，从某年到某年在韦尔霍图罗夫工作，在伊尔比特干了这个干了那个，有一年因为什么事到了昆古尔……这里的娜塔莉娅，那里的伊琳娜，还有个地方有个拉娅为他人消瘦，可他怎么也不爱人家，心不在，他的心在瓦列金娜那儿，可是受不了她的干巴巴冷冰冰，辞职了……

离别对友情有益。比如，如果他和谢蒂家两口子在同一所中学工作，可能彼此早就烦透了，可能会因为一点点鸡毛蒜皮吵得不可开交。现在这样，少有的几个电话，更少有的围桌而坐，只会加固友谊。更何况，他们有的可聊，毕竟是同行。而且，不是同事。

他们是1989年夏天在州师范学院考历史哲学的时候认识的。尤莉卡那时候苗条腼腆，穿一条样式过时面料轻薄的花裙子，站在广场上正门前，那里总有风在散步，裙摆一飘一飘，尤莉卡赶紧抓住它，看到小伙子们看完她粉红丰满的大长腿后的眼神就放下裙摆……斯拉夫卡看上去是个百分百的书呆子，只是没有眼镜，他总是在翻教材和作业本，好像只有他一个人没注意到尤莉卡和她的大腿。然后，一年级的时候他们就在一起了，三年级的时候结婚了，在一起了那么久那么久。

尤莉卡发胖了，甚至胖得过分，简直成了个奶油面包，斯拉夫卡的书呆子面具掉了，变成一个自信的男人，过于自信：上课就像比着曲线板，很少讲新东西，杜绝天马行空的想法，只管秩序和纪律。

纵然时光流逝,谢尔盖一如从前:精瘦,敏捷,多疑。看书,也关注网上的帖子,订阅《一知半解》杂志。下身穿牛仔裤,上身穿高领帽衫或者宽松的羊毛格子衬衫,梳着八十年代流行的中分……至少他愿意相信,即使自己有变化,也变化不大。

他和斯拉夫卡、尤莉卡不是一下就有了交情。其实整整五年时间他们就是普通的大学同学关系,打打招呼,下课后偶尔在便宜的小店喝喝红酒、聊聊天,有谁翘了课就借另一方的笔记看看……班上总共二十多个同学,这样的好同学有十五个左右。其余的独来独往,点头之交,分道扬镳……

交情都是后来发生的,是交情而不是交道。

九四年他们从师范学院(当时已经变成师范大学了)毕业的时候,工作已经不包分配了,而且大家都觉得教师这职业是多余的、可笑的,甚至是可耻的。大部分学生毕业只是为了拿毕业证,他们觉得有毕业证好做生意。

大家庆祝拿到毕业证的时候,在香槟和伏特加的作用下开始晕乎的谢尔盖宣布,他要去最远最穷的谢罗夫区的一所乡村中学。记得当时他说完那句话的时候,一片安静,打破那安静的是斯拉夫卡。他非常严肃地、像个成年人那样问:

"这是真的吗?"

"是的,我不放空话。"

过了一个月他真的走了。而且在那里一干就是两年。

从此尤莉卡和斯拉夫卡就把谢尔盖当英雄,不只是因为他没改行,更重要的是他的工作地点偏远得只有上帝知道在哪里。谢尔盖换了两三次工作地点之后,他们开始把他当任性的儿子。不然呢!

很久很久老天爷没给他们孩子。谢尔盖等着斯拉夫卡或者尤莉卡有朝一日受不了了去找别人，找能生孩子的人……他咒自己这么想。偶尔他会假装开玩笑，小心翼翼满怀兴趣地打听：

"您想要继承人吗，先生？"

通常作答的人是尤莉卡。她用柔软成熟的侧腰靠着丈夫，说：

"我们想要。还没要上。"

然后得到确认：两人都健康，血型和基因好像也适合，可就是——没动静。他们甚至试过人工受孕，花了不少钱。没用。

不过最终有了：尤莉卡在三十四岁的时候怀了孕。大家都觉得不可思议，甚至有传言说父亲不是斯拉夫卡。

谢尔盖听到这些传言一挥手：

"闭嘴。应该高兴。怀上孩子了。"

"可这是怎么回事？嫁人三年了，五年了，差不多二十年了。就像在哪个童话里。"

"常有的事，生活中一切都有可能……"

尤莉卡生孩子是在八月初——谢尔盖当时正好在家休假，和斯拉夫卡以及他们的亲戚一起去接她出院。香槟酒盖砰的一声，就像在婚礼上……

这世上有了一个小姑娘，名叫娜嘉。

"哎呀，你们怎么没想象力，"亲友们皱着眉，"现在五个姑娘里就有一个娜嘉。你们可以想个特别一点的。"

"小娜嘉，"谢蒂家两口子回答，"她是我们的希望。"

那几个星期谢尔盖常常去他们家。他站在小床前，看着婴儿。娜嘉常常抖抖腿抖抖胳膊，好像在做什么艺术体操。这有点奇妙也有点吓人。

"她那是在干吗？"有一次他问，"有点像武术。"

"锻炼肌肉，"斯拉夫卡压低了嗓门回答，"尤莉卡毕竟是提前了……差不多提前了两个月……不得不剖宫产。"

姑娘开始看东西的时候，她的瞳仁转向不同方向。这也让谢尔盖有点不自在，他这才知道，新生儿的眼睛常常不聚焦。

"怎么样，谢尔盖，"尤莉卡说，"羡慕吧？那就自己也来一个。是时候了。"

"是应该了，"他附和，"应该了……"

他心里没底——一片沉寂。或者说，心里空空荡荡。站在小床前，谢尔盖好像第一次觉得，他在探险的过程中错过了什么重要的点，什么必不可少的线索，什么救命的钩子，可是他没想明白究竟是什么。

"不，没什么，"他想反驳，"对男人来说三十五岁不算什么。就算前方不是一切，反正有很多，差不多是一切。"

谢尔盖回到一座叫扎沃多乌科夫斯克的小城，当时他在那里工作，开始考虑结婚的事情。当时目标有两个姑娘。谢天谢地，她们不是教师。他和其中一个关系很好，对另一个只是像看着锅里的。不过，他没有之前那种灼热的恋爱的感觉。他不能明确地对自己说：我将和这位或者和那位幸福一生。不，很有可能，过两三年他又想离开这里，老婆也拴不住他。或许，连孩子也拴不住他。

下课后他去了火车站，坐在长椅上，看着西伯利亚大铁路上飞驰的火车，火车车厢上挂着小牌牌："鄂木斯克—莫斯科""莫斯科—秋明""阿巴坎—莫斯科""莫斯科—符拉迪沃斯托克",郁闷越来越紧地揪着他的内心。辽阔的祖国,不可思议地遥远,几百万人,可他命中注定只能停在几个点上,努力了解一两千个人,努力记住其中的两三百人……

这个学年他过得不轻松。他回了几次家,对妈妈特别温存,妈妈一个人很寂寞,明显老了。他在谢蒂家一坐就是很久,抱着娜嘉摇。她已经会捉迷藏了,第一次因为谢尔盖讲的笑话笑了。

"哇,你呀你!"尤莉卡吃惊了,"你真是个魔法师……娜嘉宝贝儿,谢尔盖叔叔是魔法师吗?"

那位好像是作为回答,抓住谢尔盖的一边脸,拍了拍……

他年轻的时候相信,眼下时间如飞,然后,一年一年地,开始慢下来,日子变长,到那时候就可以读又厚重又复杂的书,思索,回答心中积累的问题。眼下趁着年轻,要赶紧生活,然后再分析经历过的事。

原来并非如此。时间一直在加速,好像一直在转,就算几个小时一动不动地坐在椅子上,谢尔盖也能感觉到这速度。他有体感:他这么一动不动,其实是在向前。周围的一切和坐在椅子上的他一起向前奔,还有他脑子里的东西。他脑子里不是一塌糊涂杂乱无章——很清楚,也很好理解——他的思绪在笔直地平稳地飞奔,就像汽车沿着没有坑洼的笔直大道飞奔……而且,很难定义这复杂的思绪——先是具体的问题或者回忆,几分钟后只觉得头盖骨下有什么东西在飞奔。没有沉重感,没有压力,没有痛苦,相反,感觉在愉快地飞奔,磨平了细节、琐碎、分毫之差……

谢尔盖经常给妈妈打电话,问候她的健康,说些暖心的体贴话，耐心地听她说完建议——妈妈们给年轻儿子们的那种建议……他是她唯一的孩子，谢尔盖十二岁的时候母亲和父亲分开了。谢尔盖记得，妈妈和爸爸从幸福的一对突然变成仇敌，他们狠狠地对骂过几次，没有大呼小叫，爸爸拿起上一年他们一起去阿纳帕的时候用的行李箱，走了。永远走了。他寄过钱回来，但人没再出现过。

那时候以及稍微长大后谢尔盖都问过怎么结果会那样，妈妈耸耸肩："彼此厌倦了。"他不相信。"爸爸有其他女人了，因为这个？"妈妈发火了："不是！他什么人也没有。就是烦了。常有的事——烦了。仅此而已。"

妈熬到五十五岁就不再上班了——果断退休。不久后，在一通例行电话中她问：

"我想招一个女房客，一个女大学生，别人介绍给我的。你不反对吧？你反正总不在……"

谢尔盖气得喘不上气，一时答不上话，甚至呼吸不畅。什么情况！一个陌生人住进他的房间，而他……但是，等他调整好气息，他决定同意：

"好，你安排吧。我在这里还挺稳定的。"当时他已经不在扎沃多乌科夫斯克工作了，在离家更远的托博尔斯克，他喜欢那座城市，不过关于稳定的话是为妈妈编的，"你安排吧，当然，这样你可以不那么无聊。"

"是吗？那谢谢了，好儿子。"对他的同意妈妈不知是高兴还是生气，从语气上无从判断。

或许像他后来猜测的，她说起女房客，是为了让儿子明白，她不能再一个人生活了，他该回家了，该在家扎根了。可他倒好，说"你安排吧"。

她就安排了。

他们家挺舒服的。虽然是赫鲁晓夫时代的两居室，但不是小户型。玄关相当大，正对着厨房，也不是巴掌大那种，确切地说，这厨房其实是餐厅，放了一张十人位的大桌子。玄关左右是两个一样大的房间，都是十五平方米。如果愿意，两个房间的人可以天天不照面，事实上有时候就是这样，每当妈妈感觉到自己的关心惹谢尔盖不开心的时候。

现在，他在自己家里至少要消失一段时间。一起消失的还有书架上那些看似毫无用处但又必不可少的小玩意儿，就像玩具印度人那种：音箱、光碟、书……

"这是对的，对的，"他说服自己，"妈妈的决定是对的。应该安排，应该成熟。"

他在说服自己的同时觉得这些话很好笑，还没来得及真正成熟，不知不觉已经变老。他觉得自己在变老。可是，还没有收获特别的经验……

几乎整个七月的休假他都待在托博尔斯克。闲暇时间他尽量去逛博物馆，也就是托博尔斯克的克里姆林宫，了解这座城市的历史。开始写关于玛丽娅·赫洛波娃的论文，她是第一位沙皇米哈伊尔·费奥多罗维奇·罗曼诺夫的未婚妻候选人，但是王太后不喜欢她，在王太后的压力下她被送到这里，到托博尔斯克，理由是"健康不佳，不利于皇室愉悦"。

谢尔盖在收集材料的过程中弄明白了，沙皇真的爱这姑娘，后来还打算和她结婚……于是他对这姑娘的命运更感兴趣了，可是等他坐到电脑前，一次，两次，然后很快就丢下了论文。

月底他受不了了,奔回了叶卡。

其实也不是他说撂下就撂下,妈妈通知他说,女房客回新利亚利亚,要走五天。这回谢尔盖一下就听懂了暗示,买了火车票,十个小时后就在家里了。

当然,他拜访了谢蒂家。他们的女儿已经四岁多,去年夏天他见到她的时候她还是一个没有任何性别特征的小可爱,可现在已经变成真正的小姑娘了。

"小娜嘉,认出来谢尔盖叔叔了吗?"斯拉夫卡问。

"认出来了。"

谢尔盖不信:

"真的吗?"

她回应他一个拥抱,还像大人一样看了看他。

"呃,"他慌乱起来,"我带了一点穆松白鲑,一点腌蘑菇……"

然后按照老规矩又是酒席,特别丰盛的一桌菜,因为谢尔盖让老朋友相信,他要在托博尔斯克长住,他喜欢那里的一切,学生很棒,喜欢历史,读书多,有女人,婚礼在准备中……当然,他在撒谎,他试着相信自己说的话。

"结吧,结吧,"尤莉卡和斯拉夫卡支持他,最近,有了娜嘉以后,他们更是带着特别的感情支持他,"听着,单身的你没法想象婚姻生活有多值得期待。"

"我会的,伙伴们,"谢尔盖点头,"我会的,你们别担心。"

娜嘉从自己的椅子上滑下来,跑到他坐着的沙发上,然后坐到他的双膝上。

"我爱你,谢尔盖叔叔,"她清清楚楚地说,特别强调"我",

然后像从前那样，拍了拍他的一边脸。最后把脑袋瓜靠在他的胸前。

"这样啊，这样啊。"谢尔盖哼唧了一声，不知道该怎么回应。

"是啊，小孩子能感觉到谁需要爱。"斯拉夫卡说，尤莉卡教训女儿：

"坐到一边去，别影响谢尔盖叔叔吃饭。"

"你娶我吧，"娜嘉没理妈妈，继续说，"我有房间，有很多玩具，有电视。"

大人们都笑了。谢尔盖摸摸小姑娘的头，把她从双膝上放到沙发上。他感觉到她在看着他，这让他觉得不安。

离开家的时候他又去了谢蒂家一次，不过时间很短，就是告别，娜嘉还是那样奇怪地、热烈地看着他。

然后开始了谢尔盖的新生活。

不，不是马上就开始的，带点偶然性。当时他没太在意那偶然性，后来，这偶然性越来越大，越来越根深蒂固，可能就是命中注定的变化吧。

不久前他加入了中学同学会，在那里遇到了大学时的朋友任卡，比他低两级。他现在在一家燃气公司工作，具体说，是一家运输燃气的公司。住在汉特 — 曼西自治区的共青城。

"我负责宣传，"任卡发来消息说，"我干得顺溜。你怎么样？"

谢尔盖起初还兴冲冲，后来承认说："其实糟透了。就是一个游牧教师。现在在托博尔斯克两年多了，工资够一个人花，如果有家……"

谢尔盖在普通中学当一名普通老师这事儿让任卡不太理解："你真是个怪人。我以为，你会经商，或者最起码在一家私立学校。真有你的！"

之后两个星期任卡没有任何消息。谢尔盖想，和自己这么一个不成功人士联系挺丢人的。他彻底沮丧了，对自己干了超过十五年的事业，对学校里又老又破的大楼，对这座老城，虽然这里那里在盖新楼，可老城本身无精打采、无声无息，像监狱，像流放地，而他是志愿来到这里的。还有那里的秋天，天空低沉，冷风刺骨，额尔齐斯河发黑……

他早上起床很费力，哼哼唧唧，骂骂咧咧，心烦意乱地刮胡子，扯着面颊下松弛的皮肤，把早餐塞进身体里，拖着双腿去上课……

任卡来信了，一封神奇的信："我们这里空出了一个职位，不过，对，在基层。要准备新闻稿，为公司的报纸准备材料，等等。不会灰头土脸，也不会特别复杂。你想试试吗？"然后还有，"我记得大学时的你。你曾是我的榜样。真的。我们都已经不是年轻人了，该考虑前途了。你在那个学校没有任何前途可言。"

然后谢尔盖一整天就像得了病。感冒了，或者是什么病毒感染了。身边的一切都在晃着飘着，头发沉，声音变得尖细，反胃，臭味冲进了大脑，连粉笔都变臭了……回到房间，没批改作业，没喝茶，甚至没脱衣服，他就钻进被窝，睡着了。

夜里他醒了，头脑清醒，身体健康，像年轻的时候。他环视房间，两年了，这个房间还是个不舒服的办公室，没变成家。他从床上跳起来，开始给任卡发消息："乐于接受！何时前去？"任卡仿佛一直守在电脑旁，当即回复："周一。"

谢尔盖没辞职，对校长和班主任满嘴跑火车，说家里有事，需要马上回家。

"时间长吗？"

"一星期。"

校长翻了翻上半学期教学计划，叹了口气：

"这个，我们不能不满足您的要求，谢尔盖·安德烈耶维奇。只是……您自己也应该明白——我们指望着您。没人能取代您。"

谢尔盖点点头，谈完话他跑回房间，开始在电脑上查去共青城的最佳方案。在地图上看托博尔斯克和共青城差不多紧挨着，搜索引擎"Yandex"也说"直线距离442公里"。如果走公路，要跑将近九百公里，可是没有公路交通。也不能飞机。只能坐火车转，正好在家乡叶卡捷琳堡转……他决定坐火车去。

他买了票，收拾了一包必需品。去火车站的路上他把房门钥匙给了女邻居，"以备万一"。在车厢里他一下就占了个上铺，顿时有一种美妙的感觉，仿佛重回二十二岁，他奔向幸福等候他的地方。想必幸福在等候他。

他什么也没告诉妈妈，决定在谢蒂家凑合半宿。他家是三居室，客厅有沙发。他问了，他们同意了。他两点多到达，在门外用手机给斯拉夫卡打了个电话。

"怎么突然跑来了？"斯拉夫卡放他进门，问。

"那边要紧急弄一份文件……"

"明天是星期天。"

"现在可以……现在他们星期天也上班。"

"休息吧。沙发铺好了。"

"谢谢,朋友,我不出声。"

娜嘉从自己的房间走出来。

"你干吗?"从斯拉夫卡的声音里能听出懊丧,"睡吧。"

谢尔盖向她挥挥手,压低声音和她打招呼:

"你好,美女。"

"您好……您来我们家?"

"来你们家,不过时间不长。"

"您要去哪里?……"

"躺下睡觉,"斯拉夫卡打断她,"待会儿妈妈也会醒了,该收拾我们了。女儿,去吧。谢尔盖叔叔也该睡了,他路上累了。"

一挨着沙发,谢尔盖确实觉得特别累。不是体力上的,是精神上的,真的。担心,慌张,敏感,憧憬……

他感觉到有人在他旁边躺下了。他吃了一惊,开始担心,不过,只是在做梦。好像是奥莉加来了,在托博尔斯克他和她维系着一种奇怪的、令他屈辱的关系。奥莉加每十天或每周向他放一次话,说想和他在一起,可是每次风暴了一晚后又连续几天对他兴趣全无。谢尔盖一说该谈谈他们的关系,她就真诚而困惑地看着他:"谈什么?谈你其实想要我?"然后又勾引他,他一边恶狠狠地骂自己,一边追着她跑,就像一条公狗追着一条游荡的母狗……

这时的奥莉加是可爱的,和善的,靠谱的。谢尔盖一边睡一边高兴,因为她来了,因为她在身边。突然一个念头闪现,变大,惊醒了他:你现在可不是在托博尔斯克,什么奥莉加。

谢尔盖坐起来,看见了娜嘉。她那双在半明半暗中发亮的眼睛。

"你在那儿干什么？"

"我想和你睡觉，谢尔盖叔叔，"娜嘉说，"我爱你。"

"小声点！"他从沙发上跳起来，退后两步，"现在回你房间去。"

"我要和你在一起。就像妈妈和爸爸。"

"不行。你是小孩子。"

"我特别……"

当然一点也不兴奋，不过因为刚刚感觉奥莉加在身边，他的内裤挺起来了……斯拉夫卡这就要进来了……

"请回到自己的小床去，"他再一次请求，"如果爸爸看见了，他会惩罚我的。"

"他会怎么惩罚你，你可是个大人。"娜嘉回答说，继续躺着。

"他会以为我对你做了坏事……请你回自己的房间去。"

谢尔盖一边说，一边从椅背上取下牛仔裤，退到厨房。他在那里穿上裤子，坐下来。他发抖，因为害怕……他不能相信会发生这种事。怎么会这样……她总共才四岁……可是有个小鬼在他脑子深处又笑又跳："会的，会的。"

房间里有很长一段时间悄无声息，然后一阵颤动，光脚穿着拖鞋蹭着胶合地板，迅速关门的响声。谢尔盖从厨房看出去，什么也没看到。他溜到沙发上，沙发上是空的。他没脱牛仔裤就躺下了，翻了个身，拽了拽被子……

安顿新工作、辞去旧工作的过程不太简单。总之，还算正常。头三个月，谢尔盖签了合同，这期间他想办法从托博尔斯克寄来了自己的劳动档案。其他留下的东西就只能"呸"了,自己不好意思去一趟,用集装箱寄又贵,反正他在那里也没留下什么财富。

慢慢地,一步一步地,他习惯了新工作,在这个年纪他不可能一下就完全上手,不过最终干得不错。

他喜欢上共青城:城市崭新、洁净、五光十色,居民年轻积极。这是一座让人对国家充满信心的北方城市。

谢尔盖跑了不少地方,常常到通了公路的乡村,喜欢坐在篝火旁,听吉他伴唱,听浪漫的劳动者讲故事。他以前以为,六十年代到八十年代有这样的人,然后,或者死了,或者转世了,可这么一看,他们真真切切存在着。他们不仅存在着,而且行动着。他们经常摇晃着煤油灯焊接上裂开的管道,在严寒霜冻中奔赴偏僻的冻土地交班,那种地方,别说工作,住上一个星期都好像不可能……他尊敬这些人,努力把这种尊敬传递给其他人。本质上新闻其实就是为此而存在的。为了让人们知道。

他没再见到谢蒂两口子。给他们打了电话,聊得干巴巴的,没聊几句就挂了。他们不高兴,可能是因为他改了行从了商,可能是因为娜嘉说了那一晚的事……

在四十三岁上谢尔盖埋葬了妈妈。房间空了,女房客通过网络付清了房租。幸好他没卖房,也没招租,两年后他不得不离职了。

那时任卡早去了汉特—曼西斯克区,和谢尔盖保持着联系,但是远远不是朋友关系。他好像确信谢尔盖一切顺利。事实也确实如此,只是后来顺利到了头……

自然,他了解过、读到过、听到过大家怎么适应当地,怎么适应难以忍受的环境，可是自己一遇到事就乱套了。经验也帮不上忙。他折腾了两个来月，主动辞了职。给某人的亲戚或者情人腾出了位置。还笑着说："真像电影里。"他不记得像哪部电影，可这种情节早就烂透了。不过对他来说是新的，剜心之痛。

他疲惫，孤单，就像被掏空了被榨干了一样，头上一大片秃顶，穿着一条松垮垮的裤子，带着一张饱经风霜的脸，回到家乡。在共青城他花钱很少，房子是公家的，食堂是公家的，不贵，所以攒下的钱够他省着过三年，不用工作。他决定休息休息。

他睡觉，试着读书，可是总是时不时地被社交网络吸引，他在网上不吭声，只潜水。电视也吸引着他，虽然没完没了的广告、没滋没味的电影、吵吵闹闹的脱口秀让他心烦。关了电视，安安静静地躺一会儿，然后他把笔记本拽过来。

他出门只是为了吃饭，慢吞吞地，盯着脚下，蹭到最近的"磁石"饭店。他强打精神，一会儿思忖，一会儿低语："你连五十卢布都没有。怎么这么没精打采的？ 走开吧。"没用。

一次出门的时候他撞见了斯拉夫卡。

"噢！"面色红润的斯拉夫卡越发油腻，像头公野猪，他吃了一惊，高兴的同时好像吓了一跳，"嗨！"

"你好，"谢尔盖无力整理表情，"过得怎么样？"

"棒棒的。你呢？"

"就这样……在恢复。缓过来了……"

他们沉默片刻。当时很冷，脚下的雪和融雪盐混成一团糊糊。

"你,这个,来家里坐坐。"

"可以吗?"

斯拉夫呵呵一笑:

"为什么不可以!来吧,当然。只是……我们又是六天工作制了——孩子们的日程是这样,我的脚都累断了,所以,周六晚上吧。我们坐坐,回忆回忆过去,你给我们讲讲你的探险。"

"我讲……好的……问全家好。"

错过了一个星期六——摆脱目前的窘况不容易。下一个星期四他强迫自己打了个电话。约定星期六下午五点。

整个星期五他都在准备,泡浴缸,用搓澡巾搓遍全身,仔仔细细刮胡子,好像要出席新闻发布会,理了发,熨了西服——不知怎么他决定穿西服去,而不是穿他平时习惯的牛仔裤和帽衫……睡觉前他吃了三片安眠药,然后睡得很好、很沉。

星期六他又刮了胡子,仔细端详了镜子里的自己。他拔掉了耳朵里和鼻子里冒出来的杂毛,试了很长时间发型,看看哪种最好,最终还是梳回了八十年代流行的中分。当然,这有点可笑,尤其是从后面看。他看过从背后拍的相片,到后脑勺附近露出了粉粉的头皮……唉,到如今啊!他一挥手,把按摩梳扔到浴室架上。

他买了两瓶干红几瓶饮料,挑了很长时间蛋糕。左看右看奶油做的花和花纹,读了成分表。整个过程他完全沉醉其中,直到突然惊醒,回过神来,要了第一眼看中的那个。巧克力的。

他迟到了一点点,等他五点多走到要去的那栋楼,已经天黑了。

他上了三楼,在谢蒂家门口站了一会儿。还是那扇门,钢板门上焊着把手和钥匙孔。九十年代偷盗盛行，大家都急匆匆地安了这种门。后来很多人换了更高级的，商店里买来的，带着门套。谢蒂家没换。也就是说，他们家不是太有钱。

灯一下黑了。谢尔盖顿时觉得被人从后面打了头，失去了意识，瞎了。可是这时候模模糊糊出现了墙壁、几扇门、地板砖。他明白过来，灯关了，因为他一动不动。

"有进步，妈的。"他嘟嘟囔囔，按了门铃。从门里边传来《莫斯科郊外的晚上》的旋律。

"你好，你好。"斯拉夫卡接过他的蛋糕和花束。

"我们都等急了。"

"抱歉……"

"你好呀！"尤莉卡出现在过道里，她真的变成大婶了——肉墩墩的身子，红扑扑的脸蛋，一个花领结不知是在突出还是在掩饰她的丰胸，"脱吧！"

"什么？"

"嗯，请脱下外衣吧，西伯利亚人就这么说。"

"啊？从没听说过。"

"是吗？你可是在那里待了那么多年……"

"托博尔斯克和共青城早就归乌拉尔了。所以西伯利亚话已经过时了。"

他们笑了笑。谢尔盖坐下，解开高筒靴。

"娜嘉宝贝儿，"尤莉卡叫着，"来和谢尔盖叔叔打个招呼吧！……"她有点担心，"我们这是有多久没见面了？"

"嗯，是啊，整整七年。你和斯拉夫卡来参加了我妈妈的葬礼，我看见了，谢谢……不过当时没顾上招呼……"

"是啊是啊,谢尔盖,当然记得。抱歉,谢尔盖,我们很快就走了 —— 心里真难过 …… 时间过得可真快 —— 七年。瞧,"尤莉卡挪了挪,让出一个和她差不多高的姑娘,"认得出来吗?"

"娜嘉?"

谢尔盖真的没认出她。进来的真是个姑娘。

"你好。我是谢尔盖叔叔 ……"他咳了一下,"谢尔盖·安德烈耶维奇。你记得吗?"

"您好,"娜嘉礼貌地回答,"抱歉,不记得。"

谢尔盖仔细打量着她,想抓住小孩子说谎时的瞬间表情。没抓住。

"我撒了?"娜嘉扭头看看妈妈,走了。

"她几岁了?"谢尔盖迷惑地低声问。

"十二岁。你不信,是吧? 他们现在就这样。不过,其实孩子就是孩子 …… 来吧,上桌。"

还是那张桌子,上面还是那块桌布,上面有金色的古希腊式花纹,还是那套餐具,家具,窗帘 …… 谢尔盖觉得又美好又惆怅,眼皮开始打架。

"我有瓶白兰地。"斯拉夫卡说。

"还是葡萄酒吧。两瓶就够了 ……"

"那,要是不够 —— 白兰地来凑。"

他们又笑了笑。

"嘉嘉,来吃饭!"

娜嘉从自己的房间出来,坐下,老练地装了一盘肉沙拉、土豆泥和肉,然后问:

"我能坐那儿吗?"

"和我们坐在一起吧,"斯拉夫卡求她,"有客人在……我和你妈妈的大学同学。以前他还照顾过你……"

娜嘉斜了谢尔盖一眼,开始吃饭,两分钟后她又问:

"我能在自己房间吗?我们在网上聊着呢。"

"聊呗,"尤莉卡答应了,"反正不让人安生。"

"谢谢……"

"我们就这样,"斯拉夫卡叹口气,"在学校教育别人的孩子,在家教育自己的孩子。"

"功效如何?"谢尔盖装作开玩笑地问。

"一半一半。有时候我们教育他们,有时候他们教育我们……你说说看,有什么长远打算?"

可能是因为很久不喝酒了——离职后的几个月他一直没碰酒精,害怕上瘾,可能是因为一下吃太多——最近他一直吃得少,而且常吃冷的,就着茶,可能是因为久违的家庭温暖,他很快就进入了梦乡。

他先是倒到沙发背上,不过还在使劲聊天,然后开始越说越少,然后睫毛发沉,垂到眼睛上,最后终于打起盹来。他睡得很甜,还嘿嘿发笑:"就像炉边的一条流浪狗。"

"谢尔盖,"斯拉夫卡悠悠地问,"睡了,是吗?"

"嗯,是……我有点儿……"他想起几句诗,就读出来化解打盹的尴尬,"啊,如今连我自己,也不能稳住脚步,从朋友的酒席上回来,走不到自己的家……"

"要不然,在我家过夜吧。看来真的需要。"

"不,不!我要走。看来我在这儿要住很久。所以,我们还会见面的。"

"当然！……嘉嘉，出来，谢尔盖叔叔要走了！来说再见。"

娜嘉出现了，点了点头，面无表情地说：

"再见。"

"再见。"谢尔盖跟着她机械地重复了一句，那一瞬间想起了她那大人一般的奇怪的、深邃的眼神，"你记得我吗？请告诉我，"他的声音里有一种含泪的哀求，"你记得我吗？啊？"

"不记得，叔……谢尔盖·阿列克谢耶维奇。"

"安德烈耶维奇。"斯拉夫卡不知怎么压低了声音纠正。

"不记得了？"沮丧包围了谢尔盖，"不记得你坐在我的膝盖上，还说你爱我？当时怎么向我走过来？……"

"谢尔盖，你怎么了？……"

"不记得，"娜嘉无情地冷淡地重复说，"再见。"

谢尔盖没系好靴子就走出屋子，一边应着尤莉卡和斯拉夫卡"是的，是的"，一边跑下了楼梯。

街上冷冷清清。干雪在脚下发出震耳的吱吱声。在房子的拐角处亮着灯，汽车轮胎在宽阔的街道上嗡嗡叫吱吱响……谢尔盖怅然若失地站在原地，仿佛初来乍到，不知该往何处去。

两位富阳姑娘

麦家

一九六八年十一月至一九七九年九月，我在宁波东海舰队某师部机关服役，历任保卫科副科长、科长、政治部副主任。一九七一年一二月间，在我刚任保卫科长不久，我卷入了一桩事关两个女兵生死的恶性事件中，把我折腾得够呛。现在想来心里依然虚弱得很，似乎时光没有冲淡它。

事情是这样的，几个月前，我们部队受命在江西井冈山地区和杭州富阳、桐庐两个县征兵。井冈山征了三百人，内含十个女兵；杭州计划征两百个男兵，实征二百零八人。超出的八个都是女兵，是杭州军分区跟井冈山攀比，临时硬给我们的。部队其实都不爱招女兵，因为不好管理，娇气，像一片树林里杂了几棵果树，管理成本要一下提高许多。但人武部总是钻着各种空子想加塞女兵。那年月年轻人都削尖脑袋想当兵，或许想当女兵的人不会比想当男兵的人少一个，但实际上征招女兵的名额少之又少，一个零头而已。征兵部门极尽所能想把零头做大，却也是杯水车薪。据说为了感谢我们那次增招的八个女兵，杭州军分区还给我们部队送了两部电影放映机。这家伙在那年代也是吃香得很，跟女兵一样，有点稀罕换紧俏的意思。

按照规定，新兵训练结束后，在正式分配前，部队要对他们做一次身体和政治面貌的复审。因为这些人入伍前都是经过严格的体检和政审的，一般不会出现什么问题。但那批新兵中，我们审出了两个有问题的人，一个男的，是井冈山人；一个女的，是杭州富阳人。男的问题在脚板上：他的脚板是平的，俗称"鸭脚板"。据说，这种脚板行军超不过五公里就会撕开来似的痛，而部队拉练常常一天要走几十公里。显然，这人不适合当兵，要退掉。女的问题很严重，说出来吓死人！往大的说，是作风问题，小的说，是处女膜的问题：她处女膜是破的。

　　处女膜一般不会破的。处女膜一般只有在一种情况下才会破。她才十九岁，没有结婚（表上填的），连对象都没谈过（她交代的），那么处女膜怎么会破？看来，她表上填的和嘴上说的都有问题。这个问题比作风问题更大，是欺骗组织的问题。欺骗组织，就是对党和人民不忠诚。无疑，她的问题比鸭脚板大得多，大到了骇人听闻的地步。那个年代，我们关于这方面的神经都很敏感、脆弱，绷得紧紧的，风吹一下都可能要折断，更不要说还有女军医签名的体检报告。体检报告是半法律文书，一字千金，铁证如山。如实说，女军医没有在体检表格上填写"破洞"一词，这是后来演变出来的。我见过体检报告，在两指宽的空栏里，女军医有如下意见：据本人述，未谈过对象，无性史，无伤史，但检查发现 Q，属极不正常的情况，请组织上定夺。

　　据说这是医院内部的一个通用符号，O 代表处女膜完整，Q 代表不完整，破裂。但我更倾向，这是我们女军医的发明。我为此事和女军医有多次交涉，充分体会到她那种强烈的表达欲。

她喜欢发明新词，比如说处女膜她有专用词：天膜。对Q这个符号，她也有别出心裁的说法：被杠破的圆。因为表达欲强，她既向上汇报，也向下言传，加上这说法新鲜，像个禁果一样抢手，很快流传开来。在传的过程中又不断变形，变得越发粗俗、泼辣、难听，最后就变成"破洞"。

部队是最讲纪律和作风的，一个女兵，初来乍到，领章帽徽都还没有戴，就发现Q这么大的问题，当然不行，要严肃处理。怎么处理？老规矩，退回原籍。鸭脚板都要退，更不要说Q。Q够退一百次！谁去退？按理，招兵退兵是司令部军务科的事，"鸭脚板"就是军务科长去退的。但Q的情况有点特殊，她是女兵，因为少而显得贵重。贵重的东西感觉上就不大好退，领导很慎重，安排我去退。我是保卫科长，隶属政治部。政治部的同志给人印象是比较会处理矛盾，何况Q的问题，作风问题，本质上是思想问题，由我们政治部出面处理也说得通。那么作为保卫科长，我责无旁贷。就这样，这年腊月的一天，我带着Q来到她家乡富阳。这里离杭州只有几十公里，离宁波也不过两百多公里，我早晨从部队出发，下午三点钟已经和当地人武部的同志接上头，一路上很顺利。

我原担心退人会有些扯皮。能当女兵的人背后都有人的，万一背后是个大佬，免不了推三阻四。但实际还好，可以说很好，很顺当。人武部政委亲自接待的我，他一看我们的退人报告后，甚至有点难为情，连说几个"怎么会这样，真丢人"。原来他就是Q背后的人。我就不说Q了，怪别扭的，她有名字，叫郭小美。这名字有纪念意义的。政委告诉我，小美父亲当过志愿军，这名字是他们老排长取的，是小美国的意思。这次小美当兵就是老排长出面找的他,他们是同乡,老交情。所以政委觉得丢人,毕竟是他暗中推她当的兵。这次全县总共才送出十二个女兵(我们接了三个),小美是农村户口,要没有政委的关系,一百二十个也难轮上她。可以想象,政委心里一定很恼火,好心得不到好报,还给他惹事。他这种情绪帮助了我,让我毫无阻力地退了人。

按说,只要人武部收下人,我就交差了。怎么把人进一步退下去,退回街道或单位,或村上,进而退回家庭,那是他们的事,不是我的。如果我交了人就走,也就不会有后来那么多事,起码成不了我的事。我人在归途中,没人联系得上我,有事想跟我有关都关不上,然后部队一定会另派人来处理。我本来也不打算在富阳逗留。我是来退人的,不是接人,留下来叫他们接待味道不会好的。我预备赶一赶,去杭州军分区过夜的。但政委很客气,也许是心里有愧,执意留我吃晚饭,并指定专人带我第二天去游览富春江。天下佳山水,古今推富春。家在严陵滩下住,秦时风物晋山川。自富阳至桐庐一百里许,奇山异水,天下独绝。他张口而来,一下背出几首夸赞富春江山水的古诗词,说我到了这里不看看富春江,古人都要生气。盛情难却。当晚,我住在县政府招待所。招待所筑在紧挨富春江的鹳山上,夜里,我在富春江上传来的幽幽的风声中安然入睡,没有做任何不祥的梦。

第二天早上,专人到招待所陪我吃早饭。我们计划吃罢早饭,赶九点钟的轮船,先是溯江而上,到东梓关后上岸吃午饭,然后再搭船顺江而下。专人说,这一段江面是富春江上景致最集中、景色最秀丽的,江面弯曲有度,时而开阔,时而狭长，两岸丘陵绵延起伏，好看得很。专人显然多次走过这段江面，熟透一路，介绍起来像个导游，不思索，不停顿，口若悬河，侃侃而谈，听得我脚底都发烫了。船是从杭州上来的，码头就在鹳山脚下，从招待所过去，要不了五分钟。专人说，轮船停靠码头时要鸣笛，笛声像狮吼，比高音喇叭响，全县城都听得到。我们过去近，等听到笛声再动身也来得及。我心急，提前十分钟出发，到码头上，连售票员都没上班，只有稀稀落落几个人，站在售票窗前，等着售票员开窗售票。我们是带着一纸免票公文的，所以无须排队买票。专人说，没有十分钟轮船来不了。他带我沿江漫步起来，事实上又走回到鹳山脚下，在一座临江的八角凉亭里坐下来闲聊。从这里，我可以看到我住的招待所，还可以看到无际的江面。这一带江面十分辽阔，早晨的阳光又似乎将它照得更加辽远，一望无垠，跟海似的。专人说，无垠的方向就是杭州。我的目光顺着江面伸着，望着，不一会，无际的江面上出现了一个黑点，闪烁着增大。专人看看表说，那应该就是我们要乘的轮船。于是我们往回走，走得还是十分闲散。因为很明显，黑点要变成一艘轮船，要比我们回到码头更需要时间。

回到码头，售票窗口前已聚着不少人，多为青年学生，人人带着红卫兵袖章，有一人还擎着一面不规则的红旗，好像有什么活动。我和专人一身军装引起了他们关心，都回头来观我们，有的还朝我们挥手。我象征性地向他们点个头，心想，可不能跟他们热乎上，否则一路上我的时间只够跟他们说话，无暇赏景了。以前，我有这方面的体会，到一个风景点，本是去看风景的，结果被一些热爱解放军的同志当了风景看。尤其碰到青年学生,他们几乎都满怀当兵的理想,把每一个穿军装的人都当作接近理想的目标来看待,不断来搭讪攀谈,麻烦得很。出来游览,当然更愿意与景色交流。于是,我有意引专人往后边绕去,这样与学生们拉开一定距离。这时候,我看见一辆吉普车正朝码头驶来,最后停在码头上。有人从车上下来,急急地走到我们跟前,悄声说,出事了,要我们马上回去。我们问出了什么事,他说死人了。

死的人跟我有关,就是我遣送回来的小美。

是服毒自尽的,喝了半瓶农药,据说是敌敌畏。那玩意儿是农药中的剧毒,医生说(就是那个检查处女膜的女军医),喝个一小口,在半个小时内发现可能有救,过了半个小时就没救了。她喝了半瓶,又过了大半夜才发现,菩萨也救不了了。她父亲说,没人知道她到底是什么时间吃的药水,但十二点多钟他家老大查完夜哨回来时,她还是好的,一个人缩在堂前屋里,虽然看起来十分痛苦,但也没有要寻死的迹象。老大是村里的民兵排长,这些天正好轮到他查夜哨,他看她木木的样子,劝她去睡觉,但她没理会。老大说,她一声不响一动不动地坐在那,跟个木头人一样。然后半夜里,她母亲朦朦胧胧听到楼下猪圈里好像有什么动静,两只猪像受了什么惊吓,在哼唧哼唧叫。母亲本来想下楼去看看,但转眼又睡着了,还梦见自己去了猪圈,发现没什么情况便睡得更踏实了。早上醒来,她忽然想起夜里的梦,便直奔猪圈去看。看到靠墙的一堆柴火坍倒了,散了满地,乱七八糟的。但两只猪好好的,没有少一只,也不见死伤,心里就宽松下来。她预备带一把柴火回屋去烧早饭,回头再来收拾它们。可在弯腰抱柴火时,她发现柴火堆里裹着一件衣裳。她母亲说,那时节天还早,才麻麻亮,她看不清这是件什么衣裳,是谁的,只是想衣裳裹在里面,万一当柴火烧了可惜,就去拣这衣裳。这一拣,猛叫她吓一跳,因为她摸到了一具冰凉的身体⋯⋯

这是三个小时前的事情,现在这具冰凉的身体——尸体——已经从柴火堆里挖出来,被她的亲人哭闹着送到了人武部,撂在办公楼进门的过道上。我是打过解放战争的,什么样的尸体都见过,缺胳膊的,丢脑袋的,瞪着眼的,吐着舌头的。这也算是我一笔财富,起码不会被一具尸体吓倒。但当我在过道上看到这具尸体时,还是倒抽一口冷气。首先,这不像一具尸体。我见过的尸体都是躺着的,不管是躺在床上地上,还是哪里,反正都是躺着的,手脚伸直,仰面平躺。即使一时不这样躺着,马上也有人会帮助他们这样躺好。这也是死人的基本姿态,也是活人对死人的一种约定。可是,这个简单的约定她却没有得到,她说是平躺着的,其实头和脚都没着地,两只手还紧紧握着拳头,有力地前伸着,几乎要碰到大腿。总之,她的身体不像一具尸体,像一张弓,看上去她似乎正在做仰卧起坐,又似乎在顽强地挣扎,不愿像死人一样躺下去,想坐起来,拔腿走。

这怎么看得下去?

我对在场的那么多活人如此慢怠死者极为不满,气愤地拨开人墙,蹲下身,准备帮她躺好一点。以我的经验,死人都是听活人摆布的,即使有个别死者不太好摆布,也不是不能摆布,只是需要多一点耐心。但当我摆弄她时,却发现我所有努力都难济于事,她的身体像石头一样硬,又硬又冷,我按下去了上半身,下半身翘得更高,按下去了下半身,上半身又翘起来,好像我在弄一块跷跷板似的。与此同时,我发现这具尸体还有一个骇人之处,就是脸上、手上、脖子、脚踝等裸露的地方,绵绵地透出一股阴森森的晦色,乌青色,以此可想她全身都是乌青的。我们走了一路,昨天下午才分的手,我当然有印象,她肤色本是洁白粉嫩的(这一带姑娘皮肤都白嫩,也许是富春江养人吧),想不到一夜间,生变成了死,连白嫩的皮肉也变成了乌青。像这一夜,她一直用文火煮着,现在已煮得烂熟,吃进了当归、黑豆等佐料的颜色,变成了一种乌骨鸡的颜色。一具乌青的尸体不比一具弓着的、想坐起来的尸体不让人感到瘆人。再仔细看,我还发现她的嘴角、鼻孔、耳朵等处都有成行的蜿蜒的污迹。她父亲说,这是血迹,只是因为乌了身子,看起来不像血迹,像污垢。我马上想到一个词:七窍流血。

这具尸体,浑身上下都在告诉活人:她死得非常惨烈、痛苦!

我相信,每一个活人见了这样一具尸体,都会对死者涌起强烈的同情心,至于她的亲人们,这种同情转眼可变成愤怒,寻找发泄对象。我刚进入武部时,就闻到一股怒气,弥漫在院子里,凝结在一张张仇恨又悲伤的脸上。我敏锐地感到,我极可能成为死者亲人发泄愤怒的突破口,所以我在面对死者时,完全把死者当作战友,尽量显出足够的悲愤,流了泪,骂了自己,又骂了天地,痛心疾首的样子。这确实一定程度上起到了缓和他们情绪的作用,但只是权宜之计。我想得到——谁都想得到,他们做出这种出格行为,把死者老大远抬来,绝不是为了听我说几句安慰话,博一点同情。事情不会这么简单的,从他们已有的做法——一种刁难人的架势看,他们一定有更刁蛮的意图。过道上站满了人,至少有二十人,院子里还有,想必与死者沾点亲故关系的人都来了。人多势众。人多事多。人多事乱。走道上闹哄哄的,院子里哭声连成一片,也没人去做安慰工作。不巧的是,人武部两位领导,部长和政委都去县上开会,下面同志都文绉绉的,也许从没有遇到过这种事,人东窜西窜,就是不知从何下手,六神无主的。刚才我回来时,院门都还敞开着,围观的人拢了一圈又一圈。我毕竟打过仗,这种场面经得多,心里乱是乱,但还沉得住气。我当即吩咐哨兵关上大门——按说,这种情况院门早该关上。

从死者身边站起来,我心里已经想好,必须先发制人,把这么多人遣散,否则事情只会越来越乱,越闹越大。我看过死者填的表,知道她父亲是村长、党员,昨天又听说当过志愿军。所以,我先找到死者父亲,他穿着可能在箱子底下压了十几年的老军服,系着腰带,看样子就是翻出老脸来振士格的。我就顺势指着他的军装发话,给他戴高帽子,软中有硬地对他说了两层意思:

1. 作为一个老兵、一个党员、一个村干部,把女儿尸体抬进军营来闹事的做法是十分错误的,你的老排长首先不会同意。但女儿出事了,作为父亲痛苦的心情可以理解,所以有不当过激的行为也可以谅解。

2. 出了事是要解决事情,不是要生出更多的是非。但这么多人不是解决事情的办法,要想解决事情,除了死者家人可以留下外,其余人必须马上离开,否则以聚众闹事看待,我马上通知公安来人处理。

最后，我指着人武部政委办公室的窗户对他说：那就是你老排长朋友的办公室，我这就去那儿等你来谈事，但这么多人不走，我是不会让你进办公室的。说完，我掉头就走，根本不给他申辩机会。有人叫嚷起来，说不能让我走。但没人敢上前来阻拦，兴许他们嚣张的气焰已经被我正大的威严压制下去。我相信，我的镇静和威严在一身戎装的烘托下，一定是令人畏惧的。等我进了楼，走进办公室，我从窗户里看到，死者父亲已经在劝那些人走。我心里松了一口气。

约莫十分钟后，人陆续离去，只剩下五人，都是死者直系亲属：父亲、母亲、哥哥、妹妹、弟弟。弟弟才十来岁，还不懂事，对军营的好奇心冲淡了悲伤，目光老是在身边来来去去的领章帽徽上游走。父亲、母亲、哥哥簇在花台边，交头接耳，也许是在为即将举行的谈判出谋划策。只有刚刚初中毕业的妹妹，一身青涩稚嫩的少女模样，杵在空地中央，身子哆嗦着，在嘤嘤地泣哭，像被死者遗弃的宠物。她孤立无援悲伤的样子让我心痛，仿佛看见了死者临死前的孤苦。我从办公室出来，首先走到妹妹身边，却没有安慰她，而是吩咐她，去把弟弟看管好。这是我的心计，直接安慰起不了作用的，甚至还可能引火烧身，交给她一个任务，让她迅速加入大人行列，也许能平息她此刻失控的情绪。然后，我公事公办地邀请三位大人跟我走，去办公室。

刚进楼道，父亲发现女儿的尸体不见了，以为我们在搞阴谋诡计，勃然大怒。我向他解释，把死者丢弃在地上是对死者的不尊重，所以我们才把她移进屋子里，并带他们去看。屋子是人武部的活动室,有一台乒乓球桌,死者现在就躺在球桌上,我们还给她枕了枕头,盖了白床单。这样看起来死者才像个死者,而不像刚才,像个炸弹似的丢在地上,谁看了都心惊肉跳的。屋子里有一长排靠背木椅,是打球的人休息坐的。父亲不知是累了,还是怕我们私藏尸体,不愿意离开尸体,进屋就坐在椅子上,说有事在这儿谈。说着,掏出烟来抽,一副牛拉不动的样子。这样,我们只好搬来凳子,坐在死者身边,如果死者有灵,我们谈什么想必她是都能听到的。

以为是一场恶战,但事实上还是比较平和的,几乎没什么火星子,双方都拿出足够的理智和道德。父亲其实不是个刁蛮的人,只是架势有些难看,真坐下来后还是尽量克制自己情绪,有甚说甚,说明他确实是来谈事论理的。他表示,他扛着尸体上门,一不是来诈钱,二不是想衅事;来这么多人,也不是他喊的,都是跟来的,也许因为他是村长的缘故。他说,女儿死了,这是她的命,怪不得我们,要怪该怪他——"是我把女儿逼死的!"他确实是这么说的,原话如此。这话此刻从他嘴里说出来,简直让我感动。他说,昨天下午人武部的同志把女儿给他送回来,白纸黑字告诉他女儿犯了什么事后,他羞愧得要钻地洞,"像被人扒光了衣服,一家人的衣服都给扒了"。他不知道说什么好,也不想说什么,只想打死这个"畜生"。他这么想着恨着,上去就给女儿一个大巴掌。后来当时在场的人武部同志告诉我,那个巴掌打得比拳头还重,女儿当场闷倒在地,满嘴的血,半张脸看着就红肿起来。但父亲还是不罢手,冲上去要用脚踢她,幸亏人武部同志及时上前抱住他。人武部的同志说,他们正因为觉得这父亲火气太大,临走前专门留下话,警告他不能再打女儿,否则以后这村里的兵一个都不招了。这当然是威胁,可见当时父亲的样子有多可怕。

父亲说,人武部同志走掉后,他确实没有再打女儿,但要求女儿必须说出事情真相:是哪只"野狗"睡了她。他先后责问三次,每一次女儿都申明没有,她是被冤枉的。但父亲不信。父亲认为,部队上的医院那么高级,那么高水平的军医和设备,怎么会出错?

"我认为错的肯定是我女儿。"父亲解释道,"她怕说出事情真相,连她和那男的都要遭殃,所以才死活不说。"

女儿不说,父亲气上加气,火上浇油,打人的手举了又举,只是想到人武部同志留下的话,前两次忍住了,第三次忍无可忍,出手了。当时一家人刚吃过夜饭,桌上的碗筷还没有收,父亲抓起一只碗朝她掷过去。女儿躲开了,跑掉了。父亲操起一根抬水杠,追着打,嘴里嚷着要打死她。开始女儿乱逃,从灶屋逃到堂屋,从堂屋逃到猪圈,又从猪圈逃回堂屋。逃回到堂屋时,摔了一跤,她索性不逃了,坐在地上,等着父亲追上来打。抬水杠是老毛竹做的,比父亲的手臂还要粗,又坚硬,一家伙打下去,要出人命的。眼看着父亲高高扬起的抬水杠,母亲冲上去,挡在女儿面前,对父亲吼:"要死人的!"父亲骂道:"我就是要打死这畜生!"母亲奋力夺下抬水杠,把女儿亮出来,说:"你打吧,打死她你去给她挖坟墓葬她。"父亲当时已经完全失去理智,上前对着女儿一阵拳打脚踢,一边高喊着:"打死你这畜生!"

母亲回忆说:"哪有这样打人的,真正是往死里打啊。我当时都吓死了,冲上去抱住这个疯子,一边叫女儿快跑。"

女儿爬起身，却没有跑，反而扬起一张血脸朝父亲迎上来，用一种谁也想不到的平静的语调，劝父亲不要打她，说她会去死的，"这样活着还不如死的好"。她的冷静让在场的人都吃了一惊。父亲说，当时他丢下一句话就上楼去睡觉了。

父亲说：你要么报出那条狗的名，要么就死给我看。

女儿说：那我只有去死。

父亲骂：那你就去死吧！

父亲说，他这句话骂了好几遍，上楼的时候骂了，上完楼梯时又骂了，后来他睡觉时听女儿在楼下呜呜地哭，哭得他心烦，又爬起床冲着楼下骂过。尤其后一次骂得特别恶毒，说什么她哭没屁用，只有死才让他省心。父亲承认，女儿完全是被他逼死的，所以他不会来找部队偿命，该偿命的是他。但在他死之前，他要弄清楚，女儿到底有没有跟人睡过觉。父亲说，他现在认为女儿一定是没有跟人睡过觉。说到这里时，父亲哭了起来，一边哭一边拿出一张纸，说是女儿死前留的遗言。

我拿过来看，只有一句话：爹，我是冤枉的，我死了，你要找部队证明，我是冤枉的。

父亲说，他上楼后就想过这个问题，觉得女儿这样死活不认错，可能真受了冤枉。因为他这个女儿"就像一只小绵羊一样"，性格内向懦弱，自小到大对大人的话都言听计从，不是那种犟头犟脑的人。

父亲说："如果真要有什么丑事，我这样打骂，她也熬不住了，该交代了。"

母亲说："死东西上楼后，我去找女儿谈过，当时我发现女儿已经被她爹凶神恶煞的样子吓得神志不清，尿都吓出来了。"

可就这样她还是一口咬定,没有跟"任何畜生"睡过觉。她不停地说没有、没有,问什么都回答没有,跟个傻子似的。母亲申诉道:"我了解女儿,就是给她十个胆她都不敢做这种下流事。如果一定要说做了,那一定是鬼做的,连她自己都是不知道的。"母亲看上去畏畏缩缩的,但说起话来口齿伶俐,透露出比父亲还坚定的口气。然后父亲又接着说,昨天晚上她母亲同他这么说了后,他越发怀疑女儿可能受了冤枉,所以本来打算今天来找部队反映情况的,想不到女儿说死就死了。说到这里,父亲痛哭起来,一边骂自己害死了女儿,一边上前抱住女儿尸体,又喊又叫:

"女儿,女儿,我的女儿啊,你是冤枉的,爹对不起你,害死了你。今天爹给你申冤来了,部队说你哪里有问题,今天爹就要求他们在哪里给你做检查……"

他说的意思是要验尸!

谁也没想到,家属会提这个要求。

这个要求不是无理,而是无知、愚昧!这不是脱裤子放屁嘛,分明是要把"私底下的龌龊事"招摇一番嘛。我们诚心实意地劝他们不要这样,这对死者是大不尊重,对活人也没好处。可父亲、母亲,包括哥哥,没一人听劝的。他们似乎认定女儿不会龌龊过,坚决要求我们请医生重新检查。我不知该说什么,可我几乎敢百分之百肯定,他们的要求毫无意义,重新做检查,结果只会叫他们更加难堪,更加臭名远扬。事实上,一般人都知道,处女膜破不破对一个专职妇科医生来说,像黑白一样分明,医生弄错的可能性几乎为零。话说回来,不是说处女膜破的人就一定跟人睡过觉,当然一般是这样的,但也不排除个别特殊情况。我听一位新四军老兵讲过一桩事,说他们打镇江时,一辆战地救护车被敌人炸弹击中翻车,一个刚入伍的小护士从车斗里飞出去,甩在地上。她看自己身上血流不止,以为是中了弹片,吓得哇哇直叫。医生检查了说,没事,只是那玩意儿破了。这也使我想到,这种体检认定不是完全科学的。换句话说,死者有没有跟人睡过觉,我不好绝对说,但医生绝对不会弄错的,因为这"像黑白一样分明"。我知道,只要我把这道理如实讲了,他们也许会放弃尸检。但我又怎么能说?到时他们拿我的说法来跟我理论,我岂不自找麻烦?所以,我没这么说,只是找了一些其他道理来说。可那些道理他们听不进去,他们坚决要求验尸,完全不留一寸商量余地。

父亲说:"只要检查确定我女儿有那个问题,什么时候出结果,什么时候我就扛起女儿走人,不会在这里多待一分钟。"

母亲说:"我女儿用性命来换这个要求,你们要不答应我只有死在这里。"

哥哥说:"如果这样,我就扛着两具尸体去宁波找你们首长!"

父亲又说,如果这样,他也要死在这里,陪女儿死。

哥哥又说,如果这样,他就扛着三具尸体去北京天安门找毛主席……

话说到这份上,说什么都没用了,脱底了。我很生气,也很悲哀。我觉得女儿当兵不成又死了,对他们来说是双倍的不幸,我由衷地同情他们,希望能帮他们减轻一点痛苦。我甚至已经暗自作了决定,要给他们双倍丧事费,并亲自参加葬礼,尽可能让周边邻居不要歧视他们。但是，他们似乎更想用这种"丢人现眼的方式"来挽回尊严，阻止不了。后来人武部长和政委从会上赶回来，政委亲自劝也没用。没办法，我跟两位领导商量后决定答应他们要求，当即派车辆去县医院联系、接人，准备速战速决。中午前，医生扛着"红十字"医务箱来了，一老一壮，两位妇女。两位在活动室里待了约五分钟，出来交给我们一页鉴定书：死者的处女膜完好无损。

像在战场上遭遇了惨痛伏击！

我马上到邮局，挂长话，向部队汇报。电话是打给我的直接领导政治部主任的，主任问清情况，训斥我，说医生是他们人武部喊来的，我们怎么能信？一句话点醒了我。是啊，这件事上我们是不能完全听信当地人武部的，因为当中有个责任认定的利害关系，照现在"完好无损"的话说，他们就没责任了，责任被转移到我们头上。本来责任全是他们的，他们给我们输送了道德败坏分子，Q！现在他们成了受害者，我们成了肇事者。主任要求我下午去杭州，请省军区协助派出军医来重新检查。话刚说完又改变主意，说省军区是人武部上级单位，不行，得请我们海军自己的医院。挂电话前，他说联系军医的事由他负责，我只要在原地等着即可。

第二天上午十点多钟，我等到两位杭州海军疗养院派出的女军医，她们像昨天两位同行一样肃穆地走进活动室，又像昨天两位同行一样很快地检查完毕，给出的检定报告几乎和昨天两位同行也差不多：死者处女膜完好。

远方的主任闻讯，顿时如坐针毡。没人能接受这个事实，我们都怀疑这个事实，更想改变。在师长、政委要求下，主任立刻出发，不乘火车，火车要等，太慢了。主任亲自带车带人，一路长驱，当天晚上八点出现在我面前。主任带来的人是我们自己的军医，就是诊断死者为 Q 的那位军医：一个人高马大的胶东人。她是舰队后勤部某部长的夫人，一个爱出风头的人，待人热心又有点傲慢。但这次见面，我明显觉得她脸上有种诚惶诚恐的神色，好像内心 Q 了，被杠了。事不宜迟，她一口水没喝，直接去见人。等她从活动室出来时，脸上的神色已由惶恐升级为惊恐！事实上，她在里面的时间还没有两分钟，我们以为她是忘记拿什么器具了，出来后还会再进去，结果她焦躁紧急地把主任和我拉进另一间办公室里，惊慌失措地说：

"错了！错了！"

我们问什么错了，她说人错了。

原来，她才掀开床单，只是看了一眼外部，就觉得不对头。她说，人的每个手指头都是不一样的，那地方也是各人有别的，她看死者那地方的样子和她记忆中的那个人不一样，明显不一样，于是警觉地去看死者脸。一看傻掉了，不是同一人！她说，虽然那天检查的人很多（十八人），但查出问题的只有一人（几年来都只有一人），所以她不会不认识她，"就是死了照样认识"。当然，这还用说吗？她连那人下面样子都记住了，更不要说脸孔长相。那怎么会出现这种情况呢？军医认为是对方把人换掉了，目的是想敲诈我们。这我敢肯定不可能，虽然死者和生前判若两人，但系同一人的证据昭然若揭，比如她耳朵上的小耳朵、脖颈上的大红痣、入伍后才剪的齐耳短发，等等。再说，谁愿意以死来冒充一个人？我和主任都认定错误出在我们这边，是我们把人弄错了，张冠李戴了。后来，听军医说起体检情况，我们就明白问题出在哪里。

军医说，因为这种体检有问题的人极少，她个人在几年中也仅发现"她"一例，所以体检时医生总是图省事，先把各人的表收上来，放在一边，然后喊人进来。所谓喊也不是指名道姓地喊，只是让护士安排人一个个依次进来，她依次一人人、一项项检查。只要没发现问题，她连话都懒得说，手一挥，赶人家走。这边出去一个，外边进来一个，就这样"流水作业"。如果各人项项都没问题，很简单，她只要将所有表该打钩的打钩，画圈的画圈，签上名完事。如果遇到有问题的人，比如那天发现"她"有问题，她才做个别对待，问一些该问的，如姓名、年龄、有无性史、受伤史等。军医说，当时"她"都一一做了答，姓名、年龄等。有了"她"名字，军医说，就不会搞混，等所有人检查完后，她会单独把"她"的表找出来，向组织报告情况。报告就是那么写的：据本人述，未谈过对象，无性史，无伤史，但检查发现 Q，属极不正常的情况，请组织上定夺。

我问军医："你还记不记得'她'当时报的名字。"

军医说："怎么会不记得？一辈子就遇到她一个人，当然记得，叫郭小美。"

这就是死者的名字！

谜底已经揭晓。我想，事情肯定是这样的："她"看军医查出情况后，故意报了死者名字，从而造成军医填表时"张冠李戴"。现在，我们所有天真或虚妄的想法无疑都应该全部收起，想想到底该怎么来平息这起人命冤案才是当务之急。

怎么平息？当然要看死者家人打算怎么闹腾。

应该说，基本上没闹腾什么，他们只提出两个并不过分的要求：一个是负责承担死者丧葬费，二个是希望部队带走死者妹妹，让她替死者去继承当兵的光荣。主任甚至没有向部队请示，就私自应允下来，因为都不难。我原以为死者有两个妹妹，我见过的那个是小妹，事后才知道，死者只有那么一个妹妹，实足年龄才十五岁，还没资格当兵。我们许诺等够年龄后再来带她走，对方死活不从，也许是怕我们过后反悔吧。年龄问题可以解决，有人武部配合，什么资格都可以解决，但今年无论如何是带不走的。新兵训练已结束，我们不可能单独为她办个训练班，她也不可能不接受基本训练就分到部队去。部队是有各种纪律的，说话走路都有样式，连被子都要叠成一个样，她赤个脚去不闹笑话吗？最后双方各让一步，我们现在给她办好入伍手续，明年来带人。主任安排我留下来替死者妹妹办理入伍手续：拍照、填表、体检等一系列。这至少要两天时间，主任和军医等不得，先走了。

走之前，主任要求我尽快归队，因为我可能还要往这边跑一趟。我知道他说的意思。虽然那年我们招了十八个女兵，有十个来自井冈山地区，但我们凭直觉"她"应该是杭州地区的。都说兔子不吃窝边草，其实兔子最爱吃窝边草，"她"在情急之下，报的多半是窝边人的名字，老乡，关系好，就在嘴边，张口而来。"她"一定没想到，事情会闹得这么大，这么罪孽深重的，用军医的话说：即使把"她"枪毙都够罪！确实，"她"事实上间接地犯有命案，仅仅退回原籍算是便宜"她"了。不过这话由军医说出来，我总觉得刺耳。我从来都没喜欢过这个傲慢的部长太太，此刻似乎反感到了极点。我心想，这事要追究责任，你脱不了干系。

如实说，她搞的"流水作业"的体检法，在医院是很常见的，像照X光、做心电图都这样。但据我所知，医生填完表要交还本人的，她既然那么认识"她"，把表给错了人怎么会发现不了？只有一种解释，她没有亲自交，让护士交的。护士不知详情，对着名字交表，交错了人也不知道。话说回来，如此重要的表她理当亲自交，让人家交就是不负责任，就该承担责任。不过事后我了解到，因为她的检查带有一定隐私性，医院历来把它排到最后，这样她这边检查完了，等于全部体检项目告终，所以无须将表交还本人，而是由她直接交给医院领导。就是说，她也是没有责任的。似乎谁都没有责任，这让我心里有种说不出的厌倦和难过。正是这种情绪，促使我主动去参加了死者葬礼。我想给自己添个责任，给死者和家人以安慰。但去了又后悔不已，因为没有什么葬礼，只是一个潦草的掩埋尸体的行动，几乎是秘密的，没有任何仪式，没来一个外人。我是唯一的外人，明显是多余的，欲盖弥彰一样，反而让他们难堪了。

办完死者妹妹入伍手续，我像逃似的离开了富阳，当然没有游富春江。即使再来也不想游，山水再美也不想游，缘分断了。这辈子我跟富阳只有剪不断的苦涩记忆，塞满了，加不进观光心情了。在回去的火车上，我多次从车窗玻璃里看见死者，使我老以为还在去往富阳的路上。那一路上也是这样，我和死者相对而坐，但我几乎没正眼看她，都是在车玻璃里看到她。我们也几乎没有说话，她像个犯人似的，一直畏缩着，偷偷看我，欲言又止，欲言又止。曾有一次，她总算开了口，恳求我告诉她犯了什么错。按说这不是不可以告知的，反正迟早是要她知道的。但完全是一念之间，我对她打了个官腔：组织上会告诉你的。我说的组织是指当地人武部。其实人武部告诉和我告诉是有大区别的,对我她有申辩的机会,对人武部她能说什么?人武部跟她父亲一样,申辩只会激怒他们。就是说,我一念之间的一个官腔事实上是让她失去了一个申辩机会。在回去的路上,我一直在想,如果我当时告诉她,事情会不会变成另外一个样子?这个问题让我感到非常累。当我想到,部队里还有一位姑娘在等着我,还要我形式内容相似地往这边跑一趟,我真的感到非常非常累。现在,我回想起这一切,心里依然感到累,虚弱得很。

凶 手

| 列昂尼德·尤泽福维奇　萧 桐 译

1

2010年春天，在向出版社发送《沙漠独裁者》新版本之前，我再次对书稿做了校订。这占了我大约两个星期时间。我的娜塔莎去了莫斯科，我独自住在圣彼得堡，整晚整晚地泡在电脑前。五月初，晴朗而寒冷。

第一周快结束时，我校订到关于住在蒙古国首府乌尔加的犹太人之死一节。温琴强行攻下城，赶出了中国军队，然后按照他的命令，几乎所有犹太人都被杀害。

亚洲师进军乌尔加是在1921年2月4日。一名目击者写道，立即就"分出一组人马，他们像竞赛一样抢着搜查犹太人的房子"，尤其是搜寻为躲避布尔什维克从后贝加尔逃到蒙古国的商人和私营畜牧业主的房子，尽管这些商人和私营业主，按温琴的说法，已经不被视为革命的主要罪魁祸首。充当眼线的是温琴最宠爱的克林根伯格医生，他来自恰克图。他把哥萨克带到他以前的病人身边，看着男人被军刀砍死，看着妇女先被强奸再被士的宁毒死。结果是，他为自己在俄罗斯领事馆的住宅捞得了极好的家具，还得到了大量贵重物品。除了意识形态，杀人者有利益驱动：受害者财产的三分之二归他们，三分之一交师部充公，可实际上他们只交出毫无价值的东西，所有值钱的东西都据为己有。后来，军需处的仓库里杂乱地堆满了死者身上扒下的没人要的"一堆堆旧衣服"。

几个"有用的犹太佬"，比如一名牙医、一个逃脱未遂者，被温琴饶恕。还有两个犹太人家庭，男女老少总共十一个人，躲在蒙古国民族英雄托格托霍王爷家。这位严厉的将军在温琴到来之前早就和清政府开了战，但现在他已经老了，不问政事。他一年中大部分时间都在草原上度过，但在首府有过冬的房子——一座瓮城。这两家犹太人就藏在这里。现在，他们被当作主人的客人，可以指望他的庇护。托格托霍大概承诺在战乱平息后帮助他们出城，把他们送到中国境内。

这些犹太人失踪的消息传开后，对他们的搜寻就开始了。负责搜寻的是反间谍局局长锡拜逻上校。他的同龄人觉得他有虐待狂的倾向。温琴任命他为乌尔加的警备司令。

很快，有人向锡拜逻报告了失踪犹太人的藏身处，但他不能闯入托格托霍王爷府抓捕他们。对待传奇般的王爷，要有分寸感。鉴于他在蒙古人中享有的声望和权威，不能直接使用暴力。

锡拜逻拜访了王爷，王爷否认了一切。他们不敢搜查，但在房后设置了秘密监视，最终获得了犹太人住在那里的证据，并交给了主人；托格托霍不得不承认一切，但他断然拒绝交出逃亡者，说这会让他的名字蒙上"洗刷不尽的耻辱"。锡拜逻空手离去，但所有人都明白，他没打算退让。

229

一天晚上，一群哥萨克开车驶近王爷的瓮城，声明不是遵照上级命令，而是自己主动来的；不知他们是把王爷从床上叫起来、叫到大门外的，还是只在窗户下大呼小叫，威胁说如果不交出藏匿的犹太佬就要灭了他。锡拜逻原本不会让他们的威胁成真，但他们的挑拨离间得逞了：在托格托霍暂时离开首府期间，他那些担惊受怕的亲戚逼着犹太人离开了瓮城。如果这是真的，那么王爷的暂时离开就不是偶然；他那一家老小的所作所为就算不是他授意的，他也是知情的。他的压力在增大，最终连他也支撑不住。

有一种说法，无人驱赶犹太人，是他们自己离开了，不想危害保护人。但我不相信自愿出走的说法。这种冲动单身汉有可能会有，但有家室的父亲们不会，他们知道妻儿会和他们一起死。

根据另一种说法，托格托霍不怕威胁，没有屈服于挑衅，也没有违反热情好客的规则。锡拜逻假装讲和，但没有撤走房子附近的埋伏。蹲守在里面的人耐心地窥伺猎物。过了一段时间，犹太人觉得太平了，深夜，在黑暗中，当街上没人的时候，许多天来第一次走出大门伸展腿脚，呼吸新鲜空气。于是他们就被抓了。

两天后，他们的尸体出现在色尔必河附近的城市垃圾场。这里通常扔着被处决人的尸体，让乌尔加吃尸体的野狗吃掉。当时禁止埋葬被处决人的尸体。

几位回忆录作者写了这一切，只是在细节上有分歧，但没有人提到我从1922年哈尔滨《曙光报》上的匿名简讯了解到的内容。一位不知名字的作者出于某种原因不愿意用简称和笔名，他说出了避难在托格托霍处犹太人中一名青春美女被锡拜逻属下警备队的一名年轻军官所救。他们一起逃到满洲。这名军官爱上了他救的姑娘，并娶了她，但现在她杀死了丈夫，因为她无法原谅亲人死在他手上。

我当时不能决定，是将这个故事留在书中，还是最好作为没有得到其他来源佐证的故事删除。我关掉电脑，站起身，在窗边抽烟。

窗户朝向庭院，庭院不是经典的彼得堡井式，而是两条平行街道之间附属建筑和低层非住宅建筑构成的空间。从四楼可以看到一大片两年后将镀锌的生锈铁皮屋顶，苍白的巨大天空，前景上布满十几座高大、顶端半坍塌、挺拔程度各异的砖头烟囱。

窗台上，面向房间，立着慈悲女神，观世音菩萨的女性铁像。这是我在莫霍夫大街一家业余古董铺买的。这家铺子突然开张在一家杂货店内，如同它旁边出售干果和坚果的柜台突然消失一样。观音左手拿着一个带长茎的莲花蕾，右手举起做祝福姿势。我把它带回家后，在里面发现了一张卷着的脏纸。这张纸显然不是把女神铁像拿给古董商的人留下的，而是以前的物主留下的。这是一个关于如何与观音建立联系的简短说明书。

在绝对的空虚世界中，应该呈现出一个蓝黑色天空，天上应该呈现出一轮乳白色的月亮，笼罩着柔和的光芒，而当月亮变得像一颗大珍珠时，应该能看见它里面的慈悲女神。向她祈求之前，应该先看清她眼中会不会因为可以帮助某人摆脱困境而流下幸福的眼泪。

她自身能听到别人对她的祈求，所以我的观音双眼几乎紧闭，以示专注和对世俗的疏离。从她莲花般弯曲的沉重眼皮下，只能看到被小块锈斑触动的狭长眼白。这样的观音像也许不是铁的，而是青铜的，犹太人在托格托霍王爷的家庭祭坛上可能看到过。

托格托霍比他们多活了半年。在乌尔加被红军占领之后，他被指控与温琴合作，未经审判被枪决。

他唯一的照片保存了下来。照片上的王爷紧闭着双眼。拍照片那一瞬间他眨了眼。

2

关于这名军官和犹太妇女的逃亡之事，除了《曙光报》，在中国出版的移民报纸、蒙古国的目击证人和参与者的笔记、温琴的审讯记录书、亚洲骑兵师总部的文件、苏联派到乌尔加的特工报告、锡拜逻枪杀数十名被诬陷为布尔什维克间谍后的幸存者报告中都没有提到。我仍然倾向于认为逃亡是存在的。大约十年前，当时居住在蒙古国的一个俄罗斯移民的孙女从加拿大给我写信，写的也是同样的内容。可我认为这是一个传说。现在我没有这样的把握。亚洲骑兵师开小差的事件被精心隐瞒，锡拜逻当然尽力不让这绝对可耻的事件泄露到他狭窄的亲信圈子以外。甚至温琴都可能不知情。

我很难相信被救的女子杀了救她的人。当时的哈尔滨报刊靠发布小道消息维持生计：被一份报纸宣布已经埋葬的一个人，在另一份报纸上复活，死人的幽灵在活人之中徘徊。但没有提到犯罪者或受害者的名字就表明《曙光报》的简讯不属于这一类。

我在想，作者可能是一名警官或警探，顾及侦讯利益吗？出于同样的原因，他可能对女凶手的情况避而不谈，譬如她是否成功逃跑，或被捕。可这一经不起仔细推敲的假设，无力解释是什么原因导致他隐瞒犯罪的方法和凶器。

枪、刀，还是毒药？

一字未提。

最简单的假设是这篇简讯中糅合了不同来源的两个口头故事：在一个故事里传闻属实，在另一个故事里传闻不属实。我很愿意相信，勇猛的军官成功地救了女孩，并且她没有杀他，但我的直觉认为，如果前者是真的，那么后者也是真的。

我思忖这对情侣的时间越长，就越对他们的姓名感到苦恼。我很想对这二位以某种方式称谓，而不再只是一个军官和一个犹太女人。我既不知道他们的名字，又不了解他们的履历，总之，从大量的虚虚实实的消息里一无所获，但我猜想他俩都非常年轻。这一点很确定，不亚于他的军衔和她的民族。

我试图想象这是个什么样的女孩，能让一个军官刚见到她就决定为她冒生命危险。他没有太多时间犹豫或怀疑，最多一两天。她怎么让他着了迷？美貌，是的，那么她的美貌是什么类型的？基于她后来有足够决心杀死她的丈夫这一事实，我认为她身材高挑、苗条，但不脆弱，长着犹太人特有的绿色或棕色的眼睛；如果是绿色的，那眼神神秘而充满诱惑，如果是棕色的，那眼神时而炽热充满激情，时而忧郁伤感。她应该没有其他的闪米特人的典型特征，否则军官不会被她迷得这么完全不计后果。也许，在从王爷的别墅到警备司大楼的路上，她即便吓得要死仍然有力气与他调情，希望取悦他，寄希望于他保护她的亲人。

她经历了父母、姐妹或兄弟之死，幸存下来，一定一直处在震惊之中。可她必须骑得住马。寒冷和被追的危险促使她清醒。他们互相依偎在一起，只能在篝火旁过夜。蒙古包他们是遇不到的：乌尔加郊外打仗期间蒙古人带着牛群和羊群远离首府宿营。

我不知道她用了多久接受救命恩人就是杀死她家人的凶手的事实，但在荒凉的冬季草原上她别无选择。他照顾她，供给她饮食，保护她免受寒冷，保证她睡眠，早一天晚一天反正他不再激起她的恐惧和厌恶。再后来，在满洲里，出于对他的感激，她受了洗并与他结了婚，但即便这样她也没想过用爱回报他，她可能痛苦地真诚地尝试过，说服自己这不是他的错，如果他拒绝执行锡拜逻的命令，那他本人会被杀死。她和他睡觉，这是他在赌上自己性命的这场游戏中唯一的收获。

他们在1921年2月下旬或3月初逃离乌尔加，而《曙光报》的简讯出现在1922年8月。他们两人在一起度过了一年半，对于年轻人来说这是很长一段时间。她仍然可能报复杀害她家人、阻止她与家人死在一起而绑架她的人，但她不能报复她的丈夫。她没有冷血到用一年多时间制定复仇计划，并等待合适时机来执行这个计划。还是我低估了她那犹太人的坚强意志、适应任何环境的天赋以及连续数月在冷静的外表下掩盖情绪烈度的本事？

或许，他厌倦了她的冷漠，开始背叛她？自尊心受到伤害，更使她把家人的流血和与家人的阴阳两隔看得比天还高。在不眠的夜晚，她看见亲人们血迹斑斑的身影，听见他们的声音，甚至在某天夜里她完成了他们的命令。

然后呢？

什么都没了。沉默。

军官即使不后悔救了她，是不是后悔娶了她？

她后悔了吗？

也许她在杀死他那一刻时意识模糊，那一刻过后，被狂热压制的感恩之情从她心底油然而生，她清醒过来，她知道他在临死一刻会说什么，如果他可以说话。

关于他们之间的关系可以猜个没完没了。我竭力迫使自己回到真实可感的现实，又读了一遍简讯，这一次和第一次读的时候感觉一样，不知道为什么我就是觉得这奇怪的简讯可信。

这则简讯满篇充斥着无人称短语，好像写的不是人而是自然现象。这给人的印象是，女子以及曾经在行刑队服役后被那女子行刑的军官，只不过是某种魔力的玩具，那魔力掌控着他们，并且比他们的私欲强大得多。确实，这与简讯作者的说法相矛盾，作者认为绝不是血性操控着那不幸的女人杀死了丈夫。简讯作者同情死去的丈夫，同时也明确表示，女罪犯没有引起他的谴责，反而引起了他的同情。即使对犹太商人办的自由派报纸《曙光报》而言，他的立场也激进得过分了。这个简讯的语气像律师在法庭上的演讲。

当然，有一种可能——报道人接到命令要紧急为这期报纸爆点猛料，他就杜撰了故事的结局，编造了一个类似于默片的音乐剧式的东西，或者相反，以冷峻的叙述突出事件的轰动效应。这份简讯好像不是投向报纸的专栏文章，而像是文学作品选集中的一篇。专职记者对待日常工作不会那么认真。用概括性的语句而不用具体的消息似乎在表明，这简讯不是出自驾轻就熟的专业人士，而是出自一个担心言多必失的菜鸟。

3

我在书里保留了《曙光报》的故事，同时声明它未必确凿无疑。书在秋天出版，到了春天我收到了记者巴托扎布·拉德纳耶夫从乌兰乌德发来的一封信。他写道，关于军官和他救起的犹太女人的命运，侨民尼古拉·戈姆博耶夫在他1965年于悉尼出版的小书《满洲猎人》中讲到了。这封信里附着这本薄薄的回忆录性质小册子的扫描件，还给了关于作者以及他非同寻常的血统的资料。

1839年，十二月党人尼古拉·贝斯图热夫在苦役后被转移到后贝加尔的新谢联金斯克。他在这里住了很多年，直到去世。他与布里亚特女人杜尔玛·萨彼拉耶娃一起生活，育有孩子，但从未与她举行婚礼。尼古拉·戈姆博耶夫是他的玄外孙。尼古拉·戈姆博耶夫的父亲是个汉学家，曾在外交部任职；他的母亲叶卡捷琳娜·格奥尔吉耶芙娜（娘家姓叶尔绍娃）毕业于高等医学专业。写《满洲猎人》的尼古拉·戈姆博耶夫是这家的小儿子（还有个大儿子）。他们住在圣彼得堡，但在1918年一家之主把妻子和孩子带到祖辈的家乡新谢联金斯克。一年后，一家之主去世了。叶卡捷琳娜·格奥尔吉耶芙娜没有等到红军到来，与她的儿子去了蒙古乌尔加，并在市医院做医生。在乌尔加的全部生活中，十岁的尼古拉·戈姆博耶夫非常清晰地记得，他和孩子们在图拉河抓鳟鱼，追逐那些啃食温琴攻破城后丢弃在大街上的中国士兵尸体的长毛蓬松蒙古黑狗。

1921年夏天,温琴男爵被彻底击败。第五军的远征军团和苏赫巴托尔的蒙古军队进入乌尔加。在这之前不久,叶卡捷琳娜·格奥尔吉耶芙娜三年来第三次搬了家。她搬家要么是害怕新政府,要么是被难民潮裹挟。在哈尔滨她长期奔波,没有工作。她还是幸运的,有人给她介绍了一个医生的工作岗位,在中东铁路西线的小站哈拉苏,大概位于哈尔滨与海拉尔中间。

叶卡捷琳娜·格奥尔吉耶芙娜和儿子们在1922年冬季或早春来到哈拉苏。夏末或初秋时这里搬来了一对新婚的俄罗斯年轻人——莫古托夫夫妇。丈夫名叫彼得,可他妻子的名字戈姆博耶夫不记得了。

多年后母亲才告诉她已成年的儿子,莫古托夫的真名叫卡普舍维奇,而他的妻子是他从死亡魔掌中抢出来的犹太女人。叶卡捷琳娜·格奥尔吉耶芙娜第一次见到这个犹太女人是在哈拉苏,但与(旧俄陆军)少尉彼得·卡普舍维奇,哈尔科夫大学的肄业本科生,相遇在乌尔加。内战的风暴把他从乌克兰带到了后贝加尔。他从那里跟随温琴来到蒙古。这个年轻人英语说得很好。但他在哪里学的英文以及叶卡捷琳娜·格奥尔吉耶芙娜如何了解到他的这些情况,都无从知晓。

卡普舍维奇可能在乌尔加找她看过病,而在哈拉苏可能是在大街上或车站遇到她。他认出了她,要求她为他的真实姓名保密。她答应了,保持沉默,一直到没必要再保密。假使当时他改名的原因已经公开,当时十二岁的戈姆博耶夫对此也不会有概念。

他是从他母亲那里听说老邻居的故事的,他母亲是从卡普舍维奇本人那里知道的。戈姆博耶夫讲述了以下情况:当躲藏在托格托霍王爷处的犹太人被抓捕时，温琴命令卡普舍维奇枪决他们。他向温琴男爵报告说命令已执行。但第二天温琴在乌尔加附近骑马游玩时注意到新尸体并数了数，发现尸体只有十个，但本应该有十一个。缺少的尸体属于他在检查活着的囚犯时记住的那个漂亮女孩。回到城里，男爵叫来卡普舍维奇要求他解释。他大声说："不可能，阁下！肯定是误会！我马上去查，向您汇报。"他骑马去了枪决现场。"从那时起，卡普舍维奇少尉就从男爵军队中消失了。"戈姆博耶夫结束了他简单的故事。

我立刻发现这里面有一系列解释不通的地方。但我把这些归结为任何口头故事都会有扭曲，经过多年从一个听众传递到另一个，被人记录下来已经是几十年以后了。

温琴下达屠杀犹太人的命令后，再也没关心他们的命运，没有与他们中的任何人说过话，也不会记得这个女孩。他独自骑马定期出行，但他的出游线路未必经过色尔必河畔堆放被处决者尸体的臭气熏天的城市垃圾场。他当然不会数这些尸体，更不会把尸体翻过来、依据面貌确定谁失踪了。有不少证据表明，他对一切肉体接触有病态反应。

处决在警备司令部的地下室进行。死者通常不是被枪打死的，而是被军刀砍死的，尸体用担架抬出去。在这种情况下，如果因为某种原因违反程序，让人指派卡普舍维奇一个人把一组十一个犯人带出城枪决，那是不可信的。他如果能成功地让女孩活下来，除非在场的他的下属或者某军官都假装没看见。可是请求在场的人高抬贵手是极其危险的，没人会答应，因为早晨锡拜逻就会知晓，然后卡普舍维奇本人就会被处决。

我不明白他如何从绞肉机中拖出意中人。但无论如何，为了救她，他不得不杀死她的亲人，而且她对此不可能不知情。不过，我几乎可以肯定，她的亲人没有死在她眼前。显然，卡普舍维奇已经想出了一个计策，使她避开死亡场景。否则，生理反应也不允许她和他在一起，更不用说嫁给他。从他委婉的、修饰过的言语中得知是一回事，亲眼看见则是另一回事。问题只在于，他是否事先告诉她打算救她，或者她是否曾不寄任何希望并准备赴死。

假如他俩在温琴与卡普舍维奇谈话后立刻从乌尔加消失，那么他们很快就会被抓住。显然，没有人抓住了失踪者，因为他把女孩藏在了城里的某个地方。为了逃走，要储备可更换的马匹、短毛皮大衣或棉袍、干肉和烤饼，否则他们二人在草原上会面临死亡的威胁。在乌尔加弄到所有这些东西且不引起怀疑，在当时并不容易。他们后来逃跑了，但在哈拉苏下火车之前住在哪里、做了什么，都是一团疑云。

卡普舍维奇有一些积蓄。他租了房子，买了狩猎装备，在原始森林里消失了很久。妻子持家。她结识了很多邻居。戈姆博耶夫还写道，所有人都喜欢她。卡普舍维奇不酗酒，夫妻俩生活和睦。

周围都是荒野，有森林与山脉，有密林深处孤零零的汉人的简陋房子和鄂温克人的游牧帐篷。车站旁的村庄里，男人在铁路上做工或以打猎为业，更常见的是两种工作兼做。他们打野鸡野鸭，猎野猪，捕黄鼬，设陷阱套狐狸和狼。最有利可图的被认为是猎麋鹿，汉人买家慷慨购买头一个夏季割下的嫩鹿角。鹿茸被用来制药。偶尔有人设法追踪并打到一只老虎，那么这个诸神宠儿的荣耀就会传遍整个西线——从齐齐哈尔到海拉尔。

莫古托夫夫妇定居哈拉苏将近一年后，那里失踪了一位老猎人。大家开始找寻他。卡普舍维奇和其他男人一起参加了搜寻。可当他从森林回到家中时，发现他的妻子已死。她自杀了，服了毒士的宁。卡普舍维奇曾把这种烈性毒药塞在捕狼夹子的诱饵里。

这种死状很可怕。人脸扭曲变形，身体抽搐拱起、变硬僵直，只靠头部和脚后跟支撑。

卡普舍维奇看到的妻子一定是这样子：就像一名被引导进入昏迷状态，躺在两把椅子的靠背上，参与表演催眠治疗实验的女观众，只不过她没了呼吸，双眼突出。

当克林根伯格医生用那种毒药毒死犹太女人时，她在乌尔加已逃脱的命运在这里降临到她。

这个女人的名字仍然是个谜。她可能有两个名字：一个俄罗斯名字，对丈夫和邻居用，一个与这谐音的犹太名字，对死去的父母、姐妹和兄弟用。

"她安静而温柔，"关于这个女人戈姆博耶夫记得很清楚，他写道，"温顺。"

4

她死在盛夏时节，"鹿角季节"，就如戈姆博耶夫所称的狩猎马鹿季节。葬礼后，一位当地猎人从原始森林回来了。当他得知老猎人失踪后，就说，一个星期前他在山上遇到了老猎人，他背着装有鹿角的篓子，而在距离这个地方不远处他看到了卡普舍维奇。人们怀疑卡普舍维奇因为鹿角杀了人。虽然没有证据且他本人否认了一切，猎人们也没有联系警察，但建议他离开哈拉苏，如果他不想如同那位老猎人失踪在原始森林，就从此永远不要在这里出现。

卡普舍维奇在乌克兰长大，对原始森林不熟悉，只习惯用枪杀人。他没能成为一名好猎人，可是钱用完了，生活没有了着落。他们所有的家产就是一支枪和一些鹿角。他害怕出售从老人那里抢来的鹿角。他甚至没有足够的钱买一张离开哈拉苏的火车票。所以，那时被调往中东铁路东线横道河子站的一位路长，就带着卡普舍维奇，上了分配给他运送家用物品和牲畜的车厢。

卡普舍维奇定居在横道河子，再婚。可一两年后，一名当地猎人被发现死在森林里，怀疑再次落到卡普舍维奇身上。搜查他家时，发现了一个装有鹿角的篓子。受害人的遗孀确认了这篓子。根据戈姆博耶夫的说法，凶手"遭到了应得的惩罚"。他当时应该被判至少服十年苦役，而据俄罗斯人说，齐齐哈尔的中国苦役犯监狱，完全是中世纪的体制和惯例，那里比死亡更可怕。最有可能，卡普舍维奇走不出监狱。

一个人变成刽子手不总是偶然的。有的人天生更适合这职业。卡普舍维奇就是其中之一。他的妻子了解他的一切，但仍然希望这成为过去。当他在哈拉苏给她带回鹿角时，她不再抱希望。她马上猜到了鹿角的来源，或者他向她坦白了一切。她家人的影子就如先前一样在她面前浮起，她宁愿与家人在一起。

但不管这个人是什么样的，对我来说，他就是一个不顾性命的少尉。他冒着生命危险去救一个从未谋面的安静而温柔的女孩。她既没有诱人的眼睛和美好的身材，也没有如火的热情和狐媚娇态。现在我确切地知道，她在乌尔加并没有触发他任何狂热激情，他只是可怜她。有时怜悯比激情更能够激励人。

他们的故事比我想象的更普通、更可怕，但留下了一个盲点：《曙光报》上的简讯。现在这简讯对我来说似乎比一年前还更奇怪。

我突然意识到，这篇简讯发表的时间是1922年8月，恰逢当时叶卡捷琳娜·格奥尔吉耶芙娜在哈拉苏的街道上或站台上遇到了老熟人。她的儿子没有写卡普舍维奇夫妇来自哪里，或他们以前住在哪里。但是一个受过大学教育的年轻人，即使没有完成学业，却具有在俄罗斯难民中很少见的英语知识，有很好的机会在银行或有名望的贸易公司找到工作，最初不见得打算靠猎取野猪和狐狸谋生。确定无疑，他和他的女同伴从蒙古国动身去了中国的哈尔滨。

一年半后，卡普列维奇用莫古托夫的姓出现在哈拉苏，但用了真名——彼得。他的妻子可能在众人面前一时失口，习惯地称呼了他的真名真姓。合乎逻辑的假设是，这导致他离开哈尔滨，改用他姓，变身为一个猎人。这不是从文明社会到大自然怀抱的浪漫私奔，也不是办公室职员奔向自由的冲动，而是迫不得已，因为就职时会检查他那显然有瑕疵的证件，然后就会调查他的履历，就会发现并不存在什么莫古托夫。

我想了想，推翻了凶杀案。假如他杀了人，他的妻子就会知道，不知道是不可能的，那么她就可能不会自杀，但她不会和他一起去任何地方。哈尔滨是大城市，可以找到工作、租到房子。在这里，即使和丈夫在一起，她在内心深处也可能如同少女般梦想着什么时候有人带走她、欣赏她，给她另一个不同的命运，一个她配得上她的痛苦的更好的命运。这之后又过了一年，在群山和森林环绕的偏远站点，没有盼望和金钱，在她看来，死亡似乎是唯一的出路。

还有另一个证据：假使卡普舍维奇身背血债或其他严重犯罪，他也可以远离中东铁路线。这是一个有相对秩序的区域，即使他用了假名，铁路警察也会在这里抓住他。作假、盗用公款、欠债更有可能，因为卡普舍维奇曾在一家公司上班。但我立刻意识到，犯罪根本不可能发生，或者更确切地说，他不可能在哈尔滨犯罪，他怕的不是警察。我知道一个案子，锡拜逻手下当时有个刽子手，已经在满洲被一个在乌尔加处决的高尔察克军官的兄弟枪杀。也许卡普舍维奇担心那样的命运？

无论哪种方式，脑子里都会自然出现一个想法，是他自己写了这篇简讯，目的在于让别人相信他已经死了。但报纸页面的副本就放在我面前，我突然看见，穿过印刷铅字出现了一个女人的笔迹。

我想象得出，夫妇俩晚上坐在自家住宅的桌子旁。晚饭结束了，喝了茶。他说："去年春天你曾想杀死我，请你这就写出当时的感受。"

反对是没有意义的。他了解她的一切，就像她了解他。可她想逃避这项任务。

"为什么是我写？"她问道，"为什么不是你？"

"你会做得更好。"他回答。

她叹了口气，将钢笔尖在墨水瓶里蘸了一下，俯身在一张纸上。卡普舍维奇提醒她，无论是他们的名字和住址，还是杀人的日期和方法，都没必要提及，以免引起警方的注意。任何该读到这个的人，都能明白说的是谁。

她用第三人称写自己。像许多女人味十足、讨人喜爱的邻家姑娘一样，笔迹很大，一张纸不够写。

笔速很快，没有必要思考。她记得逃出乌尔加后头几个月所经历的一切，永远不会忘记任何一点。

"记忆，无人可以分享，也无法摆脱。"她描述了一年半之前的感受，我读到这些几乎是在一百年后，但我一下就明白过来，是谁的手写下这些见诸报端的文字，"感恩在变成仇恨，如同葡萄酒变成醋；孤独，一个年轻女子、昨日的高中生，因对生活软弱无力，被绑在一个人身上，虽然是所爱的男人，但他已经在战争中变得粗鲁，认为她只是一个危险游戏的奖品，是对他勇猛表现的奖励，既不能够为过去懊悔也不能理解身旁痛苦的心灵，就是在这种孤独心态下她杀死了自己的救命恩人。"

"很好，"卡普舍维奇读完后，夸赞说，"这正是所要的。"

他把她的作品装在一个信封里封上，第二天早晨到邮局，没有署名，没有写回信地址，寄到《曙光报》编辑部。那里很乐意发表这样的短文，而这预设所针对的那个人——复仇者或被骗的生意人，就像城里的许多人一样，非常了解卡普舍维奇夫妻的故事。

他会相信他已经死了吗？

可能性很小。但费事不多，为什么不试试呢？

就在那一天，他们带着少得可怜的家什物品坐上出租马车，去火车站。买了前往哈拉苏的票，坐上火车。新的生活就在前方。卡普舍维奇打起精神,规划蓝图。她看着窗外,那里有一片森林和丘陵。

到现在我才意识到,不仅他爱她,她也爱他。对他来说,救下这个女孩,成了他为自己日薄的生命做无罪辩护的主要理由。只有和她在一起,他才觉得自己像个人。她却与他换了角色:她可怜他,就像他曾经可怜她一样。她变得像女性般依恋他,原谅了他所做的一切。然而,他们都试图忘记的那些东西,总是与他们同在,横在他们之间,也摆在他们面前。

如今他们正在火车上。窗外的天空在变暗,夜晚的边缘处变得蓝黑。乳白色的月亮周围光芒柔和。他们不知道,如果长时间盯着它,它就会变成一颗珍珠,而珍珠就会变成慈悲女神。这时别无选择,只能辨别慈悲女神眼上的福泪,并向她呼求帮助。

我关掉电脑,走到窗前。又到五月初,晴朗而寒冷。我从房子之间的缝隙看到,树上的叶子还没有长开。已经在这个窗台住惯的观音后面,她那两个锈迹斑斑、相互交错的月牙形光环的后面,是铺着同样的光的屋顶。屋顶上方,有白夜的上界之光。

问 米

| 葛 亮

> 可怜夜半虚前席,不问苍生问鬼神。
>
> ——题记

这是我最后一次见到阿让。

是的,我需要解释一下,我如何与他相识。

这涉及我的工作性质。怎么说呢,我是一个摄影师。当然,这是我的副业。我没有兴趣说我还有一份正式的工作,因为无可圈点。可以叫作公务员。但其实,只是在殡仪馆里做一些迎来送往的事情。送生也送死。

所以,我会重视这份副业。它让我觉得自己有用和高尚一些。当然别人未必这么看。毕竟,我是个很容易自尊心膨胀的人。

问题在于,摄影师也并不完全是个理想的职业。因为业务范畴广泛,我替人拍过结婚的 video、拍过宠物,也偶尔为了紧巴的日子,跟踪过一两个明星,拍过他们的闺中秘事。但我要说明的是,我是个将兴趣和事业处理得壁垒分明的人。不要以为我没有原则。

因为我的原则，我才会和老凯相识。或者说，我才愿意搭理他。

老凯的丈母娘死掉了，在我们的殡仪馆火化。

那天的丧礼，租用了我们最大的一个厅，极尽奢华。排场摆得很足，包括全程录像。我对这一点很不解，毕竟不是什么伟人的遗体告别仪式。录像的意义，除了让亲友在痛定之后再思痛之外，难说还有什么历史价值。照片上的老太太十分老，眉目并不舒展。不是颐养天年后的寿终正寝，听说是胃穿孔死掉的。这就让整个事情变得勉强。前来吊唁的来宾。他们在礼堂外面，已经等得有些不耐烦。一个大肚子的男人正在打电话给股票经纪人，面部表情丰富。他身旁的女人掏出化妆棉，将嘴上紫黑色的唇膏一点点擦掉。擦了一半，又不甘心地抿一下嘴。更多的人，是百无聊赖的样子。

的确，即使从专业的角度，我也觉得准备的时间过于漫长。依客户的要求，将雏菊、康乃馨、天竺葵、菖蒲和薰衣草一层层摆成俄罗斯套娃一般的心形，确实需要时间。何况这个方案，是在追悼会开始前两个小时才告诉我们。而那两只棉纸扎成的仙鹤，在前一天晚上受了潮，怎么都摆不出雄赳赳、气昂昂的派头，也实在叫人郁闷。在所有人都忙得如火如荼的时候，只有一个哥们儿，叼着烟扛着摄影机走来走去。

我说："哥你差不离行了，这么走我眼晕。"

他轻蔑地看我一眼，说："什么叫差不离，没个合适的机位，拍出来效果不好你担当得起？"

我就闭嘴了。他是客户从电视台请来的摄像，以掌镜一档大型相亲类节目而闻名,所以拍活人还是蛮有经验的。

他突然一拍我肩膀,说:"小伙子,人生没有 NG。"

这可吓了我一跳,这么有哲理的话,搁我们这儿就让人起鸡皮疙瘩。我干笑着走开了。

这又忙了一阵儿,我正训一个刚来的小姑娘把"音容宛在"的联给贴倒了。

老李过来慌慌张张地说:"那哥们不行了!"

我说:"谁?"

老李一指:"摄像。"

我一看,哥们脸煞白,捂着肚子,豆大的汗珠可劲儿淌。我走过去,问他怎么了。

他看我一眼,嘴唇直发抖,说:"早上喝了碗豆汁儿,刚跑了三趟厕所。得,又要蹿了。"

看他那熊样,我心想这还真是英雄气短。我说:"赶紧的,回家歇着去吧。"

他为难地说:"那这个怎么办?"

我说:"不拍了呗。"

他说:"那不成,订金都收了。"说完脸色一阵发青。

旁边老李就说:"马达,你不是摄影挺能耐的吗?帮帮这哥们儿。"

我说:"李叔,我哪敢来班门弄斧。"

哥们儿眼亮一亮,说:"那谁,你摇镜特写什么的,都会吧?"

我冷笑一下,心想,什么时候了还跟我这儿臭显摆。就说:"不会。"转身就走。

"唉……"他痛苦地抬抬手,说,"得,就你了。"

要说人在这镜头底下,都挺能装。该肃穆的时候格外肃穆,号得也一个比一个带劲儿。孝子贤孙们赛着哭天抢地,生怕日后翻了带子出来,被人咂味说不孝而遗臭万年。晚上,我一边看录像一边想,到这时候真都是影帝影后哦。这时一中年男子经过,突然抬起脸,歪过脑袋看一眼镜头,笑了。他这一笑,可把我吓得不轻。等回过神来,赶紧倒带子再看一遍。还真笑了,笑得亲切和蔼。这大半夜的,我心里"咯噔"一下。我觉得,他这笑,是笑给我看的。

一周后的中午,我正在办公室打盹,接到一个电话。是个很沉稳的男声。

他说:"小伙儿,听你们领导说,老太太那录像是你拍的?"
我说:"嗯,您哪位?"
他说:"我是老太太的女婿。"
我说:"哦,我就是一代班跑龙套的,拍得不好您见谅。"
他说:"不,你拍得很好。构图,氛围的感觉,都把握得很棒。"

我心想,好嘛,还构图,机位基本就没动过。
我说:"有事您说吧。"
他说:"我想找你合作个项目,你有兴趣吗?"
我想一想,说:"哦,您细说说吧。"
就这么着,我见到了老凯。当我见到这中年人,一眼认出他是在镜头里微笑的男人。我当时有了不祥的预感。他冲我亲切地笑了,笑容与镜头里一样,然后对我伸出了手。我和他握了手,他的手心是湿热温暖的。

"我是个风水师。"他说,"我找你呢,是想拍一个通灵人物的纪录片。"

我一听,想都没想就摆摆手。

我说:"这些怪力乱神的东西,我没兴趣。我是国家公务员,坚定的唯物主义者。从专业的角度来说,死者为大。走都走了,何苦接回来再折腾一程。"

他不恼,笑得更亲切了。

他说:"你这么说,还是对鬼魂不够了解。鬼魂是什么?从科学的角度说,鬼魂实际是某种磁场。你得承认磁场是唯物的东西吧?"

我不置可否。

他继续说:"这种磁场是有记忆的,人在生时附于身体。可人要是器官衰坏或者虚弱衰老,产生不了足够的能量。这种磁场就会慢慢离开人体。所以人死以后,灵魂就成为一种脱离肉身的单独的能量体。根据能量守恒定律,这个磁场暂时不会消亡。鬼魂就开始游荡,这就是所谓孤魂野鬼。"

我打断他说:"您说得是挺科学,可是听起来还是瘆得慌。您到底想要我干什么吧。"

他说:"你听我说完。这些鬼魂在游荡的过程中,遇到与自己属性相当、磁场接近的身体,就会被接收。这就是所谓的鬼魂附体。而通灵师,就是能够调整自身磁场,与鬼魂相近的人。鬼魂有自己的磁场记忆系统,就好比磁带上的信息可以以电磁波的方式，反映于被接受者的大脑。这时候，通灵师就像一道桥梁，可以将亡者生前的记忆显现出来。他的喜怒哀乐、他想做的事情、他最惯常的思维方式，都会作用于通灵人的大脑。所以，所谓死者和生者的对话，就是这么来的。我听说最近，在东南亚的丧葬业，兴起了一种仪式。有很多的通灵师都在那儿工作，帮助死者亲友了解遗愿。我想过去拍一拍。子丑寅卯，看了才知道究竟。"

我咽了一下口水，莫名有了一些兴奋。但我还是很矜持地说："不会有什么危险吧？"

老凯哈哈一笑，说："大不了灵魂附体。你这么壮，对相异磁场排斥力很大，估计没人敢附。谁要真的敢玩儿你，我们就把他的银行密码套出来。"

我也笑。我说："您要真这么能耐，就该把你丈母娘的密码都套出来。"

老凯不屑地说："她那点遗产，早就给几个小舅子刮干净了。要说那天办白事，我还贴了不少钱呢。"

我们就一起大笑起来。在这笑声里，基本上这事就算成交了。

我们到越南那天，不怎么顺利。在河内机场，突然停电了。我长这么大，还是头回遇上机场停电这种鸟事，也算是开了眼。一片乌漆墨黑中，有个男人用娘娘腔式的英文说："所有过关手续一律暂停，直到电力系统恢复。"

在黑暗中，我皱一皱眉头，说："见鬼。"

我听见身后老凯用很干的声音说："说不定真是鬼闹的。"

我心里一阵发凉。我说:"你别三句不离本行。"

老凯说:"鬼魂集中的地方,电磁波太强大。以前在美国的爱达荷州,有一个牛奶厂经常停电。后来发现那地方以前发生过爆炸,死了很多人。再后来,他们就引入高压电。整整电了两个小时,那个厂才从此消停了。我听说河内机场,以前死过不少越共。"

我说:"行了,别说了。"

这时候,电来了。一片大亮。

河内连着几天都阴雨连绵,还剑湖上一片雾气。

我问老凯:"什么时候开始工作?"

老凯说:"不急。"

我笑一下,你不急我也不急。有吃有住,我就当来度假。

我自己一个人去城里逛。逛到傍晚,坐在路边的小摊,吃了一碗牛肉粉,又要了一个法包。法包味道还不错,价廉物美。谁说殖民主义全都是坏东西?法国不殖民,我一老百姓,到哪儿吃这么便宜的法包去。吃完接着逛,从同春市场一直逛到三十六行。我又买了许多蜜饯,边走边嚼。三十六行很有意思,同业扎堆。炊具、雨伞、布料全都摆在一块。有一整条街,全是卖锦旗的,好一派社会主义的美景。

我走入一条内街,都在卖些民族风味的服装。我知道越南人多是京族。他们的衣服女人穿上倒真是长身玉立,可就是颜色太素了些。经过一家门面小些的店铺,外面倒挂着几件颜色很鲜亮的衣服。我走进去,里面坐着个很老的老太太。老太太看见我,也没有招呼,只是不停地嚼着槟榔。我翻了几件衣服,看上了一件宝蓝色的缎子长衫。就问那老太太多少钱。那老太太看我一眼，半躬起身子，开始讲我不懂的话。她的嘴巴一开一合，里面是被槟榔染黑的牙齿。我心里一阵恶心，但还是微笑地用英文问了她一遍。老太太茫然地看我一下，突然用手挡住了我，说："No！"

我搁下衣服，抬脚就走。有生意不做，有病！这时候，进来一个年轻姑娘，穿着小背心和热裤。老太太一把拉住她，叽里咕噜地说半天，同时指指我。那女孩用异样的眼光打量我，拿磕巴的中文问："你要买给谁？"

我想都不想："买给我媳妇儿。"

她眼睛瞪大了，反问我："媳妇儿？"

我估摸着越南人不懂这个，一想媳妇儿也没过门儿，就只好嬉皮笑脸地照实说："给我女朋友，girl friend，OK？"

女孩脸色露出吃惊的表情："你女朋友死了吗？你怎么还笑得出？"

我顿时就怒了，我心想我与你无冤无仇，你咒谁呢。可是我看见她一本正经的脸色，突然觉得有蹊跷。

我问她说："你这什么意思。"

女孩说："我奶奶说你进来半天了，你到底要干什么？一个寿衣店，值当这么逛吗？"

我一听，吓得一颤，连滚带爬地跑出来。

我回身对这女孩喊："你们越南人有病啊，给死人穿的衣服做得比给活人的还好看！"

我一路小跑地从内街里跑出来，心里不停说着"呸呸呸"。

253

这时候天色一沉，毛毛雨突然大了起来。我没带伞，赶紧跑到一个怪模怪样的亭子里去。可还是淋湿了，我使劲儿打了一个喷嚏。这时候"全球通"响起来了，是老凯的声音，急急忙忙的。老凯说："哪儿去了你？我到处找。快回来收拾家伙，干活了。"

赶不及换衣服，湿漉漉地跟他上了车。到了云寿殡仪馆，冷得浑身发抖。我们到了门口，却不让停。一直等一架加长的凯迪拉克缓缓地开出来。听见老凯的小助理说："妈的灵车搞那么大有什么意思，睡全家啊？"

老凯说："小小年纪看不得人好。到哪儿也有先富起来的人。"

我透过车窗望过去，其实这个排场与殡仪馆的破落实在是不搭调。说起来也是政府机构，看着好久没整修过了。不大的门脸上，有个老大的牌匾，上面的字都脱落了，有年头儿了。墙上还画了一幅像，也斑斑驳驳的，好像是个梳着大背头的长胡子老头。

我说："这是谁啊？长得这么喜庆。"

老凯也睐了一眼，说："嗨，胡志明啊！你们80后就是无知。"

我们穿过一条甬道，头顶的日光灯管嗞嗞地响，一闪一闪的。一群人走过来，哭哭啼啼的。打头的是个小姑娘，倒是很镇定。她手里捧着个黑色的骨灰盒子，经过我的时候，嘴里嘟囔了一句。

我问翻译："她刚才说什么呢？"

翻译说:"别管她。"

殡仪馆的负责人是个秃顶的中年人,佛山籍广东佬。他看见我们,迎了过来。老凯对助理使了个眼色。

助理走过去,把一个信封塞到他手里,说:"小意思。"

他立刻喜笑颜开,对我们说:"今天你们好彩,通灵师是个华人。不过等会'问米'的时候,他还是会说越南话。主要还是方便沟通,方便沟通。"

老凯也笑,说:"没事,我们带翻译了。"

到了灵堂,看见家属已经三三两两地坐下了。前排是个穿一身孝服的年轻女人。旁边是个小男孩,孝帽太大遮住了眼睛,咿咿呀呀地叫起来。女人替他把帽子戴好,轻声地呵斥了一声。她抬起头,看见我们正架好机位。细长的眼睛瞟了我们一眼,对后面一个年轻男人耳语。男人站起来,立即是凶神恶煞的样子,架着膀子走到我面前,狠狠地说了句什么。

翻译对我说:"他说不许拍。"

老凯赶紧走过来,又将一个大信封塞到那男的手里。男的掂一掂,没言语,转身走了。

老凯叹一口气,说:"幸好有备而来。"

这时就看见杵工推着死者的尸体走出来。女人看见了,先呜呜地哭两声,就号起来了。身旁的亲友劝慰了老半天,总算平息下去。我琢磨,这死的大概是她老公。

桌上摆的供,琳琅满目。挤挤挨挨间,是一个年轻男人的遗像,看起来严肃得很。我心想,大概不是善终。旁边的翻译就说，这是个出车祸的。才结婚两年。

　　这时候，走出来一个一身长袍的男人。旁边人告诉我他就是通灵师。虽然我有心理准备，还是有些吃惊。他似乎过于年轻了。三十出头的样子，眉目清朗。那个方形的帽子本是滑稽的，但他戴着，就成了京剧里的纶巾小生。他举起了一把宝剑，稳稳地放在桌上。

　　旁边的小助理说："呦，来了个令狐冲。"

　　只见他坐下，喝了一口水，喷在面前的黄草纸上，开始念念有词。一唱三叹，倒是好听得很。

　　我问翻译："他在说什么。"

　　翻译静静地听了一会儿说："我也不懂，大概是请各方神圣来帮忙的吧。"

　　我给了他一个特写。突然，就看见他脸上抽搐了一下，一下子趴在了神案上。不一会儿，抬起了头，仍然闭着眼睛，人却坐正了。前排的女人目不转睛地看着他，突然大叫起来。

　　旁边的翻译说："她叫老公的名字呢，老公叫有龙。"

　　通灵师开始左右摇晃身体，嘴里喃喃说着话，好像在寻找什么东西。翻译说："上身了，问自己在哪儿呢。"

　　女人开始哭泣。

　　通灵师突然浑身战栗，声音变得急迫起来。翻译说："哎呀，颠来覆去地说自己真冷啊，真饿啊，这是在哪儿啊？"

　　女人说："夫啊，你回来了？你怎么抛下了我一个呢？还有我们的儿子，他才刚刚会叫爹呢。"

　　女人说完又开始大哭，问他男人在地下好不好啊。通灵师闭着眼睛对着她的方向，突然也发出了哭声。我不得不说，作为一个男人，他哭得极为动听。这哭声内容丰富，里面有不舍、爱怜和悔恨。

女人上气不接下气地说："你给我们儿子取个名字吧。"

通灵师停止了哭声，拿出一张报纸，用手摩挲。然后用蘸了墨水的毛笔，哆哆嗦嗦地在报纸上画了两个红圈，然后将报纸掷向女人。女人的亲友赶紧捡起来。我努力看了一眼，也没看见他勾了个啥。

人们开始窃窃私语。然后女人又开始哭。翻译听了听，说："这是个什么名字，叫'多盒'。我看他是圈到广告上去了。"

女人突然站起来，高声叫喊起来。翻译在旁边急急地说："你这算怎么回事？你到死做事都这么吊儿郎当，给儿子起这么个坑爹的名字！"

我看了翻译一眼说："你甭跟这儿用网络语言啊。"

翻译说："别打断我，我怕你不明白。"

然后女人又开始哭，说："你现在抛下我一个，自己去快活了。活着整天不着家，在外面赌赌赌。我生孩子，你都不在我跟前。你把我们家都败光了，现在让我一个人怎么活下去？我们开的店，还有一年的政府贷款没有还。工人的工资也没有钱发。你让我一个人怎么活下去啊？呜呜呜……"

通灵师一言不发，听任女人的指责。面目十分宁静。但是，我看见显示屏里，他的脸色渐渐泛起微红。突然，他头一抬，开了口。

这一开口，刚才还七嘴八舌的人们，突然都安静下来。我看见翻译瞠目结舌，赶紧问："他说什么啊？"

翻译回过神来，挨近了我说："有戏看了。他刚才说，'我在外头赌，你就在家里偷汉子吗？'"

我也愣了。这他妈是好莱坞还是重口味韩剧啊？

女人愣愣地看着通灵师，开始大哭。然后看阵势，是骂上了街。通灵师也不说话。偶尔讲一句，那女人就边号边骂。

我问翻译："他们说啥呢？你给翻翻呀。"

翻译眼睛瞪得溜圆，说："来不及翻，信息量太大了。"

忽然，我看见通灵师的脸赤红，五官扭曲，变得狰狞。他"呼啦"一下站起来，跳过神案，身手非常敏捷。然后一把抱住女人，掐住了她的脖子。

旁人都看呆了，竟没有一个去拉一把。在挣扎间，通灵师揪掉女人一绺头发，一个箭步跑到尸体跟前，撬开尸体的嘴巴，要将头发塞进去。

老凯看见，说："坏了，他要带她走。"赶紧和当地的一个风水师傅走过去，合力按住了通灵师，然后将头发从尸体嘴里面抠出来。老凯拿起一张神符，口中念念有词，"啪"的一下贴到通灵师的额头上，说："尘归尘，土归土。走！"

通灵师颤抖了一下，躺在了地上。过了一会儿，慢慢地睁开眼睛。面目如之前一般平和，神态澄明。

通灵师站起来，与女人与亲友致意。女人惊魂未定，一把推开了他。小男孩号啕大哭。其他人也都有些闪躲。他无辜地看众人一眼。只有旁边的一个中年男子和他握了握手，大概说"你辛苦了"之类的话。

老凯擦一把额头的汗，长舒一口气，说："没想到，到这儿来救了个急。业务还算熟练。"

我张了张嘴,到底没问出来:这老京腔的念诀,越南的鬼是怎么听懂的?

收拾东西的时候,通灵师走过来,认真地看了看我的摄像机。他对我笑一笑,笑得有些疲惫。

晚上我们在一个叫 Little Hanoi 的小餐厅吃饭。老凯叫了殡仪馆的老金和通灵师。通灵师叫阿让,这时候换了身简单的T恤衫、牛仔裤,和个普通的年轻人没两样。老凯和老金觥筹交错,简直是他乡遇故知。我和他们敷衍着,看阿让在旁边,一个人默默地喝酒。

我就说:"帅哥,碰一个啊。"

他就将酒杯举起来,和我碰一下,一饮而尽。

我说:"好酒量。"

他笑一笑。

我问他:"你做这行多久了。"

他说:"三年。"

然后就又没话了。

我说:"听你口音,是南方人啊。"

他说:"浙江镇海人。"

我说:"浙江可是个好地方。怎么想到这里来了?"

他说:"讨生活。"

我心想,刚才那情形,真看不出是个惜字如金的人。

这时候,服务生端了几碗热气腾腾的牛肉汤河上来。

老金说:"趁热吃,这几天雨多,去去寒湿。"

雾气缭绕间,阿让抬起了脸。他看着我说,我觉得,你不相信我。

我正在挤一片青柠檬,手一抖偏了,溅进了眼睛里。一阵酸疼。

老凯也愣了一下,然后立即打着哈哈说:"他怎么敢不相信你。他就是我一打工的。我信你就成,我们还要跟拍你呢。"

阿让摇一摇头,说:"信不信,眼神里有。"

老凯说:"他哪有什么眼神。你看他眼睛都睁不开了。"

我使劲揉一揉眼睛,说:"你们通灵师,是不是都有忌讳?比如'莫问前事'……"

阿让没等我说完,他说:"你的工作,也是常和死人打交道的吧。"

他的声音很轻,但是清晰。我们都停下了筷子,看着他。他却埋下头,开始吃面前的汤河,一边把牛肉拣了出来。

第二天,我们去了旧城东川市场附近的一个道观。这道观比不得镇武观气派,很小,也破落。但是有名,据说在这求三清灵验得很。每星期阿让有一天在这里"问米"。这儿,会比在殡仪馆收得贵些。因为问的不是新鬼,都是去世很久的了。有些已经快要魄散了。用老凯的话来说,"磁场很弱"。所以要通灵师用大的力气来招魂,是很伤元气的。

这天来问的,是一对华人中年夫妇。他们上初中的儿子,一年前因为考试没考好,从楼顶跳下来自杀了。夫妻俩就这一个儿子,女人又不能再生了。这个年纪丧子,又香火无继,是很痛苦的事儿。夫妇俩就想着有个寄托。亲戚介绍了一个新丧的女孩。做爹娘的就琢磨给儿子办个冥婚,也好在地下有个伴儿。"八字"什么的都看过了,可到底还想听听儿子自个儿的意思。

阿让坐在神案前,脸色肃穆。袍子比昨天的颜色鲜亮,头上戴了一个假发髻。脸颊上印了两块胭脂,模样有点儿怪异。

夫妇两个看上去都斯斯文文的。男的头发已经花白了。女人的眼睛有些空,直勾勾地盯着阿让。

阿让点起一炷香,口中念念,然后慢慢地垂下头去。

许久后,他的身体开始微微颤抖,突然好像打了一个寒战,抬起头来。眼睛紧闭,似乎承受着巨大的痛苦。

女人失神地看着他,轻轻问:"儿子,是你吗?"

阿让的嘴唇翕动了一下,说,阿妈。

这声音很平静,有些单薄,听得出几分稚气。

做母亲的用手帕捂住了嘴巴,隐忍着发出了嘤嘤的哭声。父亲用手抚弄着她的肩膀,说:"阿祥,爸妈想你啊。"

"傻孩子,你怎么这么糊涂啊?爸那天话说得重,都是为了你啊。你这是要让你爸后悔一辈子呀!"他说完这句话,也泣不成声。

母亲一把推开他,擤了一下鼻涕,说:"儿,你走以后,我一直把房间给你留着,里面什么都没有动。你几时回来都行,爸妈给你留着门。"

阿让的声音也变成了哭腔,他说:"阿妈,我也想家。可我不认识回去的路啊。你烧几样东西给我可好?"

母亲赶紧说:"祥仔你说,烧什么,爸妈什么都烧给你。"

阿让停一停说:"你把萧亚轩的那张CD烧给我吧。"

母亲有些茫然，说："萧亚轩？"

阿让说："在书架第三层，就是放我马克杯的那一层，有一摞 CD。"

母亲说："好好，你还要什么？"

阿让说："把立柜上的模型也烧给我吧。"

母亲想一想，问："是那个有桅杆的吗？"

阿让说："不是，是那只苏联的航空母舰。我拿它参加市里的竞赛得过奖的。"

阿让的声音变得有些活泼了，好像一个在世的少年人，在回忆往事。我听了心里不是滋味了。

母亲又哭起来了。父亲捏住了她的手，说："阿祥，你在地下孤不孤单？爸妈想帮你娶个老婆，成个家，好吗？姑娘很漂亮，人也不错，比你大两岁。"

阿让沉默了，许久没有说话。突然开了口，说："不，我只要小意。"

我看到夫妇两个都止住了哭声。做父亲的，脸色阴沉下来了。

他说："小意？你被这个小意害得还不够吗。你知道爸妈在你身上，寄托了多大的希望。为了那个女人，你爷爷什么家产都没留给我们。爸妈攒吃攒喝，是为了你将来上哈佛大学、耶鲁大学，出人头地。你扔下爸妈一死了之，倒还惦记这个人？"

父亲的声音，越来越粗重。母亲抱住他，说："你够了。别吓着孩子了。"

阿让又半晌没说话。

母亲说："祥仔，你现在要如何，爸妈都答应你。可是，小意是生者。阴阳两隔,你总不能等她一辈子。爸妈是怕你在地下没有人照应。你成了家,我们也就放心了,好不好?"

阿让抬起头,点了三点。

母亲看了,欣喜地执起父亲的手,说,好孩子,好孩子。将来我们老两口百年,咱们四口团聚,也算有个囫囵家了。

这样说完,却又哭了。我推了一个近景,看见她脸上的妆都花了。哭了又笑,笑了又哭。

阿让身体又颤抖了一下,轻轻地说:"阿妈,别哭了。你身体不好,别再哭了,伤身。阿爸,儿子对不起你们,不能尽孝了。你帮我好好照顾阿妈。要听王医师的,血压高,降压药还是吃英国的那种,不要只想着省钱。阿妈,儿子要走了。"

母亲听到这里,大喊一声:"儿啊!"叫得撕心裂肺,然后昏死在椅子上。

这时候,阿让慢慢地趴下了。

待他抬起头来,那父亲已经走到跟前,老泪纵横,说:"年轻人,谢谢你。我们家祥仔,一点儿都没变。若不是受人引诱行错路,现在还是个乖孩子。"他拿出一沓钱,点出许多张放在阿让手里。想一想,索性将一沓都塞给了他。

做母亲的,这时也渐渐苏醒过来了。她支撑着自己的身体,站起来,一把抱住阿让,抱得紧紧的。手在他脸上、身上摸索。眼神中的留恋,让我们这些在场的人,鼻子都发了酸。旁边的小助理,已经哭得稀里哗啦了。

晚上吃饭的时候,大家都喝得醉醺醺的。我端了一杯酒到阿让面前。

我说："兄弟，今天我是信了。一个大老爷们儿，今天再不信，真的没人心了。"

阿让看看我，笑一笑，没说什么。

离开了越南，我们在东南亚兜了个大圈。

一路真也算是开了眼界。从泰国的养小鬼的规矩到请佛牌的法门；从马六甲的公主坟，到雅加达废弃的工厂大厦、闹鬼的拿督府。各种光怪陆离，各样的奇人异士。真真假假，假假真真。在芭提雅，耽误了些日子。本来是去拍当地一个被吹得很神的神婆。我们的翻译却掉了队，差点儿过不去一个小人妖的桃花劫。待我们回到河内的时候，已经过去两个月了。

白天，我跟着导演去真武观、独柱寺补了几个镜头。晚上，一个人百无聊赖。我就带上一份地图，出去逛。这时候已经入夏。天黑下来，街上还有一些热腾腾的气氛。到处是"嘟嘟嘟"的声音。电单车在这里是很普遍的交通工具。青年人们穿着鲜艳的衣服，哼着 westlife 的舞曲。女孩们坐在后座上，搂着男朋友的腰。吊带背心底下是黑黝黝的香肩。长头发在风里吹得像一面旗帜。像世界上所有的城市，这里也是摩登的。

我租了一辆三轮车。沿途的夜色和风景，都很让人舒服。我不是个浪漫的人，可这一刻，心里却觉得放松和安定，或者是因为工作告一段落。我和踩三轮的大爷，用蹩脚的英文七荤八素地聊着。他不断地推荐我去一些香艳的地方。这时候，我并没有兴趣风流。

我对他说："我饿了，你载我去个吃饭的地方吧。"

他说:"那就去夜市吧。"

这样我就到了东双夜市。

我说:"我自己逛,你走吧。"

我付了车钱,又多给了他一些小费。临走的时候,他还是有些不死心,说:"真的不要 lady 吗? cheap and good 哦。"

我摇摇头,对他比了个"赞"的手势。

我辨认了一下,发现就在三十六行的北面。这里是个很热闹的地方。像世界上任何一个大市场,叫卖声此起彼伏。各种油腻或辛辣,又不知缘由的味道从周围传来。我买了个荷叶糯米饭,边走边吃。金橘椒盐的味道很重,但是配上本地的秋葵,吃下去很过瘾。街边的小贩正热火朝天地把各种商品沿街摆出来。有一些好玩儿的冒牌货,我看上了一顶 A&F 的棒球帽。在后脑勺上,用很小的字印着"Autumn & Feather"。我笑一笑,为了这个创意,买了下来。越往深处走,稀奇古怪的东西,似乎越多。阿凡达面具、一次性防水文身纸、日本出产的出气沙包、性玩具、情趣用品等,琳琅满目。一个装束鲜艳的女人从巷口里跑出来,拦住了我。她拿出一本册子,指着上面衣着暴露的女郎照片,分别以越南话和英语跟我兜售。我故意用字正腔圆的京腔对她说:"对不起,听不懂。"她愣了一下,拉住我的袖口,嘴里冒出蹩脚的中文:"中国,大哥,有发票。"我大笑着跑开了。

就在这时,嘈杂中听到了胡琴的声音,在不远处。这声音我不陌生,因为我爷爷是个资深而无成就的票友。但节奏和音色与我熟悉的京胡并不一样。我看见了一个很花哨的戏台,搭在祠堂的前面。这戏台的俗艳吸引我走了过去。一片大亮,台上空无一人，可能一幕刚刚结束。幕布上方挂着褪了色的红色横幅"河内越剧同好会"。突然之间，响起几声断断续续的鼓点。一个女人走出来，一身青衫，胸前缀满金色的流苏。几句念白之后，开始咿咿呀呀地唱起来。这女人扮的是个年轻的旦角，但身段早就走了样，脸孔也看得出年纪。同时幕布旁边的电子屏幕上出现了两个字："追鱼"。机器可能也失了灵，"追"字的"走之底"只剩下了一半。我记起来，这是个人和妖怪谈恋爱的故事。唱了两句，一个男的也走出来，一袭蓝衣，读书人模样，也唱起来。他的声音很好听，有一点沙。唱什么我是完全听不懂，但听上去却有点耳熟。这是个书生，大概演员与角色年纪相当，就没有女人的表演显得勉强。看他的做科，称得上风神俊逸。脸上的粉涂得很多，有些僵。但一双眼睛，脉脉含情。对着这么个身形肥满的鲤鱼精，还能这么入戏，也不简单。两个人唱完了，出来谢幕。那男人开了口，说感谢之类的。南方口音的普通话。这声音……电光石火间，我突然认出来，是阿让。

我挤过人群，到了后台，看见书生正在卸妆。

我喊一声："阿让。"

他转过头来，真的是阿让。

我愣了一愣，说："你怎么在这里？"

阿让笑笑，说："等我一会儿，我请你吃夜宵。"

我们穿过街巷，在一个安静些的烧烤档坐下。阿让点了一盘牛肉，又点了盘茄子、西红柿、西兰花。

我说："牛肉再来盘吧。"

阿让说："不用了。给你点的，你们北方人爱吃。我晚上不吃肉。大荤伤喉。"

我哈哈大笑，说："真没想到，你还会唱戏！"

他微微皱一下眉头说："我来越南前，是省越剧团的演员。"

我这才觉出刚才的轻慢，于是打个圆场："哦，唱得这么好，干吗要改行做通灵师。难道说，真是大仙附身了？"

阿让也笑了，轻轻说："在这里，靠唱戏养活不了自己。"

他夹起一块西兰花，慢慢地嚼："不过，我可能也快回顺化去了。等攒够了钱，我就办个自己的剧团。"

我说："嗯，你上次说来越南，是为了讨生活。说到底，还是做自己想做的事。"

他又摇摇头，说，说到底，是为了一个女人。

我有些吃惊他这么说，现出感兴趣的样子。可是，他倒不往下说了。端起酒杯，和我碰一下，说："喝酒。"

我说："不过呢，你做通灵师，也是天赋异禀。不做了有些可惜。这本事可不是人人都有的。"

这时，一点儿烧烤的油星子溅到了阿让白色的衬衫上。他抽出一张纸巾，很仔细地擦，一边说："无为有处有还无。"

我说："什么，这么玄？"

他笑了。

那天，我就和阿让这么有一搭没一搭地聊到了半夜。

离开的时候，我说："刚才你在台上，我给你拍了几张照片。你给我个地址，回头寄给你。"

阿让就说："好，回头发到你手机上去。"

回国以后，拜老凯所赐，我的生活算是天翻地覆。为了跟他这个项目，好好一份公务员的工作辞掉了。我这才知道世道艰难。打他那儿拿了笔钱，没怎么着就花光了。不过也算钱尽其用，我给自己添置了一套不错的摄影器材。开始给人打打零工，拍拍婚纱照、全家福什么的。好听点儿，就是当上了自由职业者。这中间，抽了个空把婚给结了。不过我媳妇儿她老妈当时极力反对，说："好歹一人民教师，千挑万选，最后怎么也不能嫁给个个体户，还拍过什么装神弄鬼的东西。"可我媳妇儿——新时代的女性，最后还是义无反顾地跳入了我这个火坑。说实在的，我心里挺歉疚的。特别见她安贫乐道的模样，也心疼得很。有时候我借酒浇愁。她就用坚定的目光看着我说"焉知非福"。我就叹上一口气。

第二年初，我正帮媳妇儿剥蒜，准备吃饺子。老凯兴冲冲地打电话给我："兄弟，你时来运转了。"

我苦笑一声，说："凯爷，您老就积点儿德吧。作为改变我人生的人，别再忽悠我给您卖命了。"

老凯就急了，说："马达，你别没良心。你知道洛迦国际电影节吧。"我说："地球人都知道，纪录片界的奥斯卡啊。您可别跟我说咱那破片儿获奖了，广电局都懒得禁。"老凯说："是啊。您获了个最佳摄影，中国第一人啊！赚等着上报吧。"我听他说完，顿时蒙了，无语对苍天。蒙完了，扭一下自己的脸，生疼。我一把抱起我媳妇儿，说："我远见卓识的老婆大人，I 服了 You，比章鱼帝还准啊。"

事实上，这部叫《魍魉人生》的纪录片获奖以后，我的命运并未有大的改变。但毕竟让我觉得理想不至一无是处。也有了继续为五斗米折腰的勇气。我依然拍人、拍宠物，跟在一对对新人屁股后头，拍他们搔首弄姿的婚纱照。

有空的时候，我就把那只奖杯从书架上拿下来，擦一擦上面的灰尘。

年龄与阅历告诉自己，要淡定。直到《世界地理杂志》寄来了邀请函，希望我成为他们在亚太区的签约摄影师，聘任期为十年。

接下来的三年，我过上了自己想要的生活。走南闯北，拍了想拍的东西，去了该去的地方。到了这年五月，公司说让我去下龙湾一趟，帮他们国家旅游局拍一个风光宣传片。我原本没有什么兴趣。但想一想，答应了下来。

我把一张《魍魉人生》的光盘，放进了行李箱。

工作结束后，我打通了阿让的电话。

他很意外，但似乎还记得我。他小心翼翼地跟我寒暄了一阵。

我问："你是在顺化吗？"

他犹豫了一下，说："不，我还在河内。"

再见到阿让，是一个阴天的下午。空气湿热，汗闷在身上出不来。

他给我的地址在古城附近，但很难找。我在巷子转悠了好久，终于找到这个门牌号，是一处残破的民房。

民房前面，有一个水洼。几个小孩子正蹲着，专心致志地看着什么。我走过去。水洼里有东西轻轻地蠕动。当我认出是一只初生的老鼠,有些反胃。小孩们撩起肮脏的水,泼向老鼠。老鼠挣扎着想要爬出水洼。他们就把它的头按下去。

水洼的边上,是一丛栀子花,大朵大朵的白,开得很招摇。

没待我敲门,一个粗壮的男子光着膀子走出来,把一盆水泼到水洼里。小孩子一哄而散。

我问他:"阿让在哪里?"

他开始没听明白。终于听懂了,指指楼上,说:"他可欠我两个月的租了。"

我沿着木梯往上走。楼梯已经不太结实,踏上去发出"吱呀"的声音。扶手上栖着几只鸽子,侧过头,用好奇的眼神看我。我走近了,它们就退后几步。我挥了一下手,它们就扑扑棱棱地飞走了。

楼上门开着。

我看到昏暗的房间里,没有开灯。房间很小,阿让正坐在一个蒲团上,喃喃地说着话。黄昏的光线穿过窗户,正照在他脸上。阿让留了个平头,比三年前瘦了许多。留了连鬓的胡子,也显老了。

他紧紧闭着眼睛,右手放在一个看起来很油腻的假发上。面前是个中年男人,面目不清楚,我只能看见脖颈上文着一条龙。

我知道他正在进行"问米"的仪式,假发或许是逝者的遗物。我没有打扰他,靠着门框站着。我正打算点起一支烟。

这时候,那个中年男人"呼啦"一下站起来,一拳打在阿让的鼻梁上。

阿让睁大眼睛,惊恐地看他,同时发现了我。他揪住阿让的领子,正要再打下去。我一个箭步冲过去,握住了他的拳头。

我说:"哥们儿。怎么着,跟这儿动粗来了。"

他挣扎了一下,仰视我一米八的身形,放下拳头,愤愤地说:"没本事,就不要装神弄鬼。"

我掐住他的脖子:"你再说一遍,谁他妈装神弄鬼,你欠抽啊?"

他的广东腔成了哭腔,说:"我大佬,怎么可能把我的名字说错?"

我手头的力气一懈,他挣脱,夺门而逃。

我冲出去,大喊一声:"臭小子你给钱了没有?"

"让他走吧。"我听见阿让轻轻地说。

他站起身,用手背擦了一下嘴角上的血迹,捏起那团假发,扔出窗外去了。一边说:"这个人投资失败,要跟他死去的哥哥问计。人生在世,富贵在天。问鬼能问出什么来?"

我沉默了一下,终于说:"你也真能忍,他当你是骗子呢。"

阿让苦笑。

他倒了一杯水给我,然后把房间里的香熄灭了。

空气就干净了些。有悠悠的栀子味传上来。但是,仍没有遮没另外一种气息,隐隐的,清洌而略微刺鼻。

我问:"你没有回顺化去吗?"

他说:"还要回去干什么。'生生生,虽生何所用?'戏文

271

里说得清楚。唱了这么多年，如今才看透。"

我看这房间里，没有什么家具摆设。只有一张床、一张桌。搁了几只蒲团，连神坛都免了。墙上有一道曲曲折折的裂缝，从天花板一直延伸到地板上。

我说："你这几年都住在这里？"

他笑一笑，说："寒酸是吧。这一行的生意没以前好了。每年总有这样的时候。熬一熬吧，熬过去就好了。"

我说："对了，有东西给你看。"

我就打开带来的计算机，把光盘放进去，然后说："你等着，从头看。十一分的时候就有你了。"

"是吗？"他盯着屏幕。他很少有这样的目光，像是一只等待猎物的小兽。当看到自己出现时，他脸上泛起了笑容，说："你看，那时候穿得多傻啊。"

我看到他的眼睛兴奋起来了。

看到那对中年夫妇，他的目光又暗淡下来。他说："唉，也不知道这老两口怎么样了。就这一个孩子。"

我说："人各有命，你帮过他们。也算了却他们的一桩心愿。"

这时候，他沉默了。

半晌，他问："你真的相信我？"

我很肯定地点点头。

他垂下脸，又抬起来，似乎下了很大的决心。他张了张口，终于没有说话。

"你，想回中国去吗？"我看着外面。

这时夜幕降临。房间里的光线暗下去。阿让挪动了一下，打开了一盏灯。这灯是油灯的样子，里面却是一盏不太明亮的灯泡。光透过蒙尘的玻璃罩，打在墙上，是个弧形的光晕。

"来了，还回得去吗？"阿让的声音很轻，像是说给自己听。他打开抽屉，拿出一册笔记本。翻开来，小心地取出了一张照片，递给我。

照片是黑白的，看得出经了年月，已经有些发黄。上面是个古装的女人，有明亮的眼睛和宽阔的额头。

阿让说："我是为她来的。"

"我进团的时候，就知道她了。"阿让眼睛看着一个虚无的方向，并没有期待我问什么。

他说："那一年，我刚刚从戏剧学校毕业。她已经是我们团里最红的花旦。听人说她是余姚人，从县剧团上调过来。当初她来了，团里好多人是科班出身，都不服气，说她是野路子。可是，一两个月后，就没人再言语了。只要她主演的剧，总能博个满堂彩。一样的唱白做科，她唱《葬花吟》，就能唱出人的眼泪来。一样的头面，她穿戴起来，就是个活脱脱的卓文君。"

说到这里，阿让从我手里拿过照片，定定地看。他用手指在上面轻轻抚摸了一下，说："那时候，她在台上唱，我就在底下坐着听。听她唱《碧玉簪》，唱《盘夫索夫》，总是听不够。听得忘了自己去练功，被我们组长罚了面壁。我那时总想，要有一日，能跟她对手演上一出戏，该多好啊。我也知道这是个梦罢了。她怎么能看上我这个毛头小子呢？

"可有一次，剧团周年庆，排演一出《追鱼》。临到演出前，演张珍的演员突然受了伤。B角竟然是我顶了。她看看我说：'这孩子是工"官生"的，不合适。'我也不知哪里来的勇气，说：'让我试试吧。'

"她点点头，一场彩排下来。她笑一笑，对我说：'唱得好。一双桃花眼，人小鬼大啊。'说完了，她摸摸我的头。"

"那是我唯一一次和她同台。"阿让看我一眼，说，"后来她送我这张剧照。打那以后，在团里也很照顾我。她烧的狮子头，好吃得很。还给我织过一条围巾。团里的人就说，她收了个大儿子。我听了，心里头不是个滋味。那年我十八，她三十二。"

这时候，一只蛾子飞进来，撞到了灯上。落了地，扑棱了几下。阿让皱了一下眉头，用拇指碾上去，一划。地上便是一道粉白的肮脏轨迹。

他说："她和团长的事，我是最先知道的。我不知她为什么相信我。她让我帮她递情书。团长是个大武生，人长得好，戏也唱得好。可他是结了婚的。我看着他们台上台下，眉来眼去。可我还要帮他们递情书。有一次，我就拆了她的信，看了。然后给他老婆打了个电话。他们俩就在他家里给捉住了。我以为他老婆会闹，结果没有。他老婆自杀了。

"团长撤了职，她在团里也待不下去了。后来听说，她被广西一个越剧团借调了去，没有再回来。

"我收到她的信，是八年以后了。我收到她的信，是从越南寄来的。她说，她在顺化，她想见见我。

"她为什么单单写给了我。你说，她为什么单单写给我了我？"

阿让眼睛里的光明灭了一下。我的嘴唇有些发干。我举起面前的杯子。杯子里的水，已经凉透了。

阿让说："我真的去见了她。她在一个很小的医院里，一个人。她躺在病床上，人瘦了很多，老了很多。脸却还是瓷白的颜色，跟以前一样。她得了晚期肺癌。她说：'我快死了。不知道该见谁，就想起你来。'

"我说：'你不会死。'我回了剧团，辞了职。我带了我所有的积蓄，来到了越南。我一个亲人也没有。这时候我才发现我除了她，没有牵挂。我带着她来到了河内，陪着她看病。住最好的医院，吃最贵的药。我们都知道，她就要死了。她不要做手术，她说她想有个完整的尸身。

"她终究还是死了。她死的前一天，让我给她化了个妆。她让我给她化的，是《追鱼》里丞相女儿的妆。她说：'唱了一辈子鲤鱼精，快死了，要做回个人。'

"那天，在殡仪馆。她就要火化了。我的钱，只够她在太平间的冷藏柜里待上三天。我让杵工打开柜子。我看着她的脸上、唇上挂着浅浅的白霜。好像睡着了一样。

"她就要被烧掉了。我哭着走出来。我想起她说'你让我有个完整的尸身'。

"这时候，我看到有人在灵堂里'问米'。我看到神案前一个很丑的男人，突然浑身抖了一下。不知为什么，我也禁不住抖动了一下。这时候，有人拍了下我的肩膀，说：'年轻人，你也鬼上身了？'我吓得猛回头，看见一个中年人笑着看我。他就是老金。

"老金说他是殡仪馆的负责人。他打量我,像打量牛马,然后问:'长得不错。想不想学门手艺? 我们馆里就缺个像样的通灵师。这如今是个好行当,供不应求。钱来如流水。'我愣了一会儿,说:'想,但我有个条件。'

"我对他说了,老金很爽快。老金说:'看见太平间最东头的十七号柜子没有。里面那位从1964年待到现在了。吴廷琰手下一个将军,政变的时候给崩了。他儿子给偷偷送过来,一直就这么冻着。反正就是个钱,他们也不缺。'他压低声音说,'你回头给我签了约,那十九号箱就是你的,想藏到几时都行。将来我们生意好了,我给你做最贵的防腐处理。'

"他最后问我说:'谁让你这么舍不得?'

"我想想说:'家里人。'

"我跟着老金,一做就是十年。我帮他赚了许多。渐渐地,我除了这个,什么都不会做了。是的,我曾经很受欢迎。我没什么异秉,我只是会演戏,会察言观色,会看客户的Facebook,会收死人对头的'水底'。"

他笑了一下,笑得有些玩世不恭。他说:"是的,我从没离开过自己的老本行。说到底,我还是个戏子。

"我有空了,就去看看她。看看她的样子变了没有。每次我都生怕打开柜子,她不见了。还好,她好好地躺在里面,样子一点都没变。

"直到前年,这殡仪馆要拆了。老金也要退休了。他说:'十年了,你该带走的带走吧。'我说:'你让我带去哪里?'他说:'自求多福。'"

阿让说到这里，声音变得飘忽。这时候夜风吹过来，撩动了门帘。忽然间，我觉得身上一阵发凉。我终于问："那，你带去了哪里？"

阿让没有言语，但他的眼神溢出了一线温柔，目光落在我身后。

我身后，是那只简陋的床。借着微弱的灯光，我辨认出床底下，是一具漆得很厚实的黑色棺材。

我们没有再说话，只能听见彼此的呼吸声。桐油的气味混着渐渐清晰的药水味，漫泻开来。

又过了好久，我克服了自己的虚弱，站起来。我说："我走了。"

我回转身，还是很坚定地说："你是个最好的通灵师。"

当我走下楼梯，那些鸽子又聚拢了来。

它们转动着脑袋，咕咕地叫，没有放弃对我的好奇。

但是，当我走近它们的时候。它们依然毫不犹豫地，飞走了。

硫 黄

德米特里·格鲁霍夫斯基　李新梅 译

"我是瓦莲京娜·谢尔盖耶夫娜·斯卡列多娃中尉。现在我开始录制了,请注意。录到手机里。我接了您的案子。您好!"

"您好!"

"是这样的……我这是为了录音……关于您丈夫,1973年出生的佩特连科·马克西姆·亚历山德罗维奇的案子。您和他正式登记结婚后居住在诺里尔斯克中央区第八小区列宁格勒大街21幢5号。"

"是的。"

"2018年12月26日,身为铜厂硫酸车间设备调试师的佩特连科·马克西姆·亚历山德罗维奇,没有在规定时间上岗。'诺里尔斯克镍钯'有限责任公司董事会人力部工作人员给您电话时,您说您的丈夫佩特连科·马克西姆·亚历山德罗维奇身体不舒服在家休息,具体而言就是中毒。是这样吗?"

"是的。"

"第二天佩特连科·马克西姆·亚历山德罗维奇仍旧没有上班,人力部再次打电话,接电话的还是您。您说,佩特连科·马克西姆·亚历山德罗维奇由于中毒或感染还在带薪休假。周三又是如此。我说的正确吗？"

"全都正确。"

"然后您亲自和铜厂人事处联系，说佩特连科·马克西姆·亚历山德罗维奇一直到新年放假前都不能上班。之后就是新年放假。"

"是的。"

"1月7日市政垃圾清理队的科瓦利丘克向诺里尔斯克市内务部第一警署汇报，在该片警负责地段花现了用'磁铁'商店塑料袋装着的一个中年男子的头颅。"

"发现。"

"什么？"

"应该读'发现'，而不是'花现'。"

"记录中没差别。字母都一样。"

"嗯，我只是提醒您。"

"我们这儿都说'花现'。以前，入职培训前我也说'发现'，但后来习惯了。"

"对不起。"

"没关系。里面装着一个中年男子的头颅，经辨认，该中年男子是您丈夫佩特连科·马克西姆·亚历山德罗维奇。"

"这可能是你们的职业行话。"

"什么？"

"'花现'。比方说，我们那里都把'矿山'的复数读成'广山'。单数才读'矿山'。（咳嗽）我懒得争论了。"

"现在您最焦虑的是这个？"

"不是。我只是这么说说，顺便插了一句。对不起。您请继续。"

"好吧。唉,您打乱了我的思路。辨认出里面是您丈夫佩特连科·马克西姆·亚历山德罗维奇……"

"是的。是这样。"

"是您配偶公司人力部的工作人员辨认出来的。经过……根据事件记录……大概两周以后。这段时间关于您配偶工作的问题,您一直说他身体不舒服。"

"是的。"

"当行动小组到达马·亚·佩特连科的居住地,您对他们说,马克西姆·亚历山德罗维奇在上班。"

"是的。"

"与此同时您的'Candy'牌冰箱冷冻柜里被发现有人的手臂和脚掌,经鉴定是马·亚·佩特连科的身体部分……您不否认吧?"

"不否认。"

"在停尸室辨识遇难者的头颅过程中,您声称(我用您的原话),马·亚·佩特连科的死罪在亡灵,是他们鼓励您犯下这桩罪的。"

"是的。"

"拘留您的警署大尉谢尔盖耶夫说(我用他的原话),您一副凝神静气的样子。"

"我不知道。他看得更清楚一些。"

"叶莲娜·康斯坦丁诺夫娜……"

"嗯?"

"是您杀了您丈夫佩特连科·马克西姆·亚历山德罗维奇?"

"我已经供认了。"

"您是一个人,还是在他人协助下对受害者进行分尸的?"

"体力上的?"

"什么?"

"您说的协助,指体力上的还是精神上的?"

"体力上的。"

"我一个人。"

"哦……那要是精神上的呢?"

"有人知道。"

"谁?"

"亡灵知道。"

"哪些亡灵?"

"那些曾活在我们中间的亡灵。我并不知道他们的名字。就是安葬在山下的亡灵。"

"请原谅,哪座山下?"

"施米特季赫山。在我们这儿……在施密特山下。"

"这……你们那儿都埋葬着谁?"

"您是刚来的,是吗?埋葬的是所有建设这座城市的人。比方说,诺里尔斯克的创建者。泽克。建议您读读历史。"

"所以是这些亡灵要求您按照俄联邦宪法第一百零五条实施对您丈夫的犯罪?"

"他们不需要条款。我只是明白,他们需要我丈夫也去死。他们召唤他去他们那里,而他很犟,不去。我只是帮忙而已。"

"噢。等等……我检查一下。在录。还有谁死了?"

"什么?"

"您说，需要他也去死，既然是'也'，还有谁？"

"还有他们。"

"您……没有再意外把其他人也……杀死吧？"

"没有。"

"可亡灵是如何把您……他们如何告知您必须杀死您丈夫的？"

"悄悄说的。唱的。"

"更准确一点。"

"唉，这可是死亡之城啊。死的，瓦莉娅。活物在这里很难撑下去，撑不长的。我可以用'瓦莉娅'来称呼您吗？"

"应该叫我'中尉同志'。"

"您刚到我们这儿来，对吗？（咳嗽）"

"这与案子有什么关系？"

"看得出来，您不是这里人。皮肤粉粉的，嫩嫩的。您是被派来的，对吗？来做侦察员。派到我们这儿多长时间？一年吗？"

"这样吧。我认为，您耽于幻想，想逃避责任，想装疯卖傻。可您根本不是疯子。"

"我又没说我是疯子。这是你们大尉说的。我不想装疯卖傻，瓦莉娅。劳改营里更好一些。"

"我们会给您安排心理鉴定。您到时候再玩把戏吧。"

"那好吧。完了吗，我可以回牢房了吗？"

"没有，不能。为了录音需要，您具体讲讲是怎么杀死他的。"

"用刀子。切菜刀。插到脖子上。"

"他反抗了吗？"

"没有。他喝醉了。在睡觉。"

"房间里没有血迹。您在哪里把他……"

"在浴室里。像平常那样，我把他拖到浴室。放下。然后就了结了。"

"哦，继续……也是您独自做的？没有同谋？"

"什么？"

"嗯……先割掉头。然后是手。"

"当然。谁会帮我呢？"

"只是您这个样子……看起来……很普通。不过也有可能。是怎么做到的？"

"从我们棚子里抓起一把钢刀就完事了。不需要很多智慧。只需要时间。完了吗？"

"没有。您的胸部有烫伤，而且伤疤已经被记录下来了。"

"是的。"

"我想知道。他打过您？"

"打过。"

"所以？"

"当然不是。谁不打人呢？可以理解。"

"什么意思？"

"怎么说呢。你先和我们当地人住一段时间吧。你已经去过生产车间了吗？"

"还没有。"

"那你去一趟吧，去吧。去硫酸车间。还有镍车间。就沿工厂转转，告诉保安你是为了办案，让他们放你进矿井。你去看看那里是如何工作的，在干什么。人们在地下连续坐多少小时，呼吸的又是啥。矿工们上到地面时，天已经黑了，整个冬天都没太阳。工资——你知道的，是什么水平，可物价你也看见了。家里还有妻子。所以需要喝酒。在这里不可能不喝酒。压力很大，心里很紧张。亡灵们也待在那里，呼唤人们去他们那里。"

"哦……好吧。您不认识普罗霍罗夫·斯坦尼斯拉夫·安东诺维奇吧？"

"他是谁？"

"他被发现躺在格林尼扬诺耶湖浴场，脖子上有几处刺伤。"

"那又怎样？"

"我只是问问。手法很像。"

"我们这儿被杀的人还少吗。唉，你不读新闻吗？有个小伙子带着妻女上楼去邻居家做客，结果全家被钢筋扎死。（咳嗽）他的女儿才三岁。全被钢筋扎死。而他们只是去串门而已。"

"我知道。"

"还有一个刚刚判刑的……退休老头。他在妻子生日那天把她砍死。两人好像都六十岁？"

"是的。"

"你认为，他们为什么杀人？"

"为什么？"

"因为他们的生活不是真正的生活。因为周围有无数死亡，死甚至超过了生。人们自己乐于死亡，也乐于杀死他人。让一切都结束好了！在你们莫斯科或者你出生的地方……"

"莫斯科。"

"在你们莫斯科，生活好像是真正的生活。而这里……像梦魇。死了更简单。这里距离死亡很近。而那个浴场的……（咳嗽）可能是吸毒者。"

"我们的生活也有很多无奈……"

"吸毒者能更清楚地听见亡灵的声音。能听见，也能看见。"

"您又来这套？别费力气了……反正会有精神病专家的。"

"哦，那就让专家来吧。精神病专家就精神病专家。你先放了我，好吗？都已经凌晨四点半了。我又不反抗。不会不回答问题。"

"我们还没谈完。"

"精神病专家。'诺里尔斯克镍钯'工厂招人之前，雇工要先经过精神病专家的两次考验。还要填写有八十道问题的调查问卷。可这有用吗？精神病专家在这儿也没用。"

"那什么有用？"

"你在这儿待的时间还太短，所以听不见他们的声音。你住一段时间——仔细听。仔细听，你就会相信。你会听见他们如何召唤你去他们那里。召唤啊，召唤……他们在这儿的人很多，很多……很多。在山下。嗯……你想没想过，我们的楼房为什么建在木桩上，而不是地基上？"

"为了不让永久冻土融化。要是建在地基上房屋容易移动。"

"我刚来的时候，也这样想。不是的，瓦莉娅，是为了远离亡灵。空气层之所以需要，不是为了防暖，而是为了防冷，也是为了防私语。嗯，你知道吗，何处是亡灵，何处是活人——是搞不清楚的。我们这里的亡灵，你是知道的，不会腐烂。而所有活着的人都阴郁消沉。很容易搞错。生与死之间的差别感觉不到。很容易混淆。因此人们常常混淆不清。"

"这里写着,你有肿瘤。"

"是的。"

"乳腺瘤。"

"那又怎样?这儿得这种病的人还少吗。成天呼吸硫黄。女性还好 …… 只是可怜了孩子们。"

"两年前。您做了吗?"

"做了①。那年夏天乘船②去了克拉斯诺亚尔斯克。"

"什么?""肿瘤在继续长。是治不好的。要是他们抓住你,就不会放过你。就像上钩的鱼,知道吗?力气大的鱼会挣扎,会溜掉,想逃到水底——但终有一天力气大的也会没力气。"

"他们——这里又指亡灵,对吗?"

"是的。他们很强大,知道吗?很容易将人拽向自己。他们在那里,好多啊 …… 比我们多。他们一起耳语时像大合唱。"

"他们请您杀死丈夫?"

"是的。"

"那分尸呢?"

"不。他们对此是无所谓的。这是我自己 …… 我害怕了。起初非常害怕,然后鼓起了勇气。应该把他藏到什么地方,否则他就还会躺在那里说话,还有其他人随声附和。(咳嗽)"

"您把其他部分藏到哪里了?"

---

① 原文是一个多义词,既可以表示"做手术",也可以表示"行动,做"。作家描写这个对话时故意使用该词的多义性。问话人问的是第一个意思,而答话人回答的是第二个意思。

② 原文是一个多义词,既可以表示"游泳",也可以表示"乘轮船、木筏等水上交通工具"。作家在这里故意使用不明确的语义,凸显答话人的思维不清。

"不知道。你以为我记得？当时是暴风雪天，黑压压的。你已经遇到过我们这里黑压压的暴风雪了吧？"

"还没有。"

"你看见一栋房子的门洞到另一栋房子的门洞之间绷着金属线吗？这就是为了在黑压压的暴风雪天能走到对面，不迷路。要不过后才发现……有的是去邻居家，有的是去售货亭……而且是夏天才发现。尤其是老人，如果没人想到他们不在的话。你把手伸向前方——什么也看不见。汽车般高的雪堆被风刮起。公交车卡住了。乘客们下来，所有人一起推……卡在城里还好些。风——能把狗吹走。可以不用特意藏什么。所以，我扔下袋子，然后，回家去拿下一个。"

"还有一个问题。工作单位没有发现任何异常吗？"

"因为当时在放假。节日放假呀。"

"就是说，您整个假期都这样待着……和他在一起？"

"嗯，那怎么办？"

"节后你就回去上班了。"

"是的。"

"你们那里……没有在编……心理师，是吗？"

"谁需要呢？这又不是生产车间，瓦莉娅，是幼儿园。"

"您回单位继续工作了？您是教育工作者？"

"嗯，难道我继续在家无所事事吗？暴风雪停了，幼儿园开园了，我就去了。"

"哦……好吧。"

"你不要以为……我很喜欢孩子的。"

"好吧。不说这个。"

"上帝却没赐给我。"

"我知道。"

"你知道什么？"

"你没有孩子。"

"嗯，是的。可有时你想想——要是有了会怎样？他们怎么能承受冬天难以忍受的黑暗。没有太阳。成年人还好，可孩子们。一个半月一点儿阳光也没有，明白吗？黑暗，无止境的黑暗。然后开始有一丁点儿，悄悄地出现。很短暂。（咳嗽）所有的孩子都那么虚弱不堪……我们会给他们在幼儿园的墙上画大海，还有棕榈。会画很多。用蓝灯……就像古时候那样。他们全都很机灵，白净。"

"为什么？"

"那你还想怎么样？没有太阳。而且呼吸的是啥？空气中的硫黄超标二十八倍，钴——超标三十五倍。你看见城市上空的云了吗？这可全是从烟囱里冒出来的。这根本不是云。是硫黄。眼睛——你感觉不到刺痛吗？是硫黄。"

"这要是孕妇会怎样？"

"嗯，会这样。会是这样的。你以为会怎样？以为她们在我们这儿没啥？啥都有过，只是……只是每次都这样，发生太多次了。晚上醒来……你还以为在做梦呢。可你已经完了。血，到处是血，全都流出来了。"

"你……在这里生活多长时间了？"

"你的案宗里有写啊。我们是2005年来的。有的从利佩茨克来。有的从诺沃利佩茨克来。大家以为这里会更好，更有钱。"

"十三年？那很久了。"

"薪水八十，我们就被买断了，真是白痴。八十……买断一切。"

"您说的是八万吧？"

"八万。"

"工资不错啊，顺便插一句！我们暂时距离这样的……"

"这是给那些在硫酸厂或矿井里的。因为有害才给开大价钱的，害了健康，害了命，害了岁月。男人们一般只能活到五十岁……你算算吧。可要回大陆——就得满六十岁才能走！而商店里的物价……无法耽搁。上了贼船——就只能往前。"

"哦……经常有人这么做吗？"

"怎样？"

"嗯……妊娠中止怎么办？"

"流产？到处都是。"

"哦，可能是在这儿待久了才这样……不可能一下子就……"

"待久了才这样。"

"这也不是一下子的事。"

"一下子……可你……你怎么啦？你有了吗？你带到这里来的？（咳嗽）唉，你呀，上帝啊……你为啥同意来这里？"

"怎么，你以为可以选择吗？派你去哪里，你就得去哪里。"

"派你去哪里……可你的相好在哪里？"

"卡拉干达。"

"哦。"

"好了。好了。结束了。我想，我已经听完了。然后明天我还会来！应该把这一切清清楚楚地录制出来。"

"来吧。"

"好的。结束了。你想抽烟吗?"

"不想。可以来杯茶吗?"

"可以。我去拿。现在就去。"

"谢谢。"

*　*　*

"他打你打得很厉害吗?"

"你看见啦。"

"可是为什么?"

"因为……因为他们需要地方发泄。他们在车间里挨了打,就把挨的揍带回家。车间……你见过他的照片吗?给你看了吗?"

"嗯。"

"是他被烫伤之后的照片吧?"

"我看到了他头上的疤痕。"

"哦。是的。是在烫伤之后。他被烫伤后整个人都不好了。没有一天不喝酒。听人说,单位要开除他。可他无所谓。说是这么说,最后倒也没开除。现在谁还会去硫酸厂?就为了八万块?年轻人可不傻。小年轻儿都去了大陆。他们想活着,在这里只有死路一条。镍,铜,硫黄。还有这些山下的……(咳嗽)你看见了。他们也被派到这里。祖国一命令……他们就在这里,也许比我们还多。召唤我们去他们那里。"

"我倒了点儿白兰地。"

"你不会因此受罚吧？"

"大晚上的，谁知道呢？"

"好吧。心里一下子就舒坦了。不紧张了。谢谢。"

"嗯……总之，你在鉴定时也这样说。说自己的那些亡灵，好吧。我也……写下来，嗯……"

"我他妈的也无所谓了。你想写啥就写啥吧。"

"你什么意思？"

"他活该，这个马克西姆。早就该整他了。我自己太蠢，早就无法忍受了，只希望他死得不要太痛苦。咋说好呢？我本来想毒死他，但不知道用什么方式才能搞定。这回他踢我肚子，我简直不能再忍了……我勉强等到他睡着，随便就把他办了。"

"鉴定的时候，你就对他们说亡灵的事。就讲亡灵的事。你们这里的鉴定……他们会相信的。"

"我他妈的无所谓。我认罪。"

"为什么？"

"再也没有力气了。不想了。在劳改营结束得更快。我想让一切快点结束。"

刹那公子

江南

傍晚时候，岚山之北起了墨色的雨云。随着墨云黑压压地卷起直顶天空的云山，早春明净的天空迅速地黯淡下去，一层荫翳的铁灰色笼罩着岚山和岚山之南的白水城，阴得令人心颤。

急切的叩门声自柴扉外传来，马嘶和犬吠中夹着不知多少人的脚步声，岚山脚下一处普通的山野茅舍被惊醒了，星星点点的火光从柴门的空隙中透入，似乎是许多的火把在外面摇晃。

"来了，来了。"一身旧绨袍的老人应声小跑而来，打开了柴门。

青色的衣靠，青色的绵铠，敲门的中年人精悍瘦削，腰间带着一张暗青色的角弓。他逼上一步，犀利的目光在老人脸上一转，而后冷冷地扫了一眼庭院。院子小而简朴，中央一口水井，草棚下面堆着些细麻和搓好的麻绳，木柴整齐地码在南面的茅草檐下，屋檐下挂着一串去年的旧高粱。冷风嗖嗖地吹着，瓢泼的大雨已经在黑云里蓄积了很久。

"先生，我们出门打猎，借贵地避一下雨好么？"中年人说话还是彬彬有礼的，语气却冷漠。

"不妨，不妨啊，贵客请进。"老人战战兢兢地看着外面飞鹰走狗的彪悍家奴，急忙闪身让开了道路。

中年人却闪开一步，恭恭敬敬地弯下腰去，这时才显出他背后站着的主人，一身白色的绵靠一尘不染，正仰头看着天空翻滚的疾云。片刻，他才转向老人点了点头，微笑说："有劳老先生了，小小一些礼物，就算是我们叨扰一番的谢仪。"

主人身后的家奴急忙闪出，将腰间的革囊解下，解开封绳整个地递了上去。老人伸手去接，只觉得掌中一沉，叮叮当当的上百枚金铢散落在地，照得人眼睛一亮。大燮的金铢，三成金五成银，剩下的才是锡材，价值高昂。一枚金铢在市面上能换一头生猪，或是一石糙米，够一个中等人家半个月的家用。这样的出手，不能不令人侧目。

"怎么那么不小心？"主人淡淡地问道。

家奴浑身一颤，急忙俯下身去，手脚麻利地将一个个金铢拾起，重新封好在革囊中，递回老人手上，悄无声息地退了下去。老人手持这笔巨款，一时间回不过神来，呆呆地站在那里，看着门外出猎的豪客。

"一点意思而已。"主人笑了笑。

他年纪已经不小，脸上满是风霜，身材也不高大，可是举手投足间，有一种威严挥斥的气概，身后那群架鹰牵狗的魁梧家奴屏息静气，都像是矮了他一头。

主人缓步而入，他掀起袍摆的时候，腰带上一枚晶莹剔透的玉佩摆动起来，溢彩流光。中年的管家和手持弓刀的家奴们跟着他鱼贯而入，先是随身护卫的佩刀武士十人，再是手持弓箭的红衣家奴二十人，然后是肩荷墨羽飞鹰的鹰奴二十人，牵着猛獒的犬奴二十人，紧跟着下来，竟然是二十名狮奴，每两人牵着一头头罩铁面的狮子,狮子桀骜不驯,利爪在地下刨蹭,嘶声低吼着,狮奴用带着小棘刺的皮鞭不时地抽打,才令得它们不敢造次。最后跟随的是五十名小厮,所牵的大骡背上拴着猎物,从野兔、雉鸡直到黄羊,最后竟是一头浑身黑毛的狗熊躺在小车上,三枚羽箭并排插在它胸口弯月形的白毛上。

小小的院落顿时被出猎的队伍挤满了,猛獒的呜咽,狮子的低吼汇在一处。老人敬畏地看着这位豪客出猎的队伍,小心翼翼地问:"敢问先生尊姓?"

"我姓薛,"主人淡淡地答道,"白水薛北客,在城里做一些生意。"

"薛先生!"老人瞪大了眼睛,手中的一袋金铢"啪"地落在地下。

"婆子,婆子,"老人忽然对着屋里喊了起来,"出来待客了,出来待客了,白水城的薛北客薛先生来我们家了。"

薛北客微微笑了笑,并不以为意,听到他的名字,十有八九的人都会如此。

薛北客本来并非宛州人。他发家于夜北的草原,是澜州称霸一方的富豪,名下的牧场不下万顷,放马奔驰,一日一夜都未必能从这头跑到那头去。燮王北巡,登上高山看他的草场,无边无际的绿色一眼望不到头,白色的羊群仿佛大片的云,每一片都不下万头。燮王惊讶之余也开了个玩笑,说若是这些羊都是战马,天启城也不是我们姬氏的,而要改作薛氏的天下了。

虽然在东陆之北的商路上所向披靡,薛北客的一个心结却是宛州商客的名声。无论别处的商人怎么阔绰,宛州依然是人们心中的万商之国,宛州的商人才是商人中的魁首。薛北客对此不忿已久，于是五十七岁那年，他把产业交给长子打理，带着亲随七百人，组成一支浩浩荡荡的队伍直下宛州，到达了白水城。

薛北客到的当天，就散发请柬，邀请白水所有的商户晚上赴宴。地点是他在城东庆辉坊的大宅。白水城的商户知道薛北客的名字已经许久，却对这个北方大豪的财力并不明了。他们不敢怠慢，准备了礼物，结队前往庆辉坊，却发现薛北客所提的大宅竟然只是一片空地，野草萋萋，了无一物。自觉被戏弄的宛州商户们大怒，正准备一齐修书斥责的时候，薛北客带着从人含笑而来。没等宛州商户们说话，薛北客的从人带着木材和板料直奔空地，每个人都手脚不停地工作，打地基、立大柱、上屋梁，仿佛魔术一般，一栋广厦在人们眼中渐渐成形。

旁边早有薛北客的从人奉上了茶水，两盏茶过去，一间雕饰精致的广厦已经拔地而起，薛北客轻衣宽带，含着笑意请客人们入席。

进入那间广厦，商户们更是被其中的辉煌震惊，建筑和装饰的风格集中了羽族、人类和河络的风格于一身，按照常人的想法，一年也未必能够建成。薛北客排下的宴席是流传自胤朝皇室御宴的鲤唇驼峰席，菜馔的精美，侍酒少女的娇媚，都令见多识广的商户们错以为身在幻境中。席到一半，薛北客令从人捧出成箱的翡翠作为贺礼，赠给在场的所有商户。大家都知道澜州出产的翡翠比起宛州的水苍玉和山玄玉品质更佳，拿到这些价值连城的翡翠时，都激动得双手颤抖，不能自已。

薛北客散完了翡翠，才笑说自己带的所有翡翠一天之内全部送出了，只余下一枚。已经被他豪气折服的商户问起为何只留一枚的时候，薛北客只是微笑着伸出小指，露出其上的一枚翡翠戒指。那枚戒指上的翡翠毫不起眼，令在场的商户们哑然，此时一名当铺的老朝奉却忽然颤抖着起身，拜求那枚戒指一看。薛北客含笑把戒指给他，老朝奉足足看了半晌，忽然惊叫了一声："是龙血翡翠，世上真的有这种翡翠！"

龙血翡翠这四个字让博闻的沁阳商户们大惊失色，龙血翡翠是翡翠中的极品。倒不是源于它的质地，而是这种翡翠是秘道大师制作法戒器的珍奇原料。相传古代巨龙死后，它们的血经过千万年才会化成这种翡翠，而这种翡翠仿佛一种天生的魂印器，带着龙族的智慧和力量。它的价值，更是不可估量的。

当晚，那些商客回到家里的时候，个个茫然失神，自认是井底之蛙。仅这一举，薛北客就名震宛州了。

老人的妻子应声从屋里出来，那是一个脸色黝黑上了年纪的妇人，眉间带着一块疤痕，对着薛北客笑笑，笑容近乎丑陋。

"贵客来了，舍下没有什么可招待的，"妇人说，"我这就下厨去整治一些菜，请贵客饮酒解乏。"

"好。"薛北客满意地点了点头。

老人恭恭敬敬地把薛北客请进了茅舍。茅舍干净简洁，墙上抹着白灰的腻子，挂着几幅不知名的字画，居中一张小桌。薛北客的从人静静地候在外面，老人掩上柴门，请薛北客坐上上首。面黑带疤的妇人捧上一套崭新的粗瓷，为薛北客和老人斟上米酒，自己就在隔壁的厨下忙活。

薛北客品了一口米酒，倒也有山野的风味，他微微点头一笑，和老人攀谈起来。出乎他的预料，在这荒僻山野遇见的老人分外地博学，说起远方的趣事和逸闻，前朝宫廷的秘录，简洁有趣，回味悠长。不时地，老人还敲击碗碟，唱一曲北陆的牧歌，宁州羽人的古调，令人出神。而老人待他的态度始终谦恭有礼，也令薛北客遭遇大雨的坏心情都消退了。

片刻，老人的妻子上了几个小菜，分别是蘑菇甘蓝、素炒油蒿、白焖丝瓜和仔鸡汤，分外地清爽，薛北客吃了两筷子，神色更加欢愉，对山野的老人夫妇也有了些兴趣。

"老先生在这里居住很久了么？"薛北客问。

"年轻时候也和薛先生一样经商，就在白水城，后来来这里居住，快二十年了吧？"

"先生也曾经商？"薛北客笑笑。

"小产经营，谋生不易，"老人说到这里，忽然透出小心翼翼的神情，自桌边站起来，对着薛北客长拜，"今天偶遇薛先生，在下有个小小的请求，不知道薛先生能否应允。"

"哦？"薛北客笑笑，"老先生有什么请求？"

"在下有几个朋友，也是白水的商客，家传的祖产，铺面不大，经营也很不容易。近日铺面都被薛先生买去了，虽然薛先生也出了公道的价格，可是天长日久，总是还要靠铺子生活的。在下厚颜，想请薛先生以原价将铺子卖还给他们，不知道可否？"

薛北客听到这里，白眉一皱，露出了不悦的神情。

自从他在筵席上一举震慑了白水商户，就开始以其雄厚的资金在白水城里大片地收购铺面。他南下的立意就是一举垄断白水的商业，所以不愿让一家小商户逃出自己的控制，若是有人不愿出卖产业，他就以金钱威压，又雇用流氓滋事，逼得对方不得不屈从。一时间白水的市面人心惶惶，大小商家无不战战兢兢，惟恐保不住自己的产业。有人甚至传说薛北客有不臣之心，妄图控制宛州的商业，用以对抗燮王。宛州十镇其他的大商会不清楚薛北客的实力，也不敢妄动，只是派遣了几个有名的清客上门，想请薛北客放过散碎的小商户，但是都被薛北客严词拒绝。

"这件事老先生不必再提，身为商人……"

"我也知道薛先生是大商家，"老人长叹，"可是薛先生也要照顾那些小商家经营不易，一间铺子，几代甚至十几代的传承，都是先辈的心血，就请薛先生放他们一条生路吧。"

薛北客怒气更甚，举杯喝茶，默然不语。

"老朽以无用之身，再请薛先生！"

薛北客终于失去了耐心，猛地一扬眉，抛去了手中的粗瓷盏子，掀起衣袖露出那枚龙血翡翠的戒指和满臂的旧伤疤："我年少的时候不过是个放马的孩子，风雨来去，也曾历尽艰辛，直到现在这些疤痕都不能痊愈。而现在我单凭这枚戒指就可以买下半个白水，我呕心沥血，才有今天的成就，以我的实力和地位，又何须管那些庸庸碌碌生活的人？他们又焉能知道我的志向和抱负？"

粗瓷盏子落地摔得粉碎。薛北客的从人拔刀冲进了茅舍，对着老人虎视眈眈。薛北客摆摆手，起身就要离去。

老人默默地看着地下碎裂的茶盏，长叹一声，对着薛北客长拜："贵客能否允许在下讲一个故事赔罪呢？"

薛北客有些讶异，他看着老人，忽然觉得老人身上有种气质，悄无声息地改变了，变得遥远又空忽，令人不得不仰视。他不由自主地挥退了手下，坐回了桌边。屋外一声响彻天地的轰雷，瓢泼的大雨哗啦啦地打落，老人颤颤地点燃了孤灯，茅舍中静了许久。

"薛先生在北方称霸，不知道我们宛州商人的故事，"老人低声道，"就说说宛州的商人吧。"

老人的声音悠远缥缈，随着灯的青烟，隐约中有种神秘的气氛缓缓地升腾起来。

如果说重骑兵，没有人敢和青阳的虎豹骑相提并论，而说金属的炼制和打造，火山河络的技巧就像是不可逾越的大山，至于诗歌的吟唱，一个普普通通的羽人少女也足以令东陆宫中的博士汗颜，据说她们歌唱的时候，风为之止息，落叶垂直地坠在脚下，入骨的忧郁和轻愁弥漫整个森林，连飞鸟也为之回翔，天地间静得只有一支遥远的歌谣。

造物的神奇实在不是任何种族的语言可以描述的，它将不可思议的能力赋予不同的种族，别人纵然羡慕，却是难以模仿追效的。

我们宛州的商人，也是这样。有人说九州大概不是人、羽、蛮、洛、魅、鲛六个种族，还要加上商，因为宛州商人赚钱的本事，已经不算是人了。

名利场中，也有出类拔萃的人，宛州以商业称雄的百年间，有过许多的异人。我今天要说的只是其中一个传奇，没有人知道他的名字，大家都叫他公子忽。他崛起之前，宛州没有人听过他的名字。他离去的时候，也没有人知道他的去向。他仿佛流星一样在宛州的天空上一闪而过，人们回忆的时候，只能看见流星过去留下的一道光痕了。也有人叫他"刹那公子"，刹那的光辉,却是说之不尽的风流。

公子忽来到白水城,已经是三十五年前的事情了。那一天,守城的军士忽然吹响了号角,震动了整个城池。号角是敌人进攻的预警,承平之世已有数十年,白水城的人从未经过战争,此时惊惶失措,一片混乱。城尹和都护手忙脚乱地奔上城墙,才看见远处黑压压的骑军,在白水城外的山道上鱼贯而行。

守城军士刀出鞘弓上弦,全神戒备的时候,天地间忽然响起一阵缈缈的笛声。笛声中,那支庞大的"骑军"缓缓推进到城下,这时人们才看清那不是什么骑兵,而是上千头扛着货驮的健驴,精悍的仆从牵引着驴子,为首的是个年轻的公子。他懒散地斜跨在驴背上,吹着一根翠玉的笛子。

"我家公子忽,奉上薄礼,请城尹分赠百姓。"一名精干的随从带着二十箱礼物登上城楼。

箱子打开,五箱是精美的玉簪,五箱是玳瑁的手镯,五箱是极北之地的麝香,剩下的,则是码得密密实实的金铢。闻风出来看热闹的百姓都为这豪阔的出手震惊时,年轻的公子忽拍着小驴,衣衫轻扬地穿过城门,仿佛一阵不知来自何处的清风。

就这样,公子忽在白水城建立了他的基业。他迅速地和宛州十镇的其他大商家订盟,共享水道、码头和商路,生意迅速铺展到宛州乃至中州,最后连北陆青阳国的宫中都使用带有"忽"字标记的银器,他不过用了短短的十年,就成了贵族王侯也不敢不奉若上宾的豪商。

公子忽的来历始终是个谜,有人传说他是大晁皇朝时候青王的后裔,知道大晁时代那笔失踪近千年的国库藏金的所在,所以他其实是以行商为掩护,悄悄地把沉重的金铤挖出来,夹带在货物中运到宛州。不过这话怕是妄传，公子忽第一笔本金是否来自古老的秘藏谁也无从考证了，可是他称霸白水的时候，掌握着六万余顷的森林，整个宛州一半的玉矿，还控制了河络制器的整个销路。这些资产又怎么能以区区一笔黄金来衡量呢？以这么大的基业来掩护，去挖掘一库黄金，这么想的人未免太小气了。

有亲近公子忽的人说，他确实是行商的天才，而且异常地刻苦。一般的商人不过是贱买贵卖，跟风而行，公子忽却建立了一个庞大的宗卷馆。他府里的门客博士计算整个东陆四州每年消耗的各种货物，以及水道和商路的运输能力，并将这些消息都绘制成图用以参考，他的宗卷馆最庞大的时候，不下十万卷宗。那些繁复晦涩的图表，在别人看来无疑是天书，公子忽研读起来，却废寝忘食，有时候找到了商机，就在宗卷馆中高声呼酒，和宾客们一起狂饮。

公子忽还有很大的赌性，为求一胜不惜行险。

他来到宛州的第一笔大生意就是当时销金河林场木材的争夺。公子忽本身已经有宛州六万顷的森林，但是和澜州销金河的木材产量相比，还是不能不甘拜下风。那时候南淮城的大商客褚汶和他在木材市场上的争夺相当激烈，褚汶就想到了要去打通销金河木材的通路，这样把销金河的大笔木材引进宛州，压低价格，只要一年就可以打垮公子忽的林场，从而独霸宛州的木材市场。公子忽得到这个消息的时候，褚汶的使者已经带着大车的黄金，向着澜州出发超过一个月了。

褚汶确实也是行商的奇才，这一招赌注下得极大，真正打中了公子忽的要害。公子忽震惊之下，闭门三日不出，三日后，他忽然下令典押他在白水的所有铺面。试想以公子忽的家业，即便是宛州总商会江氏以家族之力，也无钱收购他的产业，一般的典当铺子又哪里敢让他典押铺面呢？不过公子忽自有办法，他把所有的店铺都以半价典押给白水的散户。零散的商户虽然不成气候，但是他们聚集起来，本金却是惊人的数字。以公子忽豪阔的名声，加上半价典押的好价码，散户们纷纷动心。于是只在十日之间，公子忽就将所有的产业典押出去，约定来年以三分利息赎回。同时白水城所有的现金和金玉都汇集到了公子忽的手中，他亲自带着这笔现金和珠玉，雇用一队快船沿着越州的海岸北上。

众所周知，通常去澜州的水路，从中州的海岸前进穿过天拓峡是最为安全的，越州水路风高浪急，不知多少船队曾经葬身海底。但是公子忽没有采纳门客的建议，他坚持要从越州航线北行，因为越州航线在风势好的时候更快。他只要夺取澜州的林场，其他的什么都不放在心上。

那一路行得极为艰险，七艘大舰组成的船队到达澜州的时候，仅仅剩下三艘，金玉也损失了三成之多。据说在海上遭遇风暴的时候，公子忽赤裸上身，亲自带着门客们和水手一起顶着狂风暴雨降帆操舟，连续两日三夜都不下甲板。看似文弱的公子忽身上有股野性，令水手们都惊叹不已，于是整个船队都听从他的号令，仅仅用了二十三天，就在澜州靠岸。公子忽不眠不休，带着成箱的金玉在秋叶城购买来年的木材，只要手持林场地契前来的人，公子忽当场现金交易，气概夺人。这种出手澜州的客商哪里见过，公子忽名声大震，短短三日，他所带的金玉都变作了成箱的单据，而来出售木材的商户还是源源不绝。公子忽没有了现金，但是他已经在澜州建立了信誉，他手书的欠条一样有效，交割的单据还是雪片一样向他手中汇集。

等到七日之后褚汶的使者带着大车登上澜州的山原时，他们惊恐地发现澜州来年的所有木材都已经是公子忽的了。那时公子忽正坐在晋侯的府邸中饮酒，从容不迫地说这笔豪赌一年之内就能收回利润。

确实如他所料，当他掌握了销金河的木材。褚汶就彻底落在了下风，这个主意本是他想出来的，但是有如一把双刃剑，可以伤到公子忽，也能伤到他自己。褚汶的林场无法抵挡来自销金河的木材狂流，仅仅一年间，曾经富甲南淮的褚汶不得不将全部的林场出售给公子忽，还背上了无数的欠债。

公子忽看他木然地递上林场的地契，也长叹一声，仿佛这声叹息已经压抑了整整一年。

"只差一线，"公子忽说，"在这里奉上地契的就是我而不是你了。"

公子忽倒也不为难褚汶，他将林场两成的资产划到了褚汶的名下，令褚汶为他打理，褚汶从此就成了公子忽林场的大管事。当时有人劝公子忽说褚汶聪明犀利，让他掌握大权，将来可能暗地里作怪。不过公子忽却只是笑，说那一战褚汶已经胆丧，一个折了锋芒的人不会再是以前的褚汶了。果然不出他的所料，直到公子忽离开白水，褚汶都只是安安静静地为他打理林场，以前那个狡猾如狐凶猛如虎的豪商褚汶，已经不在世上了。

公子忽的名声也相当地不错。单说财富，他极盛的时候也未必能超过自羽烈王之世称霸数代的宛州江氏，不过若说豪气，江氏的主人却是远远不及他了。

他有古时世家的风范,喜欢在府中蓄养宾客。只要有几分才华,愿意进入公子忽府中的,他都敞门招待。甚至有些市井中的浪荡子冒充高士,公子忽也并不拒绝,宾客们劝他择人,他只说不至于为了几个小人败坏了待客至诚的名声。

但他自己对物欲却没有什么要求,虽然家中蓄养着各族的歌姬舞女不下千人,不过他却终身未婚,这些妖娆不过是给往来的客人佐酒享乐的。他的衣食也简单,吃得少而精致,没有排场,也不浪费。那种什么水晶馔、鲤唇驼峰席、流杯宴的把戏,公子忽府上的厨子都能做得出来,不过也只是做给客人享用,公子忽本人这时候不过饮一杯米酒,在旁边作陪。

公子忽自己也有一掷千金的时候,而且他花在玩乐上的金钱绝不比别的富商花在女乐上的钱少。

公子忽喜欢打猎。

若是寻常猎一猎野兔黄羊,当然不算是什么豪奢的举动,一张弓一袋箭一匹快马而已,能值几何?偏偏公子忽喜欢捕猎的,确是些令人望而生畏,甚至听都没有听说过的庞然大物。

夜北有种叫作专犁的异兽大家都知道的,但是捕捉这种异兽,却是一般人想都不敢想的事情。专犁的别名叫作寒兽,有人说专犁每个关节里都有一粒散发寒气的明珠,将它全身冻得冰冷。这种寒冷连它自己都无法忍受,只好藏在有地热的温泉里。好在它们活得很长,又没有天敌,否则早就绝种了。一般的动物只要被它接近,以满嘴的寒气一吹,连骨骼都会冻成冰碴。

但是公子忽的性格,偏偏是对这种危险的动物有兴趣。他从古书上读到专犁的故事，兴奋难耐，和几个门客商议之后，定下了捕猎的计划。其实今天回想起来，公子忽的办法也并不难，只不过别人却没有他那样肆无忌惮的天才想法。夜北固然寒冷，但是却有温泉地热。公子忽调集人手，在夜北发掘热泉。他们发掘的温泉连在一处，通向夜北一处死火山的山口，而那个死火山虽然不喷发了，山口里还是滚烫的。公子忽下令在火山边炼钢，将一锅一锅的钢水倒进那个巨大的火山坑里，钢水冷凝之后就结成了一层薄而光滑的铁壁。然后公子忽的门客们在里面灌上雪水，变成一个巨大的温泉池。

这一切做好之后，公子忽带着门客们吹响了一种夜北猎人常用的雾笛。传说这种笛子的声音最像专犁的叫声，雄性的专犁听到这声音，自然会以为是雌性发出的求偶的消息。果然不出他们的预料，藏在温水潭中的雄专犁误以为是同伴，兴奋地钻了出来。它寻觅着前行，发现一个又一个的温泉眼，专犁只在有泉眼的地方活动，这个发现让雄专犁更加振奋。它在这些泉眼中退去了身上的寒气后，就追寻着雾笛的声音进发，最后的目标则是那个死火山的山口。

死火山是最大的温泉，当专犁看到这池温泉的时候，它觉得是找到雌专犁的家了，于是开心地跃进了火山的温泉中。此时公子忽的门客们早已在火山的山壁上凿出了缺口，温泉的水倾泻而出，专犁失去水的依托，顿时落在了火山坑的底部。而四壁都是光滑的钢铁，凭它的利爪也不可能爬上去，公子忽就这么捕获了专犁。

他的雄心到此也就为止了。公子忽并没有杀死专犁，他只是收集了专犁流泪化作的寒珠作为证据，而后放它离去。白水城的人们有很多都亲眼看见他带回的寒珠，每到盛夏的时候，寒珠上面都凝着一层薄薄的霜色，这是一般明珠不可能有的。

他捕海蛇的故事也是很有名的。宛州毗邻的瀛海，浩瀚荒远，迄今为止，谁也不曾航海出去，看看海的尽头是什么样的。有人说海的尽头是一片垂落万丈的瀑布，瀑布下面是黑洞洞永无止境的星渊，雨水从天上落下，最后都汇集到大海里面去，海水涨了，就从瀑布落进星渊中。若是人落进去，永远不会死，只会在那个无底的深渊中永恒地下落，直到万亿年后天地完全崩坏。

当然这些都是传说，九州诸族和这个天地比起来，毕竟是一些虫蚁般的小东西。人们看不到大海那一边，就会有各种各样的猜测。有时候古书上会记载一些关于四野八荒的奇闻轶事，就有涉及远海奇观的，不过谁也不能证实，公子忽倒是特别喜欢这样的传说。

那一年宛州的渔家都抱怨说鱼少了，以往春秋两季，总有浩大的鱼群沿着洋流从深海而来，经过宛州的海岸去向闽中岛，再沿着洋流穿过天拓峡，去向澜州东面的寒海。但是那个秋季，该来的鱼群却只来了一半，尤其是那些珍稀美味的海鱼，整个宛州的渔户都不曾捕上几条。

渔业本不是公子忽的产业，不过他也听说了这个消息。一次宴客的时候，公子忽传令上一道绿鳍斑背豚，厨子却说市面上买不到，整个宛州那年就不曾捕上几条绿鳍斑背豚。公子忽一听之下，沉默良久，忽然抛下满座的客人起身离去。那是正值木材销售的旺季，可是他把偌大的一摊生意都交给了自己的门客，自己匆匆带着几个精干博学的门客直奔北邙山。

从北邙山回来的时候，他带回了河络打制的巨钩。世上也只有河络的工艺能把公子忽所绘的图纸变成一件真实的器具，那只钩是珊瑚金打造的，像是一束十二尺长的伞骨，一共有十二枚锋利无比的钩镰被机栝收在径尺粗的轴杆边，但是一旦张开，就是一张直径二十四尺的钢骨刺伞。拜河络的工艺和珊瑚金轻韧的特性所赐，这只钩却不重，两个成年男子就能扛得起来。

公子忽带着巨钩回到宛州的时候，已经是第二年的秋天，鱼群少得更厉害了。以往宛州和天拓峡的渔业可供应大半个东陆，而那一年，连宛州市场上都难以买到好鱼，至于天拓峡那边的渔场，近乎毫无收成。不少渔户惶然失措，觉得是上天之罚，商议着要请星相师禳星求福。

公子忽是名震东陆的人，他到达海边的第二天，所有渔户都知道公子忽来海边是要捕海蛇。可是海蛇固然剧毒，却并非什么稀罕的东西，似乎不至于引动公子忽这样的人。渔户们都放下了打鱼的营生，去公子忽所居的驿馆看热闹。公子忽气魄很大，当场就给出丰厚的报酬，雇下了所有看热闹的渔户，却并不说该怎么办，只是要渔户们都听从他的调遣。

渔户们收了公子忽高额的聘金，都应承了。过了几日，公子忽亲临海边，买下一条偶然闯入近海被活捉的鲨鱼。公子忽的门客带着工匠在海边的峭岩上打下径围一丈的巨大绞盘，绞盘上缠着来自河络的细韧铁链。公子忽传令善于捕鲸的渔户各自准备小舟和投枪，剩下的人则负责驱赶犍牛拖曳绞盘。那只珊瑚金的巨钩被裹在一整张鲸鱼皮中，缠在鲨鱼的腹下。公子忽的门客搜集了市面上所有能见的绿鳍斑背豚，将它们的胆囊提炼出来，吸在一团晒干的海草中，放在鲸鱼的皮囊中。这一切准备好之后，公子忽就让渔户们把鲨鱼放回了海里，任随它游走，那道同是珊瑚金打造的细铁链长达百里，缠在巨大的木轱辘上，随着鲨鱼的远游，越放越长。

　　公子忽做完了这一切，仿佛成竹在胸，不慌不忙地和门客们一起守在绞盘边饮酒放歌。渔户们有的不解公子忽的作为，壮着胆子上去询问，公子忽也不回答，只是大笑着用酒把他灌醉。这样一直等了二十一天，第二十一天的时候，公子忽走在海边，忽然看见涨潮的水中有无数死去的海蜇。他呆了一下，高呼着奔向绞盘，令渔户和门客们鞭策犍牛。同时五十多艘捕鲸的小舢板破浪而去。

　　十二头犍牛的拉扯下，绞盘越抽越紧，珊瑚金的铁链被收回三十里之后，对面传来的拉力大得不可思议。河络打造的锁链果然不同寻常，竟然不断裂，可是整个绞盘的基础却几近崩溃。公子忽亲身上阵，带领善于建造的门客们以两尺长的铁锥和大石固定绞盘，而后带领渔户们一起上前推动绞盘。那场真是百年难遇的盛况，附近二十里的人几乎都赶到海边围观。随着绞盘继续抽紧，人们惊讶地看见远处的大海尽头有巨大的水浪翻涌，正是铁链直指的方向。仿佛是一只庞然大物在海中疯狂地挣扎，巨大的水雾把它的身体完全遮蔽起来，人们只能隐隐约约看见不时跃出海面的黑影。

　　捕鲸的渔户们遵从公子忽的吩咐，将小艇驶到距离那片水雾五百步的地方。他们在滔天的狂浪中几乎无法支撑，只能用小艇头上的小床弩将一丈长的铁梭投射出去，而后立即离开。前前后后，足有两百支铁梭被投进了水雾里，铁梭上都涂了麻药。但是水雾中的庞然大物挣扎得越来越厉害，最后公子忽下令所有渔户都撤回海岸上，用一根巨钉把珊瑚金的铁链钉进了岩石中。自己则点起篝火，彻夜地留在海边观察那个东西的动静。那东西带着铁链一时东游，一时西游，想要挣脱，但是始终不能。铁链绷得就像钢弦一般，不过显而易见，时间越长，那东西的劲道越小。

次日早晨，公子忽下令起开巨钉，继续抽回铁链。这一次拖动绞盘的犍牛增加到二十头，双方的较量堪称你死我活，铁链每抽紧一尺，围观的人心里都要一紧。靠近海岸的海面上波涛起伏，仿佛沸腾一般，没有人敢走近海滩。一直坚持到傍晚，铁链终于带着那个大东西被抽回到沙滩上，人们惊恐地看到一条不可思议的巨蛇在远处的沙滩上翻滚挣扎，它庞大的身躯痉挛着抽打在沙滩上，细沙像是灰尘一般被激飞起来，黄沙蒙蒙中仿佛是巨龙在怒舞。

这才是公子忽要捕猎的海蛇。

不过海蛇毕竟已是强弩之末，挣扎了一夜之后，它沉重的身躯横在了沙滩上，那双诡异的红色眼睛也失去了生机。这时公子忽才带着门客和渔户们小心地靠近沙滩，人们清楚地看见那只珊瑚金打造的巨大伞钩整个地张开来，卡在了海蛇的喉间，只有不到一尺的钩尖从深灰色的蛇鳞间透出来。这就是说那蛇的身体几乎有二十尺粗细，而它的身体竟有五百尺之长，每一片鳞片都有桌面大小，坚逾精钢，半数的铁梭都没能穿透它的鳞皮。它最后挣扎的时候把沙滩边的岩石也打得粉碎，身体却没有怎么受伤。公子忽令人张开死蛇的嘴，无数细细的蛇牙仿佛一片白森森的荆棘，那只作为诱饵的鲨鱼的鱼骨还扎在蛇牙上，大概是受伤的海蛇无法吞咽吧。

有人当时就敬畏得要跪下，觉得那就是传说中的龙。公子忽却说不是，古史中所谓龙，是极有智慧的神兽，而这种海蛇被称为"龙鱣"，不过是深海一种可怕的异兽。因为寿命很长，所以它们可以长得极其巨大，像这样巨大的龙鱣至少已经有数百年的生命。龙鱣一般不靠近海岸，大量地捕食深海的鱼群，尤其喜欢绿鳍斑背豚这种鱼的胆汁味道。所以听说渔场减产，绿鳍斑背豚尤其难得，公子忽就想到了是成群的龙鱣游到了内海，于是有了捕猎的想法。

公子忽命令门客把龙鱣的身体剖开，把全部的蛇血都倒回大海里，据他说这样蛇血的味道会被别的龙鱣闻见，龙鱣知道有人可以捕猎自己，就会畏惧，自然会退回深海，从此不必担心渔场的收成了。渔户们惊喜之余，对于公子忽的敬仰更是到了极致，所有人点着篝火在海滩边欢歌痛饮了半个月，公子忽令门客把龙鱣的蛇肉切下以古法烤制，尤其地鲜美，它巨大的蛇胆被分给城中的老人，每个老人都饮到了蛇胆酒。龙鱣头骨下的两枚细骨被抽了出来，磨制成晶莹透明的两柄利剑，被进贡给了燮王，据说虽然是骨剑，却堪与精钢的制品相比。

只有龙鱣的毒囊，公子忽说奇毒无比，他也不知道该如何处理，于是命令不得刺破毒囊，而是把它整个地带回了家中，埋藏在地下。公子忽剥下海蛇的皮，作为一匹地毯，竟然可以从门口一直铺到他家的中堂还有余。直到现在，有人还说走过那张蛇皮，令人禁不住地毛骨悚然。

桌上的火焰跳了一跳，薛北客从出神中回复过来。

"公子忽这个名字，我也曾听说，可是这些故事多半是后人附会，他离开白水城也有快二十年了，有人说三十年，众说纷纭，当不得真。"这么说着，薛北客的眼睛却还是有些空蒙。老人淡淡地说来，仿佛遥远异域的事情，却真实详尽得令人不得不思索，他淡然的声音中，自带着一股魔力。

"真实与否，不是我辈能够追究的，"老人笑了笑，"只是个故事吧，不过公子忽真正的传奇，还不是钓尨鲡，而是猎风……"

门外传来了敲门声，管家轻声道："主人，雨停了，走么？"

薛北客愣了一下："不，你们等在外面……先生刚才说猎风？"

老人又笑了："是啊，猎风，所谓的风，是指大风……"

大风这种鸟，世人多半都知道，可是从没听说过任何一个人见过。各族古老的传说里，都说曾在万里无云的天空中，看见铺天盖地的大鸟掠过，它飞过的时候风向为之逆转，双翼遮蔽了阳光。甚至有一种传说，之所以有白天和黑夜，是因为大风中的帝王在天空飞过，它是一只双翼可以覆盖整个九州的神鸟，飞在极高极高空旷无极的高天上，当它觉得冷了，它就会飞到太阳下去烤火，这时候它遮挡了阳光，黑夜就降临。等到它觉得燥热了，就会飞开，这样又是白天了。

其他关于大风的传说还有它们吃大鱼和海蛇为生，就是公子忽所钓的尨鲡，所以它们不能生活在近海，因为近海的小鱼小虾没法让它们吃饱。它们的蛋巨大而坚硬，像是一个漂浮在海面上的浮岛，需要长达十二年才能孵化。那时候整个蛋上都长满海草和螺贝，和真正的浮岛没有半点区别。有人曾在海上遇难，在一个浮岛上等待救援，浮岛却忽然裂开，巨大的雏鸟挣扎着破开岩石一样坚硬的蛋壳，振翅飞上了天空，那浮岛就是大风的蛋了。

当然这些传说没有人能证实，就像龙的存在一样，有着各种各样的传说，却没有人亲眼见过。或许只是人们的臆想，或许是早在远古就已经灭绝的神兽，或许它们还生活在远离诸族的神秘所在，只是不愿意让人见到而已。大风在诸族的传说中都是雄伟的神兽，又有缥缈莫测的意思。前朝翔帝的名讳就是白风翔，本是期望他励精图治，一飞冲天，不过他最后舍弃家国做了一个漂泊的歌吟者，帝朝的武士们走遍九州也找不回自己的皇帝，倒是合乎了缥缈莫测这层意味了。

这个故事甚至关系到公子忽最后离开宛州，那时候他也才三十四岁而已，起因居然只是一片鸟羽。

公子忽钓得龙鲤之后，整个宛州都有人不断地送来新奇之物，其中多半是伪造虚托的玩意，但是偶尔也会有些珍品，比如一块黄鱼的耳石，居然有磨盘般大，不知道那黄鱼有多么巨大了。但是其中最珍奇的，还是大风的羽毛。

有一天，一个背着包袱的年轻人叩响了公子忽的大门，说是有件祖传十几世的珍品，想请公子忽帮忙鉴别。公子忽问他是什么，年轻人却很是腼腆，犹豫了许久才说是片鸟羽。门客们讶然，而后满堂都是哄笑声，公子忽却令仆役和门客们安静，温言款语地请他把鸟羽拿出来看看。年轻人便卸下了自己背上的包袱，他打开包袱的时候，人们竟然觉得是自己看错了，那包袱中不是什么鸟羽，而是一片青灰色的丝绸，卷在一只两尺宽的木轴上。年轻人默默地滚动木轴，那幅"丝绸"展开，青灰色的薄而韧，闪着人们从未见过的粼粼之光。人们上手去摸的时候，并非丝织的感觉，却异常地滑爽，像是羽毛。当时全部的门客都怔住了，以他们的博学多闻，却不知道世间有这种怪异的东西。若说是羽毛，即便大鹰翅尖的长翎，一丝羽毛又能有多长？最多不过就是小手指那么长罢。而那个年轻人所展示的羽毛，竟然长达五丈，而且仅仅是鸟羽中的一丝，扁平得像是片刀形的树叶。

"风……大风！有鸟曰风，翼比天地……"静了许久，一个博学的门客声音颤抖，"是大风的羽毛啊！真的是大风的羽毛啊！"

消息仿佛惊雷，传遍了公子忽的整个府邸，所有门客都围聚来观看。有人一口咬定必是伪造的，有人却以为确实是真的大风羽毛，最后会成两派争得面红耳赤。公子忽素来不对门客加以管束，这帮博物君子们又最好面子，最后争不过，就在中堂之上扭打，彼此都狼狈不堪。但是那丝羽毛确实与众不同，有人扯下细细的一条，悬着重达数百斤的铁锥，羽丝伸长了许多，却绝不断裂，刀砍剑削，都没有用。

最后还是公子忽止住众人，要年轻人说出这片鸟羽的由来。年轻人却说祖上的传说已经很不清楚了，似乎是先辈曾经当过渔户，出海捕鱼的时候，看见一阵海潮袭来，一只腐烂过半的奇形巨鸟在海水中载浮载沉，腥臭的气息冲天而起。先辈惶恐之余，叩拜而退，只是裁下了大鸟翼尖羽毛的一丝，一直作为珍物流传给子孙。

"如果是十几辈之前还能看见大风的尸体,那么不过是两三百年前还有活的大风,"公子忽沉默良久,"那么大风这种神兽依旧存在于世上也并非不可能!"

他的话重达千钧,令一众门客热血沸腾。公子忽这么说,谁都清楚他已经有了捕猎大风的打算,门客们不再争论鸟羽的真假,纷纷以自己的所学上前献策,都说世上若有一人可以以人力挑战大风的力量,那么也只有公子忽了。

堂上热火朝天的时候,却有一个老人忽然站了出来。

"公子绝不要听这些人胡说!"老人斩钉截铁地说,"自古想要捕猎大风的人,还没有一个能够活着回来!"

这声断喝令门客们大为恼怒,博物君子们焉能忍受别人对他们的见地横加指责?更令他们不满的,是这个姓尚的老人只是公子忽家中一个喂鹦鹉的闲人。

尚老人也算公子忽的门客,本来却是白水城中一个无业的游民,逢着有富商施舍粥米,他就去凑热闹,没有吃的,他就在城外的树林里面采点野菜嚼食。与众不同的是,他随身喂着一只好看的鹦鹉,那只鹦鹉像是他的命一般,有好吃的,他都先喂给鹦鹉。一次寒冬腊月,公子忽施舍热粥的时候,看见饥饿的游民们对先到的尚老人推推搡搡,抢夺他手里的肉馒头。而尚老人被踢出人群,手里仅剩一小团饭粒,却自己找了个避风的地方喂给鹦鹉。看他那副认真的样子,似乎鹦鹉是他的命。

"你有什么所长么?"公子忽上前去问他。

"我会养鹦鹉……"犹豫了很久,尚老人才回答。

"也算一门学问了,做我家的门客好么?"

当时就有人劝说公子忽不要招揽这种闲人,否则以他游民偷鸡摸狗的性子，会给府里增加许多麻烦。

"能够为一只鹦鹉不惜己身，也算是奇人，每个人都有他的用处，就留在我家里吧。"公子忽这么说。

尚老人就这么成了公子忽的门客。他的时间还是都扑在那只鹦鹉的身上，有什么好吃的，都先给鹦鹉，整日里嘀嘀咕咕的，不知对鹦鹉说着什么。而可笑的是，尚老人说得再多，那只鹦鹉却是一句也学不会。公子忽府上豢养的鹦鹉也不少，统统锁在鸟舍的一只细丝笼子里。尚老人养的那只鹦鹉和他的主人一样臭脾气，不屑于和别的鹦鹉往来，喂食的时候也不知道礼让，一头就闷过去抢吃的，吃得又分外地多。

凡是动物，只要分群，就有高下尊卑的区别。别的鹦鹉当然也不满这只不懂道理的生客，于是联合起来撕咬尚老人的鹦鹉，也不给它机会抢食吃。这只鹦鹉一身翎毛弄得散乱不堪，在五彩缤纷的鹦鹉中间，显得孤独又狼狈，倒像是饱受其他门客欺负的尚老人。

不过那只鹦鹉也倔强，任凭别的鹦鹉欺负它，它并不还手，冷眼在一边看着，偶尔抓到机会，就上去抢几口食物，再退回来等着挨打。

公子忽是喜欢鸟的人，很快就发现了这只鹦鹉的与众不同。他倒是颇喜欢尚老人养的那只鹦鹉，也许是他不太喜欢别的鹦鹉太过谄媚的谀辞，于是觉得这只不会说话的鹦鹉更加有趣些。隔个几天，他就回去鸟房看看那只鹦鹉，特别地带上一些碎米和谷子喂它。那只懒洋洋的鹦鹉渐渐地也知道公子忽喜欢自己，一见公子忽来了就上上下下地跳，要吃的。而一旦喂饱了它，它翻个身就四仰八叉地睡了，也不管公子忽是不是还在逗它。

公子忽有时候也笑骂说这个无赖鸟儿，不过他还是喜欢那只鹦鹉，渐渐的，他就管鹦鹉叫忽忽了。

"忽"该是他自己的名字，他管一只鹦鹉叫忽忽，谁都可以看出公子忽是真的喜欢那只鸟儿，于是府上门客敢欺负尚老人的渐渐也少了。

尚老人在公子忽的门下不曾进言一句，他的第一句话，就惹来了大麻烦。

"先生懂什么？"

"先生除了喂鹦鹉还知道古史神兽么？"

"今日的鹦鹉先生喂好了么？ 就在这里大发宏论？"

门客们的讥讽层出不穷。尚老人不善言辞，只能瞪着眼睛，以他蹩脚的宛州方言争论，到了最后，谁都觉得他是在胡搅蛮缠了，可是尚老人的声音越来越高，嘶哑地搅乱了中堂上的规矩。

"先生不必劝了，"公子忽并不喜欢别人影响他的决定，所以语气也颇为严厉，"没有大风险，庸庸碌碌的事情并非忽所喜欢的。"

他的决心向来不容动摇，公子忽就是这样高才而桀骜的人。

尚老人沉默良久，于是长叹一声说："那么让我也为公子尽力吧，其他宾客或许有猎获大风的办法，我却只知道一个办法，让大风不能伤害公子。"

公子忽有些诧异："那么敢问先生是什么方法呢？"

"现在还不能说，"尚老人摇头，"但是我要忽忽一用，还有公子钓得龙鲥时候留下的那只毒囊。"

公子忽不愧是名震宛州的豪客，微微思索，答应了尚老人的要求，他其实有些舍不得忽忽，但是尚老人这么说的时候，严肃得令人无法拒绝。而其他的门客，尽数出动搜集大风的消息了。

公子忽门下的宾客，果然也不是普通人，颇有一些饱学的博士，通晓《海苍志异录》《韶溪通隐》一类的古书笔记。而关于大风的传说，恰是这些难以查证的野史笔记中最多。门客们又北上天启城，在帝朝藏书的"古镜宫"中借阅民间绝迹的善本。不过三个月的时间，他们竟然综合了所有关于大风的只言片语，画出了草图，在公子忽面前描述了他们所想象的巨鸟。按照各种古史和笔记的说法，这种鸟栖息在大海深处的巨大岛屿或是其他陆地上，有着青黑色的羽毛，长颈，有着修长的曳风尾羽，身长一百到一百二十丈，翼展达到可怕的五百丈，利爪可以轻易地撕开海蛇坚韧的皮和鳞，它们甚至可能有牙齿，可以咬噬海蛇和大鱼的肉。平时不可能看到这种鸟，因为即使它们偶尔接近大陆，它们也会在极高极高的天空飞翔，在地下看起来像是大雁。它们喜欢带有腥味的食物，喝海水就可以生存，但是讨厌樟木的香气，因为传说有人在樟木林中以弓箭射中了低飞大风，但是大风不敢扑下来攻击他，想必是畏惧樟木的气味。

当博士们在公子忽面前展开恢宏的画卷，展示一只飞翔在高天之上的庞然巨鸟时，在场的所有人都不由得热血沸腾。这些宾客多半和公子忽一样，有些狂放不羁，想到可以猎获这只神话般的大鸟，亲眼看一下造物的伟大，怎能不激动莫名？

"那怎么才能伤到这种大鸟呢？"公子忽问。

"射它的翼根。从古史的记载看，大风在翼根是有弱点的，只要可以打造一种机栝，足以贯穿翼根，那么大风就和一只野雁没有区别了。"博士说。

"好！"公子忽拍案而起，"那就猎一只大风！"

公子忽行动仿佛风雷。他首先派门客北上，在羽国以重金订制了一艘木兰巨舟，因为捕猎大风，必须深入大海，而整个九州，只有羽人的木兰巨舟才敢离岸航行，而羽人绝密的造船之术可以在船舱中造出密仓。这些密仓绝不进水，即便船翻了都不至于下沉。然后他又亲自进入河络的地界，请求打造一种强劲的机栝，他和河络们似乎有一种神秘的盟约，河络们立刻满足了他的要求。阿洛卡亲自下令，指派拥有"神匠"称号的河络"铁锤哈都"监督打造，河络们收藏的最稀有的矿石摆在铁锤哈都的面前任他选用。

而尚先生却对这一切毫不关心，自从他要了忽忽去，他就整日整夜地把自己和忽忽关在公子忽宅邸的地窖中。他曾经嘱咐说任何人都不得靠近，事实上也没有人敢靠近，因为尚先生在熬制那枚水缸般大的海蛇毒囊，谁都清楚那蛇的毒性。尽管公子忽小心地令众人不要戳破毒囊，而是直接把它埋在地底的石窖中，但是那可怕的毒性已经慢慢地散发出来。来年石窖上的新草绿得令人畏惧，有人亲眼看见一只野兔啃食了一口那草，当即就狂挣而死。

整个准备的时间长达两年，当羽人所制的木兰巨舟航行到宛州海岸的时候，万户空巷，人们在海边以敬畏的心情看着长达两百尺的木兰巨舟破浪而来，精悍而轻盈的羽人水手们在巨大的风帆上扯着棕缆飞纵，三叠的巨帆鼓起风势的时候，护送的大燮战船都被远远地抛在后方。

与此相反，河络悄悄运送到公子忽府上的铁箱以铜汁和铁箍封闭，没有人知道里面是什么。负责护送的河络武士只是在公子忽的面前将箱子打开一线，公子忽看了一眼，立刻命令奉上黄金和珍稀的炼玉，请河络们致问候和感激于阿洛卡和铁锤哈都。

一切都已经就绪，门客们摩拳擦掌，公子忽表面上还镇静，可是叩击着木兰巨舟坚实的硬木船舷，他眺望大海的眼中也满是少年人无所畏惧的昂扬气概。

在石窟中闭门不出的尚老人终于走了出来，当他带着忽忽来到公子忽面前的时候，公子忽这样山崩于前而颜色不变的人也呆住了。尚老人的肤色不但苍白，而且近乎透明，都能看见血管在其下搏动，而忽忽竟然从一只黄鹦鹉变做了瘆人的惨绿色，一双眼睛红得诡异。

"公子小心！"一名精通毒药的门客说，"这鸟儿身上有毒！"

尚老人也不辩解，只是让公子忽看忽忽脚爪上的铅制套子。

"忽忽已经是一只毒鸟了，"尚老人说，"但是蛇毒是穿不透铅套的，公子不必担心。只要把忽忽带在身边，至少大风是不能奈何公子的。只是公子要记住，千万不能让忽忽离开你的身边，它能够威慑大风，只是在很短的距离内，和很短的一瞬间。"

公子忽半信半疑地接过忽忽，放在了自己的肩膀上。忽忽过了八个月，似乎对公子忽有些陌生了，不过只是片刻，它就认出了公子忽，像以前那样欢蹦起来。

看见忽忽在自己肩膀上跳来跳去，一种熟悉的感觉涌上公子忽心头，令他觉得这还是自己熟悉的那只无赖鹦鹉。他是豪放不羁的人，对于尚老人不抱丝毫怀疑，虽然他也不相信这只鹦鹉可以震慑大风，不过他还是把忽忽带在了身边，不愿意拂了尚老人的心意。

木兰巨舟起航的那一天是五月初一。没有人知道公子忽要在那天起航，他不愿有太大的场面，于是趁着星夜带着精干的门客登舟。第二天天亮的时候，人们发现海港边已经没有巨舟的身影，只剩海天空阔。这时候大家才意识到这趟航行的凶险，而并非仅仅是一场热闹。在茫无涯际的大海上，捕猎一只无人见过的巨鸟，一点点的疏忽，以足以让他们所有人葬身大海。

或许这是公子忽的最后一次冒险了吧？不少人大概都是这么想的。

不过对于公子忽这样的人，"最后一次"的可能，才是真正让他热血沸腾的吧，至于大风，倒在其次了。

起初公子忽是按照中州到宛州的航线贴着海岸航行的，就在航线折向北方的地方，他却命令水手和门客继续保持航线向西。这样他们就缓缓地离开了众所周知的航道，真正地开始了深入外海的试探。谁都知道，星辰的运行和测算是一件很复杂的事，要靠星相学来确切定位，在海上是完全不可能的。本朝唯一一个可以准确测算星辰运行的，只有一百二十年前钦天监的西门博士，但是他也需要借助铜瓦殿中庞大的皇极经天仪。所以大概只是航行了三四天，水手们就开始惊惶了。海图上标明的礁石和岛屿再也找不到，四面望去都是碧蓝的海水，风极其地微弱，庞大的木兰巨舟在这里，也不过像一片小小的枯叶。

公子忽却还镇静，他让水手们扎下四支铁锚，将巨舟牢牢地定在海面上。与此同时，博学的门客们也开始忙碌了，公子忽离岸的时候，收购了市面上所有的牡蛎。门客们将鲜活的牡蛎去壳，榨出汁液，而后一桶一桶地倾倒在海里，牡蛎是海货中最鲜最腥的东西，对于大风有强大的诱惑。另一些人则在大船的船头架起了简陋的工房，依照河络留下的图纸，将那只铁匣中的机栝安装在船头。

羽人的水手们并不知道那机栝是什么，但是看门客们小心谨慎的样子，也知道那绝非一件寻常的东西。他们偶尔谈论起来，只说机簧已经绷紧了，安装时候千万不可剧烈地摇晃，否则机簧会崩断，雷矢没准会把船也毁了。

此时最悠然自得的倒是公子忽，他天天把忽忽放在自己的肩头上，持着修长的海竿钓鱼，还不穿靴子，挽着裤角将小腿泡在海水中，轻松惬意地打着水花。忽忽虽然变绿了，倒是和以前一样，饿了就跳着要吃的，吃饱了就一翻身在公子忽的肩头上睡觉，公子忽钓到了鱼，它就忽扇着翅膀想上去偷吃，公子忽无奈，只好做了一个小套子把它的嘴巴套起来，为此忽忽有很长时间都蹲在公子忽的肩膀上扭头不看他。

随行的尚老人却有些异样，他日日夜夜都在船舷边看着南方，人变得越来越枯瘦，眼中的光芒却越来越盛。公子忽和门客们都为之惊惧，此时的尚老人有如一具骷髅，双目却像两盏寒灯，令人心里有股不祥的预感。

时间渐渐地过去了。海上一直是风平浪静的，公子忽钓鱼的技巧竟然高得惊人，总是带回海虹鳟和黑尾鲷一类珍稀的海鱼和水手门客们共享，羽人的水手善于游泳，不时收获一些鲍鱼和干贝。船上的清水和米面又多，大家日复一日地烧制海鲜，自得其乐，简直都要忘记为何而来了。

可怕的变化发生在第二个月的第三天。

那天早晨晴朗得出奇，整个天空万里无云，日光照得海水金光粲然，公子忽还是一样地在小舢板上钓鱼，水手们擦洗着甲板，公子忽门下的博物君子们研究着古籍。而此时的尚老人已经不在船舷边眺望了，他的身体越来越虚弱，公子忽下令把他锁在船舱里养病。其实即便不锁他，他也很难爬上甲板了，但是他依旧扳着舷窗，死死地望着南方，仿佛那边有什么，令他死都要看一眼。

公子忽那天钓鱼的运气好得出奇，正悠然的时候，一个羽人水手忽然单臂扯着棕缆飞荡到他的小舢板上。

"怎么？"公子忽问。

"要有雨了，公子还是上船去吧。"羽人水手说道。

公子忽顺着他的指点看过去，竟然真的在南方看到一片黑云。海上的天气变得最快，一时朗日，一时就是暴雨，公子忽是博学多闻的人，清楚这种可怕的变化。于是带着鱼篓，收拾舢板上了大船。门客们在河络的机栝上铺设了雨布，就要回舱避雨。此时他们忽然听见了尖利的啸声，那是来自远方的黑云。

一个枯瘦的身影撞破了船舱的门，猛地冲上了甲板，正是沉疴难起的尚老人。

"来了！来了！大风！大风！"尚老人像是疯了一样不顾一切地大吼，恐惧和兴奋的情绪混杂在一起，他的眼睛雪亮，面颊烧得赤红。

"大风？"公子忽和门客们一怔。

仿佛是为了印证尚老人的话，疾烈的狂风忽然袭来，全无任何征兆，利刃一样割着所有人的脸。那时船帆只卸下一半，巨大的木兰船竟然被吹得几近倾覆。所有人都滚倒在一侧船舷边，只有尚老人没有，不知道哪里来的力量，他的手有如铁爪一样死死扣着桅杆，眺望着南方的那一小片黑云。

当人们再次看向那片黑云的时候，它已经压住了小半个天空。它推进的速度快得不可思议，海水仿佛煮沸一样翻腾起伏，天空中仍有阳光，可是阳光照在身上竟然是冷的。随着黑云的袭来，远处的海上迅速地黑了下去，让人心里浮起极其不祥的预感。

"那不是云，"忽然间所有人都信服了尚老人的话，"那片云就是大风。"

云一般覆盖天地的巨鸟。

水手们忙着卸帆，门客们急着将准备的货物搬上甲板。等待已久的时刻终于到来，公子忽紧紧握着腰间的剑柄，虽然明知这剑绝不可能伤害到大风，可是他那样不畏生死的人此时也需要借助握剑来镇静自己的心神。

海水翻腾得更加剧烈，南方的半边天空似乎就要倾塌，海浪打在船舷上击得粉碎，白碎的水花冲起，在天空中近十丈高。黑云渐渐显出了本相，人们看见海面上鸟形的巨大黑影，随着那黑影的逼近，嗡嗡的声音仿佛要刺穿耳膜，虽然早已准备好了软木的耳塞，可是每个人都觉得有锋利的长针一直刺进了脑颅中，滚落在地的琉璃酒器在那阵可怕的声波中忽然崩裂！

波涛起伏的海面上，一道深可一丈的水痕笔直地射向了木兰巨舟，仿佛是一道隐形的气刀割开了海面。

"是风割！闪开啊！"尚老人狂吼着。

那道隐形的气刀掠过木兰船的时候，"砰"的一声像是斩击在船舷上，硬木制成的船舷竟然为之崩裂。此时巨大的黑影在头顶飞过，阳光完全被它遮蔽。阴风怒号中，人们清清楚楚地看见了那只巨鸟，长颈青羽，六条巨大的曳风尾羽铺散开来，仿佛拖在它身后的六道黑烟。它的翼展不下千尺，双翼猛地一振，对着天空飞升而起，振起的大风几乎要将木兰船压进海水中。

公子忽的门客中真有不畏生死的人，有人立刻操持手斧砍开了几只箱子，一阵樟木香升起，狂风将箱子中的樟木屑席卷上了天空，一片蒙蒙的黄雾笼罩在周围。而平时不善言辞的一个门客排众而起，在船头端坐冥思，一片火影从他身上腾起，转而化作一层巨大的火罩将整个的船包裹在其中，被大风激起的水花泼在火罩上，发出雷鸣般的暴响，瞬间就被蒸发了大半。这种阳昊之火的秘术极其耗费精神，绝非普通的秘道士可以操纵，可是这个门客操纵起来游刃有余，并没有吃力的样子。

公子忽并不是鲁莽的人，这两层壁障是他早已准备好的。大风畏惧樟木的木香，而火焰更是令所有动物都退避的。公子忽的镇定也让门客和水手们徒然生出了胆气，膂力强劲的武士们在船头张开起了三叠的踏张弩，所用的箭纯粹以钢铁锻造，而公子忽顶着泼天而降的水花，走向了船头。随着他掀起雨布，那件可怕的河络制器终于暴露在人们的眼中，外表看去，那不过是一只长宽各两尺有余的铁匣子，朴实无华。可是当公子忽伸手去操作铁匣的时候，人们清楚地看见他的手和铁匣之间激起了微弱的电火。

大风似乎是对这两层障碍深有畏惧，巨大的身体在空中悬停了片刻，而后忽然对着天空笔直地升腾，变做头顶极小的一点，那是它已经腾入了极高的空中。而后它猛地转身，垂直地对着木兰船下冲，像是想用身体把整个木兰船冲成碎片。

"转舵！转舵！它要以风势把我们击沉！"尚老人大吼。

羽人们不愧是最优秀的水手，他们扯着棕缆飞纵起落，在狂风中竭力操纵着风帆，木兰船以巨大的倾角划了一个半圆。大风激起的风势重重地击打在水面，顿时形成了一个巨大的旋涡，不出尚老人的预料，大风虽然不敢靠近木兰船，但是却还有风割可以作为武器，它巨大的身形带起的疾风本就是不可阻挡的攻势，若是这样强劲的风势落在木兰船上，整个船都会崩裂的。大风在临近水面不到百尺的地方猛振双翼，再次升起，无人可以想象这遮挡日光的庞然大物竟然可以那么灵活。

公子忽的门客们却在此时抓住了机会，踏张弩上的钢箭化成一阵箭雨飞射而出。这些人不愧是武士中的佼佼者，四五十支箭组成的箭阵凝聚有力，"嗡"的一声闷响，全部投射在大风的颈部，命中这样大的目标实在太容易了。但是让全部的箭支都集中在径围不过一丈的圆内，就看得出公子忽门客们的功力了。

暴雨般落下的水花中，忽然多了星星点点的红色，像是一场血雨一样。那些钢箭真的伤了大风，人们看见它的颈部一阵一阵的血雾迸溅。

门客们欢呼起来，公子忽却依旧目不转瞬地凝望远去的大风。他操持铁匣的手筋节毕露，一触即发的模样。他知道这些钢箭不过能伤到大风的毛羽而已，同时也会激怒这只无敌于天空和大海的巨鸟，它一定会疯狂地反扑。

大风在远处猛地折身，这次它是真的暴怒了。那道破开海水的风割再一次直指木兰船而来，它一头钻进了樟木的黄雾中，也不闪避阳昊之火的火障。释放火障的秘道士大惊，不顾一切地集中精神，阳昊之火的光芒更胜。

暴怒的大风却不避开。它似乎不会鸣叫，可是它挤压着空气的声音却像是风雷，震得周围嗡嗡作响。公子忽双手合持那只铁匣，冷汗和脸上的水珠一起滑落。羽人水手们没有再调整船的位置，这是公子忽的命令，所有人都屏住呼吸抓住了船舷和桅杆，大风激起的风割和木兰船的碰撞已经绝不可能避免了。双方逼近的瞬间，也是决定生死的一瞬。

穿越火障的时候，阳昊之火在大风的身上产生了爆炸般的效果，青灰色的羽毛被火焰焚得漆黑，秘道士吐出一口鲜血倒地。大风全身一振，庞大的身躯几乎要压到船上，风割切在船的正中，"咔嚓"的一声裂响。

"龙骨……龙骨断了！"一名羽人的水手大喊。

公子忽像是根本没有听见，大风掠过头顶的时候，他将铁匣死死地抵在胸前按动了机栝。仿佛是身在雷云的正中心，一瞬间，人们觉得耳朵都要被雷声震聋了，笔直的电光从公子忽手中的铁匣中射了出去，正命中大风的翼根，巨大的反力退在公子忽胸口，他狠狠地摔倒在船舷的一角。

一根被闪电包裹的铁色长刺扎在大风的毛羽中，仅仅留了半尺在外面。

"雷戟！是雷戟！"一个羽人水手喊了出来。

羽人们是秘道的行家，看出了这件武器的本质。那是河络以工艺制造的雷戟，在那件可怕的武器上，有秘道所施的咒印，有如一件极其强大的法戒器，即使不通秘道的人也可以使用。

不必冥想,不必耗费己身的精神,只是用于一次必杀的攻击。

雷电沿着射出的雷戟包裹了大风的全身,千千万万的雷火在爆炸和串联,紫色的电光组成了硕大的光球。那只巨鸟双翼痉挛,毛羽炸开,痛苦地拧着脖子。它撞断了桅杆斜斜地飞了出去,完全失去了风的依托,仅仅滑翔出一里,就栽进了大海中。巨大的水花铺天盖地地飞扬起来,大风无力地沉进了水中。

每个人都惊心动魄地看着这一幕,觉得自己已经在死亡的大门边走了一圈。公子忽擦去嘴角的血迹,艰难地站起来。雷戟的反力几乎要了他的命,那真是一件非人类力量可以操纵的可怕武器。他没有管受伤惨重的门客,却是凝视着肩上的忽忽。他有些讶异,不知怎么的,他有种感觉,大风扑近的瞬间,本是可以一举扑杀所有人的。但是那只大风看见了忽忽,所以它忽然拔高,这才给了公子忽以一击命中的机会。

难道大风真的是畏惧忽忽?可是忽忽只是只小小的鹦鹉,忽忽在他肩上扇着翅膀跳着,似乎又饿了的模样。

"公子!"门客们都围聚过来。

"我没事,"公子忽摆了摆手,"尚先生在哪里?"

门客们转身,才发现尚老人已经倒在了血泊中。他的胸口像是被巨大的钝器猛地其中,整排的肋骨都已经断裂,人早已昏迷过去。那是大风激起的风割打中了他,连龙骨都能震断的力量,当然不是一个老人可以承担的。

"是我的固执害了先生,"公子忽说,"快去拿药品,快去拿绷布!"

他亲自上前托起尚老人的身体,此时尚老人忽然睁开了眼睛,眼中满是恐惧的光芒。

"还没有死！它还没有死！"尚老人喷出一口鲜血大吼。

话音还没有落，整个船身剧烈地颤抖起来。羽人水手们跑到船舷边，手指远处的海面，惊恐得说不出话来。海面上并没有大风，可是忽然有了一道近十丈高的狂浪。除了海啸的时候，即使水手们也不曾见过如此可怕的浪峰，凭空高出周围的海面十丈，像是一堵水的墙壁！

这次连公子忽也不知道该如何了。这样长达千尺的浪头，根本无从躲避，他们只能眼睁睁地看着那道水墙带着雷鸣般的声音扑近，最后把自己完全地吞噬掉。

可是就在水墙距离木兰船不过半里的时候，整个水墙和周围的海面一齐裂开了。巨大的水花中，白茫茫的水雾冲天而起，青灰色羽毛的大鸟振翅冲出水面，凌空翻转着扑下！

这时一切都清楚了，大风根本没有死，这是一种会游泳的大鸟，它落入海水，海水立刻导走了电火，而后它扑杀回来，那水墙是它巨大身体排开海水的结果，它就是这样在海中张开大嘴吞食大鱼和海蛇的。公子忽深恨自己的疏忽，可是已经太迟了，这种鸟既然是以龙鲡和巨大的海鱼作为食物，它怎么可能不会游泳呢？有一本笔记曾经说到大风翱翔在海上，找不到可以栖息的大岛的时候，它们就会站在较浅的海底睡觉，将头浮在水面。它们的鼻孔有瓣膜，可以挡住海水，可是公子忽和门客们却没有留心。

巨大的风压下，大风张开了锋锐的长喙，公子忽面对着它，甚至可以看清这种巨鸟口中的牙齿，牙缝中似乎还塞着巨大的鱼骨。大风要吞噬他们，尤其是公子忽，这群伤害它的人类它绝不会放过。这一次它扑近的速度慢了许多，像是知道公子忽已经没有第二发雷戟了,它没有带起凝聚的风割,而是缓缓地逼近,愤怒地打量着这个小小的猎物。

那是地狱一般的场景,覆盖天地的大鸟缓缓悬停在公子忽的头顶,深红色的鸟瞳直径甚至超过了公子忽的身高,仿佛一面巨大的幽深的镜子。公子忽在其中可以照见自己的影子,也可以感觉到那种疯狂的愤怒。大风猛地加速,对着公子忽直冲过去……

"忽忽,忽忽。"巨大的风声中响起了忽忽的叫声。

这是公子忽第一次知道这只小鹦鹉其实也是会说话的。它猛地从公子忽肩上腾起,化作一道绿莹莹的光。公子忽看向自己的肩上,只剩下忽忽的铁链和爪套。忽忽竟然自己甩脱了铅套和链子,笔直地射向大风深红色的恐怖眼睛,又快又猛。

"噗"的一声,像是一颗石子落进深潭中,它竟然撞破了大风的眼珠,消失在其中。大风身体一振,猛地拧头,腾空而起。人们看着它在空中疯狂地挣扎,像是要用翅尖的利爪去掏出眼珠,它不顾一切地飞上飞下,痛苦地直插天空,然后又倒栽进水里。再从水面上腾起,扭曲着翻转着飞翔,每个人都能感觉到它那种疼痛,像是有无数利刃在身体里挖开它的血肉。

虽然它不会叫,可是看着它张开大嘴,每个人都能想象那是一种何等可怕的无声的哀号。整个大海被它翻腾得仿佛地狱,海水飞上天空,木兰船在旋涡中飞转,分不清什么是天,什么是海,世界仿佛倒悬过来。

最后,大风终于失去了力量,它舒展开双翼,无力地栽进水中,青灰色的背脊一如海水的颜色,那只被忽忽撞破的眼睛里流出了碧绿色的血。

天空中的水打在它的尸体上，一切都安静下来。天色渐渐地暗下来。公子忽和门客们呆呆地站在船舷边，许久都不知身在何处。

"那……那是……"一个门客指向远处。

难道是大风的同伴？公子忽的脑袋里嗡地一响，几乎要站不稳了。当他顺着门客的手指看去，却是令人更加毛骨悚然的事情。海水上多出了一痕一痕的水迹，都向着大风的尸体汇集，落日下，忽然有巨大的黑影腾空跃起在水面上，而后又钻进海水中。随之是更多的黑影在海面上翻腾，不知道多少条龙鲵现身了，这些剧毒的海蛇大的和公子忽捕猎的那条一样长，小的也有近百尺。整个海面上处处都是海蛇翻滚，身体互相摩擦，有的纠结在一处，有的仰头吐出乌黑的巨大蛇信，最后它们都围绕在大风的尸体边。

龙鲵们都竖起头彼此吐着信子，形成一个巨大的蛇圈，围着大风的尸体缓缓游动，像是一种仪式。许久，仿佛有一声号令。这些海蛇不顾一切跃出水面，扑上去撕咬大风的尸体，将它的羽翼和肉一片一片地撕扯下来。小的龙鲵更是钻进大风的身体中，咬穿了从另一侧钻出来。

整个大海都被染成了血红色，在血海之中鱼龙狂舞。虽然只是蛇类，可是龙鲵对于这只巨鸟的恨意所有人都能感觉得到。

仅仅片刻，巨大的大风被龙鲵们咬成了一具森森的白骨。龙鲵们再次围聚成蛇圈，其中最大的那条龙鲵游到中央，仰天对着西垂的落日，像是一个思考的人一样。许久，人蛇都不发出半点声音。蛇圈中央的龙鲵猛地一抖鳞片，沉回了水下，静悄悄地，所有龙鲵都慢慢地潜下，一痕一痕的水迹向着南方而去。最终只余下一片寂静。

公子忽和门客们静静地看着那具大风的骨骼，仿佛死而复生的感觉。大风空空的眼洞黑得令人心悸，转瞬这个极盛的生命就化作了枯骨，如此荒凉而悲切。

忽然，一只碧绿的鸟儿从大风巨大的眼眶骨中跳了出来，它绿得剔透而诡异，浑身都是血污。它站在大风的头骨上左顾右盼了很久，忽然看见了远处船上的公子忽，那只鸟儿蹦了起来，对着公子忽忽闪着翅膀，像是一个高兴的孩子。

"忽忽，忽忽！"公子忽也喊了起来，那真的是小鹦鹉。

虽然是名震宛州的豪商，可是此时忽然见到这只鹦鹉死里逃生，公子忽竟有生离死别的感觉。

忽忽听见公子忽的呼唤，跳得更欢了，它距离公子忽很远，也不飞过去，只是在那里扇着翅膀跳啊跳，跳啊跳。慢慢地，它嘴角开始垂下绿色的血丝，它跳得越来越慢，越来越低，最后它再也跳不动了，站在那里看了公子忽一眼，倒在大风的头骨上。

夜色降临了，月光如此的凄冷，照在巨鸟的尸骨上，还有森然白骨上一只小小的绿鹦鹉。寒冷的风像是从每个人的胸口里吹过，公子忽和门客们看着忽忽和那架巨大的鸟骨一起，缓缓地沉入了大海。有人说是平生第一次看见公子忽的眼角湿润了，而后有泪水滑落。

昏迷的尚老人在第三天的时候睁开了眼睛，眼睛还是很亮，却没了那股疯狂的气势。他请人叫来公子忽，在床上握住了公子忽的手。

"公子。我就要死了，我还有三句话要告诉公子。"

公子忽知道一切都已经不可挽回，也只能点头。

"第一，公子喜欢冒险。是自以为富可敌国，一切都不放在心上。可是公子也看见了，大风那样的巨鸟也有死去的一天，何况公子？公子真的知道自己所求的是什么么？

"第二，公子有才华。可是人一生能有多少青春和精力？年轻时候的挥霍是晚年的悲哀，集中精力做一件事，人都可以以小博大。可是付出的过多，其实是耗损了自己的寿命，就像忽忽的一击可以杀死大风，但是它是把自己的命去换回的。

"第三，我很感激公子的收容，我想忽忽也愿意报答公子的恩情，我们并无后悔。"

尚老人合上眼睛之前，悠然地笑了笑："其实我知道公子所以喜欢忽忽，不过是为了令我和这只可怜的鸟儿在府中能有身份，不至于受其他门客的欺凌。微贱的人鸟也只能这样报答公子的深恩了，从此风逐世家大概再也没有传人了吧。"

一个月后，公子忽在宛州登岸。他亲手抬着尚老人的尸骨，门客们都穿白衣。

从此以后，公子忽就变了，他再也不游猎，只是一人静静地在书房中读书，直到深夜，他在街头和贫民家的孩子说话，嘴角微微带着笑意，他种了很多的花，久久地看它们。

又两年后，他忽然下令门客们把所有的藏金都割成小锭赠给白水城的百姓，据说那笔黄金之大，足够任何一个中等之家三年不愁衣食。黄金被连夜送到每个人手里，人人都知道公子忽要走了，这个来历不明的商客终于还是要远去。

公子忽离开的那天，感激他的白水城百姓都在府门前等候。公子忽从府里出来，只穿了一件白衣，就像他最初来到白水的样子，骑着一匹毛色斑驳的小驴。不知道为什么，人们都觉得公子忽变了，不再是以前那个挥斥千金的豪客，却更显得高不可攀。

公子忽只是对众人微笑，大家就闪开了一条路让他离去。他跨在小驴上吹着他的笛子，那调子是所有人都不曾听过的，高寒而悠远，忽然间很多人都有一种感觉，就是公子忽再也不会回到白水了。没有人上来跟他说话，他的笛声令每个人都茫然，似乎自己的一生曾经错了太多太多，可是偏偏想不清错在哪里。

最后人们拥上城头，看见春天新碧的山路上，公子忽的小驴消失在山野间。

"他……就这么走了？"薛北客摇了摇头。

老人笑了笑："这还不算结束，关于公子忽的结局，还有个更加神奇的传说。那时候公子忽掌握了宛州商业的大局，燮王也对公子忽的势力颇为倚重，天启城听说公子忽散尽家产出走的消息，生怕没有了他宛州商业的局势会陷入混乱。于是燮王下旨，令内监奉着公侯的服饰封赏公子忽，务必留下他继续经营白水。内监紧赶慢赶，赶到白水城外的平水驿的时候听到了公子忽的笛声。这时他心里才放下大石，于是在平水驿排下仪仗迎候公子忽。不过一群人等着等着，听着那笛声就在远山间回荡，却是越来越远。"

"怎么会越来越远？"薛北客瞪大了眼睛，"白水城到平水驿只有五里，只有一条山路啊！"

"是啊，这就是不可思议之处。后来笛声就消失了，公子忽再也没有到过平水驿。无论是白水城的人，还是在平水驿恭候的内监，都听见那笛声越去越远。白水城的人以为他去向平水驿，平水驿的内监以为他转回了白水城。而公子忽自己，却在那只有五里的山路上永远地消失了，人们找去的时候，只看见那只杂毛的小驴在路边吃草，而公子忽一直吹奏的那只翡翠笛子，就挂在驴背上的革囊中。"

茅舍中安静起来，老人看着沉思的薛北客，挑了挑灯芯："薛先生……"

薛北客忽地抬起头来，猛地拍击在小桌上："我明白了。你不过是借这个故事劝说于我！可是这种道听途说的故事又怎能让人信服，公子忽？谁又知道这人到底有多少家产，又为何离开白水？这种陈年的旧事，不必再说，返还商铺的事情更是不用提起！"

老人并无诧异，静静地听他说完，温然道："舍下简陋，特意买了新瓷招待贵客，现在倒是没有新的器皿了。"

老人扭头对着厨下的妻子喊："把旧年那些碗盏拿一个出来为贵客盛酒吧。"

老人的妻子在围裙上擦着双手走出来，抱怨道："都满是灰尘，许久不洗的东西，一时怎么好拿出来？"

"叫你拿你就拿，我还是一家之主不是？"老人有些怒气。

妻子无奈，起身去了后面的柴房，许久取回一只满是灰尘的酒盏，去厨下洗刷了。片刻，老人的妻子将洗好的酒盏奉在薛北客的面前。当他伸手去拿那酒盏的时候，手却像被电了一下，止不住地颤抖起来，他忽然发现那酒盏竟然是翡翠的，玉色和自己手上的戒指一般无二，龙血翡翠的玉色！

"贵客见谅,只买了几件新瓷,只好拿这只旧器皿充数了。"老人的妻子并不退下,却在一旁静静地说。

她在厨下忙碌的时候就像一个乡间的农妇,可是此时薛北客猛一抬头,却觉得这个年老色衰本又其貌不扬的老妇却有一种王妃般母仪天下的气度,不施脂粉的眉宇间自有一份华贵的气宇。

"龙血翡翠,薛先生所说的就是这种吧?"老人淡淡地说,"先生那枚戒指我不曾见过,不过当初我请玉工磨制这套旧器皿的时候,还有些散碎的玉料,被那个小人偷走了。有一些流落在燮王宫中,或者也有一些被磨制成了戒面。"

薛北客再看老人,还是那件葛布的长衣,老人整个人却完全地不同了。

"先生……你,你,难道你就是公子……"此时的薛北客和那个看见龙血翡翠戒指的老朝奉一样,完全止不住声音的颤抖。

老人微微地笑:"我哪里有他的豪阔,不过年轻时候也赚过一些钱而已。"

老人静静地看了他一眼,不动声色地拿起一枚铁筷子,将龙血翡翠的酒盏敲得粉碎。

"不要!"薛北客要去阻挡,却已经迟了。

老人拿起自己的粗瓷杯饮了一口,悠然叹了一口气:"年轻的时候喜欢金玉古董这样的东西,一心只是要赚钱,要富比王侯,揽尽至宝。直到有一天我看见镜子里的自己白发苍颜,而我收集的金玉古董却还依旧,我才发现自己不过是个傻子。再过许多年我化成一具枯骨,这些金玉还是依然故我,到底是金玉归我所有，还是我为金玉所有呢？我短短一生的数十年，尽数都耗费在这些没有生机的死物上面了。"

老人看了看薛北客目瞪口呆的模样，微微摇头："世人说翡翠珍贵，可这种不可穿不可食的东西。在我看来用来做便器也不为过，何况是作为盘盏？你觉得可惜，不过是还未真正拥有不可计数的金玉珍玩，更不曾领会那富有天下背后的孤独而已。"

"人能活几何？你要做什么？你可真的清楚么？你的志向和抱负？开国的羽烈王从一介布衣而有天下，却自谓平生所错其实太多，你的志向和抱负，敢和他相比么？"老人起身掸了掸袍子，携着妻子的手缓步走向门边，"每个人活在这世上，都有他的不容易处，别人一生的积累，你何苦要夺之而后快呢？"

油灯忽地灭了，老人、妇人和薛北客静静地坐在黑暗中，薛北客双手抱住了头，无力地靠在了小桌上。

薛北客根本记不清自己是如何和老人辞别，又如何回到府中的。等他回到宅邸，随从已经来通报，说是有人送上巨额的黄金，要求买回薛北客强行收购的所有小商铺。薛北客一生都不曾见过如此多的黄金堆在一起，夸父族的男子高举着铁箱鱼贯而入，每一箱都是足赤的金条，从门口一直堆到中堂。

薛北客明白这是老人要以黄金赎回那些小商户的产业，他沉默良久，长叹一声，只愿意收下了金条的一半，表示愿意将收购的商铺全部返还，剩下的一半金条请那些夸父带回，并对老人致以问候。夸父们却说自己无能为力，他们根本不认识什么老人，只知道有人托他们送来了这笔黄金。

薛北客派人再去岚山中寻觅老人的时候，却再也没有找到那间茅舍，仿佛消失在岚山的雾气中了。

半个月后，薛北客离开了宛州。

再两个月，晚春，花都开尽了，岚山上一片深绿。

山崖下的碧草间，一块大石上坐着白发白须的老人，一身的旧袍，拿着一支竹笛悠悠地吹奏。他背后是一间不大的小屋，被茸茸的黄花围着，干净简洁。

山道上忽然传来了脚步声。穿过雾气，一架沉香木的大辇由八名魁梧的夸父武士肩荷而来，大辇裹着墨绿的绣金缎子，流苏间一枚玉佩宝光流溢，竟然是薛北客那日配在腰间的玉佩。悄无声息地，夸父们将大辇停在老人的面前，帘子一掀，有从人早已撒上了花瓣，一只纤纤的细足踏在碎花上。

这是所谓的净足，富贵人家出行的一项礼仪。

自大辇上下来的，竟然是黑脸疤面的老妇。可是她已经换了衣着，月白色的水裙裹着纤细修长的身段，显出几分窈窕动人，远不像她的年龄。老妇款步上前，在从人敷设好的锦褥上坐下。老人吹完了笛子，也跪坐在一侧的锦褥上。

两人对面一笑。老妇缓缓地伸手在脸上揉搓，那层黑色被她渐渐地揉去了，化作一些黏稠的黑泥，白净的肌肤渐渐显露出来。当她再次抬起头，已经是年纪不过二十明眸善睐的少女，明珠白玉般细致动人，也不见了那条眉间的疤痕。

"江宛然多谢先生了，先生出这一计的时候，老实说我并无十足的把握。"少女点头致意。

"我这一计极险，不成就是笑柄。也只有宛州江氏的少主人，才敢信我这个老朽吧？只是可惜了那只龙血翡翠的盏子。"老人淡淡地笑。

"那只盏子也不可惜，它固然是龙血翡翠，但是其中所蕴的精魂，早已为前辈的秘道大师所汲取。可怜薛北客哪里看得出用过的龙血翡翠和没用过的差别？不过薛北客的财力果真惊人。后来他离去，我的门人查了他留下的账本废稿，若是以他现在的资产，即使我们江氏倾尽全力，也未必可以取胜。这些年我们自以为在宛州坐大，四处置业散钱，手头的活钱捉襟见肘，才有这场磨难。"

"江氏根基还在，薛北客即使一时取胜，也未必能持久。"

少女笑了起来："北客空豪，却不知道行商出世微妙处，终究是必败的。他对自己没有信心，他已经堪称数一数二的豪商，世上哪里又真有公子忽那样的异人？不过是市井鄙俗人的传说，倒是亏得他信。"

"是啊是啊，"老人笑，"哪里又真有公子忽那样的异人和大风那种的神兽？都是传奇轶闻，不足为道。"

"那么按照事先的约定，我已经支付先生四万金铢，其余的事情还请先生好自为之，这栋屋子我要拆了，也不希望先生再回来。总之，我不希望这件事泄漏出去！"少女微一抬头，眸子间精光闪烁。

"自然。"老人起身，长拜而去。

早有从人为他牵过一匹马，老人翻身上马，走入了山道尽头渺渺茫茫的雾气。

少女独自端坐在锦褥上，眺望着一侧的山涧，深深吸了口气："总要重振我江氏的声威，让我江氏的传奇盖过那不知所谓的什么刹那公子！"

她忽然起身，走向了自己的大辇："把那栋小屋也拆了，不要留下痕迹。"

"是！"从人们得令之后，起步奔向了那栋黄花间简洁淡雅的茅屋。

少女起身登辇，不再回顾。

"大小姐……"远处忽然传来了从人惊诧的呼声。

"怎么？"江宛然猛地回头。

"这里面……"从人手指着茅舍中，结结巴巴。

江宛然微一思索，提起裙裾疾步跑了过去。当她猛地推开茅舍，她怔住了，屋顶投下的依稀阳光中，她奉给老人作为酬金的四万金铢原封不动地封在铁箱中，悬停在茅舍的正中。

而悬挂那只铁箱的，是一缕细细的青灰色的丝羽。

夜　巡

|丹尼斯·奥索金　萧　桐 译

科洛库多村，2018年

1

有人居住的科洛库多村和无人居住的马斯卡罗多村之间相距一公里或一公里半。科洛库多的意思是二十幢房子。马斯卡罗多的意思是熊族。除了名称，我唯独记得这两座村庄周围只有巨大的、超凡巨大的白桦树——愣高，贼粗。或许还有白柳树，再无别的。我妈妈来自马斯卡罗多村。我远逝的童年曾在这里待过。当时我妈妈的父母还活着，现在我妈妈也早已不在人世，那座我曾住过的房子大约很可怕。

2

虽然从我成长和现在居住的城市到我妈妈的村庄只有七十公里左右，但我已经二十八年没去过我妈妈的村庄。因此，我这次就成行了，而且成行得还很突然。在我三十五岁生日那一天，我跟未婚妻奥丽娅吵了一架。我把手机摔到墙上，往包里塞了一条毯子，还有牙膏牙刷，在街上打了一辆出租车，前往科洛库多村。我想我会在马斯卡罗多村我妈妈父母的房子里过夜，如果房子基本上依旧还在，但是如果已经倒塌了，我就去科洛库多村随便哪个人家请求允许我住下。那里的人们应该记得我妈妈的家人。可能还记得我。因为我叫奥廖什。或许甚至记得我小时候用马里语叫奥力。现在按证件我叫阿列克赛。那时已经是下午，月份是十月。

3

我坐在车上想："为什么？""为啥？"我可怜自己，可怜奥丽娅……懊悔摔了手机，后悔面临不知怎样的一夜，但已经确知是不舒适的一夜。在高速公路上，我好几次想让车调头，但每次一想起奥丽娅说的话，心就发寒，就没让调头。你好，科洛库多村。看不见一个人。只有一部红色公用电话挂在杆子上。摘下话筒，电话是通的。你们好，白桦树。仍然只有你们，白桦树。我在树和灌木丛后面找到了通往马斯卡罗多村的路，沿着走，遗憾得很，没有想到带靴子——因为我一踏上就全身沾满泥土。群鸟、树木和浅水是我的同伴。可是我走到了。我走到街上，村子里无人居住，毫无色彩。只有木材，偶尔有石头——看不见的颜色——是空无的颜色。即使在街上也很难行走，因为街面杂草丛生。好在现在是秋天，不是绿色的夏天。两边的房子大小不一，老旧不同，但都无人居住。而我到达的房子，原来仍然还在。我穿过了大门。那我现在将如何待在这里呢?

4

我绝不回去,绝不回去。我要的就是这个。我为了这个才走的。我坐在一张破裂的桌子旁的破损椅子上,从破烂的窗户径直看到破碎东西中长出的一片草。没有铺盖,我饥寒交迫,看来要这样一直坐到早晨,也许能悟出些什么、发现些什么,但最有可能什么都没有悟到、什么也没有发现,只有疲惫不堪,然后早上返回科洛库多村。再从那里,啪嗒啪嗒地在泥里走上几公里,上公路,坐车离开去城里好好睡一觉。但我有点错了。天急剧变黑。窗台和旁边的墙壁上落下一片光,在消融。我双眼盯着那片光。它刚一消失不见,窗户上就响起棍子的敲击声。

5

"嗨!既然来了,就出来吧。"
"嗨!您是谁?"
"我们巡夜,为村子防火。你会说马里话吗?"
"不会。"
"噢!好吧。你出来,就会说了。"
"要是这里没有一个人,那还巡什么夜呢?"
"就是说任它燃烧?再说你为什么觉得这里没有人?"
"那谁在这里?"

6

"你来还是不来?"

"我没有靴子。"

"我们会给你提供一切。"

7

我走到街上,没看见一个人,只有棍棒和手电筒从四面八方围着我。我觉得自己身着夹克,头戴帽子,手上戴着一双针织手套,脚穿衬着干燥保暖鞋垫的及膝靴子。我用马里语思考和说话。

"我们要去哪里?"

"就在村子里。"

"直到早晨吗?"

"到早晨。你饿吗?"

"不很饿。"

"好吧。随身有很多吃的。"

说话声有男的也有女的,更确切地说,是男孩的和女孩的声音,都是年轻人。成年人只有两个。但也许有更多夜巡人,有的人不说话呢? 我们沿着街道从我家房子走到马斯卡罗多村的尽头。不用询问,现在我就清楚地知道夜间守卫的所有情况,还有通常如何巡夜,这一次最有可能如何巡夜。

"你们有多少人?"

"八个,你是第九个。"

"今天人多。"

"嗯，小孩子死乞白赖地跟着。他们高兴，很感兴趣。"

"嗯，是的。"

8

人们每天晚上出去参加夜巡，就是尤得奥罗尔[1]，按照一个众所周知的顺序——各家各户轮流，就像去值班。这也就是值班，如同公共放牧，一切都按次序。不需要做任何特别的事情——有时坐在那里，有时坐在这里——绕村庄几周。假如忽然有冒烟或起火，就叫醒大家，都去灭火，一切都很简单。大多数情况下，夜巡人结成了愉快、友好的团体，不一定都是亲属。不过每天晚上都由一个特定的家庭负责。他们坐在靠近村庄的某个地方。这样，他们就在村庄外面，不至于打扰到村里任何人。在一个可以清楚地看见周围一切的地方，点燃一堆烧茶壶的小火。大火不行，否则会因火焰亮而看不见周围情况。他们闲谈，沉默，开玩笑，互相吓唬对方。如果有人爱上了一个人，那么在暗中他们还牵手……我走着，清晰地感到自己内心产生一种深深的喜悦。我非常喜欢这夜巡，并且甚至从十四岁左右就以年长者身份经常参加这些巡逻。而如果是在夏天，那一般来说太好了……我的天呢……要知道也正是这夜巡培养着我，这件事本身的存在培养着我。我举不出比夜巡更有能力、更真切的教育者。即使是神圣小树林库索托[2]也没有这么令

---

[1] 尤得奥罗尔是马里语，指夜巡。
[2] 库索托是马里语，指神圣小树林。

人信服……我喜欢和关心圣地，但与其进行心灵的沟通我总是一再推迟。而尤得奥罗尔常在，如同棍子和狗，如同白天和黑夜。我守候它，我真正喜爱它。通过它并借助它，我真正地爱整个世界和这个世界里的我。

9

我们只守护马斯卡罗多村。科洛库多村有自己的护卫。但是，因为两村毗邻，所以我们必定要在两村之间一夜至少相遇一次。打招呼，在一起坐一会儿，而后分开。相遇时，我们想在一起待多久就待多久。参加夜巡的伙伴常常在精神和友谊上相合，有时也不相合。对于自己知道这一切，我没有感到诧异。怎么能不诧异呢？夜里穿的衣服温暖而舒适，我兴奋而喜悦，我的马里话说得如此和谐而流畅。这语言在我身上开始过上滋润的生活，更确贴地说，成了我。我仍然没有看见身边有人，我只听到他们，看见棒式手电筒和黑黢黢的村庄。村庄废弃了，空无一人。不过这不再会引起惶恐不安。我不会找那些来到我窗户下喊我的人，问他们"你们是谁"，因为我用性命和身体意识到，这是粗鲁的，这不值得做。如果他们愿意，他们会自我介绍。而他们没有这样做，那就是不应该。而且我已经问过，我们的谈话就是从这个问题开始的。你们是谁？我们是尤得奥罗尔，我们巡夜是为村庄防火。我断然立刻抛开恐惧，自我保护意识在我的血液中悄悄萌生。而且，如此这般的平静我已经很长一段时间没有了，很多年，也许从来没有过。我享受平静，享受我的脚步和看不见的同伴，享受无惧无畏和美。

10

幸亏我没有问,因为我知道现在和谁一起巡夜。不是与别的,而是与命运,纯粹与命运一起巡夜。瞧这就是命运彰显的样子。我是否应该利用这一时刻做些什么? 或询问或请求,或抓紧时间或准备好什么东西?……我的想法显露无遗,立刻有人回答了我,我就答道:

"不,不需要。"

"那好,那就不要。"

"只是一次会面?"

"是的。只是一次会面。"

"什么都没有吗?"

"奥廖什,什么都没有。"

11

我们走啊走,走啊走。走一走,吃吃零食。点燃营火,然后熄灭。再吃零食,很好吃。坐在小池塘边一棵倒下的树干上。说话不多,有时更多一点。站在田野里。坐在马斯卡罗多村最高建筑的屋顶上,我们把那弃置在院子里的一把梯子搭上,爬上那里的。几次走到科洛库多村,与当地的夜巡人打招呼,转身往回走。而后,天就开始亮了一点,剩下我一人,穿着来时的衣服。我开始感到冷,尤其是双脚冷。我试着回想马里话,除了之前所知道的"你好"、"再见"、路牌和瓶子标签的词,我不记得任何话。我已经二十八年没来这里，从来没有去巡夜，仅仅是因为年龄不赶趟。我七岁之前就不来这儿了，但这次巡夜我参加了。我也经历了所有在我身上复活的巡夜。在那一个晚上，我什么都没学到。我现在都不想说。没有遇见妈妈和她的父母，没有遇见离开了自己家园和地皮的马斯卡罗多村居民。难道我想要这些吗？本来就不是。这种遇见本可能就是这样，且确实恐惧。

12

我很想做一个纸飞机。不过没有什么材料可以做成。我们夜巡人中一个女孩的声音，曾经某时无意中对这个单调的夜说："我爱纸折的小飞机。"她的声音让我最喜欢，最使我温暖，别人叫她塔尼娅，她好像是我的未婚妻、我的缘分，假如与她在一起，那我们永远不会吵架。当我回想起这个时，我已经离开了从这开始了一切的房子，到另一个完全不同的方向，在去科洛库多村的路上。尽管双脚浸满寒意和潮气，我还是返回了马斯卡罗多村曾属于我们的房子里，而现在这所房子几乎在我整个一生里也完全属于我，或者也就是我的房子了。不过这幢房子为什么是我的呢？我回到那里，要找张纸。任何能用的东西都没有发现。我从墙上揭下一块壁纸，折成一架小飞机，就再次出发去科洛库多村。

13

我边走边往前面扔小飞机。捡起来再扔，捡起来再扔。小飞机有时侧飞，有时飞向水洼，我就跑过去，以免它全泡湿了。除此之外，我什么都不想再做。我也不需要任何人。在你沿途遇不到任何人的月份和钟点，在马斯卡罗多村和科洛库多村之间的路上，除了我们——壁纸做的飞机和我，再不会遇到任何人。

作家、译者介绍

梁鸿　学者，作家，中国人民大学文学院教授。出版有非虚构文学著作《梁庄十年》《出梁庄记》和《中国在梁庄》，学术著作《黄花苔与皂角树》《新启蒙话语建构》《外省笔记》《"灵光"的消逝》等，学术随笔集《历史与我的瞬间》，小说集《神圣家族》，长篇小说《梁光正的光》《四象》。

玛丽娜·阿赫梅朵娃　1977年出生。作家，记者，两度荣获《星火》杂志头等奖。

苏童　1963年生于江苏苏州，1980年考入北京师范大学中文系，1983年开始发表小说。现为江苏省作协副主席，北京师范大学驻校作家。主要代表作有：中篇小说《罂粟之家》《妻妾成群》等，长篇小说《米》《菩萨蛮》《我的帝王生涯》《城北地带》《黄雀记》等。2015年，获第八届茅盾文学奖。三十多年来，苏童以充沛、稳健的创作姿态活跃于文坛，不仅是当今文坛重要的作家，也是颇受读者欢迎、国内外评论界极为关注的作家之一。

丹尼斯·德拉贡斯基　1950年出生。作家，新闻记者。苏联著名作家维克多·德拉贡斯基之子，也是后者著名的《丹尼斯的故事》中的人物原型。1973年毕业于莫斯科大学语文系。

2007年开始创作小说，2009年出版第一本书，至今已有近二十余部书出版。中篇小说《建筑师与修道士》曾获得别尔金小说奖。代表性长篇小说有：《原则性事务》《地铁桥上的风景》《石心》《面朝院子的窗户》《男孩、叔叔和我》《成年人》《五分钟宽恕》等。

蔡东 80后作家，现执教于深圳职业技术学院。在《人民文学》《收获》《当代》《天涯》等刊发表中短篇小说多部，部分作品被转载和译介。她被认为是"这个时代真正可以期待的文学新力量"，"尤其在短篇小说这种文体形式上，抵达了80后一代青年作家所能达到的深度"。2012年中篇小说《毕业生》获得深圳市青年文学奖，短篇小说《往生》获得《人民文学》首届柔石小说奖。

亚历山大·布什科夫斯基 1970年出生于卡累利阿。毕业于圣彼得堡法学院，曾在特种反应部队供职，参与过车臣事件，负过重伤，获得国家级奖章。2007年以永久军衔退役。在《北方》《十月》《文学问题》等期刊上发表作品。

双雪涛 出生于80年代，沈阳人，小说家。曾获首届华文世界电影小说奖首奖，《南方人物周刊》年度青年力量奖，第三届单向街书店文学奖"年度青年作家"，《智族GQ》年度人物。已出版作品包括《天吾手记》《聋哑时代》《翅鬼》和短篇小说集《平原上的摩西》《飞行家》《猎人》。

阿琳娜·奥布赫 1995年出生于圣彼得堡。毕业于圣彼得堡斯蒂格利茨艺术和设计学院工业美术学院。版画家、圣彼得堡作家协会成员。曾参加全俄青年教育论坛"塔夫里达"、第十八届俄罗斯本土和境外青年作家论坛。曾获得国际沃洛申文学奖小型散文类提名,并获得"俄罗斯韵律·俄罗斯语言"青年作家国家奖、圣彼得堡青年艺术创作政府奖、《旗》杂志奖、"俄罗斯青年作家·二十一世纪"全俄大赛冠军。在《星》《各族人民友谊》《旗》《青年》等杂志发表过作品。代表作品有《新酿葡萄酒的漫步》(圣彼得堡,彼得罗波利斯,2017),《苍蝇斯蒂格利茨》(莫斯科,阿斯特出版社叶莲娜·舒宾娜工作室,2018)。

鲁敏 七十年代生于江苏。十八岁开始工作,历经营业员、企宣、记者、秘书、公务员等职。二十五岁决意写作,欲以小说之虚妄抵抗生活之虚妄。已出版《六人晚餐》《荷尔蒙夜谈》《九种忧伤》《取景器》《纸醉》《此情无法投递》《伴宴》《惹尘埃》等作品十八部。曾获鲁迅文学奖、庄重文文学奖、人民文学奖、《小说选刊》读者最喜爱小说奖、《小说月报》百花奖、郁达夫文学奖、中国小说双年奖等;入选《人民文学》未来大家 TOP 20、台湾联合文学华文小说界"20 under 40"等。有作品译英、德、法、俄、日、西班牙、阿拉伯等文字。现居南京。

罗曼·先琴 1971年出生于图瓦。父母曾经是公务员,现在是农民。他中学毕业后去列宁格勒,在建筑学校学习,后在边防部队工作。1993年全家搬到克拉斯诺亚尔,担任剧院修理工。1995年开始在报刊上发表《图瓦的共产党员》《希望》《阿巴坎》《西伯利亚子午线》等短篇小说。1996至2001年进修写作。近年在《文学俄罗斯》《旗》《十月》《我们的同时代人》《新世界》《各民族友谊》《北方世界》等期刊发表作品。多部作品被翻译为德语、英语、芬兰语、瑞典语。中篇小说《减》的德语版2003由杜蒙阅途(DuMont)出版单行本,英语版于2008年由格拉斯(Glas)出版。

麦家 茅盾文学奖得主。1964年生于浙江富阳。1986年开始写作，著有长篇小说《解密》《暗算》《风声》等。2008年，《暗算》获第七届茅盾文学奖。作品被译为三十多种语言。其中，《解密》《暗算》入选"企鹅经典"文库；2014年《解密》被英国《经济学人》评为"全球年度十佳小说"，2015年获美国CALA最佳图书奖，2017年被英国《每日电讯报》选入"全球史上最佳20部间谍小说"。2019年，出版最新长篇小说《人生海海》。

列昂尼德·尤泽福维奇 1947年出生，作家、编剧、历史学家。历史学副博士，毕业于彼尔姆大学。出版《沙漠独裁者》《大使之路》《冬季之路》等多部小说，多次获得全国畅销书奖和大书奖。

葛亮 原籍南京，现居香港，任教于高校。香港大学中文系博士。作品出版于两岸三地，著有小说《北鸢》《朱雀》《七声》《谜鸦》《浣熊》《戏年》，文化随笔《绘色》《小山河》，学术论著《此心安处亦吾乡》等。部分作品译为英、法、俄、日、韩等国文字。长篇小说《朱雀》获选"亚洲周刊华文十大小说"，2016年以新作《北鸢》再获此荣誉。

德米特里·格鲁霍夫斯基 1979年生。畅销书作家、记者。毕业于耶路撒冷大学新闻和国际关系系，主要作品有《地铁2033》（2005）、《黄昏》（2007）、《地铁2034》（2009）、《未来》（2013）、《地铁2035》（2015）、《活在你手机里的我》（2019）等。

江南 作家。北京大学化学系毕业，留学于美国华盛顿大学。代表作有《龙族》《九州缥缈录》等。《龙族》曾在2017年入选"向全国青少年推荐的百种优秀出版物"。

丹尼斯·奥索金 1977年出生。作家、诗人、剧作家、电影剧本作者、民间创作研究者、语文学家，1994年至1996年曾就读于华沙大学心理学系，2002年毕业于喀山大学语文系。

萧桐 本名周小成，出生于1965年，俄罗斯语言文学博士，北京外国语大学外语教学与研究出版社编审，曾担任《俄语学习》副主编，发表学术论文四十余篇，参编俄语教材与教参数本，出版专著《篇章语义整合的系统分析》《语义整合研究：篇章语义多维度系统分析》，发表汉译俄罗斯诗歌和短篇小说数十篇，出版俄文译著《西藏的变迁（俄文）》，发表俄罗斯油画赏析短文数百篇。

李新梅 1977年出生，俄罗斯语言文学博士，复旦大学外文学院俄语系副教授，上海市翻译家协会成员。2015年出版译著《杏子酱：索尔仁尼琴中短篇小说集》，2019年出版译著《活在你手机里的我》。参与《中国精神文化大典》《世界文学史》《20世纪俄罗斯文学：思潮与流派》等大型翻译项目，在国内外发表论文三十余篇。

柏英 俄罗斯语言文学博士，人民文学出版社编审。曾主持并部分翻译了《西藏百问》（汉译俄），在《名作欣赏》《俄语学习》《世界知识》《非洲》《中国编辑》等期刊发表论文二十余篇，参与翻译了《俄罗斯当代小说集》，并参与了"中华精神文化大典""中国通史"等大型翻译项目。

王晓宇 青年学者，北京大学文学博士，供职于中国社会科学院外国文学研究所。主要研究领域为俄罗斯文学与文化、中俄文学关系等。近期发表译文有《普希金和高尔基》《人，一个苦涩的称谓》（载《世界文学》2019年第2期）。